Blödsinn

Die Erkenntnis der eigenen Dummheit ist für den Törichten die höchste Strafe. Für den Weisen ist es dann jedoch zu spät.

Thomas Vates, November 2018

THOMAS VATES

***

OPERATION STAUFFENBERG

Der letzte Ausweg für den Rechtsstaat

Bibliografische Information der Deutschen Nationalbibliothek:
Die Deutsche Nationalbibliothek verzeichnet diese Publikation in
der Deutschen Nationalbibliografie; detaillierte bibliografische
Daten sind im Internet über http://dnb.dnb.de abrufbar.

Herstellung und Verlag:
BoD – Books on Demand, Norderstedt

ISBN: 978-3-7481-4700-8

Vorwort

Dieses Buch, welches Sie gerade in Händen halten, könnte durchaus ihren Blick über viele Zusammenhänge in unserem Land verändern. Es spiegelt ein wenig das wider, was manche Personen denken und empfinden, welche hinter die Kulissen von Politik und Polizei schauen können.

Sie werden sich beim Lesen auch manchmal die Frage stellen, ob das Geschriebene in der Realität, also im wahren Leben überhaupt möglich sein könnte.

Nun, die hier folgende Geschichte ist natürlich fiktiv. Alle enthaltenden Personen, insbesondere Personen der Zeitgeschichte, und damit verbundene Abläufe oder Aussagen, sind dem Sinn dieser Erzählung geschuldet und entsprechen nicht deren wirklichen Ansichten oder Äußerungen. Bis auf die Personen der Zeitgeschichte sind alle übrigen Charaktere frei erfunden.

Es werden hier jedoch Abläufe geschildert, welche an einen Science-Fiction- oder einen Horrorfilm erinnern lassen, welche aber für jemanden, dem Einblicke in diese Materie nicht verwehrt bleiben, überaus realistisch erscheinen mögen.

Ein Teil dieser Geschichte spielt in der Advents- und Weihnachtzeit 2018. Auch wenn Sie das Buch danach lesen sollten, wird es nicht an Spannung verlieren, da diese Episoden auf andere Zeiten übertragbar sind und sich auf Gegebenheiten beziehen, welche Sie anhand der aufgeführten Quellenangaben nachvollziehen können.

Gehen Sie also beim Lesen des Buches von der Annahme aus, dass es sich nicht nur um eine bloße Geschichte handelt oder die Meinung des Autors darstellt, sondern lassen Sie sich einfangen von der Möglichkeit, dass dies hier alles realistisch sein könnte …

Prolog

Heute war es genau 10 Jahre her, dass sie die Courage aufgebracht hatten alles zu verändern und dem Land eine völlig neue Ausrichtung zu geben. Sie hatten dabei ausnahmslos alles eingesetzt was sie hatten, ihre berufliche Existenz, ihre gesicherte Zukunft, ihre Freiheit, ihre Familien, ja sogar ihr eigenes Leben.

Martin Kosik richtete seinen Krawattenknoten und zog den Kragen seines Baumwollmantels nach oben. Der Wind umspielte, mit fluffigen kleinen Schneeflocken, welche im flackernden Lichtschein der überall getragenen Fackeln zu tanzen schienen die Personengruppe, welche sich vor dem Reichstag versammelt hatte.

„Wer hatte es sich eigentlich ausgedacht, eine solche Aktion mitten im Winter durchzuführen", hatten sie sich zuvor alle amüsiert und Martin war nicht umhin gekommen, die Schuld hierfür auf sich zu nehmen, denn es hatte niemand daran gedacht, dass man später auch zu dieser Zeit die Jahrestage feiern würde.

Es war kalt, aber wenn sich Martin umblickte sah er Menschen um sich herum stehen, welche in eben diesen Jahren zu Freunden geworden waren und diese Erkenntnis konnte unheimlich wärmend wirken, auch wenn sie ringherum Minusgrade hatten.

Schwere Stiefelschritte, welche durch das Knirschen im Schnee die gesamte Szenerie besonders untermalten, waren zu vernehmen.

Die Zeitspanne war niemandem der Beteiligten so lange vorgekommen, insbesondere wenn man darüber nachdachte, was sie alles in diesen Jahren bewirkt hatten. Man hatte die Migrantenkrise und die Gewaltexzesse in den Griff bekommen, man hatte viele der Abläufe im Land verändert, so dass es allen Menschen besser ging als zuvor. Jugendliche, welche in das Berufsleben starteten, waren nun gut darauf vorbereitet, aber auch Menschen auf der anderen Seite der Lebensskala, im Alter oder in der Pflege, konnten endlich einen menschenwürdigen Umgang erfahren, denn der Dienst am Menschen war priorisiert worden.

Bildung und Aufklärung waren als ultimative Ziele neu definiert worden und manch einem war schmerzhaft bewusst geworden, wie blindlinks man zuvor falschen Personen, Versprechungen und Idealen gefolgt war und dass man damit Wunden in das Volk geschlagen hatte, welche erst die Zeit wieder schließen konnte.

Außerhalb des Landes hatte man hatte neue Partner und Verbündete gewonnen und zusammen mit ihnen die Sicherheit Europas wieder hergestellt. Europa selber war von seinen Bürokraten befreit, und wieder auf eine vernünftige Basis, eine Wirtschafts- und Handelsunion umgestellt worden.

Der Aufbau dieses Fundamentes war dem Mut und der Entschlossenheit von Frauen und Männern geschuldet, welche sich mit Charakter, einem Schuss Kühnheit und einer eigenen Meinung für die Sache eingesetzt hatten, deren Ausgang völlig ungewiss war.

Beim Blick auf seine Freunde empfand Martin eine unbändige Genugtuung über das, was sie alle geleistet hatten. Begriffe wie Würde und Ehre waren diesem Volk zurückgegeben worden.

Demzufolge gab es nun keinerlei Proteste, als die Bundeswehr im Fackelschein vor dem Reichstag, zum großen Zapfenstreich aufmarschierte, denn das Volk hatte eines wiedergewonnen, um was es seit Jahrzehnten betrogen worden war – den eigenen Stolz.

Kapitelübersicht

Die in manchen Textabschnitten der Geschichte aufgeführten Zahlen in Klammern (X) beziehen sich auf Quellenangaben, welche sich im Linkverzeichnis ab Seite 400 des Buches befinden oder direkt über die Autorenseite: www.thomas-vates.de/quellenverzeichnis aufgerufen werden können.

Kapitel 1 - Erstkontakt

Ein gedämpftes, nur leicht unangenehmes Licht, war das Erste was Martin wahrnahm, nachdem man ihn unsanft in einen Stuhl, der zu Martins wohlwollender Feststellung erstaunlich bequem war, hineingedrückt, und ihm die Augenbinde abgenommen hatte.

Seine Augen gewöhnten sich so langsam daran, die Schleier und einzelne Schemen in Bilder zusammen zu setzen. Das Atmen mehrerer Personen hatte Martin zuvor schon wahrgenommen und es war ihm dabei in Erinnerung gekommen, dass sich all die anderen Sinne schärfen würden, sollte einer von ihnen ausfallen.

Er befand sich in einem langgezogenen Raum, welcher von einem, dem Raum angepassten und wuchtigen Konferenztisch beherrscht wurde. Oberhalb des Tisches schwebte, wie in einem Billardsaal, eine länglichmoderne Halogenlampe, welche zwar die Tischoberfläche ausleuchtete, jedoch die Personen am Rande in einen diffusen und kaum wahrnehmbaren Schatten versetze. Ihn selbst hatte man an der Stirnseite des Tisches platziert.

Obwohl die Situation alles andere als mit Humor zu nehmen war, musste Martin sich innerlich belustigt eingestehen, dass ihm die ganze Aufmachung wie eine Szene aus einem AkteX-Film vorkam und jetzt nur noch der „Krebspatient" mit einer brennenden Zigarette in der Hand erscheinen müsste.

Als hätte man seine Gedankengänge erahnt erreichte ihn eine Stimme aus dem Schattenbereich mit den Worten: „Nein, wir sind hier nicht bei AkteX und Sie sind nicht Mulder."

Ein zustimmendes, deutlich amüsiertes Gemurmel erfüllte den Raum und da sich inzwischen Martins Augen an die Lichtverhältnisse gewöhnt hatten, konnte er auch sieben Männer erkennen, welche je zu dritt an einer Seite des Tisches, und einer ihm direkt gegenübersaßen.

„Schade", antwortete Martin, „denn dann würde ja sicherlich auch irgendwo Scully auf mich warten."

Anhand der Reaktion der Anwesenden konnte Martin feststellen, dass sie seinen Humor teilten.

„Na ja", antwortete der ihm gegenübersitzende Mann, welcher nach Einschätzung Martins sicherlich um die 65 Jahre alt sein dürfte „wer weiß, was die Zukunft so bringen mag."
Nach dem Hinweis auf die weitere Zukunft waren alle im Raum verstummt und Martin spürte, dass es jetzt an der Zeit war, auf Ernsthaftigkeit umzuschalten; auch für ihn.

„Erst einmal herzlichen Dank von uns allen, dass Sie sich heute Abend hierherbemüht haben", begann sein Tischnachbar das Gespräch.

So ganz richtig war dies ja nicht, stellte Martin innerlich fest und dachte dabei an die Augenbinde, aber er selbst war ja schließlich dafür verantwortlich, dass er heute Abend hier saß.

„Mein Name ist Peters", führte sein Gesprächspartner weiter aus, „und ich bin sozusagen Initiator der hier befindlichen Versammlung."

Somit war also auch geklärt, wer hier das Sagen hatte und das Alpha-Tier war.

Peters machte auf Martin einen sehr sympathischen, ja sogar väterlichen Eindruck. Er war charismatisch und diese Ausstrahlung wurde durch einen glasklaren und scharfen Blick untermauert, welcher wie das Skalpell eines Chirurgen Martin zu sezieren suchte.

„Aber so ganz richtig ist es ja nicht, denn der eigentliche Initiator sind ja Sie", worauf Peters Martin in Erinnerung rief, was diesem Gespräch vorangegangen war. Martin nickte fast unmerklich. Ja, er war tatsächlich dafür verantwortlich, dass er sich heute mit dieser Gruppe von Männern traf, ohne zu wissen oder auch nur ansatzweise abschätzen zu können, was dies hier alles für Folgen, auch für ihn persönlich, haben würde. Er wusste nur eins – hier und heute konnte etwas in Schwung gebracht werden, was die Zukunft Deutschlands und der Menschen im Land dauerhaft verändern würde.

Die Sitzung war vorbei. Bundesinnenminister Horst Seehofer hatte gerade den Raum verlassen und Jörg Mävers blickte sich in der aufbrechenden Runde um. Wieder wurde viel gesprochen, aber letztendlich war vieles davon mehr als sinnlos gewesen. Der Innenminister brauchte mal wieder Futter für die Journalisten. Die Journalisten brauchten Futter für ihre Berichterstattung und eine der Aufgaben von Mävers war es gewesen, Informationen so „aufzuarbeiten", dass man damit die Medien sättigen, und die Bevölkerung beruhigen konnte.

Mävers befand sich in einem fensterlosen Raum im dritten Kellergeschoss des Bundesinnenministeriums. Hier trafen sich regelmäßig, wie auch heute, Vertreter von unterschiedlichen Sicherheitsbehörden für einen Informationsaustausch bezüglich des internationalen und nationalen Terrorismus. Diesen Zusammenkünften hatte man erstmalig im Dezember 2004 einen offiziellen Charakter verliehen und als GTAZ, gemeinsames Terrorismusabwehrzentrum, gegründet. Das GTAZ ist ein Zusammenschluss von Vertretern des BKA, des Bundesamtes für Verfassungsschutz und 40 weiteren polizeilichen und nachrichtendienstlichen Einrichtungen.

Die Hauptaufgabe liegt, neben einem dienststellenübergreifenden Informationsaustausch, in der Verhinderung von terroristisch motivierten Anschlägen in Deutschland. Das sekundäre Ziel war, und dies stellte Mävers immer wieder fest, die Beruhigung der Menschen im Lande durch gezielte Desinformation.

Auch heute war Seehofer, wie seinen Vorgängern zuvor, wieder ein Nachrichtenbündel zusammengestellt worden, mit welchem dieser jetzt hausieren gehen konnte. Wichtig war dabei, die Daten und Zahlen der Vergangenheit zu berücksichtigen, daraus basierend neue Zahlen zu generieren, welche halbwegs glaubwürdig waren und das ganze so zu verpacken, dass der Minister in der Pressekonferenz keinen Schiffbruch erleiden würde.

„Na ja", dachte sich Mävers, „das Narrenschiff, so wie es von Reinhard Mey schon vor Jahren besungen wurde, hatte schon volle Fahrt aufgenommen, aber niemand wollte den Eisberg direkt voraus erkennen. Wenn die Menschen in unserem Land nur wüssten, dass die gefakten Zahlen von verhinderten Anschlägen, von sogenannten Gefährdern oder Rückkehrern eigentlich um den Faktor drei multipliziert werden müssten um halbwegs an die Realität heran zu gelangen, was gäbe das dann für einen Aufstand? Traue keiner Statistik, die du nicht selber gefälscht hast.", Mävers musste schmunzeln.

✳

Al-Samahi war am Chatten. An dem Chat waren insgesamt zwölf Personen beteiligt, welche sich in unterschiedlichen Ländern befanden, wobei sich drei, wie auch Al-Samahi, in Deutschland aufhielten. Der digitale Austausch, ohne Angst in einer Überwachung aufzulaufen, war problemlos möglich. Dies lag unter anderem dran, dass Handykarten, vorab aktiviert, aus dem Ausland eingeführt worden waren. Bis diese neuen IMEI- oder Telefonnummern in einer TÜ (Telefonüberwachung) oder sonst irgendwo feststellbar wären, würde es lange dauern und bis dahin hätte man die Karte auch schon wieder gegen eine neue Karte ausgetauscht.

Anfangs hätte man über die Schnittstellen von Spielekonsolen kommuniziert, aber warum sollte man es sich selbst so kompliziert machen, wenn die deutschen Sicherheitsbehörden weiter im Tal der Ahnungslosen fischten oder ihnen rechtliches oder politisches Zaumzeug angelegt wurden und sie nicht ermitteln durften; zumindest nicht so, wie sie wollten oder wie es notwendig gewesen wäre.

Das Netzwerk, welches Al-Samahi in Deutschland aufgebaut hatte, funktionierte ähnlich, nur dass die Mitglieder sich immer noch den Umstand zunutze machten, dass Ende 2015, unter Verantwortung von Caritas und Deutschem Roten Kreuz, 50.000 kostenlose und unregistrierte SIM-Karten in Aufnahmeeinrichtungen verteilt worden waren und er und seine Brüder sich dann gleich mit mehreren dieser Karten eingedeckt hatten (1).

Während Al-Samahi darüber nachdachte, wie einfach man es ihnen immer wieder machte, googelte er spaßeshalber nach dieser Aktion. Es war eine Yourfone-Aktion unter Schirmherrschaft von Jens Spahn (MdB, CDU) gewesen, welche 3,5 Millionen Euro gekostet hatte. „War Spahn nicht …? Ja genau, inzwischen Bundesgesundheitsminister.". Al-Samahi grinste. „Wenn ihr wüsstet, wie viele von diesen Karten bei unseren Leuten angekommen sind."

✱

„Viermal die Zwo von Hanno!", dröhnte es aus dem Lautsprecher des BOS-Digitalfunkgerätes. „Wir wollten doch gerade rein, etwas essen und dann den liegengebliebenen Schriftkram der letzten drei Tage aufarbeiten." Peter Bruns schüttelte den Kopf. Seine Kollegin, Melanie Blohm, sah den Blick, die darin versteckte Aussage und sank ein klein wenig in den Beifahrersitz des Streifenwagens.

„Viermal die Zwooooo von Hannooooo!", klang es erneut. Der eigentliche Rufname des Streifenwagens war 22/22, wobei die erste 22 für die Dienststelle stand. Früher war es einmal das 9. Polizeirevier in der Gartenallee in Hannover gewesen. Nach einer Strukturänderung gehörte dies nun zur Polizeiinspektion West.

„Viermal die Zwo von 01. Hanno ruft euch."
Jetzt stimmte auch noch die eigene Dienststelle in den Funkkanon mit ein, sodass Bruns zum Funkhörer griff und sich meldete: „Hanno für viermal die Zwo."
„Hier ist Hanno. Viermal die Zwo. Fahrt in die Lenther Chaussee 137. Anwohner gibt Hinweis auf häusliche Gewalt."

Peter und seine Kollegin brauchten sich nicht anzuschauen um zu wissen, dass es nun bis auf Weiteres mit der angedachten Pause und der Aufarbeitung des Schriftkrams vorbei wäre.

✳

Das Gespräch hatte mit einer kleinen Vorstellungsrunde begonnen. Martin hörte Namen, welcher er weder zuvor vernommen, noch irgendwo, sei es in der Politik oder der Wirtschaft zuordnen konnte. Zwei Dinge waren ihm jedoch völlig klar: die hier zusammensitzende Gemeinschaft kannte sich schon länger und verfolgte dabei Ziele, welche nicht nur persönlich motiviert waren, dabei vermutlich nicht selten über Recht und Gesetz standen, und er hatte

es hier mit Männern zu tun, die über so viel Geld und Einfluss verfügten, dass es ein Leichtes wäre, jegliche Art von Entscheidungen
durchzusetzen. „Das waren genau die Richtigen, die das umsetzten
könnten, was er als Projekt entwickelt hatte", schlussfolgerte er,
ohne wirklich zu wissen, wie recht er damit hatte.

✱

Mävers musste noch immer an die Sitzung mit dem Bundesinnenminister denken. Solche Präsentationen, solche Gespräche empfand er zunehmend als anstrengend und fruchtlos. Das Ziel, die
Bevölkerung über die wahren Gegebenheiten zu täuschen oder wie
es so schön in Amtsdeutsch heißt „das subjektive Sicherheitsgefühl der Bevölkerung zu stärken" und sich dabei williger und
schlagzeilenorientierter Journalisten zu bedienen, mag ja in einigen Bereichen sinnvoll erscheinen.

Aber eine dauerhaft angelegte und gezielte Desinformation, welche durch eine vom ehemaligen Justizminister initialisierte Mei-
nungsüberwachung in den sozialen Medien, unter dem Vorwand
gegen Hassbotschaften vorzugehen, gestützt wurde, hat nichts
mehr mit Recht, Gesetz und Demokratie zu tun, für welche Mävers
in den Polizeidienst eingetreten war. Er hatte damals den Grund-
gedanken eines jeden Polizisten gehegt, welcher voller Stolz das
erste Mal die Uniform trug. Er wollte helfen, er wollte für die
Schwachen da sein, er wollte die Bösen von der Straße holen.

Ja, das war die Naivität eines 18jährigen, der er damals gewesen
war. Er wusste gar nicht mehr, wann ihn die Realität überholt, und
seinen Enthusiasmus zerstört hatte. Er war immer mit Herz und
Seele Polizist gewesen und hatte sich, in seiner Zeit in der Bereitschaftspolizei als „Blaulichtjunkie", wie er sich selber nannte, freiwillig zu Einsätzen an den Wochenendnächten einteilen lassen, um
mit einer motivierten Truppe, wo sich jeder auf jeden verlassen

konnte, mit Blaulicht und Sirene durch die Straßen Hannovers jagen zu können.

Und jetzt? Was war von all dem geblieben? Na klar, er konnte jetzt auf anderer, auf höherer Ebene helfen und versuchen Anschläge, und somit Leid und Tod zu verhindern, aber dafür hatte er auch einen Teil seiner Seele verkaufen müssen, denn auch den Guten da draußen, die es verdient hätten zu wissen was passiert oder passieren wird, konnte er nicht auf das vorbereiten, was in Behördenhinterzimmern bekannt war und vor dem sich alle fürchteten.

Auf diejenigen, welches es in den sozialen Netzwerken wagten, die Dinge so anzusprechen wie sie nun mal waren, ohne Wenn und Aber, oder welche zwei und zwei zusammenzählten und Theorien über die mittel- und langfristige Entwicklung in Deutschland aufstellten, wurden digitalen Blockwarte, eine Art Gedankenpolizei, von arvato, dem Dienstleister von Bertelsmann, angesetzt (**2**).

Und wer es dennoch wagte mit eigenem Namen für eine Sache einzustehen, welche nicht dem Willen der „politischen Kaste" entsprach, dem statteten die zum Teil staatliche finanzierten „Einheiten der Linken", die ANTIFA, einen Besuch ab (**3**). Selbst Polizeibeamten wurden die Radmuttern an den Fahrzeugen gelöst (**4**).

Als Kind hatte Mävers den Roman „1984" von George Orwell gelesen und war beunruhigt gewesen. Vor kurzem hatte der den Film dazu gesehen und musste feststellen, dass mit der Überwachung der eigenen Meinung, mit den manipulierten und zensierten Pressemitteilungen, mit dem ganzen Genderwahn und vielen weiteren Einzelaspekten, die Horrorversion von Orwell eine Mischung aus dem aktuellen Deutschland und der Türkei war. Eine Mischung aus beiden Staatsformen und die 1984-Fiction würde Wirklichkeit.

Noch viel entsetzlicher fand Mävers dabei, dass er seinen persönlichen Teil dazu beitrug, dass sich dieses System genau in diese Richtung entwickelte.

Er machte die Nachttischlampe neben seinem Radiowecker aus, welcher ihn in ein paar Stunden brutal aus dem wenigen Schlaf reißen würde. Eine Nacht durchschlafen? Das konnte er schon lange nicht mehr. Er merkte, wie die zwei Schlaftabletten, welcher er vor ein paar Minuten runtergeschluckt hatte, ganz langsam zu wirken begannen und hoffte, dass er gleich weg wäre und zumindest vorübergehend das vergessen konnte, mit dem er Tag für Tag konfrontiert wurde. Ein letzter Gedanke: „Wann habe ich eigentlich aufgehört Polizist zu sein?"

✳

Der Plan war eigentlich ganz einfach. Schrecken verbreiten und für so viele Opfer wie möglich sorgen. Seitdem die Anzahl der islamistisch motivieren Terroranschläge in Europa zugenommen hatten, versuchte jede einzelne IS-Gruppe sich durch besonders perfide Methoden selber zu glorifizieren und im internen Ränkespiel von Macht und Geldzuwendungen aufzusteigen. Der Irrglaube, dass der Islamische Staat zerschlagen sei, spielte ihnen dabei in die Karten, denn die immer noch vorhandenen Möglichkeiten des IS wurden dabei vollständig unterschätzt. Noch immer bestand eine IS-Führungsebene für externe Operationen.

Je brutaler oder, wenn man dies so ausdrücken konnte, extravaganter die Anschläge durchgeführt wurden, je mehr Tote und Verletzte es zu beklagen gab und je mehr sinnbildliches Blut beim Auseinanderfalten der Zeitungen aus den selbigen hinausfloss, umso mehr finanzielle Unterstützung wurde den IS-Regionalverantwortlichen zugeteilt, welche sie dann nach eigenem Gutdünken einsetzen durften. Dass diese Transaktionen oft über saudi-arabische

Konten abgewickelt wurden, war inzwischen mehrfach durch unterschiedliche Nachrichtendienste nachgewiesen worden (**5**).

Im Gegensatz zu anderen IS-Organisationsleitern investierte Al-
Samahi einen nicht unerheblichen Teil des Budgets in die Rekru-
tierung neuer, vor allem junger Kandidaten.

Al-Samahi war schon seit vielen Jahren mit terroristischen Netzwerken verflochten. Begonnen hatte er, wie viele seiner Wegbe-
gleiter, bei Al-Qaida und war dann über die Al-Nusra-Front zum
IS gekommen. Bereits zu Zeiten von Al-Qaida war er erstaunt über
die Sorglosigkeit der europäischen, insbesondere der deutschen
Nachrichtendienste gewesen, denn er war im Vorfeld von 9/11 als
Ansprechpartner für die „Hamburger Gruppe" eingesetzt gewesen
welche, wie sich später herausgestellt hatte, unter Beobachtung des
Verfassungsschutzes gestanden hatte. Natürlich dementierte der
Verfassungsschutz, aber was sollte er auch anderes tun (**6**)?

Für Al-Qaida stand es damals jedoch niemals zur Debatte Anschläge in Deutschland auszuführen, denn man hatte sich hier eine
eigene Operationsbasis geschaffen, von welcher man international
agieren konnte. „Man beschmutzt doch nicht sein eigenes Nest",
war damals die Aussage gewesen.

Auch wenn man offiziell nur wenig Informationen über die IS
Netzwerke in Europa hatte, so war es Al-Samahi völlig klar, dass
über ihn einiges an Aktenmaterial zur Verfügung stehen musste.
Er hatte nur in Ausnahmefällen falsche Identitäten angenommen,
denn in seiner Position war es wichtig, dass er immer erreichbar
war und jederzeit auch Entscheidungen treffen konnte.

✱

„Herr Kosik", Martin sah Peters direkt in die Augen. „Sie haben sich, ich sag' mal so, mit einer Projektidee an Ihren Rechtsanwalt Holzhausen gewandt und Ihnen war bei diesem Gespräch bewusst, dass Herr Holzhausen diese Idee weiterleiten würde.". Dies war mehr eine Feststellung als eine Frage gewesen, aber Martin nickte.

„Nun gut, dann schildern Sie uns, was Sie sich vorstellen. All das, was hier und jetzt besprochen wird, ist absolut vertraulich und wird, es sei denn wir beschließen in irgendeiner Form tätig zu werden, diesen Raum niemals verlassen. Sprechen Sie ganz offen, egal wie abstrus Sie selber Ihrer Geschichte sehen sollten. Wir hören zu und wir sind alle dazu in der Lage Schlussfolgerungen auch aus unvollständigen Sachverhalten ziehen zu können. Fangen Sie an."

„Häusliche Gewalt", wie Bruns das hasste. Er war nun seit über 32 Jahren bei der Polizei und hatte sich demzufolge das bekanntlich „dicke Fell" zugelegt. Aber bei „Häuslicher Gewalt" sind fast immer Kinder mit dabei. Er konnte sich noch an einen seiner ersten Fälle erinnern. Damals war er noch während der Ausbildung im Praktikum auf der Dienstelle gewesen. Sein „Bärenführer" (Ausbilder) und er waren zu einer verwinkelten Wohnung in einem Altbau in Hildesheim gefahren. Nachdem sie geklingelt hatten und die Tür geöffnet worden war, stellte sich sie Szene so dar, dass die Frau eingeschüchtert, mit augenscheinlichen Schlagverletzungen, auf dem Sofa saß. Ihr Freund war bemüht seine Aggressivität, welche wie eine elektrische Spannung den Raum unsichtbar, aber merklich erfüllte, unter Kontrolle zu halten und überall lagen Scherben zwischen Kinderbekleidung und Spielzeug herum.

Eine Nachbarin, welche über den Notruf die Polizei verständigt hatte, teilte mit, dass sich zwei Kinder in der Wohnung befinden mussten. Während sich die zwischenzeitlich eingetroffene zweite

Funkstreifenbesatzung um den Schläger und die Sachverhaltsaufnahme gekümmert hatte, hatte Bruns nach den Kindern gesucht.

Und er hatte sie, im letzten Raum der 5-Zimmer-Wohnung, zusammengekrochen unter dem Bett gefunden. Nackte Angst war in ihren Blicken zu erkennen gewesen. Froh war Bruns damals nur gewesen, dass aufgrund seines Berichtes an das Jugendamt die Kinder aus der Familie genommen worden waren, da sich im Nachgang feststellen ließ, dass seine Kollegen schon mehrfach vor Ort gewesen waren. Zusammen mit den festgestellten Verletzungen bei den Kindern und den Aussagen der Nachbarn hatte es ausgereicht, die Kinder nach einiger Zeit in einer Pflegefamilie unterbringen zu können.

Er hasste Typen, welche saufen und Frauen und Kinder schlagen. Er hasste Einsätze mit „Häuslicher Gewalt" und er hasste diese Justiz, welche den Tätern immer wieder neue Chancen und positive Zukunftsprognosen einräumte, während die Opfer ihr Leben lang unter den psychischen Folgen der Taten zu leiden hatten.

Wie erwartet war der Übergang vom Schlaf- in den Tagesbetrieb für Mävers sehr hart. Unbarmherzig hatte ihn der Wecker aus der nächtlichen Flucht vor dem Alltag herausgerissen. „04:27 Uhr. Mist.". In gut einer Stunde war sein heutiger Dienstbeginn. Ein 12-Stunden-Tag, welcher ihm heute bevorstand, ist schon heftig, aber da der Ablauf des letzten Termins nicht kalkulierbar war, konnte es auch noch länger werden.

„Alles zum Wohl und zum Schutz der Bürger", munterte er sich selbst bei der Betrachtung seines Spiegelbildes, welches ihn recht zerknittert und brutal ehrlich anschaute und er dabei bemerkte, dass Sarkasmus zu seinem ständigen Wegbegleiter geworden war.

Früher, ja früher hatte er alles noch anders durchdacht, hatte Pläne geschmiedet und die Hoffnung gehabt, wie die üblichen Spießer Frau, Kinder, ein Heim und einen Hund zu haben.

Leicht spöttisch schnaubte er ein wenig Rasierschaum aus der Nasenöffnung. „Ja, das waren einmal seine Pläne gewesen", und er beneidete diejenigen, welche sich so eine Idylle aufbauen konnten.

„Polizistenehen gehen zu ca. 50 Prozent kaputt", hatte man ihm schon in der Ausbildung erzählt, dennoch hatten sie es gewagt. Janette. Trotz des Berufes, trotz Schichtdienst, trotz vieler kleinen Schwierigkeiten waren sie über vier Jahre lang miteinander verheiratet gewesen. Sie waren gerade dabei sich nach einem Haus umzuschauen und sich für die Zukunft ein Nest zu bauen, denn Janette war schwanger und sie erwarteten ein kleines Mädchen.

Sein Blick ging zu dem Regal im Wohnzimmer, wo gleich daneben sein Schlüsselbund lag, welches er ergriff und Richtung Wohnungstür ging. Er drehte sich noch einmal um und zog dann beim Hinausgehen die Tür zu, während er wie jeden Tag die beiden Bilder aus dem Regal noch vor seinen Augen hatte. Das Bild seiner Frau und das Ultraschallbild seiner Tochter, welche dort nebeneinander standen und einen schwarzen Trauerflor trugen.

Der Diesel surrte leicht. Die Vibrationen, welcher von dieser großen Maschine ausgingen, konnte Martin nur deshalb spüren, da er seinen Kopf leicht an Scheibe der gepanzerten Limousine gelegt hatte. Er war auf dem Rückweg und seit ein paar Minuten hatte er auch die Augenbinde abnehmen dürfen. Der Mercedes schwebte fast auf der kaum befahrenen Autobahn dahin und, obwohl sich Martin sonst für eine solche Technik interessierte, hing er in Gedanken dem Gespräch hinterher, welches er gerade verlassen hatte.

Tausend Gedanken schwirrten durch seinen Kopf und eines seiner Talente, Sachlagen aus unterschiedlichen Blickwinkeln nicht nur beurteilen, sondern auch deren mögliche Entwicklung geistig durchspielen zu können, wurde ihm gerade zum Verhängnis. Er konnte nicht abschalten. Nach diesem Treffen überlegte er sich die weiteren Abläufe, verwarf diese wieder um dann zum wiederholten Male vom Neuen zu beginnen.

„Wie geht es jetzt weiter? Welche Entscheidungen trifft diese Gruppe? Welche Möglichkeiten haben sie?", und dann war er auch schon bei den genaueren Planungen und Umsetzungen. Beim Autofahren konnte er am besten nachdenken und er würde gleich, wenn er von dem Fahrer abgesetzt worden war, sich selber hinters Steuer setzen und bestimmt noch zwei Stunden durch die Gegend fahren. An Schlaf war jetzt sowieso nicht zu denken.

✻

Kosik war gerade abgefahren. Peters sah in die Runde der Männer, welche er zum Teil schon seit Jahrzehnten kannte. Mit zwei von Ihnen hatte er sogar schon als Kind zusammengespielt, da ihre Eltern befreundet gewesen waren. Alle in dieser Runde verband ein tiefer Zusammenhalt und ein Vertrauen, welches weit über Kameradschaft hinausging. Das Leben hatte sie zusammengeschweißt.

Hinzu kam, dass alle über Möglichkeiten verfügten, welche in dieser Form niemand sonst aufweisen konnte. In Deutschland wurde immer von den „mächtigen Medienfamilien" wie Mohn, Springer, Burda und vielen weiteren gesprochen. „Diese öffentlichen Familien waren nichts im Vergleich zu dem, was den Kern ihrer Gruppe symbolisierte", hatte Peters einmal ihre Zusammenkunft bezeichnet. Natürlich ging es ihnen auch um wirtschaftliche Interessen, aber das war nicht ihr Hauptziel.

Sie alle gehörten noch zu den Menschen, denen das Wohl anderer nicht unwichtig war. Sie engagierten sich in karitativen Einrichtungen, unterstützen soziale Projekte, hatten Ideale und waren Patrioten. Für sie galt ein gegebenes Wort und sie brauchten keinen schriftlichen Vertrag, denn ein Handschlag genügte.

Den Werteverfall, die politischen Veränderungen der letzten Jahrzehnte, insbesondere der letzten Jahre, die Verrohung und Verdummung dieser Gesellschaft hatten sie immer besorgter zur Kenntnis genommen und trotz ihrer Möglichkeiten hatten sie keine Lösung gefunden, dem entgegenzuwirken. Das dies, was hier spätestens seit 2015 ablief, nicht mehr mit politischen Mitteln zu lösen war, war ihnen allen bewusst geworden.

Aber nachdem sich nun gezeigt hatte, was man schon in der 80er Jahren befürchtet hatte, dass Sicherheitsorgane durch kriminelle Banden und arabische Clanstrukturen unterwandert werden (7), waren sie zutiefst verunsichert. Das vieles bei der Polizei und der Bundeswehr im Argen lag war bekannt, aber letztendlich hatte man diesen Behörden noch pauschal ein Vertrauen entgegengebracht, welches aus ihrer Sicht schon lange verfallen war.

Nicht nur die Grundwerte des Landes standen auf dem Spiel. Es kam zu immer mehr gewalttätigen Übergriffen, ja sogar Morden und Politik und Medien hatten nichts Besseres zu tun, als zu relativieren und einen destruktiven Aktionismus an den Tag zu legen.

Dank einer von oben gelenkten Politik, welche Einfluss auf alle Ebenen der Justiz und Verwaltung hatte, hatten die Menschen Angst. Berechtigte Angst, denn selbst die großen Medienkonzerne konnte bei der Vielzahl der Vorfälle die Aktionen von sogenannten „Einzeltätern" oder „verwirrten Personen" nicht mehr totschweigen. Menschen, welche nie zuvor mit Straftaten konfrontiert gewesen waren, wurden jetzt plötzlich Opfer von Gewalt, von Übergriffen, von Sexualdelikten oder von Messerangriffen. Und wenn diese sich dann in ihrem Freundes- und Bekanntenkreis umhörten, konnten sie feststellen, dass sie keine Einzelfälle waren.

Das „Bundeslagebild Kriminalität im Kontext von Zuwanderung 2017" vom BKA hatte nur für das Jahr 2017 insgesamt 289.753 Straftaten ausgewiesen, welche niemals stattgefunden hätten, wären die Grenzen geschlossen gewesen. 289.753 Straftaten mit Täterbezug. Wie hoch mag die Dunkelziffer ohne Täter gewesen sein?

Die Gruppe um Peters hatte sich zum Ziel gesetzt alle ihre Möglichkeiten dafür einzusetzen, um diese unsägliche Politik zu beenden. Die Kanzlerin musste aufgehalten werden. Um jeden Preis.

✳

Es war Freitagabend. Al-Samahi kam gerade aus dem Freitagsgebet. Er wechselte regelmäßig die Moscheen, denn er war sich nicht sicher, welche davon vom Verfassungsschutz beobachtet wurden.

Vor dem Verfassungsschutz hatte er keine Angst. Wie dieser Dienst arbeitet, hatte man ja in Hamburg gesehen und der niedersächsische Verfassungsschutz war da sicherlich keinen Deut besser. Außerdem, Al-Samahi musste innerlich grinsen, „außerdem hatte er jemand in einer der Observationsgruppen, welcher ihn regelmäßig mit Informationen versorgte.

So wusste Al-Samahi bereits Anfang 2016 davon, dass der Verfassungsschutz Abu Walaa und die Hildesheimer Moschee im Visier hatte (8). „Manchmal muss man halt einen Soldaten opfern, wenn es um ein größeres Ziel gehen würde", hatte Al-Samahi sich selbst gegenüber gerechtfertigt, dass er seinen Bruder nicht über die Observierung und die weiteren Aktionen informiert hatte. Der Verfassungsschutz hatte einen, eher fragwürdigen Erfolg, schaffte es jedoch, sich gut zu präsentieren und Politik, Medien und Bevölkerung davon zu überzeugen, wie effektiv er arbeiten konnte. Und er, Al-Samahi, konnte sich sicher sein, dass seine Planungen weiterhin ungestört verlaufen würden.

Kapitel 2 - Wer ist Martin Kosik?

Martin Kosik war 53 Jahre alt. Ein Alter, was man ihm weder ansah, noch welches er selbst spürte. Na ja, manchmal schon, gestand sich Martin selber ein, wenn er mal wieder zu sportlich sein wollte. Altersbedingt funktionierte es nicht mehr „ganz so gut" wie damals, als er in den 90ern in Hannover seinen ersten Marathon gelaufen war. Nichtsdestotrotz ging er auch jetzt noch, teils morgens im Dunkeln, auf eine seiner drei Joggingstrecken welche, abhängig von seinem morgendlichen Laufgefühl, entweder 4, 8 oder 11 Kilometer umfassten.

„Tja, damals", Martin seufzte. Damals befand er sich noch in der Bereitschaftspolizei (BePo) Hannover, in einer der beiden Einsatzhundertschaften. Er war damals, wie er sich selbst gern nannte, ein „Vollblutpolizist" gewesen. Jung, dynamisch und motiviert. Seine weitere berufliche Laufbahn war dann nicht so glatt verlaufen, wie er es sich ursprünglich gedacht hatte und führte später auch zum Ausscheiden aus dem Polizeidienst.

Nein, er hatte keine silbernen Löffel gestohlen oder einen Fehler gemacht, aber die damaligen Umstände führten dazu, dass er sich in die freie Wirtschaft umorientiert hatte. Nach einer weiteren Veränderung hatte er dann eine eigene Sicherheitsfirma gegründet.

Somit konnte er nun auf über 25 Jahre Erfahrungen im behördlichen wie auch privaten Sicherheitsbereich zurückblicken.

Bereits als Polizeibeamter hatte er vieles nicht nachvollziehen können, denn kaum eine andere Berufsgruppe nimmt die Realität, das Leben so ungeschminkt und brutal wahr, wie dies Polizisten tun.

Umso schlimmer ist es dann, wenn man weder seitens der Politik, noch von eigenen Vorgesetzten einen Rückhalt bekommt. Dem normalen Bürger machte Martin keinen Vorwurf. Der normale Bürger kann sich nicht vorstellen, mit was für Abgründen menschlichen Verhaltens man es tagtäglich zu tun hat. Sein Vorwurf galt den damaligen Vorgesetzten im gehobenen und höheren Dienst. Diese wussten was sich auf der Straße ereignete, aber sie taten weder etwas dagegen, noch hatten sie den Mut es anzusprechen.

Die unteren Dienstränge im gehobenen Dienst trauten sich nicht, die höheren Dienstränge im gehobenen Dienst trauten sich noch viel weniger, da man ja schon so weit gekommen war und seine eigene Karriere nicht gefährden wollte und der höhere Dienst … beim höheren Dienst handelte es sich um politische Beamte, welche viel zu oft nach dem Motto fungierten: „Wessen Brot ich ess, dessen Lied ich sing."

Solchen Personen konnte Martin nur absolute Verachtung entgegenbringen. „Wann hatten diese denn aufgehört Polizeibeamte zu sein? Wann hatten sie das, wofür sie als Polizeibeamte einstehen wollten, ihre Werte, ihre Moral und ihr Gewissen gegen ein Parteibuch eingetauscht?"

„Und dann hatte man eine zweigeteilte Laufbahn eingeführt, welche man falscher nicht hätte umsetzen können. Sicherlich war es richtig gewesen, den normalen Polizeidienst in den gehobenen Dienst zu setzen, aber doch nicht so. Erfahrende Beamte, so sie denn nicht aufgrund des Alters über einen Bewährungsaufstieg in den gehobenen Dienst gelangten, mussten dann, um nachher dasselbe machen zu können wie zuvor, ein dreijähriges Studium auf sich nehmen. Diejenigen, welche keine Fachhochschulreife hatten, mussten diese durch ein weiteres Jahr nachholen. Im Gegenzug kamen dann die „Kinderkommissare". Martin nannte sie immer so, dann da kam eine junge Generation, welche schulisch oft schon politisch indoktriniert worden war, direkt über ein Studium in den Dienst und wollte den alten Hasen erzählen, was richtig wäre.

Während es zuvor eine vernünftige und praxisnahe Ausbildung gegeben hatte, kam jetzt eine Theoretikergeneration. „Und irgendwelche Idioten hatten denen eingebläut, dass sie jetzt etwas Besseres wären, dass sie jetzt die Offiziere sind, die das Sagen haben." Bei diesem Gedanken wurde Martin richtig sauer.

„Keine Ahnung von Polizeiarbeit, aber passend zu dem was auch in den Bereichen Verwaltung und Justiz seit Jahren gang und gäbe ist, wurden Theoretiker nachgezüchtet. Kein Wunder, dass es in allen Bereichen immer mehr praxisferne Entscheidungen gab."

Mittlerweile, so hatte Martin durch einige seiner Kontakte zur Polizei erfahren, werden die neuen Polizeianwärter nur noch verhätschelt und gepampert. Sie sind oft völlig verweichlicht und sobald ihnen etwas nicht passen sollte oder man so mit ihnen umgeht, wie es sich bei solchen Einheiten grundsätzlich gehört, sitzen sie beim Personalrat auf dem Schoss. Es soll sogar Fälle gegeben haben, bei denen sich diese Beamten geweigert hatten, eine Aufgabe auszuführen mit der Begründung, dass sie dafür nicht studiert hätten.

Wenn sich Martin nun mit älteren Beamten, zu denen er immer noch Kontakt hatte, unterhielt, wurde ihm immer wieder gesagt, dass dies nicht mehr die Polizei wäre, für die sie einst die Uniform angezogen hatten.

✳

Es waren zwei Wochen nach dem Gespräch mit Peters und der Gruppe vergangen. Man hatte ihm gesagt, dass es einige Zeit dauern würde, bis man sich wieder bei ihm melden würde. Dies hätte nichts mit ihm, sondern mit der Situation zu tun, dass man alles Besprochene genau auswerten und selber überlegen und abschätzen müsse, ob und wie es weitergehen würde.

Natürlich brannte es Martin unter den Fingernägeln zu erfahren, wie man seinen Vorschlag aufgenommen hatte. Ruhig zu bleiben fiel ihm dabei recht schwer, aber er hatte keine andere Möglichkeit als abzuwarten, denn der Kontakt würde nur von der anderen Seite aufgenommen werden, wenn überhaupt.

Martin dachte nach. Nicht dass dies etwas Ungewöhnliches wäre, aber er dachte zielorientiert nach und dies konnte er, wenn er seinen Wagen durch die Gegend chauffierte. Häufig war es so gewesen, dass er dann nach 2-3 Stunden sinnloser Fahrt ein Problem gelöst oder zumindest soweit durchdacht hatte, dass er anschließend auf alle Eventualitäten vorbereitet gewesen war. Bei diesem Thema, bei welchem er, sollte es tatsächlich akut werden, keinen großen Einfluss auf die Abläufe haben würde, war er jedoch abhängig von den Eingebungen Dritter. Das ärgerte ihn. Abhängigkeit von anderen oder keine Kontrolle zu haben, das war nicht seine übliche Arbeitsweise, aber es war ihm bewusst, dass ein anderer Ablauf nicht möglich war. Bewusst war ihm jedoch auch, dass er einen großen Teil des späteren Ablaufes übernehmen würde und dass sich somit auch sein Leben grundlegend verändern würde. Er war sich jedoch absolut sicher, dass sein Mitwirken die Erfolgschancen erhöhen würde, denn er war ein Perfektionist und überließ wenig bis gar nichts dem Zufall.

Seehofer tobte. Aus dem bayrischen Urgestein brach es heraus und entgegen seinem, sonst zu disziplinierten Verhaltens in der Öffentlichkeit und besonders den Medien gegenüber, bedachte er jetzt nicht jedes Wort, welches er aussprach.

Die außerordentliche Sitzung hatte um 22:00 Uhr, am 29.05. im Innenministerium begonnen. Mävers stand in Kontakt zu, wie es in Amtsdeutsch heißt, „befreundeten Diensten". Man hatte kurzfristig die Information aus dem Ausland erhalten, dass die linksgerichtete ANTIFA zum 01. Mai Polizeikräfte nach Berlin locken wollte, um dann dort, wie auch in anderen Städten relativ friedlich aufzutreten, jedoch an einer bisher nicht bekannten Stelle eine „große Aktion" zu starten.

Wieder einmal kamen die Informationen aus dem Ausland und wieder einmal fragte sich Mävers, warum eigentlich die eigene Aufklärung nicht dazu imstande gewesen war, selbst an diese Informationen zu gelangen?

„Wie dem auch sei", dachte er. Wichtig war nur, alles aufzuarbeiten und Maßnahmen zu ergreifen, um diese „große Aktion" noch rechtzeitig verhindern zu können.

Normalerweise wäre dies nicht Aufgabe des GTAZ gewesen, aber nach den G20-Krawallen in Hamburg aus dem Vorjahr und unter dem Einfluss von Seehofer als neuem Innenminister, gab es eine neue Bewertung der ANTIFA. Während sich die Polizei beim G20-Gipfel auf der Straße zurückgezogen hatte und das SEK eingesetzt worden war, welches nur unter Androhung eines Schusswaffengebrauches die Lage unter Kontrolle bringen konnte, wurde die ANTIFA nun in Teilen nicht mehr als linksextremistisch, sondern als linksterroristisch eingestuft.

Und da die Informationen direkt beim GTAZ aufgelaufen waren, hatte Mävers seinen geplanten Abend kurzfristig umdisponieren müssen. „Wieder einmal", wie er resignierend feststellen musste.

Mit den Planungen und den Einsatzrichtlinien für den 01. Mai waren sie alle gerade fertig geworden. Die entsprechenden Handlungsanweisungen und Befehle würden in den nächsten Stunden herausgehen und gerade wollte sich die zusammengetrommelte Gruppe erheben und sich nachhause aufzumachen, als nun ein Vertreter vom Innenminister den Raum betrat, während dieser, laut schimpfend, zu seinem Büro ging. Es war 03:20 Uhr.

„Ellwangen, wisst ihr, wo Ellwangen liegt?". Alle zuckten mit den Schultern.

„Das ist auch völlig egal; liegt übrigens bei Aalen. Dort hat gerade ein Mob von Schwarzafrikanern in einer Flüchtlingsunterkunft nicht nur die Abschiebung eines Schwarzen verhindert, sondern sie haben die Polizei angegriffen. Die Beamten mussten ihn, obwohl er schon Handschellen auf dem Rücken hatte, wieder frei lassen, denn sonst hätte man sie überrannt." **(9)**

Die Runde blickte sich gegenseitig an. Dies war nur eine der Befürchtungen für die Zukunft, dass sich gleichzeitig ein Mob organisierte, welcher dann plündernd und mit Gewaltexzessen begleitet, durch die Straßen ziehen, und sich einer Polizei entgegenstellen würde, welche keine Chance hatte. Neben terroristischen Aktionen sind das genau die Szenen, welche sie voraussahen und welche ihnen Unbehagen bereiteten.

Mävers sah die Blicke der anderen und konnte seine eigenen Gedanken in ihren Augen lesen.

„So wird es irgendwann beginnen, denn wir haben uns eine Besatzungsarmee hier hineingeholt, welche über keinerlei Moral, keinerlei Rücksicht, keinerlei Menschlichkeit verfügt. Und diese haben wir dann auch noch unter der Bevölkerung verteilt und dezentral untergebracht", war eines der unausgesprochenen Geheimnisse, welches viele in der Runde dachten.

Neben der dem Geschehen in Ellwangen regte den Vertreter Seehofers aber auch noch etwas anderes auf. Seit Minuten versuchte er Kretschmann, den Ministerpräsidenten von Baden-Württemberg ans Telefon zu bekommen, was ihm jedoch nicht gelang. Mit den Worten: „Typisch Grüne, verantwortlich sein wollen, aber keine Verantwortung übernehmen können", verließ er den Raum.

✴

Der Anruf kam, als er gerade durch Braunlage im Harz fuhr. Die Nummer im Display war unterdrückt.

„Kosik", Martin meldete sich. Entweder hatte sich jemand verwählt, denn alle seine Kontakte übermittelten bei ihren Anrufen die jeweilige Nummer oder es war der Anruf, auf welchen er die ganze Zeit über gewartet hatte.

„Peters, hallo Herr Kosik."

Obwohl der Anruf von Martin schon lange herbeigewünscht wurde, zuckte dieser innerlich zusammen und in Sekundenschnelle spannte sich jede Faser in seinem Körper an. Kurz vorher hatte er unbemerkt wahrgenommen, dass er sich einem Parkplatz näherte und er setzte ohne nachzudenken den Blinker und ließ seinen Wagen auf dem Parkplatz ausrollen.

„Wie geht es Ihnen?"

Eine Frage, welche Martin, wenn er ganz ehrlich zu sich sehr war, gar nicht so recht beantworten konnte. Er wollte, dass endlich etwas passieren sollte, dass eine Entscheidung gefällt wird, egal wie diese aussehen würde.

„Schlechten Menschen geht es immer gut", war seine Standardantwort. „Na, na, das mag´ ja auf viele zutreffen, aber sicherlich nicht auf Sie", war aus den Lautsprechern der Freisprechanlage zu vernehmen und Martin meinte, das Schmunzeln des Gegenübers auch hören zu können.

Da war es wieder, ein unbestimmtes Gefühl einer Vertrautheit, welche gar nicht hätte sein dürfen. Eine Vertrautheit, welche sich sicherlich aus den gemeinsamen Zielen ableiten ließe, aber die irgendwie durch die persönliche Sympathie bestimmt war, welche sich durch ihre gegenseitige Empathie zu entwickeln begann.

„Wie sieht es aus? Haben Sie sich Gedanken gemacht? Wollen Sie weitermachen?"

Ein sarkastisches Lächeln umspielte Martins Lippen: „Jetzt waren Sie zu schnell. Genau diese Fragen wollte ich Ihnen stellen."
„Ich sehe schon, wir verstehen uns."

Dies war nicht als Frage, sondern als eine Feststellung gemeint und, obwohl dies niemand sehen konnte, nickte Martin merklich. Oh ja, er hatte sich Gedanken gemacht und war schon lange dazu bereit, sich hierzu weiter auszutauschen.

„Ich denke schon. Aber wie geht es nun wirklich weiter?"
Martin mochte keinen Smalltalk und er wollte endlich hören, dass man seine Idee für gut befunden hatte und dass nun die weiteren Schritte folgen würden.

„Gemach junger Freund. Wir sind ein Club älterer Herren und wie Ihnen vermutlich schon Ihr Großvater gesagt hat: so schnell schießen die Preußen nicht."

Es folgte eine Gedankenpause: „Wir sind uns alle einig, dass wir den nächsten Schritt mit Ihnen gehen möchten. Und dazu bedarf es eines weiteren Treffens. Was machen Sie morgen Vormittag?"

Nachdem sie sich darüber ausgetauscht hatten, dass sie sich am Folgetag in Hannover treffen wollten und sie Ort und Zeit abgesprochen hatten, wurde das Telefonat beendet. Die aufgebaute Spannung viel von Martin ab. „Es geht weiter. Wie? Ich weiß es nicht, aber es wird weitergehen, das ist die Hauptsache."

Langsam rollte der Passat wieder an und das dabei entstehende Geräusch, wenn sich die Reifen knirschend auf den kleinen Schottersteinen des Parkplatzes abrollten, sowie die veränderte Tonlage beim Übergang zur Asphaltdecke des normalen Straßenbelags, nahm Martin genauso wenig wahr wie die anschließende Fahrt über die kurvige, felsige und baumgesäumte Bergstraße, welche sich entlang der abfließenden Innerste schlängelte.

Mävers saß seiner Chefin gegenüber. Das schmucklose Büro, in welchem nur ein ca. 1,8 m hoher Gummibaum und ein Schreibtischkaktus von der vorherrschenden Arbeitsatmosphäre ablenkten, befand sich im zweiten Stock des Bundesinnenministeriums. Gundula Breitscher leitete als Regierungsdirektorin, in der Sektion II (Generaldirektion für die öffentliche Sicherheit), die übergeordnete Abteilung für die Bundespolizei im BMI.

Sie und Mävers kannten sich schon seit mehr als 15 Jahren und im Laufe der Zeit hatte sich eine Vertraulichkeit entwickelt, welche über die beruflichen Bereiche hinausging. Auch wenn es natürlich einen Unterschied aufgrund der Dienstgrade und Funktionen gab, so kam es auch immer wieder zu einem privaten Austausch und beide hatten festgestellt, dass sie in ihren Ansichten so ziemlich auf derselben Wellenlänge lagen. Als Mävers Frau Janette und seine ungeborene Tochter gestorben waren, hatte Gundula zu ihm gestanden und ihn der schweren Zeit unterstützt. Das hatte die beiden zu mehr als nur Kollegen miteinander verbunden.

Nun saß Mävers ihr zum wiederholten Male gegenüber und hatte gleich beim Betreten des Büros festgestellt, dass dies heute kein Routinebesuch werden würde. Er wusste nicht wieso, aber anhand des ihm entgegen geworfenen Blickes würde dies heute anders werden als sonst.

„Jörg", begann sie, nachdem sie sich an ihren runden Arbeitstisch gesetzt hatten, das Gespräch auffallend leise und bedacht. In ihrer Position musste sie mit Worten spielen können und dabei aufpassen, nicht die falschen Formulierungen zu verwenden, da es immer wieder Aasgeier und Neider gab, welche darauf sofort angesprungen wären. Sie hatte gelernt sich nicht angreifbar zu machen, aber Mävers und sie sprachen seit Jahren völlig offen miteinander.

Deshalb war Mävers erstaunt, insbesondere als sie nach der Anrede fragte: „Seit wann kennen wir uns eigentlich?"
„Seit gut 15 Jahren, aber das war sicherlich nicht die Antwort, welche Du haben wolltest."

Mävers konnte den Anflug eines Lächelns in ihren Gesichtszügen erkennen, welche sonst immer gut situiert und wie aus Stein gemeißelt erschienen.

„Ja", sagte sie, „und fast schon seit Beginn sind wir befreundet."
Mävers nickte zustimmend.

„Was ist los? Wenn Du so anfängst, und so hast Du noch nie angefangen, dann muss etwas passiert sein. Egal was es ist, Du weißt, Du kannst Dich auf mich verlassen", und nach einer kurzen Gedankenpause fügte er hinzu „und egal was es ist, ich kann meine Klappe halten, das weißt Du auch."

Das wusste sie. Sie hatten mehr als einmal über Dinge gesprochen, welche der Geheimhaltung unterlagen und sie hatte niemals daran gedacht, dass Mävers dies weitertragen könnte. Loyalität und Verschwiegenheit waren ihre gemeinsamen Attribute.

„Ich weiß, dass ich Dir voll und ganz vertrauen kann. Du bist der Einzige, mit dem ich mich hier überhaupt austauschen kann ohne Angst haben zu müssen, dass mir meine Worte im Mund umgedreht werden."

Ihm war klar, worüber sie sprach. Sie war schon mehrmals „nach oben" zitiert worden, da sie mit ihrer Meinung angeeckt war. Sie hatte eine eigene Meinung, eigene Ansichten und ließ sich durch politische Vorgaben oder Heucheleien nicht biegen. Dies war mit ein Grund dafür, dass Mävers sie besonders schätzte, denn die meisten, mit denen auch er zu tun hatte, gaben ihre eigene Meinung zusammen mit ihrem Gewissen morgens beim Pförtner ab.

„Wie beurteilst Du das, was hier in unserem Land momentan abläuft? Da Du ja für die Bundespolizei zuständig bist, bekommst Du viele Informationen ungefilterter, als ich sie dann aufbereitet von anderen Stellen erfahre."

Mävers sah sie an. Auch er hatte eine eigene Meinung, welche von seiner Chefin nicht minder geschätzt wurde und deshalb antwortete er auch ganz offen: „Wir haben ein riesengroßes Problem – neben der Person der Kanzlerin."

Auch wenn die Situation alles andere als amüsant war, so mussten doch beide lachen, denn sie liebten den „schwarzen Humor". Einen Humor, da stimmten sie beide in Ihren Ansichten überein, welchen man früher, in den 80ern, noch haben durfte und für den man heute ans Kreuz geschlagen werden würde.

„Also abgesehen von der gewissen Dame und ihren Helfershelfern in Politik und Medien haben wir keinen funktionsfähigen Rechtsstaat mehr. Die „Rohheitsdelikte", damit waren Tötungs- und Sexualdelikte, Körperverletzungen, Angriffe mit Waffen gemeint, „nehmen immer mehr zu. Auch wenn die gerade veröffentliche PKS (Polizeiliche Kriminalstatistik) über weniger Straftaten im Vergleich zum Vorjahr berichtet, so haben wir immer mehr Opfer zu beklagen, welcher früher niemals daran gedacht hätten, selbst zum Opfer zu werden. Die PKS stimmt hinten und vorne nicht, denn sie erfasst nur die tatsächlich angezeigten Straftaten. Laut BDK (Bund Deutscher Kriminalbeamter) wird jedoch nur jede 14 Straftat angezeigt." **(10)**

Mävers holte Luft und führte weiter aus: „Wenn ich mich richtig an das gerade veröffentliche „Bundeslagebild Kriminalität im Kontext mit Zuwanderung" erinnere, liegt die Quote bei nicht deutschen und zugewanderten Tatverdächtigen bei knapp 39 Prozent **(11)**. Wie viele Deutsche mit Migrationshintergrund eigentlich noch dazu kommen ist nicht bekannt, aber die würden die Quote noch ganz schön nach oben treiben. Diese Personen werden aber in dieser Auflistung nicht erfasst. Aber was soll man von einer Statistik halten welche aussagt, dass bei den Tatverdächtigen im BTM-Bereich nur 5% Zuwanderer sein sollen, wo man doch in vielen Städten, an jeder zweiten Straßenecke, beim Neger Koks, beim Kurden Heroin und beim Algerier Hasch kaufen kann?"

✱

Michael hieß er. Mehr wollte Al-Samahi auch gar nicht wissen. Dieser komische Michael war ihm letzte Woche in der Moschee in Hannover vorgestellt worden und verkörpert genau das, was Al-Samahi nicht verstehen konnte. Jemanden, der so verblendet und so voller Hass gegenüber seinem eigenen Land und seinem eigenen Volk war, dass er dazu bereit war, dieses mit allen Mitteln zu bekämpfen.

Al-Samahi schüttelte den Kopf. Der Typ hatte bisher nichts auszustehen. Er war als Einzelkind wohlbehütet aufgewachsen und hatte alles gehabt, was sich Al-Samahi einst für seine eigene Familie erträumt hatte – im übertragenen Sinne, auf die Lebensumstände in seinem Heimatland umgemünzt. Michael hatte ihm erzählt, dass er schon in der Schule gerne auf die Lehrer gehört hatte, welche gegen Deutschland gewettert, und immer erzählt hatten, dass die Deutschen die Schuldigen für die vielen Toten im 1. und 2. Weltkrieg gewesen waren und wie sie noch heute, als reuige Sünder, dafür Abbitte zu leisten hätten. In dieser Zeit hatte sich Michel erst kirchlichen Gruppen und dann der Linken Szene angeschlossen. Er hasste den Staat, er hasste die Polizei. Er wollte mehr, er wollte Teil von etwas sein, was sich gegen dieses System auflehnte.

Nachdem ihm die normalen linken Studenten, mit denen er zusammen Jura in Göttingen studiert hatte, nicht radikal genug erschienen, hatte er nach einem längeren Anlauf endlich Kontakt zu der Antifa bekommen. Mit seinen extremen Ansichten fiel er dort relativ schnell auf und gelangte in einen inneren Zirkel, welcher sich mit tatsächlichen Aktionen beschäftigte.

So nahm auch Michael an den ersten gewalttätigen Ausschreitungen in Berlin, Dresden und Hamburg teil und war nach seinem eigenen Verständnis stolz darauf gewesen, nach PEGIDA-Umzügen harmlose Teilnehmer „wegzuklatschen". Als von zu Hause subventioniertem Studenten freute es ihn natürlich, dass man für solche Aktionen eine Aufwandsentschädigung bekam (**12**) und sogar Räumlichkeiten vom DGB für eigene Veranstaltungen zur Verfügung gestellt wurden (**13**).

Natürlich war er beim G20-Gipfel im Juli 2017 in Hamburg mit dabei gewesen. Das hatte ihm Spaß gemacht und der Geruch von, in der Luft hängenden Rauschwaden abgebrannter Pyrotechnik, dem Gummigestank brennender Autoreifen, gemischt mit einer pfeffrigen Beimischung vonseiten der Polizei, hatten ihm einen Kick gegeben, welchen er gerne wiederholen wollte. Man hatte ihn nicht erwischt, auch nicht als er mit einer Stange auf einen Streifenwagen eingeschlagen hatte. Er war ja nicht so blöd gewesen, sein Gesicht offen zu zeigen. So hatte er sich in der Szene gerühmt.

Aufgrund seines Cannabiskonsums hatte er dann Rafik Saifi in einer Shisha-Bar kennengelernt. Saifi war ein gläubiger Muslim und brachte Michael, nachdem er gemerkt, dass ihre Gespräche auf fruchtbaren Boden gefallen waren, die Regeln und Verheißungen des Koran, aber auch den Umgang mit Ungläubigen tiefgreifend näher. Michael war davon fasziniert und auf Empfehlung Saifis schaute sich Michael Videos mit zum Teil deutschen Untertiteln an, welche ihn nach und nach immer mehr radikalisierten.

Seine Eltern merkten erst das etwas nicht stimmt, als er bei den wenigen Besuchen am Wochenende unverhohlen seinen Judenhass kundtat. Als ihn seine Eltern daraufhin ansprachen brach er den Kontakt zu ihnen ab und orientierte sich immer mehr von der linken, in die islamische Szene um. Mit Saifi fand er einen Förderer, dem es geschickt gelang, Michael immer mehr für die religiöse Sache zu gewinnen.

Al-Samahi war schon vor längerer Zeit von Saifi informiert worden, dass dieser einen „Rekruten" gewonnen hatte und er ihn vorstellen würde, wenn die Zeit so weit wäre. Jetzt war es so weit gewesen und es war nun an Al-Samahi, Michael in die Richtung zu instrumentalisieren, in welcher er ihn haben wollte.

❋

Das kurze Treffen zwischen Martin Kosik und Peters in Hannover lag bereits zwei Wochen zurück. Konspirativ, so wie man es in einem amerikanischen Agentenfilm sieht, hatten sie sich am Maschsee, einem künstlich angelegten See im Herzen Hannovers, in Sichtweite zum Fußballstadion von Hannover 96, getroffen.

Martin hatte seit einiger Zeit damit angefangen den rückwärtigen Verkehr, sowie die Menschen in seiner Umgebung, wenn er zu Fuß unterwegs war, zu beobachten. Die Idee, sein Plan, schienen so ungeheuerlich, sodass jeder Beteiligte davon ausgehen musste, sollte dies auch nur ansatzweise bekannt werden, dass dies eklatante Folgen für jeden Einzelnen haben würde.

Mit Observationen kannte Martin sich aus, da er einige Zeit dienstlich Beobachtungen von Zielpersonen durchgeführt hatte. Ein solcher Dienst schult natürlich das „polizeiliche Sehen" und man erkennt dann auch, ob eine Gegenobservation läuft und man selber unter Beobachtung stehen würde.

Bisher, aber dafür war es eigentlich noch viel zu früh, es sei denn, es gäbe einen Verräter in der bisherigen Gruppe, war nichts dergleichen feststellbar gewesen und Martin war sich sicher, dass auch Peters und die Anderen ähnliche Überlegungen und Kontrollen anstellen würden.

Das Gespräch selbst verlief so, wie es Martin erwartet hatte. Martin hatte Peters nach dem Telefonat noch einmal persönlich versichert, dass er „dabei" und bereit dazu wäre, den nächsten Schritt gehen zu wollen.

Peters hatte ihm daraufhin gesagt, dass die weiteren Schritte eine Mitwirkung von Martin verlangen würden, an welche er bisher noch nicht gedacht hätte. Was man von Martin verlangen würde, würde man ihm bei der nächsten Sitzung erklären. Martin könnte dann immer noch aussteigen und man würde sich trennen, als hätten die Gespräche niemals stattgefunden.

Diesem Vorschlag hatte Martin zugestimmt und neben der wiederholt nervenden und langen Wartezeit auf ein weiteres Treffen, für das noch kein Termin feststand, wühlte es ihn mehr und mehr auf wenn der darüber nachdachte, was man von ihm erwarten würde. Eine Befürchtung hatte er und die ging ihm auch nicht mehr aus dem Kopf.

Verbunden mit der Hoffnung das diese Forderung nicht auf ihn zukommen würde, startete er den Motor seines Wagens und rollte für eine 2-Stunden-Nachdenk-Fahrt in Richtung Harz an. Zu diesem Zeitpunkt konnte er noch nicht erahnen, dass seine Befürchtungen Realität werden würden und dies eine seiner letzten Nachdenk-Fahrten ins nahe gelegenen Gebirge sein würde.

Er hatte wieder Nachtschicht in Hannover. Peter Bruns hatte dieses Mal auf dem Beifahrersitz Platz genommen und ließ sich heute von seiner Kollegin, Maren Rinz, durch das Revier fahren. Sie hatten zuvor auf der Dienststelle über die immer mitfahrende Sorge von Angriffen auf Einsatzkräfte gesprochen. Diese Diskussion führten die beiden nun im Streifenwagen fort. Die Gewalt gegenüber Polizeibeamten hatte in den letzten Jahren massiv zugenommen und nach der vor kurzem veröffentlichen PKS waren es im Jahre 2017 insgesamt 3.179 Fälle gewesen (**14**).

Peter und Maren wiederholten, wie zuvor auch die Kollegen auf der Dienststelle, den allseits bekannten Spruch, dass man keiner Statistik trauen dürfe, welche man nicht selber gefälscht hätte. Keiner glaubte der PKS. Wie häufig wurden sie im Dienst angerempelt, angespuckt oder verbal attackiert? Wie häufig wurden aus Gruppen heraus Flaschen, Steine oder sonst etwas auf sie als Personen oder auf den Streifenwagen geworfen? All das ist tagtägliche Gewalt, welche weder zu einer Anzeige kommt noch in die PKS mit einfließt.

„Wenigstens ist es noch nicht so schlimm wie in Berlin", sagte Maren, worauf Peter nickte. Sie meinten beide dasselbe. Vor kurzem ging ein Video von der Polizei aus Berlin durch die Medien, wo ein Kollege im Streifenwagen sagte, dass sie selbst im Sommer die Scheiben des Streifenwagens nicht öffnen könnten, da man mittlerweile damit rechnen müsse, dass ihnen jemand einen Molotowcocktail hineinwerfen würde.

„Nein, ganz so schlimm ist es hier nicht, wobei das entsprechende Klientel auch hier vorhanden ist", und ergänzend fügte Peter hinzu: „Es hat sich jedoch dennoch in den letzten Jahren massiv verändert. Es wird zwar immer von einer überlasteten Justiz gesprochen, aber selbst, wenn diese nicht überlastet wäre, würde es nicht anders laufen. Es ist immer wieder die Politik, die auf unseren Rücken ausgetragen wird. Warum läuft es denn in Bayern anders? Dass kann man ganz einfach beantworten. Weil sie einen Führungsstab haben, der Ahnung von dem hat, was er tut. Beispiel Sicherheitskonzept. Bei ihrem Sicherheitskonzept „Sicherheit durch Stärke" haben sie nicht die schusssicheren Helme für die

Streifenwagen vergessen. Die haben dort auch keine Beschaffungsstelle, welche falsche Visiere für die MP bestellt, wie man es hier in Niedersachsen getan hatte." (15)

Das Gespräch mit Gundula Breitscher hatte sich sehr interessant entwickelt. Nachdem Mävers seine Ansichten zur Lage in Deutschland, gewürzt mit einer eigenen Meinung, welche ja so gar nicht zu den offiziellen politischen Ansichten passte, mitgeteilt hatte, war die Reaktion seiner Vorgesetzten wie zuvor erwartet gewesen. Sie sah es genauso wie er.

Was sie ihm dann jedoch offenbarte war etwas, über das er lange, sehr lange nachzudenken hatte. Nicht deshalb, weil er abschätzen konnte, dass sie beide ihre Karriere gefährden würden, nicht deshalb, weil dies so ganz im Gegensatz zu dem üblichen Rechts- und Demokratieverständnis stehen würde, nicht deshalb, weil bei genauerer Überlegung sie völlig recht hatte, sondern weil er neben den möglichen Folgen auch gleich überlegte, ob und wie es umsetzbar sein könnte.

Sie waren beide Taktiker und Strategen und sie würden sich nicht in heillose Unterfangen verlaufen. Unter dem Strich stellte Mävers fest, dass ein solches Vorhaben extrem gefährlich sein würde, dass sie beide ihre gesamte Existenz gefährden würden, aber auch, dass es notwendig wäre. Und ja, es wäre umsetzbar.

„Was für ein Idiot."
Kufr, als Beleidigung für einen Ungläubigen, konnte Al-Samahi ja nicht mehr sagen, denn Michael war inzwischen konvertiert.

42

Beide hatten sich gerade rund eine Stunde unterhalten: „Wenn die Welt den nicht mehr hätte, dann würde ihr auch nichts fehlen", dachte Al-Samahi. Bei einem der Pläne, an welchen er seit einigen Wochen arbeitete, könnte Michael dennoch eine sehr wichtige Rolle übernehmen. Eine Rolle, welche ihn sicherlich erfüllte, nachhaltig und letztendlich.

✱

Die Nachricht schlug über Nacht ein. Der Skandal um das BAMF in Bremen war Mitte Mai 2018 schon recht groß gewesen. Erschwerend kam nicht nur hinzu, dass die ehemalige Leiterin der BAMF in Bremen, Josefa Schmid, offensichtlich unter Druck gesetzt worden war und man dabei versucht, ihre Unterlagen zu durchsuchen, sondern es trafen weitere Meldungen auch aus anderen Städten, unter anderem auch aus Lehrte bei Hannover ein, wonach das BAMF Bremen unrechtmäßig Entscheidungen von anderen Städten aufgehoben haben sollte (16). Im weiteren Verlauf wurde mitgeteilt, dass rund 40Prozent der Entscheidungen im Bremer BAMF wiederholt werden müssen (17).

Das Geschrei, welches quer durch die Flure zu hören war, führte dazu, dass einige Beamte in den Büros, welche ihre Türen offen hatten, ganz automatisch ihren Kopf einzogen. Mävers grinste. Er war seit zwei Stunden im Ministerium und hatte die neuesten Meldungen zum BAMF-Skandal schon gelesen. Es war kurz vor 08:00 Uhr und da um 08:30 Uhr ein größerer Termin anberaumt war, musste ja irgendwann der Bundesinnenminister auftauchen.

Die tiefe Stimme, welche sich grollend wie eine Tsunami-Wasserwand durch die Etagen bewegte, konnte man Seehofer deutlich zuordnen. „Er konnte, wenn er wollte", dachte Mävers, „aber meist will er ja nicht. Eine große Klappe hat er schon immer gehabt aber leider viel zu wenig umgesetzt."

Aufgrund der ersten Reden von Seehofer als Bundesinnenminister hatte Mävers, wie viele andere auch gehofft, dass jetzt bayrische Sicherheitspolitik Einzug halten würde. Dem war leider nicht so. Mit den ANKERzentren gab es jetzt ein paar gute Ansätze, aber nachdem Seehofer den Muslimen einen gesegneten Ramadan gewünscht hatte, war er auch bei Mävers durch. Diese ständige Anbiederung an den Islam, von allen Seiten, regte Mävers einfach nur noch auf.

Man konnte zwar nicht verstehen, was dort gerufen wurde, aber als dann die Stimme nicht mehr zu hören war, war das für viele noch ein Stückchen beunruhigender – zumindest, wenn man in irgendeiner Weise mit dem BAMF zu tun hätte und davon ausgehen würde, dass der brüllende Löwe möglicherweise gleich im Türrahmen stehen würde.

„Nur gut, dass ich damit nichts zu tun habe", dachte sich Mävers und erschrak, als Seehofer plötzlich bei ihm im Raum stand.

Das Treffen fand am Mitte Mai statt. Der Mai legte bereits Züge eines Hochsommers auf und die Temperaturen kratzten an der 30 Grad Marke. Da Martin diese hohen Temperaturen verabscheute war er froh darüber, dass das Treffen morgens, an der kühlen Nordsee erfolgte.

Er war gerne am Meer und liebte es, den würzig-salzigen Geruch aufzunehmen, welcher direkt die Nase und die Bronchen freimachte. Es kamen jedes Mal Kindheitserinnerungen bei ihm hoch und er musste daran denken, wie er als kleines Kind das erste Mal die Ebbe erlebt hatte.

Seine Eltern hatten für seinen Bruder und ihn ein Ferienhaus ge-
mietet und während Mutter noch am Auspacken war, war Vater
mit den beiden Jungs zum Strand gefahren. Er musste damals vielleicht 4 oder 5 Jahre alt gewesen sein und hatte mit erstaunlicher
Präzision festgestellt, dass wohl irgendwer den Stöpsel aus dem
Meer gezogen hatte. Zumindest war das Wasser verschwunden.

Und jetzt stand er hier, am langen Ende eines befestigten Kais,
welcher in die Cuxhavener Bucht hineinragte. Das Wasser um-
spülte die rauen, mit Teer verbundenen Steine, welche die Wellen
vor der kleinen Kolonie von Seemöwen brachen, welche friedlich
auf der Wasseroberfläche vor sich hinschaukelten. Diese Momente, wo man einfach einmal durchatmen und den Stress des All-
tags ausblenden konnte, waren so wertvoll und leider viel zu selten. Martin hing seinen Gedanken nach, aber die Realität hatte das
große Talent, ihn wiederholt aus seinen Tagträumen zu reißen.

Es war Zeit. Unmittelbar auf der Deichanhöhe befand sich ein kleines griechisch-italienisches Restaurant. Mal abgesehen von der
Kombination griechisch-italienisch, welche Martin als recht merkwürdig empfand, obwohl er gerne griechisch oder italienisch Essen ging, hätte es ihm besser gefallen, wenn hier ein Fischrestau-
rant gestanden hätte. Das wäre stilvoller gewesen.

Als Martin zuvor zum Strand gegangen war, hatte er im Vorbeige-
hen wahrgenommen, dass das Restaurant natürlich geschlossen
war. Um diese Zeit, 10:00 Uhr, wäre es völlig sinnlos gewesen das
Lokal geöffnet zu haben, auch wenn aufgrund des anstehenden
Pfingstfestes schon einige Touristen unterwegs waren.

Umso mehr erstaunte es Martin, dass er nun zwei Personen im Eingangsbereich erblicken konnte und eine geöffnete Tür. Der zweite
Mann ging gerade hinein und Martin erkannte Peters, welcher ihm
die Tür aufhaltend zulächelte. Der Parkplatz hatte sich inzwischen

auch mit Fahrzeugen gefüllt, bei denen jedes einzelne augenscheinlich teurer war, als seine Eigentumswohnung.

Martin erkannte, dass in einigen der dortigen Fahrzeuge noch Personen saßen und er vermutete, dass es sich nicht nur um Chauffeure handelte, sondern auch um ausgebildete Personenschützer.

Peters schien Martins Gedanken zu erahnen. Nach einer freundlichen Begrüßung deutete er, mit Kopfnicken zu den Fahrzeugen: „Gewöhnen Sie sich daran. Sicherheit und Diskretion sind für uns absolut wichtig, ja sogar lebenswichtig. Kommen Sie, die anderen warten schon."

Die Überlegungen gingen in die konkrete Planungsphase über. Al-Samahi wusste, dass er sich ab jetzt keine Fehler mehr erlauben durfte. Nicht das er sonst zu Fehlern neigen würde, im Gegenteil. Er plante gewissenhaft und das war der entscheidende Punkt, welcher ihn von anderen seiner Kampfgefährten abhob. Sie machten Fehler und früher oder später flogen sie auf - oder in die Luft. Dies war nun mehr als einmal geschehen, dass sie unbedacht die falschen Personen einbezogen hatten, welche dann ihre Ziele und Aufenthaltsorte weitergemeldet hatten.

Gut, das war nicht in Deutschland passiert. In Deutschland versuchten sie jedes mögliche Aufsehen zu vermeiden um nicht durch einen dummen Zufall in die Aufmerksamkeit von Polizei oder Verfassungsschutz zu geraten. Aber ausschließen konnte man so etwas niemals. Dies war einer der Gründe dafür, dass Al-Samahi zwar der Organisation vorstand, aber persönliche Kontakte so gut wie möglich vermied. Informationen flossen meist per Daten über Messenger hin und her und wurde nur im Ausnahmefall direkt von Mann zu Mann übergeben.

Alles bedurfte einer langen Zeit der Vorbereitung, um nicht in die Gefahr einer Entdeckung zu gelangen; ein langsames Stückwerk, welches dann hoffentlich den Erfolg bringen würde, welcher nicht nur von Al-Samahi erwartet wurde.

Das Ziel seiner Konzeption war Weihnachten. Er wollte zu Weihnachten, speziell an Heilig Abend, eine der großen Kirchen in ein blutverschmiertes Schlachtfeld verwandeln. Die Christen, die er zutiefst verachtete und deren Anwesenheit im Alltag schon eine Zumutung für ihn waren, würden an Weihnachten leiden lernen. Wenn der erste Boden einer Kirche in Deutschland vom Blut der Ungläubigen getränkt wäre, wenn wie in Paris zig zerfetzte Leichen auf den Altarstufen dieser falschen Religion liegen würden und wenn Allah über den Gott der Christenheit triumphiert hätte, dann wäre sein Ziel erreicht. Und bei diesem Ziel spielte dieser skurrile Michael eine nicht unwesentliche Rolle. Eine Rolle, über welche man noch in Jahren sprechen würde.

06:30 Uhr. Mävers hatte endlich einmal eine Nacht halbwegs durchgeschlafen und tat, was er nach dem Blick auf die Uhr immer tat. Es erfolgte der Griff zum Handy, die langsame Gewöhnung an das grelle Licht des Displays, der tagtägliche Fluch darüber, dass er mal wieder vergessen hatte die Beleuchtung des Displays am Vorabend herunter zu regeln und dann erfolgte der Aufruf von mehreren NewsAPP.

So war es jeden Morgen, nur diesmal blieb er gleich beim ersten App hängen. „60 Vermummte bedrohen Familie eines Polizisten." Es hätte keiner kalten Dusche bedurft, damit er schlagartig hellwach geworden wäre. Entgegen seiner sonstigen Angewohnheit setzte er sich ruckartig in seinem Bett auf, was auch Kasimir, seinen 11-jährigen Kater, welcher bis zu diesem Zeitpunkt neben ihm auf dem Kopfkissen gelegen hatte, ein Stück in die Luft katapultierte.

Er las den Text, aktivierte das nächste NachrichtenAPP und überzeugte sich davon, dass sich dieser Vorfall einem Lauffeuer gleich, durch die Medien fraß. Mehr als einmal schüttelte er den Kopf. Die Texte ähnelten sich und als Quintessenz tropfte wie aus einer Sanduhr heraus, dass linke Chaoten eine Aktion vor und auf dem Gelände eines Beamten vom Staatsschutz abgezogen, und die allein zu Hause befindliche Familie eingeschüchtert hatten (**18**).

Wie man es aus den Büchern und Comics von „Simons Cat" kannte, saß Kasimir vor ihm und signalisierte mit einem kräftigen „Mau" ganz genau, dass wenn er schon unsanft aus seinem Schlaf gerissen worden war, es nun Zeit für das erste Frühstück wäre. Nicht, dass er die Ambition eines Hobbit hätte und ein zweites oder drittes morgendliche Mahl einfordern würde – dies war abhängig von dem Grad seiner Aktivität.

Während er Kasimirs Napf mit einer Hand auffüllte, hielt er in der anderen Hand sein Handy, welches bereits eine der wichtigen, gespeicherten Nummern wählte.

„Nowak, Lagezentrum", klang es aus dem Lautsprecher. „Guten Morgen Michael, hier ist Jörg."
Mävers kannte Michael Nowak seit ihrer gemeinsamen Ausbildung. Ihre Wege hatten sich über viele Jahre getrennt und beide waren überrascht gewesen, als sie sich dann im BMI wiedergetroffen hatten. Seit diesem Tag hatten sie ihre alte Freundschaft wieder aktiviert und trafen sich, wenn es ihnen ihr Dienst erlaubte, mindestens einmal im Monat.

„Hallo Jörg, na so früh schon wach?", klang die fast schon belustigte Frage von Nowak. Er wusste um die Schlafprobleme von

Mävers. „Ich wäre ausnahmsweise gerne schon früher wach gewesen. Was ist in Hitzacker passiert und warum wurde ich nicht angerufen?"

Auch wenn die Fragestellung von einem bitteren Unterton begleitet war, so konnte Nowak seinen Freund verstehen: „Wir haben es auch erst vor ca. 20 Minuten erfahren. Wir hatten keine Ahnung."

„Niedersachsen.", entfuhr es Mävers und er brauchte Nowak nicht erklären, was er mit dieser Aussage meinte. Beide waren sich darüber einig, dass die Landespolitik der einzelnen Bundesländer massiven Einfluss auf die landespolizeilichen Tätigkeiten hatte. Die politische Richtlinie war wichtiger als Effizienz oder Maßnahmen. Ein prägendes Beispiel war Nordrhein-Westfalen und Niedersachsen. Ein Aufatmen war durch Kreise des BKA gegangen als der, aus Mävers Sicht nicht gerade fähigste Innenmister Deutschlands, Ralf Jäger, nach der letzten Wahl in NRW seinen Posten verloren hatte.

„Es ist schon schlimm, wenn Politik von Juristen gemacht wird", sagte Mävers immer, wohlmeinend, dass viele Ministerien mit Juristen durchsetzt waren. „Aber der Jäger ist aus sicherheitspolitischen Gründen ja fast so schlimm wie die Grünen. Im Gegensatz zu vielen Grünen, deren berufliche Qualifikation im Nachweis eines Dauerstudiums zu finden sind, hat der Jäger eine Ausbildung zum Groß- und Außenhandelskaufmann gemacht. Dann war er als Fachreferent im Gesundheitswesen tätig gewesen. Komisch ist nur, dass seine Vita auf der eigenen Seite „ralf-jaeger.de" Lücken aufwies: zwischen Schule und Ausbildung fehlten zwei Jahre und die Ausbildung selbst war nur zwei Jahre lang gewesen. Hatte er überhaupt abgeschlossen und was qualifizierte eine Person mit solcher beruflichen Vergangenheit zum Innenminister?"

Aus Mävers und Nowaks Sicht hatte der niedersächsische Innenminister nahtlos den Staffelstab von Jäger übernommen. Dieser
war nur kurz als Rechtsanwalt tätig gewesen, bevor er in den Lan-
desdienst eingetreten war. Irgendwie hatte er es dabei geschafft im
Jahr 2000 nicht in den Sumpf der Glogowski-Ermittlungen zu gelangen. Dass er dann, zusammen mit dem Ministerpräsidenten
Karriere gemacht hatte passte, denn beide ergänzten sich sehr gut.
Dieses Duo wurde noch durch den Kriminalisten Prof. Dr. Pfeiffer
ergänzt, welchem ehemals als Justizminister, aber auch als Leiter
des Kriminalistischen Forschungsinstituts Niedersachsen, tätig gewesen war.

Die Folge dieser Landespolitik war es, dass die Sicherheitsbehörden nicht in der Art und Weise arbeiten konnten, wie dies in Bayern möglich war, wo die Politik doch ganz anders hinter der Polizei
stand. So auch jetzt. Man war der Auffassung, dass Vorgänge wie
aktuell in Hitzacker, in die Zuständigkeit des Landes fallen würden. Mehr als einmal mussten BKA und das Bundesamt für Verfassungsschutz die Kastanien aus dem Feuer holen, nachdem
durch eine desolate Sicherheitspolitik einiger Bundesländer, ein
nicht unerheblicher Schaden verursacht worden war.

„Von mir aus können sie es primär bearbeiten, aber verdammt
noch mal, wir müssen informiert werden."

Dies sah Nowak genauso und Mävers wusste, wie sein Freund innerlich, ob der Desinformation aus Niedersachsen, am kochen war.

„Ich gehe davon aus, dass sich die Sache inzwischen erledigt hat.
In den Medien stand etwas von 02:00 Uhr."
„Richtig", antwortete Nowak. „Gegen 02:00 Uhr war der Einsatz
beendet gewesen."

„Na gut, dann erledigt. Sehen wir uns am Samstag?", und nachdem sie kurz die Einzelheiten für ihr Treffen am Wochenende besprochen hatten, legte Mävers auf. Er war am Überlegen sich noch einmal kurz hinzulegen und sah Kasimir, wie er friedlich auf seinem Kopfkissen schnarchte. „Kater müsste man sein", dachte Mävers bevor er sich Richtung Dusche begab, um den Rest seiner Müdigkeit wegzuspülen.

✳

Der schwarze Ford Focus fuhr mit 80 km/h über das Rudolf-von-Bennigsen Ufer am Maschsee in Hannover. Der Streifenwagen, der von Peter Bruns gelenkt wurde, setzte sich hinter ihn. Die Straße war zwar gut ausgeleuchtet, aber wenn man über kein geschultes Auge verfügte, so wie offensichtlich der Fahrer des Focus, dann würde man im Rückspiegel den Streifenwagen nicht erkennen können.

Eigentlich befanden sich Peter und Maren außerhalb ihres Revierbereiches, aber sie hatten gerade beim PK Süd einen Vorgang abgegeben und befanden sich auf dem Rückweg. Da aktuell kein Einsatz für sie anstand nahmen sie die optisch schönere Strecke, welche parallel zur Ostseite des Maschsees in Richtung der Innenstadt von Hannover verlief.

Wenn man des Nachts dienstlich unterwegs war, fielen einem die Fahrzeugführer auf, welche entweder besonders langsam oder besonders schnell unterwegs waren. So auch jetzt der schwarze Focus, dessen Fahrer sie auch nach gefühlten 5 Minuten hinterherfahrt noch nicht als Polizei registriert hatte.

~~~

Zufrieden war er. Zufrieden mit sich selbst, denn die letzten Stunden rundeten einen Erfolgstag für ihn ab. Zusammen mit mehreren seiner Brüder hatte Al-Samahi gerade die Umsetzung ihrer Weihnachtsaktion besprochen. Zuvor hatte er heute das O.K. aus dem Ausland bekommen. Sein Plan, welchen er nun über die letzten zwei Monate entwickelt hatte, hatte die Zustimmung der IS-Führung, speziell von dem Leiter für externe Operationen erhalten.

Er hatte nur wenige finanzielle Interessen, aber es ging ihm um die Anerkennung und den Respekt, welchem ihm innerhalb ihrer Organisation entgegengebracht wurde. Dies war ein Stellenwert, welche man nicht mit Geld erkaufen konnte.

In Gedanken ging er die eben geführten Gespräche durch und lenkte seinen Pkw durch das nächtliche Hannover. Er war so in Gedanken vertieft, dass er zwar die Scheinwerfer hinter sich wahrnahm, aber nicht erkannte, dass es sich bei dem nachfolgenden Fahrzeug um einen Streifenwagen handelte.

~~~

„Er hat uns noch nicht bemerkt, sonst wäre es ganz schön dreist mit der Geschwindigkeit weiter zu fahren. Machst Du bitte mal EDV?", sagte Peter Bruns zu seiner Kollegin. Er hatte Maren selber die letzten Jahre fit für den Streifendienst gemacht, nachdem sie ohne große Praxiserfahrung, bei Ihnen vor gut drei Jahren den Dienst begonnen hatte. Dazu gehörten auch Standardabläufe und die tagtägliche Eigensicherung, welche immer wichtiger wurde, nachdem sich inzwischen jeder Routineeinsatz zu einem Desaster, mit Angriffen auf Einsatz- und Rettungskräfte, entwickeln konnte.

Bruns gehörte zu der alten Generation von Schutzleuten, die in den 80ern damit angefangen hatte, nicht an einem anzuhaltenden Fahrzeug vorbeizufahren, mit der Anhaltekelle den Fahrzeugführer rauszuwinken, um sich dann mit dem Streifenwagen vor das Fahrzeug zu setzen. Nachdem damals Kollegen erschossen worden waren, welche gegen das Scheinwerferlicht zu dem zu kontrollierenden Fahrzeug gegangen waren, hatten sich Bruns und seine Kollegen daran gehalten, was sie von den amerikanischen Polizisten mitbekommen hatten.

Zuerst eine EDV-Abfrage und dann das Anhalten. Die EDV-Überprüfung bezog sich damals nur darauf, dass man beim LFZ (Lage- und Führungszentrum) das Kennzeichen dahingehend überprüfte, ob es hierzu Erkenntnisse gab. Als Bruns damals anfing auch den Halter überprüfen zu lassen, war man seitens des LFZ ein wenig irritiert gewesen, da man erst einmal über das Kennzeichen den Halter ermitteln, und diesen dann separat abfragen musste. Aber so konnten sich Bruns und seine Kollegen anhand der EDV-Daten schon ein Bild des Fahrers machen, sofern er denn auch der Halter des Fahrzeugs war, ob schon Erkenntnisse in Bezug auf Gewalt- oder Rauschgiftdelikten vorlagen.

Maren drückte auf den Knopf am Statusgeber. Der Statusgeber war ein digitales Gerät, welches mit dem Funksystem des Einsatzfahrzeuges verbunden war. Es gab unterschiedliche Knöpfe, um den Status der Besetzung dem LFZ mitzuteilen aber auch, um einen Gesprächs- oder EDV-Wunsch zu übermitteln.

„Viermal die Zwo von Hanno01 – kommen". Maren sprach in den Hörer: „Hanno01, 226, 104 und Halter 226."

Vieles wurde per Code übermittelt um den Funkverkehr einfacher und effektiver zu gestalten und natürlich auch zu entlasten. Ursprünglich stammten diese Codes aus einem sogenannten Tarnschieber und sie sollten sich regelmäßig verändern. Es hatte sich jedoch eingebürgert, dass die Codes dauerhaft bestehen blieben.

226 bedeutete dabei „EDV-Überprüfung" und 104 entsprach dem Begriff „Fahrzeug".

~~~

Der schwarze Ford Focus hatte inzwischen den Innenstadtring erreicht. Nachdem er zweimal abgebogen war, störte es Al-Samahi, dass ihm die Lichtkegel hinter ihm folgten. „Scheiße, die Bullen", entfuhr es ihm und schlagartig war seine Stimmung verflogen. Da er immer damit rechnen musste, dass er aufgrund seiner Aktivitäten auf einer Liste stehen könnte, welcher nach und nach „abgearbeitet" werden würde, ging er nicht ohne Waffe aus dem Haus.

Über eine seiner Quellen hatte er sich eine ausrangierte P2000 von Heckler und Koch besorgen lassen, welche direkt aus dem Bestand der Polizei stammte. Es war ihm völlig egal was für eine Waffe er hatte, aber sein Ansehen war noch mehr gestiegen als er in seinen Kreisen erzählt hatte, dass er über so gute Kontakte zur Polizei verfügen würde, dass er so eine Waffe direkt aus deren Waffenkammer bekommen hätte. Die P2000 steckte in der Seitenablage des Focus, griffbereit.

~~~

„Hanno01 von Viermal die Zwo. Habt ihr uns vergessen?"
Maren fragte nach, da sich die Antwort aus dem Funk ungewöhnlich in die Länge zog.
„Viermal die Zwo. Moment. Ich melde mich gleich."

~~~

Jetzt wurde er immer nervöser. Tausend Gedanken bombardierten ihn. „Würde er jetzt kontrolliert oder festgenommen? Hatte der Streifenwagen etwas mit seinen heutigen Aktivitäten zu tun oder war es nur ein Zufall, dass er immer noch hinter ihm klebte? Was wussten sie? Wussten sie, dass er bewaffnet war? Wie sollte er sich verhalten – wäre es Zufall, könnte er nach einer Kontrolle wieder weiterfahren. Wäre es kein Zufall, würde möglicherweise die ganze Aktion gefährdet. Würde die Aktion gefährdet, würde er Ärger mit dem IS-Führung bekommen. Sollte er eine Kontrolle zulassen? Sollte er versuchen einer Kontrolle zu entkommen? Sollte er sich anhalten lassen, zu der Waffe greifen und beide Bullen erschießen?"

~~~

„Viermal die Zwo, Hanno01", klag es aus dem Lautsprecher. „Viermal die Zwo", antwortete Maren. „Viermal die Zwo. Es liegt ein Sperrvermerk für dieses Fahrzeug vor. Im Antreffungsfall soll nur Datum, Uhrzeit, Antreffungsort und Anzahl der Personen festgestellt, und an 4.1 K und Verfassungsschutz weitergemeldet werden. Auf keinen Fall anhalten!"
„Verstanden", gab Maren zurück.

~~~

Al-Samahi hatte inzwischen den Entschluss getroffen, das zu viel auf dem Spiel stand, als dass er riskieren konnte, jetzt aus dem Verkehr gezogen zu werden. Er hatte keinerlei Probleme damit einen Menschen zu töten. Die beiden Polizisten wären nicht seine ersten gewesen. Als er verkehrsbedingt an einer roten Ampel anhalten musste, war der Streifenwagen im Rückspiegel nähergekommen und Al-Samahi versuchte auszumachen, was in dem Fahrzeug vor sich gehen würde. Er konnte erkennen, dass die Beifahrerin einen Hörer in der Hand hielt und offensichtlich in ein Gespräch verwickelt war.

„Weit und breit keine Zeugen", Al-Samahi griff zu der P2000. Diese war wie immer durchgeladen. „Selbst, wenn die Bullen zuvor das Kennzeichen durchgegeben haben sollten, so hätten sie nichts gegen ihn in der Hand. Der Pkw ist auf einen seiner Brüder zugelassen und man wüsste nicht, dass er damit unterwegs war. Und sein Bruder befand sich schon seit über drei Monaten im Ausland, sodass er auch nicht gefragt werden konnte."

Al-Samahi war entschlossen. Er konnte jetzt nicht auffallen und es durfte keine Zeugen geben. Seine Handknöchel traten weiß hervor, da er das Griffstück der P2000 noch fester umschloss, als er es eigentlich vorgehabt hatte. Er hatte sich entschieden, ja, aber er war auch nervös. Sie standen immer noch an der roten Ampel. Die Waffe in der rechten Hand öffnete er mit der linken Hand die Fahrertür und bewegte sich aus dem Auto.

Nach dem Betreten des Restaurants erkannte Martin, dass der Personenkreis, welchen er am allerersten Abend getroffen hatte, vollständig anwesend war. Auf ein vielstimmiges: „Hallo Herr Kosik", antwortete Martin mit einem: „Guten Morgen meine Herren, schön Sie wieder einmal zu treffen."

Martin hatte es nicht nur als Floskel in den Raum geworfen, sondern er freute sich tatsächlich, dass man seine Idee nicht verworfen hatte, sondern dass man diese offensichtlich nun weiterverfolgen wollte. Welchen Verlauf das folgende Gespräch nehmen, und welche Bedeutung diesem zugemessen werden würde, konnte Martin zu diesem Zeitpunkt nicht voraussehen.

Mit Erstaunen nahm Martin wahr, dass man nicht nur das Restaurant als Besprechungsort organisiert hatte, sondern dass auch für eine Bedienung gesorgt worden war. Er vermutete jedoch, dass es einer der Personenschützer war, welcher gerade für die Getränke am Tisch gesorgt hatte.

Es gab einen recht angenehmen Smalltalk und Martin fühlte sich dabei wohl. Das Ambiente passte, es gab eine schöne Aussicht auf das, ins Watt einströmende Wasser. Ein paar Möwen flogen kreischend vor den großen Panoramafenstern hin und her und die Stimmung war sehr locker und eröffnete Martin das Gefühl, die Anwesenden schon seit längerer Zeit zu kennen und irgendwie zu der Gruppe mit dazu zu gehören.

Peters unterbrach Martins Gedankengänge mit den Worten: „O.K., wollen wir uns jetzt mal ein wenig über unser Thema unterhalten?"

Martin war klar, was mit „unser Thema" gemeint war und anhand der veränderten Körperhaltung der anderen Männer konnte Martin feststellen, dass jetzt wieder Ernst geboten war.

„Herr Kosik", Peters übernahm wieder die Gesprächsführung, „in unserem letzten Gespräch hatte ich Ihnen mitgeteilt, dass alles was wir umzusetzen gedenken, von einer Mitwirkung von Ihnen persönlich abhängig ist."

Martin nickte. „Wir sind dazu bereit Ihren Plan zu unserem zu machen. Wir sind dazu bereit alles in die Wege zu leiten, um wieder einen Rechtsstaat und ein, ich sag´ mal, bevölkerungsorientiertes System aufzubauen und zu etablieren, welches für Recht und Gerechtigkeit, aber auch Schutz und Sicherheit der Menschen in unserem Land sorgen soll."

Martin nickte erneut. „So weit sind wir uns alle einig. Aber es hängt von Ihnen ab."

Peters Blick durchbohrte Martin wie bei ihrem ersten Treffen und Martin merkte, wie ihm unnatürlich warm wurde. Alle Augen waren auf ihn gerichtet und ihm wurde von Sekunde zu Sekunde wärmer. Er meinte, dass sein Blut nur so in seinen Schädel strömen würde und er sicherlich einen knallroten Kopf bekommen hatte. Schweiß bildete sich auf seiner Stirn und zwischen Nase und Mund. Letzteren strich er weg. „Was haben sie nur mit mir vor? Ich wollte doch nur den Anstoß für dieses Projekt geben", dachte er im Stillen.

Die gedachte Frage wurde postwendend beantwortet: „Wir brauchen jemand, der alles leitet, der die Führung übernimmt und der, sollte die Kanzlerin abgedankt haben, der neue Kanzler oder was auch immer sein wird, der unser Land wieder zusammensetzt und verantwortlich für alle Entscheidungen ist, die zu treffen sind."

Innerhalb eines Satzes hatte Peters die weitere Zukunft von Martin gezeichnet oder anders ausgedrückt, alle Planungen über den Haufen geworfen, welche Martin je für sich selbst ausgedacht hatte.

Ja, das war genau das, was er befürchtet hatte. Ihm war klar gewesen, dass es einer Führungscrew bedurfte, welche nicht nur für die Vorbereitungen verantwortlich wäre, sondern die dann auch alles umsetzen mußte. Martin hatte sich aber bisher, bis zu diesem Zeitpunkt, selbst niemals in diesem Personenkreis gesehen.

Martin blickte aus dem Fenster, zu den immer noch in der Luft tanzenden und schreienden Möwen. Er wusste, dass er sich nicht herausreden konnte nach dem Motto, dass er über keine Führungsqualitäten verfügen würde und dass dies eine Aufgabe wäre, welche ihm nicht zustehen würde. Dies würde man nicht akzeptieren oder aber, man würde anschließend das Projekt kippen.

Noch während Martin das Geschehen auf der anderen Seite der Panoramafenster betrachtete spürte er die, mit der ungestellten Frage verbundenen Blicke, welche seinen Rücken zu durchbohren schienen. „Eigentlich faszinierend, wie sich diese Möwen in der Luft halten können."

Dieses Bild innerlich abspeichernd drehte er sich zu dem Kreis der Verschwörer um. Er sah von einem zum anderen, sah in die so frisch und jugendlich blitzenden und erwartungsfrohen Augen und konnte erahnen, dass alle dazu bereit wären, ihre Hoffnungen auf ihn zu setzen.

Martin senkte den Blick, schloss die Augen, atmete ganz tief durch, ohne diesmal die würzige Meeresluft noch zu registrieren, hob den Kopf und öffnete die Augen. „Meine Herren …"

Stocksauer ging Mävers in die Besprechung mit dem Führungsstab der Bundespolizei hinein. Er hatte im Vorfeld dieses Gespräches noch in Erfahrung zu bringen versucht, warum sie nicht über die Aktion in Hitzacker informiert worden waren. Die inoffizielle Version, dass man offensichtlich im niedersächsischen Innenministerium und Lagezentrum der Auffassung war und ist, dass man solche Lagen allein bewältigen könnte und die Zuständigkeit bei ihnen liegen würde, war ja bekannt. Aber dem ist nicht so und dies musste den Verantwortlichen verdeutlicht werden. Aus diesem Grunde wurde vom Niedersächsischen MI offiziell eine Stellungnahme eingefordert.

Der Führungsstab der Bundespolizei setzte sich aus Vertretern von 11 Bundespolizeidirektionen zusammen, welche übergeordnet für die Bundespolizeiinspektionen standen. Die Polizeipräsidenten, welche den jeweiligen Direktionen vorstanden, hatten bereits Platz im Besprechungsraum genommen. Sie blickten gespannt in Mävers Richtung als er den Raum betrat und sich zu ihnen an den Tisch gesellte.

„Meine Damen und Herren, was ist denn da für eine Scheiße passiert?"

Der Tonfall war schneidend und trotz der inneren Wut nahm Mävers belustigt zur Kenntnis, dass die anwesenden Präsidenten so zusammengezuckt waren wie in der Harry-Potter-Szene, als Voldemort im letzten Teil einen Zauberstab von den Todessern eingefordert hatte.

Martin Kuhlmann, der Präsident der BPD Hannover, in dessen niedersächsischem Zuständigkeitsbereich Hitzacker liegt, antwortete: „Wir wissen es nicht. Wir sind von unseren Kollegen von der Landespolizei nicht informiert worden. Ich habe es auch erst aus den Medien erfahren."

Mävers blickte sich in der Runde um: „Gibt es irgendjemanden, der es nicht aus den Medien erfahren hat?"
Ein stilles Kopfschütteln erfüllte den Raum. Niemand war informiert gewesen.

„O.K., bzw. nicht O.K., aber wir klären das. Das Niedersächsische MI ist um eine Stellungnahme ersucht worden."

Jeder der Anwesenden wusste, dass ein solches Ersuchen, so es denn einmal ausgesprochen wurde, gleichzeitig auch eine massive Rüge beinhaltete und nachfolgende Konsequenzen mit sich bringen würde, sollte man sich keine nachvollziehbare Erklärung einfallen lassen.

„Wir müssen davon ausgehen, dass das linke Spektrum diese Aktion ausschlachten, und gegebenenfalls an anderer Stelle in ähnlicher Weise wiederholen wird. In meiner Funktion als verantwortlicher Leiter für die BFE+ Einheiten habe ich diese vorübergehend in Alarmbereitschaft versetzt."

Die BFE+ Einheiten waren ab Sommer 2015 aufgestellt worden und sollten bundesweit, insbesondere bei Terrorlagen, als Spezialeinheiten zum Einsatz gebracht werden. Diesbezüglich würden im Krisenfall Teilkräfte per Luftverlastung direkt zum Einsatzort geflogen werden.

„Alle 250?"

Die BFE+ Einheiten bestanden aus 250 Beamten, zumindest offiziell. „Ich habe alle aktiviert welche aktuell zur Verfügung stehen.". Mit dieser Aussage hatte Mävers nicht gelogen, konnte aber gleichzeitig die wahre Personalstärke der Einsatzgruppen verschleiern.

„Ich habe auf dem Weg hierher aus dem Radio erfahren, dass wohl offensichtlich weitere Daten von Polizeibeamten auf den linken Plattformen veröffentlicht werden sollen. Wie kann das sein?", war die Frage, welche wie eine große Felswand mitten im Raum stand. Mävers war kurz abgelenkt, sodass er nicht mitbekommen hatte, wer die Frage gestellt hatte.

„Weil wir es offensichtlich nur mit Idioten zu tun haben. Mir platzt der Kragen."

Die Frage hatte genau den wunden Punkt bei Mävers getroffen: „Sorry Kollegen, es tut mir leid, aber mir platzt wirklich so langsam der Kragen bei den dilettantischen Fehlern und Entscheidungen, die hier von unseren Theoretikern getroffen werden."

Mävers wusste um die Vita jedes Einzelnen und, dass einige darunter waren, welche sich als kleine Polizisten nach oben gearbeitet hatten. Diese Personen kannten den normalen Dienst, sowohl bei der Bundespolizei wie auch von dem früheren Bundesgrenzschutz oder hatten Dienst auf der Straße bei der jeweiligen Landespolizei versehen, bevor sie zur Bundespolizei gewechselt waren. Bei anderen war ihm jedoch auch bekannt, dass sie sich nur deshalb in ihren jetzigen Positionen befanden, da sie ihren Parteifreunden Kaffee gekocht und das Aktentäschchen hinterhergetragen hatten.

Auch war Mävers bewusst, dass gerade diese parteibuchhörigen politischen Beamte hinter seinem Rücken gegen ihn hetzten, wobei die anderen ihn mit stiller Zustimmung bedachten.

„Wir predigen seit Monaten, dass diese linken Plattformen wie indymedia abgeschaltet werden müssen. Wir haben eine Entwicklung von Linksextremismus zum Linksterrorismus. Diese Plattformen fördern dies und wir tun nichts, außer die dortigen Bewegungen und Schriftwechsel zu beobachten? Und dann sind unsere Herrschaften, Sie wissen ja wen ich meine, nicht dazu in der Lage dies richtig zu beurteilen und die entsprechenden Tweets zu löschen bzw. zu verhindern oder die Kollegen zu warnen!"

„Wenn ein Bürger seine Meinung zu den Missständen in unserem Land kundtut, dann wird er bei Facebook relativ schnell gesperrt. Da leisten die Gesinnungsschnüffler, welche unser allseits geliebter Ex-Justizminister Maas eingesetzt hat, ganze Arbeit.", Mävers beobachtete die Reaktion in der Runde ganz genau und fand seine bisherige Einstufung der Anwesenden bestätigt. Diejenigen, welche er bisher als Praktiker und als loyal eingestuft hatte, signalisierten durch kurze Bemerkungen oder Kopfnicken ihre Zustimmung. Bei den anderen, welche er als politisch links oder als nicht zuverlässig betrachtete, nahm er, als Reaktion auf seine Äußerungen, von abfallenden Handbewegungen, bis hin zu einem kompletten Abscheu in ihren Blicken, unterschiedliche Reaktionen wahr.

Seit einiger Zeit hatte Mävers angefangen die loyalen von den übrigen zu unterscheiden. Man wusste nie, wozu man dies einmal gebrauchen könnte. Nach seinem letzten Gespräch mit seiner Vorgesetzten und Freundin, Gundula Breitscher, war er froh, dass er dies schon getan hatte, denn jetzt könnte es in der Tat wichtig sein.

„Viermal die Zwo von Hanno", jetzt meldete sich das LFZ. „Hört", war die kurze Bestätigung. „Fahrt umgehend zur Badenstedter Straße 10. Häusliche Gewalt. Sonderrechte sind freigegeben."

Maren bestätigte den Einsatz, drückte am Statusgeber die Taste, welche Hanno anzeigte, dass sie sich auf dem Weg zum Einsatzort befanden. „Schon wieder häusliche Gewalt", murmelte Peter.

Er ließ das Blaulicht aufflammen, wendete den Streifenwagen und schaltete auch das Martinshorn ein. Hierbei ereilte ihn das übliche Déjà-vu und Peter Bruns musste sich wiederholt eingestehen, wie er diese Einsätze hasste. Peter und Maren nahmen dabei nicht mehr wahr, dass der Fahrzeugführer gerade ausgestiegen war und eine Waffe in der Hand hielt. Diesmal hatte ein Einsatz mit häuslicher Gewalt ihnen beiden das Leben gerettet.

*

Al-Samahi stand neben seinem Fahrzeug und blickte dem davonrasenden Polizeiauto nach. Dies musste Schicksal sein und er war froh, dass sich die Angelegenheit so erledigt hatte. Und eine Erkenntnis hatte Gestalt angenommen: hätten der Polizei Informationen über ihn vorgelegen oder hätten sie das Fahrzeug mit ihm in Verbindung bringen können, dann wäre die Situation gerade eben ganz anders abgelaufen und es würden jetzt zwei Tote auf der Straße liegen.

So langsam fand er zu seinem Ruhepuls zurück und das Pochen in seinen Schläfen war fast gar nicht mehr zu spüren. Die Waffe hatte er wieder in die Seitenablage gesteckt und steuerte nun seinen Wagen über die leeren Straßen der dunklen Stadt. Also stand er nicht unter Beobachtung. Für das, was er beabsichtigte durchzuführen, war es ideal zu wissen, dass er sich frei bewegen konnte und sich niemand für ihn interessierte.

Das Telefon schreckte Mävers um kurz vor 03:00 Uhr aus dem Schlaf. Wie in Trance griff er danach, berührte den außenliegenden Knopf, ärgerte sich wiederholt an dem hellen Licht und betätigte die Anruftaste.

„Maier, LBvD vom Lagezentrum. Guten Morgen Herr Mävers."
„Guten frühen Morgen Herr Maier", antwortete Mävers schlaftrunken, während er nebenbei die Uhrzeit realisiert hatte.
„Herr Mävers, ich wollte Sie darüber informieren, dass es in Darmstadt zu massiven Ausschreitungen im Rahmen eines Musikfestivals gekommen ist (**19**). Über 100 Personen haben sich zusammengerottet und gezielt Polizeibeamte angegriffen. Kollegen sind bisher nur leicht verletzt worden. Es wurden Unterstützungskräfte angefordert und inzwischen wurden auch 100 Kräfte der Bundesbereitschaftspolizei dorthin verlegt." „Endlich mal jemand der Ahnung von einer kurzen und zusammengefassten Meldung hat", dachte sich Mävers während er sich für die Information bedankte.
„Es scheint ja zu fruchten, dass wir nochmals auf die Landespolizeien eingewirkt haben."

Dennoch ärgerte ihn, neben der Gesamtsituation in Darmstadt, dass alle festgenommenen Personen nach einer Identitätsfeststellung wieder auf freien Fuß gelassen worden waren. Dies musste endlich anders geregelt werden. Wer Polizeibeamte oder Rettungskräfte angreift, gehört direkt in „staatliche Obhut" übernommen zu werden – er schmunzelte, denn so hatten es seine Kollegen formuliert, welche genau seine Meinung vertraten.

Und noch eins würde ihn massiv ärgern, aber das wusste er zu dem Zeitpunkt noch nicht, als er sich nach dieser verkürzten Nacht in seinen Wagen setzte und Richtung seiner Dienststelle fuhr. Unter den festgenommenen Angreifern war auch ein Polizeischüler gewesen **(20)**.

✳

„Meine Herren", Martin fügte eine Pause ein. Nicht dass er die Spannung erhöhen wollte, sondern er traf innerlich die Auswahl seiner nächsten Worte. Dann setzte er an:

„Ich habe befürchtet, dass Sie genau diese Erwartungen an mich stellen würden und ich habe lange darüber nachgedacht. Ich kann nicht etwas anstoßen und mich dann zurückziehen und hoffen, dass andere es dann so umsetzen, wie ich er mir erhoffe. Ich kann nicht einfach so danebenstehen, wenn Entscheidungen getroffen werden, welche ich überhaupt erst angeleiert habe."

„Wie gesagt, ich habe lange, auch über meine Rolle hierbei nachgedacht. Ich möchte Ihnen jedoch folgendes zu bedenken geben: ich bin kein H.C. Strache und nicht charismatisch, ich bin niemand, der gerne vorne oder im Blickpunkt steht und erwartungsvolle Zuhörer begeistern kann, ich habe seit meiner Kindheit massive Gedächtnisprobleme welche es mir nicht ermöglichen, einen

Sachverhalt ein zweites Mal genauso wieder zu geben wie beim ersten Mal."

Martin holte tief Luft: „Aber ich bin jemand, der Zusammenhänge begreift, der taktisch und strategisch planen kann und der, auf Basis von Informationen und einem Team, Entscheidungen treffen kann, welche kurz-, mittel- und langfristig zum Nutzen aller sein können. Ich kann wie ein Schachspieler die zukünftigen Züge meiner Gegner vorausahnen und bin auf unterschiedliche Arten und Variationen eines WorstCase vorbereitet."

Martin sah, dass die Runde gespannt an seinen Lippen hing: „Wenn Ihnen das ausreicht, dann bin ich dazu bereit meinen Teil der Geschichte zu erfüllen."

„Sehen Sie, Sie können doch gute Reden halten", kam nun von Peters, worauf ein zustimmendes Raunen zu vernehmen war.

„Ja, wenn es nicht anders geht, aber der Typ dafür bin ich nun mal nicht.". Martin blickte sich in der Runde um: „Ich habe jedoch drei Bedingungen."

„Lassen Sie hören".

Der Mann, der dies gesagt hatte, hatte sich Martin als Jürgen Kuhne vorgestellt. Er war, so vermittelte es den Anschein, nach Peters der älteste in der Runde und hatte sich, wie die anderen auch, bisher zurückgehalten und Peters das Reden überlassen. Martin hatte jedoch vom Auftreten Kuhnes den Eindruck, dass er zu den Entscheidern dieser Gruppierung gehören würde.

„Das Wichtigste zuerst", begann Martin seine Aufzählung.

„Es ist mir durchaus bewusst, dass sollte unser Projekt erfolgreich verlaufen, es irgendwann einmal zu Spannungen bzw. zu unterschiedlichen Meinungen zwischen uns kommen kann. Sie verfügen über Macht und Einfluss und können mich jederzeit „abberufen". Sie wissen was ich meine?"

„Wir vermuten es, aber da brauchen Sie sich überhaupt keine Sorgen zu machen."

„Herr Peters", antwortete Martin, „machen wir uns doch nichts vor. Natürlich gibt es persönliche wie auch wirtschaftliche Interessen, welche Sie verfolgen. Sollte ich durch mein Handeln oder meine Entscheidungen diese gefährden, dann stehe ich mit Sicherheit auf Ihrer Abschussliste. Und machen wir uns auch hier nichts vor – Sie verfügen über Mittel und Wege mich notfalls aus dem Wege zu schaffen und, ich sag mal so, es wie einen Unfall aussehen zu lassen."

„Ich habe Verständnis dafür, keine Frage, aber ich habe keine Ambitionen mich vorzeitig in meine letzte Eigentumswohnung unterhalb der Grasnarbe zu begeben. Ich möchte hierzu einen Deal mit Ihnen."

Nach seiner Einleitung war sich Martin gewiss, dass er die volle Aufmerksamkeit der Gruppe hatte: „Sollte es jemals zu der Situation kommen, dass wir keinen gemeinsamen Konsens mehr finden, dann bin ich jederzeit dazu bereit mich aus dem aktiven Dienst zurückzuziehen; heißt im Klartext: passt es nicht mehr, gebe ich meine Verantwortung und alle Aufgaben ab. Aber ich will danach sorgenfrei weiterleben können."

„Herr Kosik, wir sind keine Unmenschen und sicherlich kann man über alles reden, sollte es jemals notwendig sein."

„Herr Peters", entgegnete Martin, „wir alle haben in unserem Leben mit Menschen zu tun gehabt denen wir 100prozentig vertraut haben, wo wir uns niemals auch nur im Entferntesten ausgemalt hätten, dass sie uns hintergehen würden und dennoch sind wir alle auf die Schnauze geflogen. Sorry, ist so."

Martin nahm erneut ein zustimmendes Kopfnicken wahr und fügte hinzu: „Ich möchte einfach nur, wenn es zu Unstimmigkeiten kommen sollte, die Möglichkeit haben auszusteigen, ohne dass meiner Familie und mir etwas geschieht. Ich denke, dies würde jeder in einer vergleichbaren Situation einfordern, oder?"

Der neuerliche Blick und die Reaktion innerhalb der Runde war die Antwort auf seine Frage.
„Vielleicht kommt es ja auch nie dazu. Auf jeden Fall werde ich bis dahin alles in meiner Kraft Stehende tun, um unsere gemeinsamen Ziele zu verwirklichen."

„Einverstanden. Und was sind ihre weiteren zwei Forderungen?".

„Ich möchte einen Ansprechpartner, Assistenten oder wie auch immer Sie es bezeichnen möchten haben, mit dem ich zusammenarbeiten, mit dem ich Ideen und Planungen durchgehen und über den ich ggf. auch etwas veranlassen kann. Ich möchte jemanden für eine Vertrauensposition haben. Es ist mir durchaus bewusst, dass diese Person nur solange mitspielen wird, solange es zu keinem Interessenkonflikt kommen wird, aber damit rechne ich auch."

Ein amüsiertes Raunen erfüllte den Raum. Martin wand sich mit einem fragenden Blick an Peters. Dieser wiederum wandte sich an ihn: „Herr Kosik, genau dies haben wir schon arrangiert. Es ist uns selbstverständlich klar, in welcher Situation Sie sich befinden und wir lassen Sie zukünftig nicht mehr allein. Nein, verstehen Sie mich jetzt nicht falsch."

Peters Mundwinkel zogen sich zu einem Grinsen hoch. „Wir wollen Sie nicht überwachen und jeden Schritt von Ihnen dokumentieren."

„Zumindest nicht, dass Sie es merken", rief Jürgen Kuhne dazwischen und alle am Tisch lachten. Auch Martin stimmte mit ein. Dies war ein Humor, den er schätzte, ein schwarzer Humor der 80er. Martin wusste, wie er es zu nehmen hatte, zumindest nicht für bare Münze.

„Kommen wir zum Ernst der Sache zurück", unterbrach Peters die aufgelockerte Stimmung. „Morgen um 10:00 Uhr meldet sich Ihr Assistent bei Ihnen. Diese Person genießt unser absolutes Vertrauen. Sie wird rund um die Uhr für Sie verfügbar sein und alles abstimmen und besprechen, was notwendig sein sollte. Wenn etwas zu veranlassen ist oder wenn Sie einfach nur eine Idee haben, teilen Sie es dieser Person mit. Sie wird sich darum kümmern."

Martin glich innerlich die morgige 10:00 Uhr Kontaktaufnahme mit anderen, anstehenden Terminen ab. Er hatte sowieso zukünftig keine größeren Termine mehr eingeplant, da er wusste, dass sollte es nun losgehen, er eines auf jeden Fall nicht mehr haben würde – Zeit.

Nachdem Peters gesehen hatte, dass Martin keine Einwände hatte, fragte er ihn nach seinem dritten Wunsch.

„Sicherheit", antwortete Martin. „Sicherheit für meine enge Familie". Seine Familie bestand nach dem Tod seiner Mutter nur noch aus einem kleinen Kreis. Alle anderen Familienmitglieder zählte er nicht zu dem engeren Kreis.

„Ich möchte gerne ein sicheres Haus, welches nach meinen Wünschen gestaltet wird, welches uneindringbar, insbesondere gegen die ganzen Paparazzi ist und welches uns im Notfall ermöglicht, egal was draußen passieren mag, unabhängig weiter leben zu können. Ich habe da so meine Vorstellungen. Ergänzend dazu hätte ich, sowohl jetzt wie auch zukünftig, eine absolute finanzielle Unabhängigkeit."

„Mehr nicht?", fragte Peters leicht spöttisch, aber Martin schüttelte belustigt den Kopf, nachdem er auch bei den anderen eine ähnliche Reaktion festgestellt hatte.

„Eines hätte ich noch", sagte Martin. „Unabhängig von den drei Punkten denen, wie ich hier gerade gesehen habe, Sie alle zugestimmt haben, möchte ich gerne sehen, was zu leisten Sie tatsächlich imstande sind."

„Was schwebt Ihnen vor?", kam die Frage aus der Runde.

„Ich hätte gerne einen Audi Q5, gepanzert, mit Sonderrechten, also Blaulicht und Sirene, BOS-Funk, welcher nicht identifiziert werden kann, Wechselkennzeichen und die Möglichkeit, jederzeit ohne mich dafür rechtfertigen zu müssen, mit Sonderrechten fahren zu können. Also muss bei einer Kennzeichenüberprüfung ein entsprechender Vermerk in der EDV der Polizei hinterlegt sein."

„Na junger Freund", Peters lächelte wieder väterlich milde, „da haben Sie uns aber keine leichte Aufgabe gestellt. Mal schauen, was wir machen können."

✳

Schallendes Gelächter erfüllte den gesamten Bürotrakt. Mävers, welcher gerade ein Telefonat beendet hatte, steckte den Kopf aus seiner Bürotür um zu lokalisieren, woher das Gelächter kam. „Es kommt wohl aus der Küche", schlussfolgerte er und begab sich zu den lauter werdenden Stimmen. Als Mävers den Blick in die Küche warf, konnte er gerade noch im Augenwinkel wahrnehmen, wie einer seiner Kollegen scheppernd mit einem Stuhl nach hinten umkippte.

Eines ersten Grinsens konnte er sich auch nicht mehr erwehren und suchte nach jemanden, den er fragen konnte, was denn los sei. Die sieben Kollegen, welche sich in dem Raum befanden, waren jedoch nicht ansprechbar. Sie lachten Tränen und hielten sich ihre Bauchmuskeln. Bettina, eine Kollegin aus dem Bereich der Öffentlichkeitsarbeit reichte ihm ein Schreiben rüber.

Mävers überflog den Artikel von Focus Online in dem von einer Studie der Stiftung „Erinnerung, Verantwortung und Zukunft" berichtet wurde. Diese Stiftung, welche von der Bundesregierung und der Stiftungsinitiative der deutschen Wirtschaft gegründet worden war, stellte die Behauptung auf, dass Immigranten keinen Antisemitismus nach Deutschland importieren würden (**21**).

„Wie kann man nur so etwas behaupten und wie blöd muss ein Volk sein, wenn es so etwas auch noch glauben würde? Aber in diesem Land werden Lügen dann zur Wahrheit, wenn man sie nur oft genug wiederholt." Mävers verließ die Küche und fragte sich, ob er Lachen oder Heulen sollte.

Die Ermordung der 14-jährigen Susanna aus Wiesbaden füllte nun seit Tagen den medialen Blätterwald. Neben der Tat selbst wurde heftig darüber diskutiert, wie der 20-jährige irakische Tatverdächte, zusammen mit Eltern und Geschwistern, mit gefälschten Ausweisen beziehungsweise irakischen „Einmal-Ausreisepapieren", über Düsseldorf ausreisen konnte.

In einer seiner Chatgruppe war Al-Samahi vor dem Verschwinden der Familie zuvor gefragt worden, ob er diese Flucht in den Irak nicht unterstützen wollte. Nein, er wollte nicht. Er wollte nicht in etwas hineingezogen werden, was ihn selber oder seine langfristig angelegten Pläne gefährden konnte. So hatte er nur am Rande mitbekommen, dass die Flucht durch linksradikale, selbsternannte Aktivisten mitorganisiert worden war.

„Wie konnte man sein Land so hassen?", war auch hier wieder eine der Fragen, welche sich Al-Samahi immer wieder stellte. Er selbst trat für sein Land und sein Volk ein, aber hier in Deutschland liefen gebildete, zumindest hatte er dies früher einmal angenommen, Menschen herum, welche die Freiheit, den Wohlstand und die Möglichkeiten, welche dieses Land ihnen bot, nicht ansatzweise zu schätzen wussten. Da liefen linksversiffte Jugendliche und Studenten durch die Gegend die „Nie wieder Deutschland" brüllten und da gab es Politiker, welche sich hinter linksautonomen Gewalttätern stellten und sogar mit ihnen, gegen ihr eigenes Land mitdemonstrierten.

Und als jetzt die 14-jährige Susanna ermordet worden war und Politiker der AfD im Bundestag eine Schweigeminute abhielten, wurde dies durch die anderen Politiker verhöhnt, verklatscht und unterbrochen. Die Medien schrieben, dass die AfD mit einer Schweigeminute den Bundestag verärgert hatte (**22**). Wie kann man, wenn man einem toten Menschen gedachte, andere damit verärgern? Was sind diejenigen, welche sich geärgert oder gestört gefühlt haben, nur für Menschen? Al-Samahi schüttelte verständnislos den Kopf.

*

Gundula Breitscher saß noch spätabends, sie blickte auf ihre Wanduhr, es war 21:47 Uhr, in ihrem Büro. Sie mochte kein helles

Licht und hatte nur die Schreibtischlampe an, welche zusammen mit dem Monitor das Büro ein wenig erhellte. Gerne hätte sie eine Kerze angemacht. Eine ruhige, nur leicht flackernde Flamme konnte nach einem langen Tag unwahrscheinlich beruhigend wirken, aber sie hatte keine mehr. Natürlich war dies in den Büros auch nicht erlaubt, aber wenn sie, wie sonst so oft, noch bis in die Nacht hinein arbeitete, da war es ihr ziemlich egal, ob dies gestattet war oder nicht. Die Mitarbeiter vom Objektschutz, welche sie bei ihren nächtlichen Arbeiten im Rahmen der Streife regelmäßig aufsuchten, kannten dies schon. Ein älterer von ihnen hatte ihr einmal sogar, als er bemerkt hatte, dass ihre Kerze kurz vor dem Verglimmen gewesen war, eine eigene Kerze hochgebracht. Sie musste bei diesem Gedanken schmunzeln: „So zeigt sich, dass einem nicht alles oder nicht alle Personen um ihn herum gleichgültig sind."

Sie hörte die erwarteten Schritte auf dem Gang. Es klopfte an ihren Türrahmen, da die Tür selber offenstand, und eine wohlvertraute Stimme fragte: „Na, so spät noch am arbeiten?"

Gundula lächelte ihn an. Die Frage hätte Jörg Mävers gar nicht zu stellen brauchen, dann sie hatten sich ja schließlich miteinander verabredet. Um diese Zeit kann man sich hier im Ministerium auch mal ungestört miteinander unterhalten. „Oh, ich wollte gerade gehen. Was machst Du denn hier?", konnte sie sich eine ironische Frage nicht verkneifen.

„Ich glaube, ich habe ein Date mit meiner Lieblingschefin", antworte Mävers geistesgegenwärtig. Dieser vertraute Umgangston tat beiden gut und das wussten sie auch.

„Jörg, ich habe keine Lust mehr. Dieser Mist, der hier mit dem BAMF läuft, wird zu einer immer größer werdenden Jauchegrube."

„Aber Du hast doch nichts damit zu tun", entgegnete Mävers.

„Das ist richtig und ich werde den Teufel tun, um mich da einzu-
mischen. Nein, mir geht es darum, dass alles, woran wir früher einmal geglaubt haben, was wir als richtig und falsch kategorisiert
haben, nun über den Haufen geschmissen wird. Ich bin nun seit so
vielen Jahren im Staatsdienst, aber dass es so korrupt zugeht, dass
seitens von Politikern und 3B's so viele illegale und kriminelle
Handlungen verübt bzw. geduldet worden sind, über Jahre hinweg,
ist mir unbegreiflich."

Die Bezeichnung „3B's" hatten sich Gundula und Jörg selber einmal ausgedacht und sie stand für „B-Besoldungs-Beamte".

Jörg sah sie ernst an: „Weißt Du, was wir getan haben, seit Jahren?"
Sie antwortete ihm zuerst wortlos, nur mit ihrem Blickkontakt und
dann: „Wir haben Verwalter zu Führern gemacht und Führer haben
wir zu Schoßhündchen umdrapiert, die über keine eigene Meinung
mehr verfügen. Du kennst ja meine Ansicht, dass gerade den Polizeibeamten, welche sich zur Aufstiegsausbildung für den höheren
Dienst bei der Führungsakademie in Hiltrup einfinden, gleich zu
Beginn das Rückgrat entfernt wird."

„Ja, dafür wird ihnen aber doch ein schönes Parteibuch eingesetzt."

Gundula ließ sich auf Jörgs Sarkasmus ein, welcher erwiderte:
„Genau, von der Einheitspartei mit der GottKanzlerin, die ja alles
richtig macht."
„Jetzt mal im Ernst. Solange es in unserem Land halbwegs gelaufen ist, brauchten wir keine Führer. Die Polizeiführer und die Verantwortlichen der Bundeswehr wurden gerupft und gestutzt. Ver-

waltungsbeamte und Juristen haben das Zepter in die Hand genommen. Das funktioniert solange, bis es schiefläuft und es ist schiefgelaufen. Hier ist doch niemand mehr in der Lage dazu Entscheidungen zu treffen und sollte es doch mal jemand versehentlich tun, dann wird von den Bürokraten, Theoretikern und medialen Glaubenswächtern solange auf ihn eingeprügelt, bis er sich selbst denunziert und Abbitte leistet. Was berechtigt einen Juristen dazu ein Land zu führen? Nichts. Absolut gar nichts! Und wie sieht es aus? Überall sind die Ministerien und Staatskanzleien mit Juristen durchsetzt."

„Hast Du schon gelesen, was die Kanzlerin zu dem Mord an der Susanna von sich gegeben hat?", wechselte Gundula das Thema. Mävers verneinte.

Daraufhin öffnete Gundula die Schlagzeile von Bild Online und ließ den Text auf dem Bildschirm aufpoppen: „Diese schreckliche Tat würde sie berühren" und „Das abscheuliche Verbrechen sei ein Auftrag, Integration sehr ernst zu nehmen, Werte klar zu machen und sich gemeinsam an Gesetze zu halten." (**23**)

Jörg schluckte: „Diese ... Wer hat ihr souffliert, dass sie sich berührt erklären soll? Ihr Imageberater? Die hat doch keine Gefühle, es geht ihr, Du weißt schon wo, dran vorbei. Und dann verbindet dieses Weib es auch noch mit der Integration und fordert zwischen den Zeilen dazu auf, dass wir diese armen Menschen, welcher ja nach ihrer Einschätzung aufgrund mangelhafter Unterstützung offensichtlich erst zu Tätern geworden sind, noch weiter, noch mehr zu betüddeln? Dieser Menschenschlag ist nicht zu integrieren, das wissen wir beide!"

„Danke", sagte Gundula. „Du hast mir den Abend doch noch gerettet, denn Du bist einer der Wenigen welcher die Dinge so sieht und auch so benennt, wie sie wirklich sind."

„Jörg", sie sah ihn so ernst an, wie noch nie seitdem sie sich kannten. „Jörg, wir müssen etwas tun.".

Kapitel 3 - Die Assistentin

Martin war gespannt, wie genau, wie pünktlich der Anruf von seinem neuen Assistenten ihn erreichen würde. Er blickte auf sein Handy und die Uhrzeit, welche auf seinem Startbildschirm angezeigt wurde, stand bei 09:59 Uhr. Innerlich tippte er darauf, dass der Anruf auf die Minute genau erfolgen würde. Er selber würde es so machen, warten, bis die Uhr auf 10:00 Uhr umgesprungen wäre, wählen und wäre dann pünktlich.

Die Uhr sprang um. Er wollte gerade den Blick von dem Display schweifen lassen, als eine ihm unbekannte Nummer angezeigt wurde und das Handy vibrierte.

Er meldete sich. „Kosik".
Überrascht nahm er wahr, dass sich am anderen Ende eine weibliche Stimme meldete.

„Guten Morgen Herr Kosik. Mein Name ist Stefanie Fischer und ich bin diejenige, auf deren Anruf Sie heute um 10:00 Uhr gewartet haben."

„Guten Morgen Frau Fischer. Vielen Dank, dass Sie sich so pünktlich gemeldet haben."
„Das ist doch selbstverständlich. Bei unserer zukünftigen Zusammenarbeit und bei dem Projekt, mit dem wir uns beschäftigen werden, ist ein wichtiger Punkt Präzision. Meinen Sie nicht auch?"

Martin nickte, bevor er ihr antwortete: „Ganz genau, das sehe ich auch so. Wir brauchen drei „P´s": Präzision, Professionalität und Perfektion, aber so wie ich die bisherigen Gespräche im Vorfeld erlebt habe denke ich, dass ich mir darum keine Sorgen zu machen brauche."

„Dann glaube ich, dass wir uns sehr gut verstehen werden."
Mävers glaubte einen belustigten Unterton in ihrer Stimme vernommen zu haben.
„Ich gehe davon aus, dass Sie sich heute Zeit für mich genommen haben?"
„Was für eine Frage", dachte sich Mävers. Natürlich. Er hatte sich den ganzen Tag freigehalten.

Somit antwortete er: „Aber sicher doch. Was haben Sie vor?"

„Ich schlage vor, wir treffen uns um 11:00 Uhr. Als Hildesheimer kennen Sie sicherlich den Galgenberg?"
Er bestätigte ihre Frage.
„Gut, dann lassen Sie uns um 11:00 Uhr, auf dem Parkplatz vor dem Restaurant LewensLust treffen. Da um diese Zeit dort nicht viel los sein sollte, können wir uns ungestört unterhalten."
„O.k., ich werde da sein."

Nachdem das Telefonat beendet war, musste er sich schon langsam auf den Weg machen. Er wohnte ca. 30 Minuten von dem Ort entfernt. Er kannte den Galgenberg, der sich im südöstlichen Teil von Hildesheim befand und von wo aus langgezogene Waldstücke begannen, da er dort früher schon vielfach Joggen gewesen war.

Martin hatte bewusst auf ihren Sprachausdruck geachtet. Sie hatte nicht gesagt: „Ich würde vorschlagen das …", sondern sie hatte direkt vorgeschlagen. Aufgrund der Stimme, des Ausdrucks und,

sofern man bei einem Telefonat von einem ersten Eindruck überhaupt sprechen konnte, machte er sich ein erstes Bild von seiner
neuen Assistentin. Und dieses Bild schien ihm zu gefallen.

*

Der Plan stand. Alles war organisiert. Das O.K. hatte er bekommen. Die letzten Gespräche hatten stattgefunden. Zufrieden mit
sich selbst durchdachte Al-Samahi im Geiste noch mal die Abläufe
und möglichen Problemfelder. Die einzigen Schwachstellen würden die eingesetzten Personen sein. Wenn diese nicht so funktionieren würden wie er es sich ausgedacht hatte, dann bestand die
Gefahr eines Scheiterns.

Selbst dann, wenn die Aktion schieflaufen sollte, sie würde für
Aufsehen und Angst sorgen und niemand könnte Rückschlüsse auf
ihn als Organisator des Ganzen ziehen. Auch wenn es nicht notwendig wäre, so würde er sich selber aus den darauffolgenden Ermittlungen hinausziehen und für eine unbestimmte Zeit das Land
verlassen. So könnte er von außen die weiteren Abläufe genau beobachten, bevor er wieder zurückkommen würde.

Ja, er war wirklich mit sich selbst zufrieden. Sogar diesen Michael
hatte er soweit „hinbekommen", dass er funktionieren würde. Jetzt
hieß es abwarten, abwarten bis Weihnachten.

*

„ZP verlässt das Gebäude. Sie geht zu ihrem Fahrzeug."
Der Funkspruch, welcher die erscheinende Zielperson betraf, welche sie seit zwei Tagen unter Beobachtung hatten, riss das Team
aus dem Dämmerzustand. Rings um die Wohnadresse der ZP verteilt befand sich, in insgesamt 9 Fahrzeugen, eine Observationsgruppe des Verfassungsschutzes.

Heute bestand das Team aus 12 Beamten. In der Regel wurden die Fahrzeuge nur mit einer Person besetzt, da es bei Observationen eher auffiel, wenn sich neben dem Fahrer auch noch ein Beifahrer im Fahrzeug befinden würde. In drei Fahrzeugen waren sie jedoch zu zweit. Es gab einen Schreiber, der den gesamten Einsatz mitprotokollierte und zwei Kollegen welche, sollte es von der Fahrzeug- in eine Fußobservation übergehen, sofort die Zivilfahrzeuge verlassen konnten, während die übrigen Kollegen erst einmal einen Parkplatz finden mussten.

Bei der Wohnadresse handelte es sich um ein Mehrfamilienhaus mit 12 Parteien, in nicht gerade einem der wohnenswertesten Viertel in Hannover, wie Mike Kaulfuss, der Leiter der Observationsgruppe, wiederholt feststellte. Er gehörte zu den Beamten, welche zwar gerne in Hannover Dienst versahen, jedoch niemals in dieser Stadt wohnen würden. Als Polizeibeamter hatte er die Straßen und Gegenden in und um Hannover zu Genüge kennengelernt und sah jede Ecke, jeden Platz, jeden Strauch mit anderen Augen, als es die normalen Bürger tun würden. Gerade in den Grünflächen, wie beispielsweise die grüne Lunge Hannovers, der Eilenriede, welche zu Recht ein beliebtes Naherholungsgebiet war, hatte er etliche Einsätze im Zuge der Bekämpfung der Rauschgiftkriminalität hinter sich gebracht. Es gab kaum Stellen, an denen er in den Abendstunden nicht auf Junkies bei ihrem täglichen Heroineinkauf, und auf die entsprechenden, in der Regel kurdischen Dealer getroffen wäre. Arbeiten ja, wohnen nein – das war sein Motto und viele seiner Kollegen sahen es genauso.

Sie waren an der Zielperson dran. Es war oft schwierig solche Personen überhaupt aufzunehmen und zu observieren, da man nicht wusste, ob sie sich an ihrer Wohnanschrift überhaupt aufhielten oder wann sie das Haus verlassen würden. Sie verbrachten Stunden um Stunden im Auto nur mit Warten.

„ZP biegt links ab." Natürlich war auch der Funk in ihren Fahrzeugen verdeckt, wie auch die Sendetaste. Über solche Funkfreisprecheinrichtungen verfügten sie schon, als von Freisprecheinrichtungen für Fahrzeuge noch überhaupt nicht die Rede gewesen war. Kaulfuss hatte schon viele Jahre auf dem Buckel und war ein Observationsprofi. Als er angefangen hatte, da hatten sie noch mit dem B-Netz telefoniert.

„Jürgen, ich fahre nächste Abfahrt raus, übernimmst Du?" Es lief eine automatische Rotation ab. Unmittelbar hinter der ZP befand sich das erste Verfolgerfahrzeug, alle anderen folgten weit abgesetzt. Damit man nicht auffallen sollte, wechselten sich die Fahrzeuge regelmäßig ab und das erste Fahrzeug reihte sich wieder hinten ein. Im Gegensatz zu der realitätsfremden deutschen Krimi-Landschaft konnte eine wirkliche Observation nur mit mindestens sieben Fahrzeugen erfolgen. Bei dem Einsatz von weniger Fahrzeugen, und das war ein Erfahrungswert, war die Gefahr des Erkanntwerdens zu groß. Das Einzige, was in der Realität genauso passierte, wie man es in so manchen schlechten Filmen sehen konnte war, dass wenn man sich in einer Fahrzeugverfolgung befand, einem dann der obligatorische Müllwagen direkt vor die Nase fuhr und man nicht daran vorbeikonnte. Dies hatten Mike und seine Kollegen, zum Ärger während der Observation, zur Belustigung bei der Nachbesprechung, schon vielfach erleben müssen. Dies war dann jedes Mal Realsatire gewesen.

„ZP ist rangefahren und parkt", schnarrte der Funklautsprecher. „Fahrzeug ist abgestellt. ZP steigt aus ... und geht in das Teehaus."

Mike betätigte die verdeckte Taste seines im Fahrzeug eingebauten Funkgerätes: „O.k., wie gehabt, nehmt Aufstellung. Bettina, Du bitte die direkte Fahrzeugbeobachtung."

Es kam die Bestätigung von seiner Kollegin, während Mike langsam an dem Teehaus entlangfuhr und noch gerade sehen konnte, wie die ZP das Gebäude betrat. Jetzt war wieder Warten angesagt, denn das was sich jetzt in dem Haus abspielte, bekamen sie nicht mit. Weder welche Personen sich dort trafen, noch was besprochen wurde. Manchmal verfluchte Mike ihre Tätigkeit, denn sie hatten so gut wie keine Hintergrundinformationen. Zumeist gab es nur eine kurze Beschreibung mit einem kleinen Dossier. Warum sollten sie auch informiert werden? Sie waren ja für die Informationsgewinnung zuständig und während Mike über den Sinn und Unsinn ihres Auftrags nachdachte, suchte er einen Parkplatz, von dem aus er schnell in eine neue Observation einsteigen konnte. Beim Abbiegen fiel ihm die Akte vom Beifahrersitz und alle Papiere verteilten sich im Fußraum.

Das erste Blatt, welches aus der Akte herausfiel, war die Personenbeschreibung mit Lichtbild. Es war das Bild von Al-Samahi.

✳

Er war pünktlich und lenkte seinen Wagen auf den Parkplatz von dem Restaurant LewensLust. Der Parkplatz war um diese Zeit vollständig leer. Aus eigener Erfahrung wusste er, dass es sich hier erst ab dem frühen Nachmittag füllen würde, wenn die ersten Waldspaziergänger eintreffen, und von diesem Punkt aus starten würden.

Nachdem er rückwärts eingeparkt hatte, denn ein Schutzmann parkt immer rückwärts ein, und noch einmal seinen Blick schweifen gelassen hatte, stieg Martin aus. In diesem Moment fuhr ein schwarzer Audi TT mit Hamburger Kennzeichen auf ihn zu und nutzte die Parklücke direkt neben ihm.

Da stand sie nun vor ihm, seine Assistentin. Sie war sportlich schlank, ca. 170 cm groß, geschätzte 35 Jahre alt, hatte dunkle, schon fast ins Schwarze übergehende kurze Haare und ihr aufmerksamer Blick mit einem funkelnden Augenpaar signalisierte ihm, dass er sie niemals unterschätzen sollte. Ihre Aufmachung, ein schwarzes Kostüm mit weißem Hemd, passten zu ihrer ganzen Erscheinung und wirken nicht überzogen.

„Hallo Herr Kosik. Guten Morgen, ich bin Stefanie Fischer", begrüßte sie Martin und er stellte erfreut fest, dass nicht nur ihre Telefonstimme, sondern jetzt auch die ganze Persönlichkeit äußerst sympathisch rüberkam.

„Guten Morgen Frau Fischer, schön Sie jetzt persönlich kennenzulernen."

Die ersten Minuten waren bestimmt von einem gegenseitigen verbalen Abtasten und Martin stellte hierbei mehrfach fest, dass sie sehr viel über ihn wusste, auch privates. Sie waren inzwischen hinter dem Restaurant einen breiten Weg in den Wald gegangen, welcher genauso wie der Parkplatz zuvor, völlig menschenleer war. Zweimal war ihnen ein Jogger entgegengekommen, aber dann war nur noch Stille, welche gelegentlich von Vogelgezwitscher unterbrochen wurde.

Da Martin ein Freund offener Worte war, brachte er es auf den Punkt, indem er sagte: „Sie sind aber sehr gut über mich informiert. Gibt es etwas, was Sie nicht wissen?"

Sie warf ihm einen vielsagenden und schelmenhaften Blick zu und antwortete: „Ich will es mal so ausdrücken. Ich kenne Dateien von Ihnen, die …", sie verhielt kurz „interessant sind."

Als sie dies sagte und ihm dabei mitten in die Augen sah, hatte sie selbst schon Probleme ein Grinsen zu unterdrücken. Martin, der auch ihr genau in die Augen blickte errötete, denn er konnte sich vorstellen, ohne dass sie es ausführen musste, was sie meinte. „Na, wenn das so ist", versuchte Martin die Situation zu überspielen was ihm, zu ihrem Amüsement, nur recht schlecht gelang, „dann brauchen wir ja auch keine Geheimnisse voreinander zu haben. Wie sieht es eigentlich mit Ihnen aus …?"

*

Durch einen dringenden Anruf war Mävers aus dem Gespräch mit seiner Chefin herausgerissen worden. Ihr Gespräch konnten sie an diesem Abend nicht mehr fortsetzen, denn nachdem Mävers aufgrund des Telefonates noch etwas geklärt hatte, war Gundula nicht mehr da gewesen. Sie hatte ihm jedoch, nachdem er ihr leeres Büro gesehen hatte, eine Nachricht auf seiner Mailbox hinterlassen, dass sie sich im Laufe des nächsten Tages bei ihm melden würde.

Wie versprochen hatte Gundula ihn am folgenden Tag angerufen und sie hatten sich für den Abend, zu einem Gespräch außerhalb des Ministeriums, verabredet. Erstaunt war Mävers zum einen über den Ort des Treffens gewesen, denn sie wollten sich vor dem Berliner Olympiastadion treffen und zum anderen, da Gundula ihm offenbart hatte, dass sie nicht allein sein würden.

Da sie sonst nie so geheimnisvoll gewesen war, war Mävers auf den Abend besonders gespannt und überlegte unentwegt, was sie vorhatte und in welche Richtung es gehen würde. Eines war er sich jedoch gewiss. Er würde sie unterstützen, egal um was es ging. Die Spannung in ihm wuchs, aber es waren noch einige Stunden bis zu dem Treffen.

*

Es war ein sehr nettes und aufschlussreiches Gespräch gewesen. Interessanterweise überkam Martin eine Vertrautheit zu Stefanie Fischer, welche von ihrer Seite auch erwidert wurde. Er war sich nur nicht sicher ob sie einfach nur eine Rolle spielte oder ob sie wirklich ehrlich mit ihm umging. Seine Menschenkenntnis, welche durch viele Jahre Einsatzerfahrung und Umgang mit verschiedenen Charakteren geprägt war, ließ ihn nicht so einfach im Stich und er war sich ziemlich sicher, dass sie ihn nicht zu täuschen versuchte.

Sie hatte ihm auch eine sehr glaubwürdige Antwort auf eine Feststellung gegeben, welche er schon gegenüber Peters geäußert hatte: „Frau Fischer, wem gehört Ihre Loyalität?"

Er hatte gedacht, dass er sie mit dieser Frage verunsichern würde, aber sie hatte ihm direkt geantwortet: „Ich weiß was Sie meinen. Ich werde Sie in allem unterstützen, mich um alles kümmern und alles veranlassen was notwendig ist und Sie können 100prozentig auf mich zählen. Aber ich habe Auftraggeber, die mich dazu veranlassen und demzufolge gilt denen meine Loyalität zu 101 Prozent. Da wir alle gemeinsam an einem Strang ziehen sehe ich jedoch keinen Interessenkonflikt und …", sie hielt kurz inne, „meine Auftraggeber haben mir gesagt, dass sollte sich ein Interessenkonflikt abzeichnen oder sollten sonst Probleme auftreten, welche negativen Einfluss auf unsere Zusammenarbeit haben könnten, auch wenn sich diese nur im Ansatz abzeichnen sollten, dass ich mit Ihnen unbedingt darüber sprechen soll."

Martin zog die Augenbrauen hoch: „Mit mir, nicht mit Herrn Peters und den anderen Herren?"

„Genau, mit Ihnen. Meine Auftraggeber haben Vertrauen zu Ihnen gefasst. Sie bewegen sich jetzt auf einem Spielfeld, welches Sie nicht kennen; meine Auftraggeber schon. Und deshalb kann es passieren das sie, egal ob bewusst oder unbewusst, Fehler machen oder gegen Regeln verstoßen. Meine Aufgabe ist es, sie vor diesen Fehlern zu bewahren."

„Ich bin beeindruckt. Ich hatte eher das Gegenteil erwartet", gestand Martin ein.

„Unser Vorhaben ist sehr schwierig und äußerst gefährlich. Es kann jeden von uns nicht nur massive Probleme bereiten, sondern auch unseren Kopf kosten. Und deshalb ist es absolut wichtig, dass jeder seinen Part erfüllt, aber auch, dass wir zusammen agieren. Wir verfolgen ja schließlich ein gemeinsames Ziel."

„Ja, das ist mir klar. Es ist ein sehr gewagtes Spiel und die Gefährlichkeit versuche ich irgendwie auszublenden. Ist wohl reiner Selbstschutz."

Sie nickte: „Genau so, und mit Humor, kann man am besten damit umgehen."

„Eines ist aber für mich absolute Voraussetzung für eine Zusammenarbeit zwischen uns", sagte Martin.
Neugierig sah sie ihn an: „Und das wäre?"

„Wenn ich mit einer Person zusammenarbeite, auf die ich mich verlassen kann und zu welcher ich absolutes Vertrauen habe, dann habe ich keinen Bock auf diese blöde Siezerei", antwortete Martin.

„Du hast etwas vergessen", sprach Stefanie Fischer. Martin zog die Stirn in Falten: „Und was?". „Ich bin eine Person, die Deine privaten Dateien kennt", sie mussten beide lachen.

✻

Punkt 21:00 Uhr traf Jörg Mävers an einem der Nebeneingänge des Stadions ein. Von der Seite kommend sah er Gundula Breitscher. Sie begrüßten sich und Gundula sagte ihm, dass sie gleich abgeholt werden würden.

„Bitte entschuldigen Sie meine Verspätung."

Ein älterer Herr, den sie noch gar nicht gesehen hatten, rief ihnen durch das Gitter des geschlossenen Nebeneingangs zu. Im Schlepptau des Mannes befand sich ein Pförtner, welcher das Gittertor aufschloss und ihnen Einlass gewährte. Das Stadion war zu dieser Zeit unbesucht. Es gab weder ein Spiel noch sonst eine Veranstaltung. Aber offensichtlich hatte der ältere Herr, der sich noch nicht vorgestellt hatte, gute Beziehungen.

Der Pförtner hatte das Tor wieder verschlossen und führte die kleine Gruppe zu einer Lounge des Stadions und verließ sie, nachdem sie dort eingetreten waren und die Tür geschlossen hatten.

„Ich bitte nochmals um Entschuldigung für die Geheimniskrämerei. Mein Name ist Peters. Gundula, äh Frau Breitscher, kennt mich schon seit vielen Jahren und ich freue mich, Sie Herr Mävers kennenzulernen. Frau Breitscher hat mir schon viel über Sie erzählt, sodass wir gemeinsam die Meinung teilen, offen mit Ihnen sprechen zu können."

Mävers blickte zu Gundula, welche zustimmend nickte, und wieder zurück zu Peters: „Vielen Dank, ich bin ein wenig verwirrt und überrascht, aber ich lasse mich gerne überraschen."

„Na dann sind Sie ja hier genau richtig", sprach Peters und machte eine einladende Handbewegung, dass sie sich hinsetzen sollten.

Erst jetzt konnte Mävers die prachtvolle Aussicht auf das leere Stadion erkennen und, dass sich auf dem Tisch, an welchem sie Platz genommen hatten, einiges an Fingerfood und zu trinken befand.

„Herr Mävers", Peters blickte von Gundula zu ihm, „ich vertraue Gundula und Gundula vertraut ihnen. Ist das nicht eine schöne Basis für ein vertrauensvolles Gespräch?". „In der Tat", antwortete Mävers, „Darauf können wir gut aufbauen."

Es wurde ein langer Abend. Als Mävers anschließend nach Hause kam und Kasimir leicht aus seiner Liegemulde schob, da er zumindest ein kleines Stück von seinem Bett zurückgewinnen wollte, wer hat schon eine Chance gegen eine Katze, schlief er das erste Mal seit vielen Jahren mit der Gewissheit ein, Teil von etwas Gutem zu sein. Etwas Gutem, das etwas bewegen könnte und ja, … ja, … er würde es aus voller Überzeugung unterstützen.

Äußerst begeistert saß Martin hinter dem Lenkrad seines neuen, gepanzerten Q5. Zum Ende ihres Gespräches, als sie wieder kurz vor dem Parkplatz waren, hatte Stefanie noch zu ihm gesagt: „Ich brauche mal Deinen Autoschlüssel."
„Wieso das denn?", hatte er rückgefragt worauf sie erwiderte: „Dort steht Dein Neuer."
Neben ihren beiden Autos stand ein Q5, genauso ausgestattet, wie Martin es vorgegeben hatte. Das Fahrzeug war gepanzert, hatte Blaulicht, Sirene und BOS-Funk an Bord und 7 Wechselkennzeichen im Kofferraum.

Nachdem sie ihm erklärt hatte, dass er sich in den BOS-Funkkreis der Polizei einklinken konnte, ohne dass dies feststellbar wäre, übernahm der den Wagen und sie versprach, seinen Pkw zu ihm nach Hause bringen zu lassen.

Jetzt gewöhnte er sich seit vielen Jahren wieder an die Fahrt mit einem gepanzerten Fahrzeug. Die Panzerung, und dies war eines der Geheimnisse modernster Sicherheitstechnik, ließ sich von außen nur von einem geübten Auge erkennen. Aus Erfahrung wusste Martin jedoch, dass sich ein solches Fahrzeug, aufgrund des hohen Gewichts, in manchen Fahrsituationen ganz anders als ein übliches Auto verhielt. Sollte es sich durch falsches Lenken einmal aufschaukeln, konnte man dieses Aufschaukeln kaum noch unterbinden und das Fahrzeug könnte dabei sogar umstürzen.

Sichtlich zufrieden genoss er die Fahrt und hörte das erste Mal, seit vielen Jahren, wieder den Polizeifunk mit.

Gundula Breitscher traf Jörg Mävers nur kurz auf dem Flur. „Du siehst ganz schön hektisch aus", warf ihr Mävers mit einem vielsagenden Blick entgegen, da er wusste, dass momentan im Ministerium an allen Ecken und Enden Ärger zu finden war. Erst die Geschichte mit dem BAMF, dann die Flucht des Mörders von Susanna und seiner Familie in den Irak, die Rückholung durch den Chef der Bundespolizei Dieter Romann und die Anzeige wegen Freiheitsberaubung, welcher ein Anwalt gegen Romann gestellt hatte (**24**) und jetzt der Schlagabtausch zwischen Seehofer und der Kanzlerin wegen der Zurückweisung von Migranten an der deutschen Grenze.

Gundula schnaubte nur ein: „Keine Zeit. Hast Du schon von Köln gehört?" und ließ ihn, ohne eine Antwort abzuwarten, einfach stehen. Nein, von Köln hatte er noch nichts gehört, was war da denn schon wieder los?
Eine halbe Stunde und zwei Telefonate später, hatte Mävers die Informationen. Ein 29-jähriger Tunesier war festgenommen wor-

den, da befreundete Nachrichtendienste mitgeteilt hatten, dass dieser eine Vielzahl von Chemikalien über das Internet bestellt hatte. Es war zu einem Großeinsatz, mit der Festnahme des Tunesiers und seiner konvertierten Frau gekommen und man hatte, was die ersten Laborergebnisse bestätigt hatten, das Nervengift Rizin beschlagnahmen können (25). Rizin wird von dem Robert-Koch-Institut als potenzieller biologischer Kampfstoff eingestuft. Es ist jedoch nicht direkt als Massenvernichtungswaffe einsetzbar.

Genau dieses Teufelszeug hatte man nun gefunden und es gab den begründeten Verdacht, dass von den Ursprungssamen, welcher zur Erstellung des Rizins erforderlich waren, eine hohe Anzahl verschwunden waren. Noch war sich niemand darüber im Klaren, was damit passiert war ... und der Tunesier schwieg.

✴

Wie es ist, wenn man etwas plant und einem von Dritten dabei in die Karten gefuscht wird, konnte Al-Samahi gerade hautnah miterleben. Er saß gerade mit Haddad und Najjar in seinem Lieblings-Teehaus im Steintorviertel von Hannover zusammen. Beide kannte er seit vielen Jahren und er hatte sie, damals noch für Al-Qaida, rekrutiert.

Während der Flüchtlingskrise 2015 hatte er sie nach Deutschland geholt. Sie waren zwar nicht die schmackhaftesten Früchte am Dattelbaum, was er sich in Anlehnung an „die hellsten Lichter am Tannenbaum" ausgedacht hatte, aber sie waren zuverlässig und nützlich.

Als sie nach Deutschland gekommen waren, kamen sie um eine Registrierung nicht herum. Natürlich hatte Al-Samahi ihnen falsche Papiere besorgt, aber selbst diese wären nicht notwendig gewesen, weil man damals bekanntlich ja alles durchgewunken hatte.

Nach der Registrierung waren sie dann untergetaucht und Al-Samahi hatte sich weiter um sie gekümmert. Auch das Untertauchen war so einfach gewesen, sodass es niemand verstanden hatte wie so etwas in einem solch modernen, und auf Bürokratie ausgelegten Land überhaupt geschehen konnte. Als dann die Medien darüber berichteten, dass mehr als 130.000 Flüchtlinge nicht mehr auffindbar waren (26), war das Gelächter groß gewesen. Als dann auch noch öffentlich gemutmaßt wurde, dass die Flüchtlinge Deutschland verlassen hätten, verstanden sie erst recht nicht mehr die Welt. Warum sollten denn die Flüchtlinge das Land verlassen, wo es ihnen hier doch selbst als Illegale mit gefälschten Ausweispapieren besser ging, als woanders?

Al-Samahi spannte Haddad und Najjar zwar für seine Zwecke ein und sie waren auch Teil des Plans für Ende des Jahres, aber er ließ sie auch ihre eigenen Aktivitäten ausführen. Neben dem Dealen, welches sie für ihren eigenen Lebensunterhalt betrieben und bei der Beschaffung auf eigene Kontakte aus Afghanistan zurückgriffen, sollten sie auch „Bekehraktionen für Ungläubige", sprich aggressive Anschläge, welche möglichst spektakulär wären, planen.

Eine dieser Aktionen könnte jetzt jedoch seine eigenen Planungen gefährden, sofern man eine Verbindung zwischen ihnen herstellen würde. Haddad hatte einem ihm bekannten Tunesier 1.000 Samen von dem Rizinusstrauch besorgt. Der Tunesier, anders wurde er von ihnen nicht genannt, denn was sind heutzutage noch Namen wert, wenn man für 500 Euro, über griechische Mittelsmänner, gefälschte syrische und andere Pässe bekommen kann (27), wollte aus den Schalen der Samen das hochtoxische Gift Rizin herstellen.

Wo dieses dann angewendet werden sollte, war Haddad nicht bekannt. Der Tunesier sagte immer nur: „Warte ab, lass Dich überraschen, es wird großartig, zum Ruhme Allahs."

Und jetzt hatte gerade eine großangelegte Polizeiaktion dazu geführt, dass der Tunesier „irgendwie nicht mehr erreichbar war". Die drei, Al-Samahi, Haddad und Najjar waren wütend. „Wie konnte dies nur bekannt werden?", stellten sie sich immer wieder dieselbe Frage. Haddad wollte mit der Frau des Tunesiers Kontakt aufnehmen. Diese konvertierte Deutsche war zwar auch festgenommen, aber inzwischen wieder freigelassen worden.

Al-Samahi schrie Haddad fast an: „Wie blöd bist Du eigentlich? Du musst davon ausgehen, dass sie unter Beobachtung steht und ihr Telefon abgehört wird. Willst Du uns noch mehr mit reinziehen? Du weißt, wir haben eine Aktion für Weihnachten geplant und diese müssen wir liefern." Er verhielt kurz um dann fortzusetzen: „Wenn wir nicht „liefern, nachdem wir in monatelanger Vorarbeit die Zustimmung vom IS-Rat bekommen haben, dann schicken sie uns Leute hinterher, die sich um uns kümmern werden."

Haddad, der ob der Situation, dass seine Eltern Geschwister gewesen waren, über ein paar kognitive Auffälligkeiten verfügte, hatte endlich begriffen, stellte Al-Samahi fest und fügte hinzu: „Wir werden uns jetzt bis Weihnachten nicht mehr sehen. Telefon oder Mails nur dann, wenn es nicht anders gehen sollte. Habt ihr verstanden?"

Ja, sie hatten verstanden. Die einzigen, die nichts verstanden hatten, waren die Beamten des Observationsteams, welches draußen bereitstand Al-Samahi wiederaufnehmen und konspirative Foto- und Videoaufnahmen von seinen Kontaktpersonen zu fertigen.

✱

Jetzt ging es Schlag auf Schlag. Martin hatte mehrere Termine mit seiner Assistentin Stefanie gehabt. Seinen Plan, welcher ursächlich und ausschlaggebend für alle, teilweise im Hintergrund schon angelaufenen Aktivitäten stand, hatten sie mehrfach durchgesprochen. Die groben Ziele waren abgesteckt, die Abläufe waren teilorganisiert und letztendlich blieben nur noch kleine Feinheiten übrig. Es gab Punkte, auf welche sie keinen Einfluss hatten und welche durch andere Gremiumsmitglieder organisiert werden mussten. Es ging spürbar vorwärts, wenn auch nur langsam, aber so war es auch gewollt. Keine überhasteten Schritte war die Devise. Jegliche Gefährdung der Operation musste verhindert werden.

Das politische Chaos wurde immer größer. Da Seehofer endlich einmal auf seiner Meinung beharrte, wie Mävers es ausdrückte, stand die Bundesregierung kurz vor dem Bruch. Dies war ihm jedoch egal. Unabhängig wie es weitergehen würde, selbst wenn die Kanzlerin zurücktreten, oder es anderweitig zu Neuwahlen kommen würde, der politische Filz wäre genau derselbe, wie er vorher auch dagewesen war. Personen würden ausgewechselt werden, aber es würde sich unter dem Strich nichts ändern.

Mävers hatte im Kollegenkreis scherzhaft gemeint, dass die Kanzlerin selbst nach Neuwahlen nicht freiwillig dazu bereit wäre ihre Machtposition aufzugeben. Nachdem er ein zustimmendes Raunen und Gemurmel festgestellt hatte, hatte er hinzugefügt: „Da hilft nur noch eine Silberkugel, Weihwasser, ein Pflock fürs Herz und ein Kruzifix."

Das war Situationskomik gewesen und alle hatten darüber gelacht. Mävers war sich sicher, dass die Kolleginnen und Kollegen, mit denen er zusammenarbeitete, vieles genauso sahen wie er selbst. Aber jeder hatte Angst um seine Position und heulte deshalb mit den Wölfen, wobei dies den Verzicht auf eine eigene Meinung voraussetzte. Dass man gerade über seinen Scherz lauthals gelacht hatte bestätigte ihn in seiner Feststellung, dass dies hier schon lange keine Demokratie mehr war. In diesen Zeiten eine eigene Meinung zu besitzen und diese auch noch nach außen hin zu vertreten, war brandgefährlich.

Nachdem er sein Büro betreten und das blinkende Lämpchen auf seinem Telefon gesehen hatte, welches einen Anruf in seiner Abwesenheit signalisierte, schloss er die Tür und schaute nach, wer versucht hatte ihn zu kontaktieren. Es war Gundula gewesen und er rief, nachdem er die Tasse mit frischem Kaffee, welchen er sich gerade aus der Küche geholt, abgestellt hatte, umgehend zurück.

„Guten Morgen Frau Breitscher", begrüßte er seine Chefin, nachdem sie das Telefonat angenommen hatte. Sie antwortete: „Guten Morgen Herr Mävers. Na, bist Du mal wieder zu faul gewesen die 30 Meter zu meinem Büro zu kommen? Du weißt, dass wir jetzt einen Termin haben?"

Mävers erschrak. Hatte er einen Termin verpasst? Während er den Hörer mit einer Hand hielt durchsuchte er seinen Onlinekalender, aber da stand nichts: „Was für ein Termin? Ich habe mir nichts eingetragen."

Aus der Ohrmuschel war ein Kichern zu vernehmen: „Nein, wir haben keinen Termin, aber ich bin sicher, nachdem Du gerade krampfhaft danach gesucht hast, bist Du jetzt hellwach und ich habe Deine ganze Aufmerksamkeit."

„Hexe", lachte er in den Hörer zurück.

„Na, na, na, wie sprichst Du mit Deiner Vorgesetzten?", klang es amüsiert aus dem Telefon, „außerdem hatten wir und doch darauf geeinigt, dass eine andere Person diesen „Titel" adaptiert hat?"

„Oh sorry, ich vergaß. Dann muss ich mir etwas anderes für Dich ausdenken", gab er zurück.

Sie beide liebten es, in dem grauen Alltagstrott auch mal ein paar kleine Wortspiele zu spielen. Nun wurde es jedoch wieder ernst und Gundula sagte ihm: „Wir haben heute Abend aber wirklich einen Termin. Ich habe gerade eine Nachricht erhalten."

Mävers schaltete sofort: „Du meinst …?". „Ja, genau", war ihre Antwort. „Wann und wo?". „Ich hole Dich um 18:00 Uhr zu Hause ab. Wir müssen noch einiges fahren."

Nachdem Mävers die Abholzeit bestätigt hatte, hing er ein wenig seinen Gedanken nach: „Es würde das zweite Treffen mit Peters geben. Jetzt wird es ins Detail gehen. Wenn er daran dachte, was draußen vor sich ging und dass die Bevölkerung nur ca. 5-10 Prozent von all dem mitbekommt … er war bereit."

Stefanie hatte Martin mitgeteilt, dass heute ein weiteres Treffen mit dem Gremium stattfinden würde. Es war kurzfristig angesetzt worden. „Kühlungsborn?", Martin schaute irritiert, „das ist doch irgendwo bei Rostock. Da brauchen wir ja gut 3 Stunden hin."

„Wenn Du fährst schon", neckte ihn seine Assistentin. „Nein, im Ernst. Das Treffen ist für 21:00 Uhr anberaumt. Ich weiß nicht, ob alle vom Gremium mit dabei sein werden, aber es kommen erstmals auch Externe. Wer das ist weiß ich jedoch selbst nicht. Also lass uns gegen 17:30 Uhr losfahren, dann haben wir noch einen Zeitpuffer, sollten wir irgendwo bei Hamburg in einem Baustellenstau hängen bleiben."
„O.K., aber Du fährst ... ich fahre ja angeblich zu langsam."

Die Boulevardpresse überschlug sich mal wieder. Es wurde über die Möglichkeit, insbesondere durch den Präsidenten des Bundesamtes für Verfassungsschutz, Hans-Georg Maaßen, des Baus einer Rizin-Bombe gesprochen. Fakt war, dass je nach Ausbreitungsoptionen, die Menge der aufgefundenen Bestandteile zur Herstellung von 250 bis 1.000 toxischen Dosen Rizin gereicht hätte (**28**).

Eigentlich war Al-Samahi mit dem Gedankengang, welcher zur Anschlagsplanung geführt hatte, zufrieden. Die Idee mit Rizin war gut und hätte sehr effektvoll sein können. „Nur man kann dabei nicht mit Leuten zusammenarbeiten, die sich unprofessionell verhalten", hatte er noch Haddad und Najjar mitgeteilt, bevor sie sich getrennt hatten.

Haddad und Najjar waren schon vor über einer halben Stunde gegangen. Al-Samahi hatte noch einen Tee geordert und nachdem er jetzt bezahlt hatte, verließ er die Teestube. Er musste noch einige Meter bis zu seinem Auto gehen. Dieses hatte er in der Reuterstrasse, in der Nähe der Sansibar in Hannover, abgestellt. In dem Moment, in welchem er die Tür geöffnet hatte und sich in das Fahrzeuginnere hinein schwang, fuhr am oberen Ende ein Streifenwagen in die Reuterstraße.

✻

Aufgrund von Personalknappheit durch Krankheit und Überstundenabbau unterstützten sich die einzelnen Reviere innerhalb Hannovers deutlich mehr, als dies früher der Fall gewesen war. Man half sich grundsätzlich aus und wenn es zu gewalttätigen Auseinandersetzungen kam, dann war es sowie Usus, dass man den Kollegen zur Hilfe eilte, egal wo man sich gerade befand.

Peter Bruns und Maren Rinz waren mal wieder mit der 22/22 oder, wie die übliche Bezeichnung gewesen ist „Vier-mal-die-Zwo", unterwegs und hatten die Kollegen aus der Innenstadt bei einer Festnahme unterstützt. Auf dem Rückweg von dem Einsatz drehten sie noch eine kleine Runde durch das Rotlichtviertel und fuhren in die Reuterstrasse ein.

„Da parkt doch wieder einer völlig verblödet. Das Heck steht halb im Fahrbahnbereich", Bruns war sauer, wenn er so etwas sah. Natürlich gibt es enge Parklücken, gerade im Innenstadtbereich, aber hier hätte man auch einen Panzer einparken können, so groß war die Lücke gewesen.

„Bloß nicht an andere denken. Rücksichtnahme ist doch Fehlanzeige, kennen wir doch", teilte seine Kollegin Bruns Meinung.

„Ah, da kommt ja gerade der Typ, der zu dem Wagen passt. Moment, ist das nicht der schwarze Focus, den wir vor kurzem in der Nacht haben fahren gelassen, weil ein Einsatz dazwischen gekommen war?"
„Ich glaube ja", erwiderte Maren auf die Frage. „Na aufgeschoben ist ja nicht aufgehoben, lass´ uns mal schauen, mit was für einem Typen wir es hier zu tun haben", sprach Bruns, setzte den Streifenwagen hinter den schlecht parkenden Focus und schaltete das Blaulicht ein.

✱

„Die werden doch nicht … die werden doch nicht … das kann doch wohl nicht wahr sein. Scheiße!"

Der Funklautsprecher gab gerade das wieder, was Mike Kaulfuss selber dachte.

„Ruf doch einer mal die Deppen zurück", rief jetzt ein anderer Kollege über Funk.

„Bin schon dabei", funkte nun Kaulfuss, während er parallel eine Handyverbindung zum LFZ aufbaute.

Da befanden sie sich nun seit gut drei Stunden vor Ort, bereit die Zielperson weiter observieren zu können, wenn sie das Gebäude verlassen würde. Als dann die Person endlich das Objekt verlässt, kommt ein Streifenwagen und gefährdet den Einsatz. Von einer Zielperson muss alles, was auch nur im Entferntesten nach Polizei oder Sicherheitsbehörden aussieht, ferngehalten werden. Eine Zielperson darf keinen Verdacht schöpfen und allein schon der bloße Kontakt mit der Polizei, aus einem nichtigen Anlass heraus, kann bei der Person zu völlig abstrusen Ideen führen, welche jegliche Ermittlungstätigkeiten zunichtemachen könnten.

„Müller, LFZ", vernahm Kaulfuss aus der Freisprecheinrichtung seines Dienstwagens.

„Kaulfuss, MI, Observationsgruppe Verfassungsschutz. Bitte dringend den Streifenwagen kontaktieren, welcher sich gerade in der Reuterstrasse befindet. Er soll umgehend die Kontrolle einer dortigen Person beenden. Die Kollegen gefährden einen verdeckten Einsatz."

✱

Gundula Breitscher und Jörg Mävers fuhren auf den Hof eines kleinen Landgasthauses in Kühlungsborn. Es war 20:42 Uhr. Sie waren zu früh dort, denn sie waren gut von Berlin, ohne Stau, durchgekommen. Auf dem Parkplatz standen noch weitere Limousinen ohne dass dort Personen zu erkennen gewesen wären.

„Aussteigen oder noch Warten?", fragte Jörg. Gundula zuckte mit den Schultern: „Lass und aussteigen und ein wenig die Beine vertreten, wir haben heute schon genug gesessen."

Beim Aussteigen knirschte der Boden unter den Füßen und sie bemerkten, dass sich auf dem unbefestigten Sandboden viele kleine, bunte Muscheln befanden. Ein würziger, salzhaltiger Wind umgab sie und beide atmeten tief durch. Es war etwas anderes, diese Meeresluft, als die mit Gestank geschwängerte Großstadtluft Berlins.

In diesem Moment fuhr ein schwarzer Audi Q5 auf den Parkplatz. Jörg stupste seine Chefin an: „Schau Dir mal die Scheiben an, bisschen dicker als normal oder irre ich mich?"

Ohne den Blick von dem eintreffenden Fahrzeug zu nehmen sagte sie: „Ja, Du hast recht. Der Wagen ist gepanzert. Schwer zu erkennen, dass ist wohl die neueste Generation der Panzerung, wesentlich dünner als sonst."

Das Abholen hatte nicht so problemlos geklappt wie geplant. Eigentlich wollte Stefanie Martin mit einem anderen, als ihrem Audi TT abholen, aber der eingeplante Wagen stand nicht zur Verfügung. Das ihr so etwas passierte ärgerte sie maßlos. Sie war die Planerin, durchdachte alles und dann funktioniert so etwas Einfaches wie die Organisation eines Autos nichts? Aus diesem Grunde hatten sie sich darauf geeinigt, dass sie mit Martins Q5 fahren, da er von der Größe und Bequemlichkeit für eine längere Strecke doch besser geeignet erschien, als ihr kleiner Sportwagen.

Martin konnte sich eine Spitze nicht verkneifen, als sie am Zielort ankamen, zu welchem sie von dem Navi geführt worden waren: „Ha, doch pünktlich. Und dass, obwohl ich gefahren bin."

„Ja, ja, ja, der Treffer geht an Dich", sagte sie aufgeheitert, „schau mal, dort vorne steht schon ein Pärchen."

Den Wagen rückwärts einparkend versuchte Martin, wie auch Stefanie, die beiden draußen stehenden zu begutachten und einer ersten Einschätzung zu unterziehen. Ihnen war klar, dass bei diesem kleinen Gasthaus, in dem sie sich trafen, nur Personen anwesend sein würden, welche auch geladen waren und dass die beiden dazugehören würden.

Nachdem auch Stefanie und Martin ausgestiegen waren, gingen sie zu dem Pärchen hinüber.

„Kommen Sie auch zu dem 21:00 Uhr Termin?", fragte Martin. Beide nickten und während sie sich gegenseitig die Hand zur Begrüßung gaben, stellte sich die Frau als Gundula Breitscher und ihren Begleiter als Jörg Mävers vor. Martin übernahm folgend die Vorstellung von Stefanie und sich selbst.

Alle vier waren sich nicht klar darüber, was sie von den jeweils anderen zu halten hatten und alle waren froh, dass sich die Tür zu dem Gasthaus öffnete und eine, ihnen wohlbekannte Person, den Kopf herausstreckte: „Schön, dass Sie sich schon kennengelernt haben. Guten Abend zusammen."
„Guten Abend Herr Peters."

✱

Der diensthabende Beamte im LFZ hatte sehr schnell geschaltet. „Hier ist Hanno. Welches Fahrzeug befindet sich in der Reuterstrasse?", ging die Anfrage über den Funkkanal.

„Hier ist nochmal Hanno mit einer Anfrage. Welches Fahrzeug befindet sich in der Reuterstrasse?"

Peter Bruns, der gerade dabei war auszusteigen, wurde von Maren Rinz zurückgehalten. „Warte, wir sind gemeint."
Sie griff zum Funkhörer: „Hanno, Vier-mal-die-Zwo, wir sind Reuterstrasse."

„Vier-mal-die-Zwo, ihr kontrolliert gerade eine Person. Kontrolle abbrechen. Das ist eine Zielperson in einem verdeckten Einsatz."

„Hanno, verstanden. Wir brechen ab und kommen anschließend über Draht."

Das Problem, welchem sie sich gerade konfrontiert sahen war, dass sie mit eingeschalteter Warnblinkanlage und leuchtendem Blaulicht hinter dem Fahrzeug der ZP standen, gerade aussteigen wollten und genau diese Person nun auf sie zu kam. So einfach ließ sich dies jetzt nicht mehr abbrechen.

Peter Bruns war jedoch ein alter Hase und hatte als „Bärenführer", aufgrund seiner Erfahrungen, schon viele neue Kollegen ausgebildet. So leicht konnte man ihn weder aufs Glatteis führen, noch konnten ihn ungewöhnliche Situationen überfordern. Er kam prinzipiell immer zu einer Lösung, was gerade von den jungen und unerfahrenen Kollegen sehr geschätzt wurde.

Unter diesen Umständen entschied er sich zu einer offenen Konfrontation. Er stieg aus und ging auf den Fahrzeugführer zu. „Das Sie hier Scheiße stehen wissen Sie?", fragte er den verdutzten Al-Samahi, der eigentlich eine andere Anrede erwartet hatte. Da der „Verkehrsteilnehmer" nichts sagte, fügte Bruns in noch schärferem Ton hinterher: „Sie stehen richtig scheiße hier. Sehen Sie ihr Heck? Das hängt mitten in die Straße."

Jetzt erst kapierte Al-Samahi, bei dem schon sämtliche Alarmglocken angegangen waren, um was es sich überhaupt handelte. Er drehte sich zu seinem Fahrzeug um und musste feststellen, dass der Polizist recht hatte: „Oh, es tut mir leid. Ich hatte nicht darauf geachtet", gab er von sich.

Genau das hatte Bruns hören wollen, um das Gespräch schnell beenden, und die Situation abbrechen zu können: „Gut. Sie kriegen jetzt mal kein Ticket, denn wir haben noch etwas anderes zu tun. Sehen wir Sie noch einmal so parken, dann lassen wir Sie abschleppen."

Bruns wartete das Kopfnicken seines Gegenübers ab. Es kam noch eine weitere Entschuldigung, welche Bruns jedoch nur noch am Rande mitbekam. Er hatte sich absichtlich völlig unfreundlich verhalten, um durch dieses Verhalten ein weiteres Gespräch unterbinden zu können.

Al-Samahi blickte dem davonfahrenden Streifenwagen nach. Blöder Zufall. So etwas durfte ihm zukünftig nicht wieder passieren. Selbst beim Parken musste er aufpassen, dass er nicht auffallen kann. Gut, dass es so abgelaufen ist und dass sie noch nicht einmal seine Personalien überprüft haben. Er setzte sich in seinen Wagen und drehte den Zündschlüssel um.

Er bekam nicht mit, dass gleichzeitig in neun anderen Fahrzeugen in seiner Nähe auch die Motoren gestartet wurden.

*

Peters hatte sie alle hereingebeten. Das kleine Landgasthaus lag direkt zwischen den Dünen der Ostsee und die Außenterrasse, auf welcher alle Platz genommen hatten, war um diese Zeit noch lichtdurchflutet. Ein besonderes Flair vermittelten die bereits entzündeten Kerzen und eine vor sich hin knisternde Feuerstelle. Es waren nicht alle vom Gremium anwesend.

Mit der Aussage: „Keine Sorge, meine Damen und Herren. Der Inhaber unserer heutigen Lokalität gehört zu uns und ist völlig loyal", entkräftete er die Bedenken im Zusammenhang mit einem offenen Gespräch, welche Gundula Breitscher und Jörg Mävers hatten. Martin Kosik kannte dies jedoch schon von seinem ersten Gespräch in dem Restaurant an der Eckwardener Hörne.

„Zu Beginn unseres heutigen Beisammenseins möchte ich gerne die Damen und Herren, welche sich heute das erste Mal sehen, einander vorstellen."

Peters erklärte Martin Kosik, welche Funktionen Gundula Breitscher und Jörg Mävers ausübten und welche Zugriffsmöglichkeiten ihnen zur Verfügung standen. Im Gegenzug erläuterte er die Position von Martin Kosik und dass sie sich eigentlich alle nur seinetwegen an diesem Ort getroffen hätten.

„Sie sehen", schloss Peters seine Vorstellung, „zusammen mit uns Schattenmännern im Hintergrund sind wir eine schlagfähige Truppe, welche unsere gemeinsame Zukunft verändern kann."

„Sofern wir nicht verraten werden", Mävers konnte diesen Spruch einfach nicht für sich behalten und ergänzte: „Ich sehe die riesengroße Problematik, dass nach und nach immer mehr Personen eingebunden werden müssen und, dass je mehr um die Operation wissen, die Gefahr eines Verrats immer größer werden wird."

„Ja, Sie haben völlig recht", mischte sich nun Jürgen Kuhne in das Gespräch mit ein, „und deshalb ist es eine absolute Notwendigkeit, dass wir langsam und bedächtig, aber auch zielorientiert und effektiv vorgehen. Eine Lösung, um einen möglichen Treuebruch zu vermeiden, haben wir."

Bei Gundula und Jörg spitzten sich die Ohren.

Jürgen Kuhne sah Peters an: „Willst Du?"
„Ja", sagte Peters, „ich erläutere das."

„Sehen Sie, Sie selber sind ja auch betroffen. Auch Sie könnten während der zukünftigen Planungen plötzlich umschwenken und uns allen in den Rücken fallen. Wieso fragen Sie sich? Ganz einfach. Sie beide befinden sich im höheren Dienst, haben zwei Studiengänge hinter sich und sind theoretisch einem Richter gleichstellt. Sie haben Karrieren aufgebaut und erwarten irgendwann ein sorgenfreies Leben mit einer anständigen Pension."

„Ja", sagte Gundula. „Das war der Plan." Alle im Raum schmunzelten.
„Durch Ihr Mitwirken an dieser Operation gefährden Sie Ihre eigene Existenz, alles, was Sie jemals aufgebaut haben. Dies ist doch ein verständlicher Grund, warum jemand trotz anderer Interessenslage einen Rückzieher machen könnte, oder?"

„Das wäre denkbar", kommentierte Jörg die Aussage und auch Gundula nickte.

„Was wäre denn für Sie ein Indikator das Sie, egal zu was für Überlegungen Sie geraten mögen, dies nicht Dritten weitererzählen würden, um gegebenenfalls Ihre eigene Haut zu retten? Lassen Sie mich die Frage selber beantworten."

Peters schaute sie direkt an: „Sie möchten eine Garantie haben, dass selbst wenn alles den Bach runtergehen würde, selbst wenn die Sache auffliegen und Ihre Karrieren zu Ende wären, Sie dennoch sorgenfrei Ihren Lebensabend genießen könnten und keine Einbußen in Kauf nehmen müssten. Richtig? Richtig! Und wenn wir Ihnen und allen anderen diese Garantie geben würden … gäbe es dann eine Veranlassung für Sie, nicht bis zuletzt alles durchzuziehen?"

„Wenn Sie uns und allen, die noch involviert sind und werden, eine solche Garantie geben würden, dann gäbe es noch nicht einmal im Ansatz Überlegungen, welche Ihnen Sorgen bereiten würden. Im Gegenteil. Alle Betroffenen würden sich dann zu 100 Prozent hinter dieses Projekt stellen."

Mävers hatte genau das ausgesprochen, was erwartet worden war.

Peters sah sich darin bestätigt die richtigen Personen eingebunden zu haben und sagte: „Und genau diese Garantie können wir Ihnen geben."

✱

Schmidt war ein korrupter Bulle. Anders konnte man ihm selbst bei größtmöglich aufzubringender Freundlichkeit nicht bezeichnen. Er hatte in seiner ganzen beruflichen Tätigkeit immer wieder versucht, sich einen Vorteil auf Kosten anderer zu verschaffen. Dabei hatte er sogar Kollegen übers Messer springen lassen. Selbst war er ein Sinnbild für Faulheit und Bequemlichkeit. Warum sollte man auch mehr arbeiten als unbedingt notwendig?

Die Kollegen, die ihn kannten, hielten ihn für ein riesengroßes Arschloch, aber das kümmerte ihn nicht. Sie sollten nur aufpassen, ansonsten würde er sie genauso denunzieren, wie er es schon früher getan hatte.

Vor mehreren Jahren war ein Algerier wegen illegalem Waffenbesitzes festgenommen worden und Schmidt hatte die Vernehmung geführt. Der Algerier hatte darauf bestanden, dass er mit einem Vertrauten sprechen konnte. Aus für ihn nicht mehr ersichtlichen Gründen hatte Schmidt es erlaubt, dass dieser Vertraute zwischenzeitlich angerufen wurde und zu der Vernehmung dazu kam.

Von der Deliktsgröße hatte der Algerier damit rechnen müssen, für mindestens 2 Jahre ins Gefängnis zu gehen. Nachdem der Algerier mit seinem Vertrauten gesprochen hatte, bat dieser um ein 4-Augengespräch. Zusammen gingen sie in ein Nebenbüro. Der Vertraute machte Schmidt deutlich, wie groß das Interesse daran bestünde, dass es zu keiner Anklage oder sogar Inhaftierung des Algeriers kommen sollte.

Plötzlich lag ein Umschlag auf der Schreibtischseite von Schmidt. Der Umschlag enthielt 10.000 DM. Anschließend gab es weder einen Festgenommenen, noch einen Vorgang, noch einen Umschlag.

Nun hatte diese Person, welcher er schon mehrfach Informationen zugespielt hatte, ihn zu einem Termin zitiert. Schmidt hasste es, wie dieser Typ mit ihm umging, aber er war bisher immer gut für seine Dienste bezahlt worden. Natürlich war wieder der übliche Ort bestimmt worden. Eine der vielen Teestuben im Steintorviertel. Dieser Personenkreis machte seine Geschäfte gerne in gemütlicher Runde beim Tee.

Nachdem Schmidt den Raum betreten hatte, waren die ganzen Gespräche augenblicklich verstummt und man blickte ihn unverfroren an. Als seine Kontaktperson ihm gebot neben ihm Platz zu nehmen, war dies für die anderen Anwesenden ein Zeichen, dass alles in Ordnung wäre und sie widmeten sich wieder ihren Gesprächen, ihrem Wasserpfeifenrauchen oder ihren Spielen zu.

Nach einer kurzen Begrüßung kam Al-Samahi direkt zur Sache. „Ich hatte in der letzten Zeit zweimal Kontakt zu den Bullen. Ich gehe zwar davon aus, dass dies Zufall gewesen ist, aber check das und gib´ mir eine Nachricht, ob irgendetwas gegen mich am Laufen ist."

Das war keine Bitte, das wusste Schmidt, nur wollte er diesen Auftrag abwürgen: „Ich kann Dich nicht einfach überprüfen. Alle Überprüfungen werden registriert. Im schlimmsten Fall muss ich sogar begründen, warum ich gerade eine Personenabfrage durchführe. Das geht nicht mehr so einfach wie vor 20 Jahren."

„Schmidt", antwortete Al-Samahi, und seine Augen verengten sich zu schmalen Schlitzen, „Du hast bis morgen, 18:00 Uhr, Zeit. Wenn ich bis dahin keine Nachricht von Dir habe, dann lasse ich Dich auffliegen. Es ist mir todernst. Ich muss wissen, ob da etwas gegen mich läuft. Und ich rate Dir, mich nicht zu hintergehen. Das bekomme ich heraus und ich verstehe keinen Spaß. Das weißt Du!"

Ja, Schmidt wusste es. Es gab in den letzten Jahren einen Vorfall, bei dem sein Gegenüber von einem Araber hintergangen worden war. Zwei Wochen später hatte man einen Araber, dessen Beschreibung äußerst gut zu dem passte, den Schmidt zuvor in der Teestube getroffen hatte, aus der Ihme gefischt. Schmidt war klar gewesen was passiert war und er hatte verstanden.
Er stand auf, nickte Al-Samahi zu und verließ den Raum. Auch jetzt hatte er verstanden.

✱

„Was ist denn hier los? Mach mal ein Foto", konnte Mike Kaulfuss einen erstaunten Ausruf von seinen Kollegen über Funk vernehmen. Er sprach zurück: „Was denn, Kai, was hast Du gesehen?"
Der angesprochene Kai, ein erfahrener Kollege, der schon seit über 8 Jahren in der Observationsgruppe aktiv war meldete sich: „Die Person, die dort aus dem Teehaus herausgeht, ist ein Kollege. Ich kenne ihn. Was hat er hier zu suchen?"
Mike antwortete: „Habt ihr ein Foto? Kai, notier´ Dir alles und nachher such mal die Daten des Kollegen heraus."
Kai bestätigte.

✱

Das Prinzip, welches Peters ihnen erläuterte, war genial, fanden sowohl Gundula Breitscher, wie auch Jörg Mävers. Sie sahen sich beide an und wussten, dass der jeweils andere es genauso interpretierte.

„In Ordnung Herr Peters. Gilt dies auch für Herrn Mävers und mich?", wendete sich Gundula direkt an Peters. „Ja, Sie beide sind sozusagen die Ersten", antwortete Peters. Wiederholt sahen sich Gundula und Jörg in die Augen und diesmal ergriff Mävers die Gesprächsinitiative: „O.k., Sie können auf uns zählen, aber das wussten Sie ja schon zuvor."

Das Lösungsmodell war eigentlich ganz einfach. Den Mitgliedern des Gremiums standen Gelder in fast unbegrenzter Höhe zur Verfügung. Es wurde eine Art „Sparfond" von Ihnen angelegt. Für die Umsetzung der Operation wurden mehrere Beamte aus dem höheren und gehobenen Dienst benötigt. Das Hinzuziehen und die Loyalität dieser Personen waren unumgänglich, aber es war einleuchtend, dass niemand dazu bereit wäre seine finanzielle Sicherheit, sprich die anstehende Pension für eine Aktion zu gefährden, welche im Erfolg doch sehr ungewiss war.

Das Gremium sicherte eben diesen Personen eine finanzielle Sicherheit zu, auch für den Fall, dass die Operation schieflaufen sollte. Vorab erhielt jeder 2 Millionen Euro. Es wurde für jeden, bei einer amerikanischen Bank, ein Konto eingerichtet, auf welches die 2 Millionen eingezahlt wurden und über das jeder Einzelne frei verfügen konnte. Ergänzend wurde garantiert, dass die jeweiligen Ehepartner dauerhaft eine monatliche Zuwendung von 3.000,- Euro erhalten würden. Somit brauchten sich die rekrutierten Mitglieder nur mehr auf die Operation konzentrieren, ohne sich Sorgen um die Zukunft machen zu müssen.

✱

Martin hatte das Treffen in Kühlungsborn genauso positiv interpretiert wie Stefanie. Auf der langen Rückfahrt hatten sie noch vieles zu besprechen. Die Ergebnisse ihrer sonstigen Gespräche hatte Stefanie direkt weitergeleitet. Ob sie es Peters oder jemand anderem mitgeteilt hatte, wusste Martin zwar nicht, aber es war ihm auch egal.

Es ging schließlich um wichtige Dinge und damit man diese zeitnah umsetzen konnte, bedurfte es einer Vielzahl von Planern, Unterstützern und Helfern, die im gemeinsamen Zusammenspiel das Ziel verwirklichen würden. Was dabei im Hintergrund für Maßnahmen und Entscheidungen getroffen wurden, entzog sich Martins Kenntnis, denn darüber wurde er nicht informiert. Er war nur ein Teil des Puzzles und irgendwann würden alle Teile zusammengesetzt sein. Und darauf arbeiteten sie alle miteinander hin.

Kurz vor 04:00 Uhr setzte Martin Stefanie vor ihrer Wohnung ab. Sie hatten inzwischen so ein Vertrauensverhältnis aufgebaut, dass Martin sogar über private Dinge informiert war, wie auch über ihre Wohnadresse. Er selbst musste noch eine knappe halbe Stunde nach Hause fahren. Zeit genug, um selbst noch mal allein seinen Gedanken hinterher zu hängen.

Wie oft hatte er alles schon durchdacht und versucht, die Schwächen in ihrem Plan zu finden. Und wenn er solch mögliche Probleme lokalisiert hatte, hatte er immer einen WorstCase-Plan aufgestellt und versucht, diese Fehler oder Ungereimtheiten in das Ablaufschema mit einzuarbeiten, ohne den Erfolg des ganzen Plans zu gefährden.

Demnächst gab es wieder frisches Futter für seine gedanklichen Planspiele. Kommende Woche war eines der wichtigsten Treffen in ihren Planungen angesetzt. Von Donnerstag auf Freitag wären sie dann im schönen bayrischen Wald und würden ein Gespräch führen, welches vor kurzem eigentlich noch undenkbar erschien.

✴

Mike Kaulfuss kam gerade bei Peter Evers aus dem Büro. Evers war der Sachbearbeiter, welche den verdeckten Einsatz beim Verfassungsschutz gegen Al-Samahi leitete. Mike hatte Evers über den Umstand informiert, dass sie in dem Objekt, in welchem sich ihre Zielperson befunden hatte, ein Polizeibeamter anwesend gewesen war.

Evers hatte seine Stirn in Falten gelegt, nachdem Mike ihm den Bericht vorgelegt hatte. Kai hatte es ausrecherchiert und sowohl Personalien, wie auch Lichtbild und Dienststelle zusammengetragen. Auch den bisherigen beruflichen Verlauf von Schmidt hatten sie vorliegen. Es war nichts auffälliges dabei bis auf den Umstand, dass es vor mehreren Jahren einmal interne Ermittlungen wegen des Verdachtes auf Geheimnisverrat gegeben hatte. Diese Ermittlungen waren jedoch ohne Ergebnis eingestellt worden.

Im Beisein von Mike hatte Evers die Personalien von Schmidt in die verfassungsschutzeigene Datenbank NADIS eingegeben. NADIS ist eine Verbunddatei für alle Geheimdienste auf Bundes- und Landesebene. Die hier hinterlegten Informationen hatten jedoch nichts mit den polizeilichen Daten zu tun, sodass es hier einer gesonderten Überprüfung bedurfte. Die NADIS-Datenbankabfrage führte zu keinem Ergebnis. Schmidt hatte keine nachrichtendienstlichen Erkenntnisse.

Peter Evers hatte Mike gesagt, dass er der Sache weiter nachgehen und eine verdeckte Überprüfung bei der Polizeidirektion Hannover veranlassen würde. Auch würde die jetzt getroffene Feststellung bei NADIS gespeichert werden aber, so schloss Evers, könnte es sich auch um einen Zufall gehandelt haben.

Mike war sich unsicher. Natürlich könnte es ein Zufall sein, aber ein Polizist, an einem Ort wie diesem, welcher für konspirative Treffen genutzt wurde und an dem sich auch ihre Zielperson zur selben Zeit aufgehalten hatte? „Abwarten", dachte Mike während der das Foto von Schmidt am Kopierer für sein Team vervielfältigte. Jeder bekam das Bild in die Hand und sollte darauf achten, ob dieser Schmidt erneut bei einer Observation auftauchen würde.

Die Abläufe im Ministerium interessierten Jörg Mävers irgendwie nicht mehr so richtig. Natürlich machte er seine tägliche Arbeit, aber ohne Elan oder Enthusiasmus. Er tat nur das Nötigste und versuchte, entgegen seiner sonstigen Art, viele Gespräche mit Kollegen zu führen und dabei Informationen abzugreifen, welche vielleicht einmal wertvoll sein konnten.

Im Rahmen seiner Führungsposition hatte er auch mit den nachgeordneten Polizeibeamten gesprochen, welche letztendlich über alle Standorte verteilt, die gesamte Bundespolizei führten. Die Gespräche waren hochinteressant gewesen und er hatte ein Gespür dafür bekommen, wie man mit Leuten zu reden hat, die sich nicht trauten, ihre eigene Meinung offen zu sagen.

Erstaunt hatte Jörg dabei festgestellt, dass niemand, wirklich niemand Sympathien für die Kanzlerin oder ihre unsägliche Politik aufbringen konnte. Durch geschickte Fragestellungen hatte er sogar in Erfahrung bringen können, dass man seitens der Polizeiführung auf Befehle oder Anordnungen wartete, welche wieder einen

Rechtsstaat in Kraft setzen würden. Alle Gesprächsteilnehmer hatten ihm versichert, dass sie und ihre nachgeordneten Kräfte als eine Einheit bereitstehen würden.

Als er explizit nachgefragt hatte, ob die Gesprächspartner auch hinter der Bundes- oder Landespolitik stehen würden, wurde ihm klipp und klar gesagt, dass man glücklicherweise keinen Personenkult mehr hätte und ihre Treue nur dem Volk und dem Land gehören würde, nicht aber dieser Kanzlerin.

Es war ein gewagtes Spiel, aber da Jörg die Gespräche sehr freundschaftlich und kollegial aufgebaut hatte und er fast alle Kollegen seit vielen Jahren kannte, hatte er auch die Frage gestellt, was man denn von Artikel 20 Absatz 4 des Grundgesetzes halten würde.

Artikel 20 Abs. 4 GG besagt, dass gegen jeden, der es unternimmt diese Ordnung (Deutschland als demokratischer und sozialer Bundesstaat) zu beseitigen, alle Deutschen das Recht zum Widerstand haben, wenn andere Abhilfe nicht möglich wäre.

Alle Diskussionsteilnehmer waren bei dieser Frage zusammengezuckt. Mävers sah, dass die Augen offen das aussprachen, was der Mund nur kontrolliert zugeben mochte. Man war grundsätzlich der Auffassung, dass sich Deutschland überaus deutlich der Situation annäherte, wo ein Handeln in Bezug auf diesen Artikel gerechtfertigt sei. Dies reichte Jörg. Er nahm die Blicke aus den Gesprächen mit, welche ihn fast flehentlich dazu aufforderten nicht nur zu fragen, sondern auch zu handeln. Zu einer weiteren Erkenntnis war er auch noch gekommen. Über die letzten Jahre hinweg hatte er genau die richtigen Leute ausgesucht und auf die richtigen Positionen gehievt, sodass sich diese Auswahl jetzt auszahlen würde.

✱

Heute hatte ihn Stefanie abgeholt. Die lange Limousine stand bereit, während Martin hinten die Tür öffnete. „Man ist die groß", kommentierte Martin sein Einsteigen. „Das ist ja auch die Langversion vom A8", entgegnete ihm Stefanie. „Bequemer geht es nicht mehr. Bei der langen Fahrt wirst Du es zu schätzen wissen."

Martin genoss es, sich in die tiefen Polster fallen zu lassen, während sich der A8 langsam in Bewegung setzte. Nicht nur, dass sie für die Fahrt dieses „Luxusschiff" besorgt hatte, so wurde es auch noch von einem Chauffeur gesteuert. „Daran könnte man sich gewöhnen", offenbarte Martin seinen Gedankengang und schloss provozierend: „Jetzt noch eine hübsche Frau hier drin und es wäre …"

Er wollte noch „perfekt" sagen, kam aber nicht mehr dazu, da in diesem Moment ein Kissen sein Gesicht traf, welches Stefanie auf ihn abgefeuert hatte.

✱

Viel hatte Schmidt nicht herausfinden können. Wenn man die Personalien von Al-Samahi in die üblichen Polizeidatenbanken eintippte, gab es keine Informationen oder Hinweise zu ihm. Zu anderen Datenbanken wie vom Staatsschutz oder Verfassungsschutz hatte Schmidt keinen Zugriff und auch keine Kontakte, welche ihm weiterhelfen konnten.

Interessant jedoch war die Tatsache, dass der Pkw, mit dem Al-Samahi durch die Gegend fuhr, einen Sperrvermerk aufwies.

Schmidt war nicht dumm, zumindest nicht so, dass er nicht erkannte, dass hier offensichtlich andere Interessen betroffen waren und er sich möglichst nicht einmischen durfte. Auf der anderen

Seite musste er auch Informationen liefern, welche notfalls nachgeprüft werden konnten.

Infolge dessen hatte Schmidt, nachdem er endlich eine Telefonzelle gefunden hatte, Al-Samahi angerufen und ihm nur gesagt: „Morgen, 10:00 Uhr, bekannter Ort", und dann wieder aufgelegt.

Am nächsten Tag ging Schmidt durch den Hauptbahnhof von Hannover. Hier hatte er so manchen Junkie festgenommen. Alte Erinnerungen kamen in ihm hoch. Mit „bekannter Ort" war der Raucherbereich auf Gleis 7 gemeint. Dies hatten sie schon vor längerer Zeit einmal besprochen. Ein öffentlicher Ort mit vielen Menschen erschien immer gut für vertrauliche Gespräche, so paradox dies klingen mag. Viele Menschen wirkten wie eine Mauer und so würde es Personen, welche versuchen würden zu observieren, äußerst schwerfallen etwas in Erfahrung zu bringen. Jedes Gespräch und jeder Kontakt hier konnte reiner Zufall sein und das Schmidt bereits im Rahmen einer Observation aufgefallen war, konnte er ja selber nicht erahnen.

Es war bereits 10:04 Uhr als Al-Samahi im Raucherbereich eintraf. Rings herum warteten Zugreisende auf die nächsten einfahrenden Züge. Es war sehr voll und das kam natürlich beiden entgegen.

Nach einer kurzen Begrüßung wurde Schmidt erwartungsvoll angeschaut: „Ich konnte zur Dir keine Infos in den polizeilichen Datenbanken finden."
Damit hatte Schmidt ja noch nicht einmal gelogen und konnte so vorenthalten, dass er überhaupt keinen Zugriff auf Informationen aus den nachrichtendienstlichen Datenbanken hatte.

Weiter führte Schmidt aus: „Was jedoch merkwürdig erscheint ist der Umstand, dass Dein Autokennzeichen mit einem Sperrvermerk belegt ist."

„Dachte ich es mir doch, doch keine Zufälle", sprach Al-Samahi innerlich mit sich selbst und zu Schmidt gewandt: „Und was bedeutet das?"

„Ich bin mir nicht sicher", antwortete Schmidt ehrlich. „Es kann sein, dass das Kennzeichen im Rahmen einer Überprüfung aufgefallen ist und wenn jetzt die Polizei durch Zufall auf das Kennzeichen bzw. Dein Auto stößt, dann sollen die Kollegen weitermelden, wo man das Auto angetroffen hat."

Wieder verschwieg Schmidt, dass dies nicht nur die Polizei, sondern auch der Verfassungsschutz wissen wollte, aber aufgrund des Gesichtsausdrucks von Al-Samahi war er jedoch ein wenig überrascht.

„Es ist nicht mein Auto. Es gehört einem meiner Brüder, der sich im Ausland aufhält. Dann sollte ich es jetzt wohl besser stehen lassen", schloss Al-Samahi mit einem süffisanten Grinsen.

Während dieses kurzen Gespräches hatten beide ihr Umfeld nicht aus den Augen gelassen und alle Menschen in ihrer Umgebung inspiziert. Die junge Frau, Anfang 20, welche sich mit einigen anderen Personen in dem Raucherbereich aufgehalten hatte, hatten sie nur anfangs beobachtet aber ihr keine weitere Bedeutung geschenkt, da sie zu weit entfernt stand, um etwas zu hören und weil sie ihnen auch den Rücken zugekehrt hatte.

Nun verließ sie den Raucherbereich und holte zuvor, zumindest sah es so aus, eine Zugfahrkarte aus ihrem Rucksack, welchen sie halb über ihren Rücken und halb über ihre Schulter hatte hängen lassen. Ein Rucksack, in welchem an der Seite, offensichtlich aus atmungsaktiven Gründen, ein löchriges Gewebe eingearbeitet war. Ein Rucksack, bei dem sich hinter dem löchrigen Gewebe eine

Hochleistungskamera mit Richtmikrofon befand, welche die gesamte Szene aufgenommen hatte. Ob auch das Gespräch zu verstehen war, musste die spätere Auswertung ergeben, wenn sie wieder in der Dienststelle des Verfassungsschutzes in der Büttner Straße wären.

✱

Den Vorteil einer Lang-Limousine mit Chauffeur kannte Martin jetzt auch. Man traf selbst nach einer langen Fahrt völlig entspannt am Zielort ein. So auch jetzt. Für die knapp 800 Kilometern bis Reit-im-Winkel hatten sie, mit Pausen und ein wenig Stau auf der Autobahn, rund 7,5 Stunden benötigt.

Die letzte halbe Stunde waren sie durch eine wunderschöne Berg- und Waldlandschaft gefahren und hatten den Ausblick genossen. Nun trafen sie bei dem kleinen, etwas von der Stadt ab- und höhergelegenen Tagungshotel ein. Beim Betreten der Lobby stellte Martin fest, dass seine Erwartungen an ein urgemütliches bayrisches Ambiente nicht unerfüllt blieben. Sie wurden von den Inhabern herzlich begrüßt und persönlich zu Ihren Zimmern geführt.

Das kleine Hotel war für das anstehende Treffen komplett gebucht worden. Es würden sich also keine Personen dort aufhalten, welche nicht erwünscht gewesen wären. Dieser Umstand störte Martin nicht, genauso wenig die Anwesenheit von mehreren Männern und Frauen, welche in ihren Anzügen an die Men-in-Black erinnerten.

✱

Nach dem Gespräch mit Schmidt hatte Al-Samahi beschlossen, sein Auto am Bahnhof stehen zu lassen. Er hatte bewusst keine persönlichen Gegenstände in dem Fahrzeug liegen, welche einen Zusammenhang mit ihm herstellen konnten. Man wusste ja nie …

Er musste sich beeilen. Auch wenn es nach Auskunft von Schmidt keine Ermittlungen gegen ihn geben würde, so wollte er auf Nummer sicher gehen und dies selbst überprüfen. Kurzentschlossen hatte er sich ein Bahnticket gekauft und begab sich zu Gleis 12. In wenigen Minuten würde der ICE losfahren und gegen 13:09 Uhr in Köln eintreffen. Das notwendige Telefonat, welches er zu führen beabsichtigte, verlegte er auf die Zugfahrt. Die Hinfahrt kostete 68,00 Euro und natürlich würde derselbe Preis für die Rückfahrt anfallen. „Neben der Zeit, welche er heute investierte, war dies eine recht günstiges Methode um wirklich sicher gehen zu können, dass er keinen Rattenschwanz an Bullen hinter sich her schleifte", resümierte er, während er sich ein Abteil aussuchte.

Sie waren zufrieden. Der heutige Tag mit der Observation von Al-Samahi hatte gut begonnen. Man hatte ihn in Zusammenhang mit dem, so hoffte Kaulfuss, bald Ex-Kollegen bringen können und dies auch noch auf Video festgehalten.

Die Fußkräfte meldeten gerade, dass sich die Zielperson eine Fahrkarte gekauft hatte. Dies bedeutete, dass zwei Kollegen die Zielperson im Zug begleiten, und der Rest der Truppe mit den Fahrzeugen folgen würde. Noch wussten sie nicht wohin es ging, als ihn ein Anruf einer Kollegin erreichte, dass das Ticket auf Köln ausgestellt worden war. Die Kollegin hatte sich an das Bahnmanagement gewandt, sich entsprechend ausgewiesen und dann die Auskunft erhalten.

Mike Kaulfuss blätterte in seinem Telefonverzeichnis, suchte sich die Nummer des Lage- und Führungszentrums des nordrheinwestfälischen Innenministeriums heraus und informierte die dortigen Kollegen, dass sie im Rahmen einer Observation nach Köln kommen würden. Anschließend setze er sich, wie auch die anderen

Kollegen, mit ihren Fahrzeugen in Bewegung Richtung Nord-rhein-Westfalen.

✳

Nachdem Seehofer die Gespräche darüber ins Rollen gebracht hatte, wurde in den Medien und den sozialen Netzwerken darüber diskutiert, dass das geltende Recht nicht mehr gebrochen werden sollte. „Was für ein Hohn für einen Rechtsstaat", fand Jörg Mävers. Jetzt kommt es in die öffentliche Diskussion, dass internationales Recht wie Dublin III und nationales Recht, bei der Zurückweisung von Migranten, angewendet werden soll, während sich alle linksorientierten Politiker und Medien dagegen aussprachen. War da nicht einmal etwas mit einem Amtseid und der kleinen, unbedeutenden Zeile: „zum Wohle des deutschen Volkes"?

Mävers schüttelte sich. Manchmal glaubte er, sich in einem nicht enden wollenden Albtraum zu befinden oder, dass er irgendwie in eine parallele Realität verfrachtet worden war, wo Logik und Naturgesetze keinen Bestand mehr hatten. „So dumm kann man doch nicht sein. Völlig verblödet. Und die nächste Generation wird noch schlimmer. Mit 16 Auto fahren, mit 16 wählen, aber wenn sie Mist bauen sind sie plötzlich überfordert, unmündig und bis zur Vollendung des 21. Lebensjahres durch das Jugendstrafrecht geschützt. Keiner ist mehr dazu in der Lage die Folgen seines Handels zu bedenken. Wenn etwas schieflaufen sollte, dann würde es ja jemanden geben, der alles wieder geraderücken würde. Man darf nicht alles so eng sehen. Das war die Einstellung dieser Generation, welche durch linksorientierte Lehrer, Journalisten und Kirchenvertretern in eine Zukunft des Chaos und der Zerstörung geschickt wurde. Und sie begriffen einfach nicht, was sie anrichteten und was für ein Verbrechen sie an den Kindern und Jugendlichen begingen. Es war einfach zum Haareausrupfen."

Die Schizophrenie in der politischen Elite wurde auch heute wieder bestätigt. Trump hatte per Twitter Deutschland vorgeworfen, dass die Kriminalität um 10 Prozent zugenommen habe, seitdem Deutschland die Migranten aufgenommen hatte (29).

Jörg sah sich die Reaktionen an. Insbesondere die Kanzlerin hatte hierbei auf die PKS verwiesen. Ein einheitlicher Chor aus Politikern und Qualitätsjournalisten nahmen ihr übliches Diffamieren wieder auf. Man konnte sich des Eindrucks nicht erwehren, dass ein Tag, an dem man Trump nicht mindestens einmal in die Nähe des Wahnsinns stellen konnte, für das eine oder andere Medium ein vergebener Tag gewesen wäre.

Obwohl, Jörg musste sich eingestehen, dass Trump mit dieser Aussage nur ansatzweise die Wahrheit traf. Die wirkliche Wahrheit sah viel schlimmer aus. Der Chef des Bundes Deutscher Kriminalbeamter hatte bereits im Frühjahr 2018 die Zahlen der PKS öffentlich angegriffen und mitgeteilt, dass die tatsächlichen Zahlen voraussichtlich um den Faktor 5 höher liegen würden (30).

In diesem Zusammenhang erinnerte sich Jörg an einen Artikel aus dem Jahr 2013, welchen er nach kurzer Suche bei Google wiederfand. Es handelt sich um einen Beitrag von der Welt, welche darüber Auskunft gab, dass im Auftrag der DPolG Statistikergebnisse auf NRW umgerechnet worden waren und schrieb: „Demnach werden hierzulande 71 Mal mehr schwere Körperverletzungen begangen als offiziell bekannt. Bei den leichten Körperverletzungen gibt es gar 89 Mal mehr Übergriffe als gemeldet." (31).

✳

Bereits am Abend hatten Martin und Stefanie die Damen und Herren kennengelernt, mit denen sie am nächsten Tag ihren Gedankenaustausch durchführen würden. Dieses Kennenlernen war eher vom Zufall begleitet gewesen. Martin und Stefanie hatten sich, nachdem sie ihre Zimmer bezogen hatten, zu einem gemeinsamen Abendessen verabredet. Als sie dann unten ins Restaurant kamen, trafen sie auf die ersten drei Teilnehmer.

Allen Anwesenden war bewusst, dass sich außer den geladenen Gästen sonst niemand hier aufhalten würde und so befanden sie sich schon im ersten Gespräch, bevor auch Peters den Raum betrat und sie dann offiziell vorstellte.

Einer der anwesenden Herren war Kent Logsdon, Gesandter der US Botschaft in Berlin und in Vertretung für den Botschafter, Richard A. Grenell erschienen war. In seiner Begleitung befand sich Oberst Paul A. Tombarge, Chef des Büros für gemeinsame Verteidigungsangelegenheiten. Flankiert wurden die beiden Herren von Liz Powell, welche als Sonderberaterin der Heimatschutzbehörde extra aus den USA angereist war. Es war ein gemütliches Beisammensein mit Smalltalk und Martin stellte erfreut fest, dass die Gespräche in Deutsch geführt werden konnten und er sein grottenschlechtes Englisch nicht aufpolieren musste.

Während sie den Abend ausklingen ließen vernahmen sie aus der Lobby, dass weitere Gäste eintrafen und zu ihren Zimmern geleitet wurden. Peters, welcher zwischendurch kurz die Gruppe verlassen hatte, kam zurück und teilte mit, dass nun für die morgigen Gespräche alles vorbereitet sei.

Die Russen waren jetzt auch da.

✳

Der Zug fuhr planmäßig um 13:09 Uhr im Kölner Hauptbahnhof ein. „Lange nicht mehr hier gewesen", dachte Al-Samahi, als er schon im Gang an der Tür stand, während der Zug noch ausrollte.

Seine Aktivitäten der letzten Jahre hatten ihn nicht mehr hierher-geführt, obwohl er sich früher gerne in Köln aufgehalten hatte.

Die Fahrt hatte er sinnvoll genutzt. Er hatte zwei Telefonate geführt und da der Zug überraschend so wenig gefüllt war, dass er in seinem Abteil lange Zeit allein gewesen war, brauchte er zum Telefonieren noch nicht in den Flur oder gar die Toilette zu gehen.

Alles war organisiert. Er verließ den Zug und begab sich auf den Bahnhofsvorplatz. Der Platz der Schande, auf dem es zu den vielen Übergriffen in der vorletzten Silvesternacht gekommen war, lag friedlich und sonnenüberflutet zu Füßen des Kölner Doms. Hier herrschte ein buntes Treiben von zwei Folkloregruppen, einem Straßenmaler, einem Stand einer Tierschutzorganisation und in den Ecken konnte er einige Junkies erkennen.

Sich dem Dom nähernd dachte er an seine Verachtung für die Christen. Die Ungläubigen bekehren, ja, das war eines seiner Ziele und hiermit konnte er auch solche Leute, wie diesen komischen Michael, begeistern und in die richtige Richtung bewegen. Diesem Vogel würde eh eine besondere Rolle zukommen.

Sie steckten am Standrand von Köln fest. Sie kamen einfach nicht in diese verdammte Stadt hinein und Mike Kaulfuss fluchte laut vor sich hin. Im Gegensatz zu der Polizei waren ihre Observationsfahrzeuge nicht mit Sonderrechten ausgestattet. Sie konnten zwar die Kennzeichen wechseln, aber sie hatten kein Blaulicht und keine Sirene, um sich einen Weg durch einen Stau zu bahnen.

Per Telefon hatte er Kontakt zu seinen beiden Kollegen, welche Al-Samahi im Zug begleiteten. Sie wären also nicht rechtzeitig vor Ort, um die Kollegen zu unterstützen. Diese waren auf sich alleine gestellt. Das letzte Telefonat besagte, dass Al-Samahi den Kölner Dom betreten hatte.

Da er noch Zeit hatte, wollte Al-Samahi etwas ausprobieren, zu dem er früher nie gekommen war. Er wollte einen der Türme besteigen. Es gab die Möglichkeit innerhalb der Wendeltreppe eines Turms, bis auf die obere Plattform zu gelangen. Da er beim Betreten des Doms gesehen hatte, dass der Andrang beim Turmaufgang nicht so groß war, hatte er sich direkt dorthin begeben.

Sowohl der Aufstieg, wie auch das kurze Verweilen in hoher Position mit großflächigem Ausblick über Köln, wie auch der Abstieg verliefen ohne Probleme. Nun stand er wieder im Eingangsbereich und schaute auf die Uhr. Es war 13:55 Uhr. Es war Zeit.

„ZP AK", hörte Michael von Bettina. Michael und Bettina waren die Fußkräfte, welche Al-Samahi im Zug nach Köln begleitet hatten. AK bedeutete „außer Kontrolle", sprich, sie hatte die Zielperson in dem Menschengetümmel verloren. Da die anderen Kollegen mit den Fahrzeugen noch nicht da waren, mussten sie jetzt alles versuchen, um die ZP wieder zu finden. Aus diesem Grunde fingen sie an, den Innenraum des Doms systematisch zu durchsuchen.

Al-Samahi schlenderte aus dem Dom in Richtung der Rheinbrücke. Dabei bewegte er sich parallel zur Domfassade und folgte dieser in der Absicht, den Dom zu umrunden. Er ging langsam und tat so, als würde er sich für die Architektur interessieren. Nach 10 Minuten hatte der den Christentempel umrundet und befand sich wieder an seinem Ausgangspunkt.

Er blickte sich um, machte mit seinem Handy das eine und andere Foto und begab sich erneut langsamen Schrittes um das Gemäuer, nur diesmal gegen den Uhrzeigersinn. Zuvor war er anders herumgegangen.

„Michael, Bianca von Mike."
Mike und die Kollegen waren mit ihren Fahrzeugen in den Funkbereich der Kollegen gekommen. Beide meldeten sich und teilten mit, dass sie die Zielperson verloren hatten. Auch die Nachsuche im Dom hatte zu keinem Ergebnis geführt und sie hatten sich zum Rheinufer begeben.

„Mist", hörten sie über Funk und einen weiteren Fluch von einem anderen Kollegen: „In dieser Scheißgegend gibt es ja nirgendwo einen Parkplatz."
Jetzt musste Mike entscheiden, wie weiter verfahren werden sollte.

Alles war gelaufen. Nachdem Al-Samahi seine zweite Runde beendet hatte, hatte er sich wieder direkt in den Bahnhof begeben. An Gleis 3 würde um 14:38 Uhr wieder der Zug nach Hannover zurückfahren. Die Fahrt würde knapp 3,5 Stunden dauern und er könnte während der Fahrt wieder ein Telefonat führen. Dann wäre er im Bilde und würde genau wissen, was er wissen wollte.

Mike hatte sich entschieden. Es hatte keinen Zweck mehr. Sie waren jetzt sinnlos die Strecke von Hannover nach Köln gefahren und durften jetzt wieder zurück. Bianca und Michael hatten sie aufgenommen und sie quälten sich durch den beginnenden Feierabendverkehr zu den Autobahnen, damit sie wieder nach Hause kommen konnten. Es war nicht das erste Mal, dass sie eine Zielperson verloren hatten. Das kommt immer wieder vor und bevor man riskiert aufzufliegen, sollte man sie auch ziehen lassen. Ärgerlich war dies jedoch allemal.

Hätte Mike gewusst, wie gut es gewesen war, dass sie gerade heute ihre Zielperson im Einsatz verloren hatten, hätte er weniger aufgebracht die Heimreise angetreten. Der Verlust der Zielperson war heute ein Glücksfall gewesen.

✱

Zwei Wochen waren wieder ins Land gegangen. Jörg und seine Chefin saßen sich bei einem Kaffee gegenüber. Gundula Breitscher hatte hinter den Kulissen mehrere Gespräche geführt. Sie hatte hierbei auf Gesprächspartner zurückgegriffen, welche sie zum Teil schon seit Jahren kannte und zu denen sie ein persönliches Vertrauen aufbringen konnte. Diese hatten entweder ihr Thema an ihnen vertraute Personen weitergetragen oder sie hatten die entsprechenden Kontakte hergestellt.

Alle daraus resultierenden Unterhaltungen waren durchweg positiv verlaufen. Ähnlich war es bei Jörg Mävers gelaufen. Die geführten Dialoge waren substanziell hochwertig und fügten das „Untermosaik" zusammen, welches Gundula und Jörg als Aufgabe aufgetragen worden war.

Sie sah ihn an: „Fertig?"
„Fertig!", antwortete Jörg. Und leicht spöttisch fügte er hinzu: „Ich kann Vollzug melden."

Sie mussten beide lachen, da sie sich in diesem Moment an ihre Ausbildung erinnerten und da waren Befehl, Gehorsam und Meldungen an der Tagesordnung. Eine richtige, hierarchische Struktur und nicht so ein verweichlichter Haufen von Kinderkommissaren, welche von der Schulbank ins Studium gehen und, sobald man sie auch noch ein wenig härter anfassen sollte, sie gleich zu ihren Vertrauensleuten laufen würden.

„Gut", sagte Gundula: „Dann gebe ich die Info mal weiter. Wir haben unseren Part erfüllt. Ich hoffe, bei den anderen ist es genauso gut gelaufen."
Jörg nickte bestätigend: „Und dann fangen wir endlich damit an, dem Rechtsstaat seine Würde wieder zu geben. Es ist bitter nötig."

Aber einfach würde es nicht werden, auch wenn die Vorbereitungen optimal verlaufen sollten – dies war ihnen beiden klar. Dass, was sich jedem Betrachter hier bot, welcher auch nur minimal in die Materie eindrang, war System, welches jegliche Ordnung vermissen ließ. Es gab beispielsweise keine Übersicht, welche Migranten sich hier im Lande überhaupt aufhielten. Durch die genehmigte Wiedereinreise von abgelehnten Personen, welche nicht an der Grenze aufgehalten werden durften, wurde nationales Recht vorsätzlich gebrochen. Der normale Wahnsinn ließ sich jedoch noch steigern.

Gundula und Jörg hatten bereits bezahlt und standen von dem kleinen Tisch in dem gemütlichen Altstadtcafé auf. Die Bildzeitung, welche Mävers vorhin mitgebracht hatte, ließ er auf seinem Platz liegen. Es hatte eh keinen Sinn länger über die wahre Bedeutung der heutigen Schlagzeile zu philosophieren.

Sie verließen die Gaststube. Die Bildzeitung, welche zuvor zusammengelegt dalag, wurde durch den Windstoß der offenen Tür aufgewirbelt und segelte so zu Boden, dass man schon von Weitem die Schlagzeilen lesen konnte: „Wiedereinreisewahnsinn – Terroristen durften ganz legal zu uns kommen" (**32**).

✳

Der Blick über das Tal war atemberaubend. Ein leichter Nebelschleier zog sich zwischen den Hängen hindurch und der Glanz der gerade aufgehenden Sonne erzeugte sichtbare Strahlen, welche den Eindruck erweckten, dass man sich in einer überdimensionierten Kathedrale befinden würde. Durch den Himmel zogen sich die ersten rot-blauen Farbschwaden, als wäre Michelangelo gerade dabei, sein tägliches Kunstwerk in höheren Sphären zu malen.

Die Luft war klar und frisch und Martin saugte sie in seine Lungenflügel. Er mochte das Meer und die würzige, nach Seetang duftende Luft, welche insbesondere am frühen Morgen im Watt zu riechen war, aber auch die Bergluft war einzigartig. Er stellte fest, dass er viel zu selten solche Momente genießen konnte. Die Arbeit hatte ihn immer zu sehr beschäftigt.

Früher war er regelmäßig ans Meer gefahren, hatte sich auf den Deich gestellt, über das Meer geblickt, die kreischenden Möwen beim Windsurfen beobachtet und tief durchgeatmet. Irgendwann funktionierte es nicht mehr mit dem Durchatmen und er konnte nicht mehr abschalten. An dieser Stelle hatte er bemerkt, dass er ein Problem hatte. Die Arbeit, insbesondere die Selbstständigkeit, hatte ihm unbewusst so viel zu schaffen gemacht und abverlangt, dass er sich schon über dem Rand eines beginnenden Burnouts befunden hatte. Er konnte damals noch die Notbremse ziehen, kam jedoch nicht drum rum, für eine Zeit Antidepressiva nehmen zu müssen. Diese medikamentöse Krücke hatte er dann nach und nach wieder selbst abgebaut und jetzt war es ihm endlich wieder möglich, den Moment zu genießen.

Nachdem er sich für den Tag fertiggemacht hatte, begab er sich in den Frühstücksraum, in dem Stefanie schon mit Peters zusammensaß. Alle anderen Tische waren unbelegt. Nachdem sie sich begrüßt hatten und er sich, ausgestattet mit zwei Brötchen, Aufschnitt, Rührei und frisch ausgepresstem Orangensaft an ihren

Tisch gesetzt hatte fragte er, in den leeren Raum blickend: „Na, haben die alle noch einen Jetlag?"

Sie mussten schmunzeln, da ja klar war, dass die Amerikaner nicht direkt über den großen Teich, sondern von Berlin aus angereist waren und die Russen natürlich auch.

„Wer sind eigentlich die Vertreter der Russen?", fragte er Peters.

„Nun, einer davon bin ich", hörte Martin die mit russischem Akzent schwingende Stimme hinter sich.

Sie erhoben sich. „Bitte entschuldigen ...", Martin konnte den Satz nicht beenden, denn er wurde direkt unterbrochen: „Keine Ursache, keine Ursache. Bitte, behalten Sie Platz."

Der Mann, welcher sich jetzt zu ihnen setzte, stellte sich selbst als Sergej Netschajew vor; der russische Botschafter in Berlin. „Meine beiden Begleiter, die offensichtlich dem westlichen Luxus des Ausschlafens anheimgefallen sind", er zwinkerte mit den Augen, „sind Oberst Andrey Siwov, mein Verteidigungsattache und Svetlana Korumschenko von der FSO."

Netschajew bemerkte den fragenden Blick von Martin und erklärte: „Die FSO bedeutete „Federalnaja Sluschba Ochrany" und ist einer unserer Sicherheitsdienste, welcher auch nachrichtendienstliche Tätigkeiten ausführt. Der Unterschied zu unseren anderen Diensten ist, dass die FSO auf besondere Weisung vom Präsidenten tätig wird."

Alles was an Vorbereitung anderenorts und gerade hier ablief basierte zwar auf der Ausarbeitung von Martin, aber jetzt und live mit diesen Personen in Kontakt zu stehen und zu wissen, um was für bedeutende und machtvolle Menschen es sich handelte, die sich die Zeit genommen hatten sich mit ihrem Projekt zu beschäftigen, war schon mehr als beeindruckend. Stefanie schien Martins Gedankengänge richtig zu interpretieren und warf ihm einen aufmunternden Blick zu.

Gerade als sich Peters Nachschlag vom Buffet geholt hatte und dabei war sich hinzusetzen, betrat Kent Logsdon den Raum. „Kent, setzt´ Dich zu uns", rief ihm Netschajew hinüber und somit vervollständigte Kent Logsdon die kleine Runde. Netschajew blickte sich seine Tischnachbarn an: „Amis, Russen und Deutsche, friedlich beim Essen vereint, das würden die meisten gar nicht glauben wollen."

Angesichts der internationalen Spannungen, welche die Medien und die Politik den Menschen einzureden versuchten, war diese Konstellation wirklich ungewöhnlich. Martin ertappte sich bei dem Gedanken, dass die Kanzlerin selbst so ein Zusammentreffen versauen würde. „Sollte sie doch mit ihrem Macron … kein Kopfkino, kein Kopfkino."

Martin schüttelte es innerlich. Er ließ seinen Blick zwischen Logsdon und Netschajew hin und her schweifen, welche sich gerade beide angeregt auf Deutsch unterhielten und stellte fest, dass sich die beiden äußerst gut verstanden. Dies könnte für ihren Gesamtplan äußerst nützlich sein.

✱

Das Telefonat im Zug war recht kurz gewesen. Al-Samahi hatte sich bestätigen lassen, dass alles in Ordnung war. Er brauchte sich keine Sorgen machen, denn er war clean. Keine Bullen würden an ihm kleben. Diese Aussage hatte er sich zwar erhofft, aber es dann persönlich als Bestätigung seiner eigenen Annahme zu hören, tat schon irgendwie gut und baute ihn auf.

Wie zuvor geplant verließ er den Bahnhof ohne seinen Pkw, eigentlich ja seinen Leih-Pkw, aus dem Parkhaus abzuholen. Jetzt musste er sich ein anderes Auto beschaffen, denn er wollte selbst mobil, und nicht von den öffentlichen Verkehrsmitteln abhängig sein. Einen neuen Wagen könnte er morgen früh organisieren und dann wollte er sich mit dem komischen Michael treffen. Er hatte ihn vorhin noch angerufen und sich mit ihm verabredet. Es war Zeit, ihn auf seinen zukünftigen Einsatz vorzubereiten.

Der neue Termin stand. Kommende Woche waren Gundula und Jörg zum nächsten Treffen eingeladen worden. Überrascht hatten sie zur Kenntnis genommen, dass man denselben Ort wie das letzte Mal ausgewählt hatte, das Gasthaus in Kühlungsborn.

Bis zu dieser neuen Zusammenkunft hatten beide noch einige Gespräche vor sich, welche sich nicht auf ihre üblichen beruflichen Tätigkeiten bezogen. Beide waren sich des Personenkreises sicher den sie, ja so konnte man es bereits nennen, um sich herum geschart hatten. Ein Kreis von Vertrauten, jeder dazu bereit das zu tun, was notwendig wäre für ihr gemeinsames Ziel. Und als Ergebnis dieses Ziels stand die Wiederherstellung der Sicherheit und Ordnung im Land und der Schutz der Bürger. „Der Schutz derjenigen, die schon länger hier lebten", fügte Mävers für sich selbst, in Anlehnung an manch getroffene Aussagen zu den, inzwischen im Lande verteilten Neubürgern hinzu.

„Es war ein großartiges Gespräch", stellte Martin leicht euphorisch fest, als er den davonfahrenden Fahrzeugen nachsah. Peters ergänzte Martins Aussage: „Und wir haben nicht nur einen Grundstein gelegt, sondern weitaus mehr erreicht, was wir zu hoffen gewagt haben. Ich war vorher schon zuversichtlich, aber mit dieser Unterstützung können wir selbst dann noch agieren, sollte etwas schieflaufen."

Sie hatten ihren Plan im Detail vorgestellt. Logsdon und Netschajew, sowie ihre Begleiter, hatten aufmerksam zugehört und sich die einen oder anderen Notizen gemacht. Die Erklärungen waren so umfangreich, dass alle Zuhörer sich ein praxisnahes Bild des Projektes machen konnten und es nur zu sehr wenigen Rückfragen gekommen war.

Als Martin mit seinem Vortrag geendet hatte, meinte Netschajew: „Da haben Sie sich aber einiges vorgenommen aber die Planungen, soweit ich dies jetzt schon beurteilen kann, sind gut durchdacht und plausibel."

„Wir wissen alle wie schwierig es ist, so etwas auf die Beine zu stellen. Sie müssen jederzeit, besonders ab jetzt, mit Verrat rechnen, aber selbst das haben Sie ja einkalkuliert."
Anerkennend nickte Lagsdon mit seinem Kopf.

Netschajew hatte sich dann an Lagsdon gewandt: „Brauchst Du noch Bedenkzeit oder willst Du Dich mit Deinen Leuten beraten?" Lagsdon schaute sich seinen Stab an und sah anhand ihrer Reaktion, dass es keines internen Gespräches mehr bedurfte. Ähnlich verhielt es sich mit den russischen Begleitern.

Netschajew ging zu dem aufgebauten Buffet, welches auch für ihre Besprechung angerichtet worden war und kam mit einem Tablett voller Champagnergläser zurück. Jeder griff zu. „Ich erhebe mein Glas auf die Zusammenarbeit, welcher wir hier gerade begründet

haben. Selbstverständlich muss ich noch die Zustimmung von Vladimir Putin einholen, aber ich gehe davon aus, dass er dieser Kooperation aufgeschlossenen gegenüberstehen wird."
Er blickte Lagsdon an.

„Auch ich stehe, stellvertretend für meinen Präsidenten, von dessen Zustimmung ich auch ausgehe, hinter diesem Projekt und ich sichere Ihnen allen die volle Unterstützung der USA zu."

Sie wollten gerade gemeinsam anstoßen, als Svetlana Korumschenko mit der Frage unterbrach, wie denn dieses Projekt betitelt würde.

Martin sagte: „Unser Projekt soll verdeutlichen, dass sich Menschen mit Charakter und einer eigenen Meinung gegen ein Unrechtsregime auflehnen und welcher Name wäre passender als: **Operation Stauffenberg**."

Kapitel 4 – Das Kölner Ergebnis

Die Observationsgruppe befand sich an diesem Freitag in der Dienststelle. Alle Observationsaufträge, welche einer richterlichen Zustimmung bedurften, waren befristet und ihre Zeitvorgaben waren am Vortage abgelaufen. Jetzt vertrieben sie sich die Zeit mit Fahrzeugpflege, der Aufarbeitung von inzwischen staubig gewordenen Vorgängen und der Instandhaltung der Einsatztechnik. Letztendlich war dies nichts anderes als eine Beschäftigungstherapie und sie warteten darauf, dass sie die Genehmigung erhielten, den abgelaufenen Einsatz wieder aufnehmen zu können.

Dies war der Fluch beim Verfassungsschutz. Die rechtlichen Hürden bei nachrichtendienstlichen Tätigkeiten waren extrem hoch und mussten jederzeit überprüfbar sein. Dennoch versuchten linke Politiker Druck auszuüben, um die wenigen Befugnisse noch weiter zu beschneiden.

„Man konnte so ein Ziel auch noch anders erreichen, indem man die Leitung gegen noch mehr als bisher parteihörige Führungsbeamte austauschte", fand Mike Kaulfuss. Wie hatten sie 2013 geflucht, als auf Wirken des niedersächsischen Innenministers, Maren Brandenburger zur neuen Präsidentin des niedersächsischen Verfassungsschutzes bestimmt worden war. Vom Innenminister hatte hier eh keiner eine gute Meinung. Rot-grüne Landespolitik stand, nach ihrem Verständnis, im völligen Gegensatz zu effektiven polizeilichen oder nachrichtendienstlichen Tätigkeiten.

Mit Brandenburger war jedoch den Vogel abgeschossen worden. Brandenburger galt als Synonym dafür, dass man über keine große Qualifikation verfügen musste, um Präsidentin einer solchen Behörde werden zu können. Es reichte völlig aus, wenn man sich in der Nähe der richtigen Parteigenossen aufhielt. Die Vita von Maren Brandenburger war problemlos über Wikipedia nachvollziehbar: sie verfügte über keinerlei polizeilichen oder juristischen Background, sondern hatte lediglich Politik und Geschichte studiert. Sie hatte sich beim Verfassungsschutz beworben, übernahm dann eine Aufgabe in der Öffentlichkeitsarbeit und wurde 2003 Pressesprecherin. Nach der Landtagswahl 2013 wurde in ihre jetzige Position eingesetzt.

Viele, so auch Mike und seine Kollegen fragten sich, was Brandenburger wohl angestellt haben musste, um vom Pressesternchen zur Behördenleiterin aufsteigen zu können. Die Gedanken waren ja frei, noch (**33**).

An diese Entwicklung musste Kaulfuss gerade denken, da sich die Kollegen gerade darüber unterhalten hatten, dass mit Einsetzung

Brandenburgers als Präsidentin das politische Gedankengut in erheblichem Umfang Einzug gehalten hatte und ihre Arbeit nicht nur unwesentlich beeinflusste und störte.

Diesen Gedankenfetzen nachhängend klingelte das Telefon in ihrem Besprechungsraum und Mike Kaulfuss wurde von Peter Evers gebeten, ihn in seinem Büro aufzusuchen.

Der Tenor der Kollegen war, dass sie jetzt wohl die Observationsverlängerung erhalten würden. Mike Kaulfuss vermutete ähnliches und begab sich ein Stockwerk höher, zu dem Büro von Peter Evers.

Da sich beide schon über 20 Jahre kannten ließ sich Mike ohne lange Begrüßung auf einen Schreibtischstuhl fallen und fragte: „Na, ist die Freigabe da. Sollen wir heute noch raus oder erst morgen?"

„Nee, darum geht es nicht", antwortet Evers. „Es geht darum, dass ihr Vollpfosten eure Zielperson verloren hattet."
Kaulfuss, der sich in den Stuhl hineingelümmelt hatte, war überrascht und versuchte ein wenig Haltung zu gewinnen, was angesichts der zuvor ausgewählten Sitzposition äußerst unbeholfen wirkte. Evers lachte amüsiert: „Ja, ja, alter Mann. Kannst Du Dich noch nicht einmal mehr aus dem Stuhl winden. Wenn das unsere alten Ausbilder sehen würden ..."

„Oh ja, die damaligen Polizeimeister, A6, waren ja richtige Halbgötter gewesen. Da hätten wir uns so eine Haltung nicht erlauben dürften", lachte jetzt auch Kaulfuss ein wenig gequält, denn in seinem Alter fiel es ihm tatsächlich immer schwerer sich so zu bewegen, wie er es noch vor ein paar Jahren konnte.

„Es war das Beste, was euch hätte passieren können", gab Evers von sich. „Was meinst Du?", war die Gegenfrage von Kaulfuss.

„Ganz einfach. Das Bundesamt hat sich gemeldet. Im Rahmen einer TÜ (Telefonüberwachung) haben sie einen Araber auf dem Schirm, mit dem unser Al-Samahi während eurer Observation telefoniert hat. Ich habe gerade die Auswertung des Telefonats erhalten. Unsere ZP hat mit dem Observanten des Bundesamtes besprochen, dass er nach Köln reisen, zweimal um den Dom herumgehen, und dann wieder zurück nach Hannover fahren würde. Sein Kontakt hatte sich zu der festgelegten Uhrzeit, um 14:00 Uhr, außerhalb des Doms, in einer dortigen Nische zu platzieren und darauf zu achten ob er, wenn er um das Gebäude herumgehen würde, einen Rattenschwanz an Observationskräften hinter sich herziehen würde. Aus diesem Grunde ist die ZP einmal mit und einmal entgegen dem Uhrzeigersinn um den Dom geschlappt. Der Araber in der Nische konnte natürlich niemanden von euch erkennen, da ihr ja die ZP verloren hattet und nicht dran ward. Als Al-Samahi dann wieder im Zug gen Hannover war, hatten die beiden nochmals miteinander telefoniert und er hatte die Bestätigung bekommen, dass er sauber ist. Keine Observation."

„Also Glück im Unglück. Hättet ihr die Observation so durchgeführt wir es geplant gewesen war, wäre alles aufgeflogen. Jetzt jedoch denkt Al-Samahi, dass er außerhalb aller Ermittlungen stehen würde. Schwein gehabt."

Kaulfuss entfuhr ein hörbares „Pffff", als er heftig ausatmete. Da hatte Ihnen wirklich Fortuna weitergeholfen. Ein paar Minuten später verließ er das Büro von Evers mit der schriftlichen Genehmigung, eine Folgeobseravation für die nächsten 11 Tage durchführen zu können.

✳

Samstag, 06.10.2018, Kühlungsborn.

Nach einem wechselhaften Sommer mit Hochtemperaturzeiten und Unwettern mit Temperaturstürzen, zeichnete sich gleich zu Beginn des Oktobers ab, dass es ein goldener Oktober werden würde. Die Temperaturen hatten sich bei 22 Grad eingependelt, die Sonne schien momentan fast 9 Stunden täglich und eine leichte, kühle Brise ließ nicht nur an der Küste, sondern auch im Binnenland die ersten Blätter von den Bäumen wehen. Die verbliebenen Blätter wechselten ganz langsam von einem verwelkenden Grün eine gelb-braune Färbung.

Die Politik der Kanzlerin verwelkte auch in Zeitlupe vor sich hin, ohne dass sich etwas Entscheidendes tat. Das Strohfeuer Seehofers aus dem Juni war inzwischen auch wieder verglimmt und die illegale Einreise, sowie die manchmal wöchentlichen, manchmal täglichen Übergriffe auf Frauen, Kinder oder Polizisten, Messerstechereien und schwerverletzten oder tote Personen, ließen sich auch nicht mehr nur auf die regionalen Medien beschränken.

Die Medien funktionierten immer noch wunderbar staatstreu, was bei der Messerattacke auf Busreisende in Lübeck am Stauffenberg-Erinnerungstag, dem 20.07.2018, wieder unter Beweis gestellt worden war. Während Focus Online noch von einem deutschen Staatsbürger als Täter berichtete, übernahmen die anderen Medien zumindest den Hinweis, dass dieser nicht in Deutschland geboren sei und nur wenige führten als Geburtsland den Iran auf. Interessant war jedoch in diesem Zusammenhang die Feststellung, dass WELT darüber berichtet hatte, dass nicht alle Verletzungen durch ein Messer begangen worden waren und sich die deutsche Medienlandschaft darüber ausschwieg, während sich die englische Boulevardpresse, allen voran The Sun, dahingehend äußerste, dass auch eine Pistole bei der Tatausführung verwendet worden war (**34**).

Viele weiteren Entscheidungen ließen die Bürger, welche sich noch einen klaren Verstand bewahrt hatten, nur noch mit dem Kopf schütteln. Sei es, dass die Abschiebung des Leibwächters von Bin-Laden rückgängig gemacht werden sollte (35) oder dass ein somalischer Pirat nicht abgeschoben werden durfte (36). Das Urteil des Bundesverfassungsgerichtes, welches die Erhebung des Rundfunkbeitrages, bis auf einen Punkt, als rechtskonform einstufte und die Gebühr nicht als Steuer ansah, wurde zwar durch den Blätterwald geschleust, aber nur eine Quelle berichtete darüber, dass der Urheber dieser Rundfunkgebühr in der aktuellen Form, der Bruder des Verfassungsrichter gewesen war, welcher für die nun getroffene Entscheidung verantwortlich zeichnete (37).

Zu den massiven Ausschreitungen in Frankreich nach dem Gewinn der Fußballweltmeisterschaft wurde zwar medienübergreifend berichtet, aber als bekannt wurde, dass auch eine Vielzahl von Frauen Opfer von sexuellen Übergriffen geworden waren, lagerten die Redaktionen diese Meldungen, meist in nur kleinen Beiträgen, auf Unterseiten ihrer Internetpräsenzen aus (38).

Die No-Go-Areas nahmen stetig zu und viele, vor allem Frauen, trauten sich in den Abendstunden nicht mehr aus dem Haus. Angst bestimmte den Aufenthalt im Freien. Die Ächtung derjenigen, welche den Mut aufbrachten diese Umstände in der Öffentlichkeit anzusprechen, wurde von Mitgliedern aus dem linken politischen Spektrum kontinuierlich forciert. Man kam zu der Erkenntnis, dass sich in Deutschland nichts zum Positiven verändert hatte oder diesen Anschein vermittelte, sondern dass es nur noch schlimmer wurde. Lichtblicke gab es nur im Ausland durch die österreichische Regierung mit Sebastian Kurz und H.C. Strache oder durch die Italiener, welche konsequent den Schlepperboten der NGO die Zufahrt zu ihren Häfen untersagten, sodass die EU ihren Shuttle-Service, unter dem Namen „Sophia", abbrechen musste.

✱

Mitte Oktober kam es zu zwei Sondertreffen im GTAZ, welche zuvor nicht geplant gewesen waren. Das erste Meeting fand am 15.10.2018, infolge einer Geiselnahme in Köln statt, bei welcher ein Bezug zum Terrorismus nicht ausgeschlossen werden konnte.

Ein Einzeltäter hatte im McDonalds Benzin ausgeschüttet und einen Molotow-Cocktail gezündet. Da diese Aktion nicht wie geplant abgelaufen war, hatte er anschließend eine Geiselnahme in einer Apotheke begangen. Der 55-jährige Syrer, welcher wegen mehreren Straftaten bereits aktenkundig war, hatte alles darauf angelegt, einen größtmöglichen Schaden zu verursachen. Die Geiselnahme und weitere mögliche Explosionen konnten nur durch den Schusswaffengebrauch des SEK beendet werden (**39**).

Beim zweiten Treffen handelte es sich um eine geplante Aktion, welche jedoch aufgrund aktueller Erkenntnisse vorgezogen wurde. Im Rahmen dieser Aktion konnte ein, in der Vergangenheit geplanter Terroranschlag verhindert werden. Bereits im Jahr 2016 sollten hierzu drei Einsatzteams des IS versucht haben nach Deutschland zu gelangen, um den Anschlag, nach bisherigen Erkenntnissen ging es möglicherweise um ein Musikfestival, vorzubereiten.

Zwei IS-Kämpfer hatten sich, um die eigene Identität zu verschleiern, sogar Haar-Transplantationen unterzogen. Um die Kämpfer ins Land zu bringen hatte man versucht Frauen dazu zu gewinnen, IS-Kämpfer zu heiraten und Ihnen somit die Einreise zu ermöglichen. Aufgrund des glücklichen Zufalls, dass eine der angesprochenen Frauen für den Verfassungsschutz tätig war, wurden diese Vorhaben bekannt.

Eine weitere Person, welche für die Planungen mitverantwortlich, und Teil eines der drei Teams gewesen sein sollte, nannte sich Abu

Qaaga. Die wahre Identität war jedoch einem Hildesheimer zuzuordnen, welcher bereits im Jahre 2014 nach Syrien ausgereist war und sich dem IS angeschlossen hatte (**40**).

„Man kann einfach nur noch mit dem Kopf schütteln", hatte Jörg nach Abschluss des Einsatzes in der Gruppe gesagt. „Es gibt Einzeltäter, welche wir niemals auf den Schirm bekommen werden, da sie einfach unauffällig sind und es gib diejenigen, welche ihre Planungen glücklicherweise so gestalten, dass wir darüber informiert werden. Sollte mal jemand wirklich geschickt planen, bekommen wir es auch erst dann mit, wenn es passiert. Wenn die Bevölkerung wüsste was hier tatsächlich abläuft, wie viele verdeckte Einsätze gelaufen sind um Anschläge zu verhindern, von denen niemand je etwas mitbekommen hat ... aber was soll's? Von oben wiegt man die Menschen in einer trügerischen, faktisch nicht vorhandenen Sicherheit und von unten möchte man doch überhaupt nichts anderes hören. Hier gibt es eine perfekte Symbiose zwischen denen, welche nichts sagen und denen, die nichts hören wollen. Und begreifen tun beide Seiten überhaupt nichts, weil sie es nämlich auch nicht wollen."

✱

Das neuerliche Treffen an bekannter Stelle sollte nun die „konkretisierende Phase" einleiten, hatte Peters bei seiner Einladung ausgesprochen. Es wurde auch so langsam Zeit.

Es war kurz vor 18:00 Uhr und die letzten Teilnehmer trafen ein. Neben Peters und den anderen Gremiumsmitgliedern waren Martin Kosik und Stefanie Fischer, Jörg Mävers und Gundula Breitscher, sowie fünf Herren und zwei weitere Damen anwesend.

Bevor sich alle an den raumfüllenden Tisch setzten, bedienten sie sich an dem aufgebauten Buffet, welches sadistischer Weise auch über frische Krabben verfügte, wie Stefanie feststellte. Sie deutete Martin an, dass sie die Tierchen jetzt mit zum Platz nehmen und pulen würde, worauf er sich nicht sicher war, ob sie es wirklich ernst meinte. „Du kannst doch nicht ...", aber da sah er, dass sie ihn nur geneckt hatte.

Peters stellte die unbekannten Personen vor. Da waren zum einen Eberhard Zorn, Heer, Generalinspekteur der Bundeswehr und Manfred Nielson, Marine, stellvertretender Oberbefehlshaber Allied Command. Dann folgte Josef Haas, Vizepräsident der Generalzolldirektion und verantwortlich für alle Zolldienststellen des Landes. Björn Weser und Kai Brunner waren als Polizeivertreter für die Bereitschaftspolizeien der Länder gekommen und Martina König vom BKA und Janette Wiesemann von der übergeordneten logistischen Planungseinheit für den Personenschutz der Länder füllten diese Zusammenkunft auf.

„Meine Damen und Herren", begann Peters die Sitzung, „ich bin froh und stolz darüber, dass Sie alle heute Abend hier zusammengekommen sind. Sie stehen nicht nur für sich alleine, sondern auch für viele andere Frauen und Männer, mit denen Sie sich ausgetauscht haben und welche Ihnen ihr Vertrauen ausgesprochen haben. Diese Struktur, so möchte ich es jetzt einmal nennen, ist die Quintessenz dessen, was der innere Kern unserer Gruppe die letzten Wochen und Monate organisiert und aufgebaut hat."

Da Peters feststellte, dass er die volle Aufmerksamkeit hatte und man begierig seinen Worten lauschte, setzte er fort: „Sie alle sind über unsere geplante Aktion informiert. Ihnen ist bekannt, dass alles das, was wir hier planen und auch umzusetzen gedenken, durch Artikel 20 Absatz 4 des Grundgesetzes gedeckt ist!"

Martin und Stefanie suchten den Blickkontakt zu den anwesenden Gesichtern. Entweder war ein kurzes Nicken oder ein Blick feststellbar, welcher die Ausführungen von Peters bestätigte.

„Wir alle gehen ein großes Risiko ein. Es besteht das nicht zu unterschätzende Risiko, dass wir alles verlieren können, was wir über Jahre oder Jahrzehnte hinweg beruflich wie privat aufgebaut haben. Nicht nur wir persönlich, sondern auch unsere Angehörigen würden mit in einen Sog gezogen werden, wenn unser Vorhaben scheitern würde. Aus diesem Grunde, um Ihnen allen und Ihren Familien die Sorgen für die Zukunft zu nehmen, wurde für Sie und die von Ihnen mitgeteilten Vertrauenspersonen, welche in die leitenden Abläufe eingebunden sind, eine Art Zukunftsfond eingerichtet. Ich weiß, Sie sind darüber informiert, aber dennoch möchte ich stellvertretend für unser Gremium hier nochmals die Garantie aussprechen, dass auch im Falle eines Scheiterns, Sie alle keine finanziellen Probleme zu erwarten haben. Ich denke, unter diesen Umständen lässt sich eine solche Unternehmung beruhigter angehen. Aber, und da bin ich mir sicher, da ich mit Ihnen und vielen Ihrer Vertrauenspersonen gesprochen habe, würden Sie auch ohne diese Absicherung an diesen Planungen teilnehmen, da wir alle Patrioten sind. Ich bin froh, dass Herr Kosik diese Operation ausgearbeitet hat und dass wir zueinander gefunden haben."

Das zustimmende Gemurmel schwoll an und Martin spürte den Blick Peters, der ihn innerlich berührte. Es war ein Blick der Dankbarkeit, als ob er Peters und den anderen den Stolz und die Ehre wiedergegeben hatte, welcher heutzutage nur noch im Stillen und Geheimen gedacht werden durfte.

Der Blick war aber auch wie von einem Vater, der in tiefen Stolz über seinen Sohn innerlich verweilte. Martin fühlte sich hierdurch animiert, selbst das Wort zu ergreifen.

„Liebe Freunde", und es war selbst für Martin überraschend, dass er in diesem Moment diese Ansprache wählte, aber es war ein Moment, in dem alles passte. „Es wird uns von Politik und Medien ständig eingeredet, dass der Begriff Patriot, dass die Liebe zum eigenen Volk und zum eigenen Land, etwas Schlechtes sei. Es ist von diesen Personen nicht gewollt, weder das wir Stolz und Ehre leben, noch das wir darüber, wie auch über die Vielzahl der Probleme hier im Lande, offen und lösungsorientiert sprechen, denn man erkennt überhaupt nicht die Brisanz dessen, was sich hier Zug um Zug entwickelt und unter der Oberfläche zu gären begonnen hat. Es wird nach dem üblichen Motto verfahren, dass nicht sein kann, was nicht sein darf."

Martin war absolut kein Redner, aber die Situation brachte es mit sich, dass er sich selbst in seine eigenen Worte hineinsteigerte und dabei auch eine für ihn ungewöhnliche, durchdringende Stimme erhob, die kraftvoll und durchdringend erklang.

„Aber diese Leute repräsentieren nicht unsere Bürger, nicht diejenigen, die jeden Tag dazu beitragen, dass unser Land und unsere Wirtschaft noch halbwegs rund laufen. Diese Personen sind diejenigen, welche den Hass gesät und die Gewalt importiert haben. Erinnert Ihr euch noch an Dominik Brunner? Brunner, der 2009 Zivilcourage gezeigt hatte, sich für Unschuldige eingesetzt hatte und dann ermordet wurde (**41**)?

Niemals dürfen wir solche Menschen oder ihre Taten vergessen! Mit dieser Tat begann schon damals die Brutalität, welche heute dazu führt, dass man jederzeit und überall Opfer einer Gewalttat werden kann. Die Täter sind, dank eines völligen Realitätsverlustes und einem, von Abneigung gegen das eigene Volk geprägten irrealen Verständnisses, überall verteilt und suchen täglich ihre Opfer. Diese Opfer können sich nicht selbst schützen, Helfer werden eingeschüchtert oder selbst zu Geschädigten. Sollte jemand auf dem Boden liegen, so wird in völliger Menschenverachtung auf den Kopf getreten und der Tod oder schwerwiegende Verletzungen billigend in Kauf genommen und dieses widerliche Pack grinst dabei und macht Selfies mit dem Handy.

Die Polizei traut sich auch nicht mehr richtig einzuschreiten und wird inzwischen selber täglich, wie auch andere Rettungskräfte, angegriffen und von der Politik im Stich gelassen oder, wie im Hambacher Forst, einfach so verheizt. Aber nicht nur das. Die linken Politiker und Medien hetzen gegen die Polizeibeamten und unter dem Vorhalt einer angeblichen Transparenz gehen manche inzwischen so weit, eine Kennzeichnungspflicht für Polizeibeamte einzuführen (**42**). Wir alle erinnern uns noch an die Bilder vom G20 Gipfel, wo Hamburg in Teilen fast so ausgesehen hat wie nach dem Zweiten Weltkrieg. Und was geschah auf politischer Ebene? Einer der Hauptverantwortlichen, der zuvor für massive Schulden in Hamburg verantwortlich gewesen ist (**43**), wird dann auch noch mit dem Amt des Bundesfinanzministers belohnt. Kann das irgendjemand dem kleinen Bürger erklären, der nach einer 40 Stundenwoche, mit 1.800 Euro brutto nach Hause kommt, sich zweimal überlegen muss, ob er sich Anschaffungen leisten kann und der darauf hoffen muss, dass er vor seinem Rentenbeginn stirbt, da er sich ein würdiges Überleben kaum finanzieren kann?

Gekrönt war das Ganze dann noch von einer funktionsunfähigen Justiz, welche durch jahrzehntelange realitätsfremde Urteile, sowie Gutachten und Gegengutachten, keine Entscheidung mehr treffen kann, welche nicht in der nächsten Instanz aufgehoben werden würde. Gefährder und Personen, welche massive Straftaten verübt haben, dürfen nicht abgeschoben werden. Deutschland im Jahr 2018 ist ein Land, in dem man sich als vernünftig denkender Mensch überlegen muss, wen man zuerst aufhängen sollte, den Täter oder den Richter, der ihn wieder laufen gelassen hat. Sorry, aber das ist die Realität. Jeder, der noch an Gerechtigkeit glaubt, ist doch am Verzweifeln."

Martin hatte sich in Rage geredet, aber alle im Raum hörten ihm gebannt zu. Er schaute auf Stefanie und sah anhand ihres Blickes, dass er nicht nur die richtigen Worte gewählt, sondern auch eine Stimmung geschaffen hatte, welche alle berührte und innerlich mitriss.

Bedacht langsam und mit gemäßigterem Ton sprach er weiter: „Wenn wir den Schutz und die Sicherheit für unsere Bürger propagieren, wenn wir möchten, dass jeder Einzelne gut von dem Leben kann was er erarbeitet und wenn wir ausführen, dass es nicht sein kann, dass die, die noch nicht so lange hier leben mit finanziellen Zuwendungen überschüttet werden welche höher sind, als sie für unsere Kinder oder unsere Rentner je zur Verfügung gestanden haben, dann werden wir als Feinde der Demokratie bezeichnet."

Unbewusst schraubte er das verbale Tempo seine Lautstärke wieder hoch.

„Aber das sind wir nicht!", Martin ließ seinen Blick über alle Gesichter schweifen bevor er fortführte: "Im Gegenteil! Wir sind die Speerspitze, welche sich in tiefer Entschlossenheit dem rechtsstaatlichen Verfall widersetzt. Wir sind die Verfechter, die Kämpfer des einfachen Bürgers, der über keine Lobby mehr verfügt und wenn es so sein soll, dann sind wir die Kreuzritter, die sich den Barbaren in den Weg stellen, die unsere Ordnung, die unser Leben und die unsere Freiheit zerstören wollen."

Martin war über sich selbst erstaunt. Er war, wie er bei jeder Gelegenheit zum Besten gab niemand, der Reden halten oder Moralpredigten von der Kanzel aus schmettern konnte aber das, was hier gerade eben geschehen war, war einfach nur spontan und situationsbedingt gewesen. Mit der einsetzenden Reaktion hatte er aber überhaupt nicht gerechnet. Alle Anwesenden erhoben sich von ihren Sitzen und klatschten. Es war kein höfliches Klatschen, wie bei einer Veranstaltung, wo man es formhalber so machte, sondern es war eine ehrliche Bekundung und Zustimmung dessen, was er gerade gesagt hatte.

Ein Gedanke schoss ihm durch den Kopf und verlangte ihm ein innerliches Grinsen hab. „Nein, das konnte er jetzt tatsächlich nicht sagen, auch wenn sie alle über einen schwarzen, britischen Humor verfügen würden." und deshalb verkniff er sich den gedachten Satz auszusprechen: „So musste es wohl damals im Hofbräukeller gewesen sein."

✻

Michael Eckhard, wie er vollständig hieß, befand sich 20 Minuten vor der festgelegten Uhrzeit am Treffpunkt. Sie wollten sich auf der Außenveranda eines kleinen Bäckerladens in der Escherstrasse in Hannover treffen. Michael kannte die Ecke, denn schräg gegenüber befand sich das Arbeitsamt. Der regelmäßige Behördenbesuch war nach seinem Dafürhalten nur eine lästige Notwendigkeit, denn einer geregelten Arbeit würde er eh niemals nachgehen. Warum zwangen sie ihn also dann dazu, regelmäßig hier zu erscheinen? Diese bürgerfinanzierte Lebensunterstützung, auf welche er als linker Aktivist mehr Anspruch hatte als andere, sollte man ihm ohne großes Prozedere überweisen, denn die Treffen mit seinem Sachbearbeiter empfand er als schikanös und völlig unnötig.

Die Wartezeit verbrachte er damit, sich genau zu dem Zeitpunkt, als ein Streifenwagen an ihm vorbeifuhr, einen Joint anzuzünden. „Die Bullen merken eh nichts", dachte er sich und konnte seine

Abscheu für den Staat und dessen Vollzugsbeamten kaum verbergen. „Hier müsste mal etwas los sein, so wie in Hamburg."

Er bedauerte gegenüber seinen Kumpels aus der linken Szene, dass er beim G20 Gipfel nicht ganz so aktiv gewesen war, wie er es sich zuvor vorgestellt hatte. Er rühmte sich zwar damit, dass er sich schon mehrfach mit den verhassten Bullen rumgeprügelt, und auch in Hamburg ein Polizeiauto zerstört hatte, aber infolge einer „Kriegsverletzung" war er nicht ganz so mobil gewesen.

Tatsächlich war es so, dass er sich zwei Tage zuvor eine stark blutende Kopfverletzung mit Gehirnerschütterung zugezogen hatte, welche er gerne als die Tat eines Polizisten darstellte. Er hätte angeblich massiven Widerstand geleistet, als man ihn wegen ein bisschen Gras hochnehmen wollte. Das Gras hätte er dabei verschlucken können und die Bullen hätten ihn laufenlassen müssen, ohne dass sie ihm hätten etwas nachweisen können. Dafür hätten sie ihn, so erzählte er, aus der Wache herausgeprügelt.

Nach dieser Geschichte war er der Held in seiner Clique. Zwei Freundinnen hingen seit dieser Zeit wie Kletten an ihm und er kostete seinen recht zweifelhaften Ruhm so richtig aus. Er ließ auch keine Chance aus sich damit hervor zu heben, dass er sich gerne wieder mit den Uniformträgern anlegen würde. In diesen Kreisen war, und dies stellte sogar Michael selber fest, Intelligenz nicht großflächig verteilt. Es störte ihn auch nicht das er wusste, dass er als sinnbildlich Einäugiger der König unter den Blinden war. Dadurch, dass er seine Truppe für Demonstrationen gegen alles, was auch nur den Anschein einer rechten Ausrichtung hatte motivierte, bekam er über linke Netzwerke eine entsprechende Aufwandsentschädigung, welche er im kleinen Kreis weiter verteilte.

Aktionsgeil standen alle „Gewehr bei Fuß", wenn es auf solche Demos ging. Natürlich wurde seitens von Politikern und Medien dementiert, dass finanzielle Zuwendungen an die linke Szene erfolgten, aber selbst die Frankfurter Rundschau kam nach einem im Artikel vorangegangenen Dementi nicht umhin festzustellen, dass in Sachsen Gelder aus einem Landesprogramm an Vereine geflossen waren, welche unter anderem für die Anreise zu Demonstrationen genutzt wurden (**44**). Aber was nützt ein Dementi, wenn selbst der DGB die Antifa fördert, ohne dabei den Druck ein schlechtes Gewissen zu spüren (**45**)?

Michael gestand sich selbst ein, zumindest wenn er mal darüber nachdachte und dabei sein Spiegelbild im Bad betrachtete, nur ein kleiner Feigling und Denunziant zu sein. Seine „Kriegsverletzung" hatte er nicht durch die Polizei erhalten, sondern ganz subtil deshalb, weil er noch Zuhause bei seiner Mutter wohnte, wie viele seiner Kumpels auch, und den Müll nicht rausgebracht hatte. Seine Mutter hatte ihn zweimal dazu aufgefordert, aber da er ja Geld vom Jobcenter erhielt brauchte er sich morgens um 11:00 Uhr nicht dem Stress ergeben und aufzustehen. Er verstand nicht, warum seine Mutter dies anders sah und das hatte er ihr auch gesagt. Das letzte, was er dann vorerst mit seinem linken Auge sah, war die halbleere Flasche mit dem abgestandenen Bier vom Vortag, welche ihn genau zwischen Auge und Schläfe getroffen hatte.

Irgendwie war niemand außer seiner Clique dazu in der Lage zu erkennen, dass in ihm etwas Besonderes stecken würde. Er war nicht derjenige, den man herumschubsen konnte und das in ihm ein richtiger Kerl enthalten war, das würde er ihnen allen bald zeigen. Sein täglicher Mut beschränkte sich zwar darauf ein T-Shirt mit dem Aufdruck „A.C.A.B." zu tragen, welches er mit einer geschickten Bewegung sofort mit seiner Jacke zu verdecken wusste, sofern eine Streife an ihm vorbeikam, aber er schätzte sich selber als einen tollen Aktivisten ein, der immer unterschätzt wurde.

✹

„So, meine Damen und Herren, jetzt möchte ich gerne den aktuellen Status abfragen, damit wir eine genaue Übersicht haben und einschätzen können, ob wir Code 64 aktivieren können." Peters hatte wieder die Gesprächsführung übernommen.

„Bundeswehr?"
Manfred Nielson: „Ich spreche für die Bundeswehr mit allen Waffengattungen. Wir sind bereit."

„Zoll?"
Josef Haas: „Auch wenn wir nicht die wichtigsten Truppen sind, aber die Generalzolldirektion mit allen bundesweit vorhandenen Dienststellen steht bereit."

„BKA?"
Martina König: „Wir sind auch bereit."

„LogoPlan?"
Janette Wiesemann: „Wir haben alle 16 LKA unter Kontrolle, insbesondere die MEK VIII mit den Personenschutzeinheiten und die Länder SEK. Darüber hinaus haben wir seit dieser Woche bei allen LKA die Profilverfolgung von allen Landtagsabgeordneten, sowie der Kommunalpolitiker mit Stadtgrößen ab 100.000 Einwohnern initialisiert. Wir brauchen noch ca. zwei Wochen, aber dann haben wir ein perfektes Bewegungsbild mit permanenter Aufenthaltslokalisation."

„Bundespolizei?"
Gundula Breitscher: „Wir haben alle Einheiten der Bundesbereitschaftspolizei, die GSG9, weitere Spezialkräfte und die BFE+ Einheiten unter Kontrolle. Zu den BFE+ Einheiten hat Herr Mävers noch eine Anmerkung."

Mävers sah sie an: „Habe ich? Ach ja, die Personalstärke. Ihnen ist bekannt, dass die BFE+ Einheiten über eine Gesamtmannstärke von 250 Beamten verfügen?"

Die meisten in der Runde bestätigten die Frage per Kopfnicken. „Dann lassen Sie sich überraschen. Diese Zahl stimmt nicht. Wir haben im Geheimen eine Truppenstärke von aktuell 1.200 Mann aufgebaut, die fertig ausgebildet sind. 300 weitere Beamte befinden sich zurzeit in der Spezialausbildung".

„Wie haben Sie denn das geschafft?", kam die Frage aus der Runde.

„Mit dem uns zur Verfügung stehenden Budget haben wir den Plan verfolgt, dass wir normale Kräfte der Bundesbereitschaftspolizei nach und nach in diese qualifizierte Weiterbildung führen, sodass wir im Notfall kurzfristig über weitere Spezialkräfte verfügen könnten. Wir kamen auf die Idee, nachdem die Bundeswehr angefangen hat Trainings durchzuführen, um im Ernstfall Unruhen im eigenen Land unter Kontrolle bringen zu können (**46**). Da wir kurze Entscheidungswege hatten, wurde dem Vorschlag der weiteren Spezialisierung der Beamten zugestimmt und wir haben diese nach und nach aufgebaut."

„Beeindruckend", gab Peters von sich. „Das wusste selbst ich noch nicht. Das erleichtert uns die Aufgaben bei weitem."

„Bereitschaftspolizeien der Länder?"
Björn Weser: "Hier haben wir leider noch ein Problem. Wir haben in 12 Bundesländern die jeweiligen Abteilungen der BePo unter Kontrolle. Es fehlen bis dato noch Hamburg, Bremen, NRW und Niedersachsen."

„Das hatte ich mir schon gedacht", meldete sich Jürgen Kuhne vom Gremium zu Wort. „Jedes Bundesland verfügt ja über mehrere Abteilungen BePo und bis man diese allen unter einen Hut bekommt und dabei vertrauensvolle Leute gewinnt, dauert es. Es hat mich eh gewundert, dass ihr schon 12 Bundesländer safe habt."

„Es war eine Heidenarbeit", bestätigte Kai Brunner ihre Bemühungen der letzten Wochen. „Deshalb waren wir ja auch zu zweit unterwegs und haben, wie ich finde, recht schnell gute Überzeugungsarbeit geleistet. Der Vorteil war und ist, dass die Kräfte der BePo ja diejenigen sind, welche oft zuallererst verheizt werden. Deren Abteilungsleiter und die anderen Führungsbeamten sind nicht solche Theoretiker wie in anderen Teilen der Polizei, da sie jeden Tag den direkten Kontakt zu ihren Einsatzkräften und zu den Bürgern draußen haben. Es war leichter als erwartet sie für unsere Sache zu gewinnen."

„O.K.", resümierte Peters. „Das wir aktuell die Kontrolle über die BePo der kleinen Bundesländer nicht haben, ist nicht so schlimm, aber bei den großen Flächenländern mit NRW und Niedersachsen ist es problematischer. Hier können wir auf die BePo nicht verzichten. Demzufolge müssen wir noch abwarten, bis wir Code 64 aktivieren können. Stimmen Sie mir hierbei zu?"

Ein einhelliges „Ja" war von allen Teilnehmern zu verstehen. Martin erkannte, dass sie in der kurzen Zeit schon wesentlich weitergekommen waren, als er es zuvor vermutet hatte.

„Ach, beinahe vergessen", fügte Peters an. „Natürlich waren wir vom Gremium auch nicht ganz untätig. Die Unterstützung der amerikanischen und russischen Botschaften haben wir uns gesichert. Es wird sowohl vonseiten der amerikanischen, wie auch der russischen Politik äußerst positiv betrachtet, dass wir hier einen, ich sag mal, strategischen Regierungswechsel herbeiführen möchten. Man hat hier keine Sorge, dass es zu Instabilitäten kommen könnte, sondern man sieht es so, dass wir in Zentraleuropa einen neuen Sicherheitsbrückenkopf bilden werden, um zusammen mit Österreich und den Visegrád-Staaten wieder eine Sicherheit und Stabilität herzustellen, welche uns in den letzten Jahren abhandengekommen ist. Hierbei bekommen wir jegliche Unterstützung die wir benötigen, auch in der geplanten und Ihnen bekannten Rückführung der Migranten."

„Darüber hinaus haben wir, unter Leitung von Frau Fischer, alles soweit organisiert, damit wir im Zuge unserer Operation auch umgehend sämtliche Medien unter Kontrolle bringen können. Es wird schon an diversen Fernsehbeiträgen gearbeitet, welche unsere Aktion erklären sollen, aber auch, um kurz danach die Bevölkerung über das aufzuklären, was hier in den letzten Jahren und Jahrzehnten tatsächlich geschehen ist."

Martin sah Stefanie an und mit einem leicht verdeckten Grinsen flüsterte sie ihm zu: „Du musst nicht alles wissen", womit sie seine Annahme bestätigte, dass sie in weit mehr Vorbereitungen involviert war, als ihm bekannt war.

Mit „Ich habe da mal eine Frage bzw. zwei Fragen", wand sich Josef Haas vom Zoll an Peters. Peters nickte: „Bitte."
„Ich bin, wie vermutlich einige andere hier auch, nicht vollständig in die Operation eingewiesen und das ist auch gut so. Wir müssen nicht alles wissen, aber es würde mich doch interessieren, wie Sie gedenken mit den Medien umzugehen und wie Sie die Bevölkerung informieren möchten?"

„Natürlich können wir Ihr Ansinnen nachvollziehen, dass sie mehr Informationen haben möchten", meldete sich Jürgen Kuhne zu Wort. „Wir haben uns grundsätzlich schwer damit getan, alle von

Ihnen mit vielen Informationen zu versorgen. Sollte etwas schieflaufen, wären Sie nicht vollständig über alles im Bilde und die Operation könnte auch bei dem Ausfall einer oder mehrerer Personen von Ihnen dennoch stattfinden. Ich denke, Sie haben dafür Verständnis, aber bzgl. der Medien können wir Sie gerne aufklären. Wer möchte?"

Die Frage war eigentlich an die Gremiumsmitglieder gerichtet, aber Martin fühlte sich in der Verpflichtung, das Wort zu ergreifen: „Ich möchte."

Martin blickte in die Runde und hielt allen Blicken stand, bevor er weitersprach.

„Unser Land ist in den vergangenen 100 Jahren nun das dritte Mal den falschen Führern gefolgt. Hitler hat international Leid verursacht und Deutschland musste neu aufgebaut werden. Honecker hielt die Brüder und Schwestern in der DDR, unter russischer Zustimmung, im Mittelalter gefangen und schränkte die Freiheiten ein. Und die Kanzlerin hat Leid über Europa und unser Vaterland gebracht. Nicht nur das, auch die Sprache wurde inzwischen so verändert, dass man sich schwertut selbst Begriffe wie Vaterland frei auszusprechen."

„In allen diesen drei Perioden wurden nach und nach die Freiheiten eingeschränkt. Meine Oma hatte einmal erzählt, dass zu Hitlers Zeiten ein Lehrer abgeholt worden war, weil er im Schulunterricht gesagt hatte: „Die braunen Blätter fallen". Und wie sieht es heute aus? Wenn man die Wahrheit über das ausspricht, was sich draußen tut, wird man diffamiert, schikaniert, die linken Aktivisten, netter Begriff übrigens, kommen vorbei und zünden Autos und Häuser an und man verliert im schlimmsten Fall seine Arbeitsstelle. Die Bahnhofsklatscher und Teddybärwerfer, zusammen mit Genderbefürwortern, Politikern, Medien und den Kirchen, sowie deren Hilfsorganisationen, überwachen jede öffentliche Aussage und über die Realität wird oft nur in Kreisen gesprochen, in denen man sich persönlich kennt. Wer diesen Gruppierungen nicht passt, wird schnell mit der Nazikeule ans Schandkreuz genagelt, als Reichsbürger oder völkisch eingruppiert und durch die öffentliche Brandmarkung verlieren diese Personen jedwede Unterstützung. Noch nie war man, wenn man die Summe all dessen zusammenfügt was hier läuft, so unfrei wie in der momentanen Situation. Das erste Flugblatt der „Weißen Rose" ist fast eins zu eins auf die heutige Zeit anwendbar." (**47**)

„Selbst Kommunisten von früher hatten eine bessere Beziehung zu unserem Land und Ernst Thälmann hatte einmal gesagt: „Mein Volk, dem ich angehöre und das ich liebe, ist das deutsche Volk; und meine Nation, die ich mit großem Stolz verehre, ist die deutsche Nation. Eine ritterliche, stolze und harte Nation" (**48**)."

„Nun laufen aber Grüne, Linke, SPD, ANTIFA, Gewerkschaften oder Kirchenvertreter zum Teil gemeinsam hinter Transparenten wie „Nie wieder Deutschland" oder „Deutschland, Du mieses Stück Scheiße" (**49**) hinterher und zeigen offen Ihre Verachtung für unserem Staat, unser Land und unser Volk, können aber im Gegenzug selber nur zur gut davon profitieren."

„Umso schlimmer wird das Erwachen sein, wenn unsere Bürger endlich begreifen sollten, welchen wirren und abstrusen Thesen sie gefolgt sind, wenn sie endlich kapieren, dass wir hier Mördern, Vergewaltigern und Terroristen Einzug gelassen haben und was für ein Schaden tatsächlich entstanden ist, welcher sich bis ins eigene Wohnzimmer hin ausbreitet."

„Unsere Aufgabe wird es sein, dass wir zum einen die Bürger aufklären und ihnen verdeutlichen, was tatsächlich wahr, und was ziel- und zweckgerichtete Propaganda gewesen ist. Und dazu gehört auch eine Aufarbeitung unserer Geschichte seit dem 1. Weltkrieg und wie es wirklich zum 2. Weltkrieg gekommen ist, indem Deutschland zu einer immer größer werdenden Wirtschaftsmacht aufgestiegen ist."

„Dazu gehören auch die Aufarbeitungen der Verbrechen von Amerikanern in den Rheinwiesen und den Gräueltaten der Russen an den deutschen Kriegsgefangenen bei Stalingrad. Wenn überhaupt in unseren Geschichtsbüchern darüber berichtet wird doch nur so, wie es die Sieger vorgegeben haben und die Zahlen stimmen hinten und vorne nicht. Wird in unseren Schulen, wenn überhaupt noch ein vernünftiger Geschichtsunterricht abgehalten wird darüber informiert, dass von den 110.000 deutschen Kriegsgefangenen bei Stalingrad nur noch 6.000 zurückgekommen sind (**50**)?"

„Es werden zur Zeit Reportagen erstellt, welche die Zeiten ab 1900 bis heute ausführlich beleuchten, erklären und für alle nachvollziehbar, mit entsprechenden Quellenangaben darstellen. Wir müssen endlich mit einer objektiven Darstellung alles betrachten und nicht, wie viele linksgerichtete Lehrer, alles nur gegen Deutschland ausrichten und unsere Eltern, Großeltern und uns selbst mit einer Erbschuld in Verbindung bringen, welche man uns immer wieder einzureden versucht."

„Das ist eines der wichtigsten Ziele – eine vernünftige Aufklärung, in der Hoffnung, dass insbesondere die junge Generation noch nicht zu verblödet ist, um dies zu kapieren. Wir hoffen, wenn alles belegbar und nachprüfbar ist, dass wir gegen die jahrzehntelange Gehirnwäsche ankämpfen können."

Stefanie reichte Martin ein Glas Wasser, da man ihm langsam anmerkte, dass er es noch nicht gewohnt war, eine längere Rede zu halten, wobei sie feststellte, dass er ihre Erwartungen übertraf.

„Ein zweiter wesentlicher Punkt ist es diejenigen zur Rechenschaft zu ziehen, die dafür mitverantwortlich sind. Man kann hier auch von „Zerschlagen" sprechen und nicht von „unter Kontrolle bringen". Die schlimmsten Hetzer und politischen Erfüllungsgehilfen sind die Medien. Das Paradoxe dabei ist, dass die Teufelsverbindung Politik, Justiz, Medien es fertiggebracht hat, dass der Bürger mit der zwangsfinanzierten GEZ beziehungsweise dem Beitragsservice auch noch selber dafür zahlen muss, dass er medial beeinflusst wird. Einen solchen perfiden Plan hätten sich Joseph Goebbels und George Orwell nur zusammen ausdenken können."

Während, ob des Witzes, leichtes Gelächter den Raum erfüllte, nahm er noch einen Schluck Wasser.

„Wisst ihr eigentlich, wie die Politik und die Medien zusammenarbeiten und was für ein perverses System man hier aufgebaut hat? Selbst wenn darüber berichtet wird, meist in einer Comedy Sendung wie bei „Volker Pispers" oder „Die Anstalt", nimmt es der deutsche Michel einfach nur zur Kenntnis und tut nichts, weil das System so verflochten und durch juristische Winkelzüge dermaßen abgesichert ist, dass man nichts mehr bewegen kann. Hier geht es nicht mehr um Tausende, sondern um Millionen von Euro und dies lassen sich die verantwortlichen Herrschaften nicht mehr so einfach wegnehmen."

Martin sah, dass er bei seinen Zuhörern die bisherige Neugier noch mehr gesteigert hatte und dass er jetzt die Politik-Medien-Symbiose erläutern musste.

Kapitel 5 – Die Verflechtung der Medien

„Ihr könnt euch die Struktur einem Spinnennetz vergleichbar vorstellen, welches wie ein Organigramm aufgebaut ist. Ganz oben in der Mitte sitzt zentral die Kanzlerin. Zu ihrem inneren Freundeskreis gehören unter anderem Friede Springer vom Axel Springer Verlag, Liz Mohn von Bertelsmann und Hubert Burda von Hubert Burda Media."

„Wenn wir bei dem Blickwinkel eines Organigramms bleiben, dann gibt es auf der linken, unteren Seite von der Kanzlerin Wolfgang Schäuble und auf der rechten, unteren Seite Heiko Maas. Die beiden könnt ihr auch umdrehen, sie machen eh dieselbe Politik, obwohl ich Schäuble eigentlich eher rechter als Maas einstufen würde."

„Habt ihr diese Struktur bildlich vor Augen? In Ordnung, dann machen wir weiter. Auf der linken Seite, ganz unten platziert Ihr bitte die Firma Degeto Film GmbH. Diesen Firmennamen habt ihr noch nie gehört? Nun, dann möchte ich euch einmal aufklären. Das Unternehmen wurde laut Wikipedia 1928 als Deutsche Gesellschaft für Ton und Film e.V. gegründet und produzierte und vertrieb in den 1930er und 1940er Jahren Propagandafilme für die Reichsregierung Hitlers. Wenn sich also jemand mit Propaganda auskennt, dann ist es dieses Unternehmen, welches nach ein paar Veränderungen im Jahr 1959 von den ARD-Anstalten übernommen wurde."

Ein Zwischenruf: „Die sollten sich wirklich auskennen. Ich glaube, ich weiß worauf Sie hinauswollen." lockerte die Stimmung noch ein wenig mehr auf, als es schon der Fall war. Es war eine sehr gelöste Atmosphäre.

Martin wartete, bis es wieder ruhiger geworden war. „Genau, Sie kennen die Strobl-Verbindung?", fragte er und nahm das Nicken vom Zwischenrufer erfreut zur Kenntnis.

„Die Firma Degeto Film verfügt über ein Jahresbudget in Höhe von 400 Millionen Euro. Das war der Stand im Jahr 2017. Damit bestimmt sie maßgeblich das Programm der ARD. Bitte denkt dran, dass zur ARD auch die Landesrundfunkanstalten gehören." **(51)**

„Seit dem Jahr 2012 ist die Geschäftsführerin von Degeto Film Christine Strobl. Ich mache es mal kurz. Christine Strobl ist die Ehefrau von dem Landesvorsitzenden der CDU in Baden-Württemberg Thomas Strobl, der auch seit 2016 Minister des Inneren und stellvertretender Ministerpräsident von Baden-Württemberg ist."

Nach diesen Worten ging ein erstaunter: „Aha-Ausruf" durch die Gruppe. „Sie glauben, dies ist schon die Verbindung über die CDU zur Kanzlerin? Nein, da irren Sie sich. Es wird noch besser. Christine Strobl ist die Tochter von Wolfgang Schäuble. Das ist die eigentliche Verbindung."

Um das Erstaunen der Anwesenden abklingen zu lassen, hielt Martin kurz inne.

„Ja, genauso einfach ist es", fügte er anschließend hinzu. „Also zusammengefasst: die Kanzlerin kann über Schäuble Einfluss auf die Fernseh- und Rundfunksendungen der ARD und der angeschlossenen Sendeanstalten nehmen."

„Die Verbindungen zum ZDF kenne ich nicht genau, aber da wird es gewiss ähnliche Netzwerke geben. Wenn man jahrelang alles unter Kontrolle gebracht hat, dann fängt man nicht bei A für ARD an und macht dann nicht bis Z wie ZDF weiter. Das ZDF ist jedoch anders aufgebaut. Hier gab es im Jahr 2014 ein Gerichtsurteil vom Bundesverfassungsgericht, wo juristisch festgestellt wurde, dass der politische Einfluss auf das ZDF zu groß sei. Der Anteil von Politikern und "staatsnahen Personen" sollte im Fernsehrat auf ein Drittel reduziert werden. Ich habe vor kurzem einen Bericht gehört, nach dem man diesen Personenanteil bis heute nicht reduziert hat und dieser bei rund 50 Prozent liegen würde. Da wurde irgendwie gemauschelt, indem man Personen in diesen Rat geholt hat, welchen man nur indirekt eine politische Verbindung nachweisen kann." **(52)**

„Und weiter geht's. Ihr erinnert euch an das Dreigestirn aus Friede Springer, Liz Mohn und Hubert Burda?"
Das zustimmende Murmeln vernehmend setzte Martin fort: „Friede Springer steht natürlich für den Springer Verlag, aber ist euch bekannt, was alles zu dem Springer Verlag dazugehört? Nun, es ist nicht nur Bild, Bild am Sonntag, Bild der Frau. Auch der ehemalige Nachrichtensender N24, der von WELT übernommen wurde, gehört dazu, denn WELT gehört Springer, wie auch so mancher Radiosender, wie hier im Norden zum Beispiel Radio FFN." (Quelle: Die Anstalt, Mai 2018)

„Kommen wir zu Hubert Burda. Burda Medien gehören viele verflochtene Unternehmen wie beispielsweise der Focus mit separaten Sparten wie Focus Money. Die Bunte und Huffington Post sind mit dabei, wie auch Radiosender und Kinderprogramme wie „Löwenzahn" oder „Frag doch mal die Maus"." (Quelle: Die Anstalt, Mai 2018).

Die Mächtigste scheint von allen scheint jedoch Liz Mohn von Bertelsmann zu sein. Fernseh- und Radiosender sind deren Haupttätigkeitsfeld. Allen voran stehen sie bei RTL mit allen dazugehörenden Sparten prozentual mit drin. Und die RTL-Gruppe ist

auch an NTV beteiligt. Wie genau könnt ihr bei Wikipedia nachlesen.

Dazu gibt es noch die Bertelsmann Stiftung, welche gerne mit
hochkomplexen und journalistisch hervorragend recherchierten
Grundsatzinformationen zu Analysen und Umfrageergebnissen
gelangt, welche wohlwollend von Politik und Medien in deren aktuelle Tages- und Lageeinschätzung okkupiert werden." (Quelle:
Die Anstalt, Mai 2018)

Martins erwartete Reaktion, ein hämisches Lachen und Schnau-
ben, blieb nicht aus.

„Und nun begeben wir uns auf die rechte Seite der Kanzlerin, zu
Heiko Maas. Es passt nicht mehr ganz, da Maas nicht mehr Justizminister ist, aber er ist dafür verantwortlich, dass die Meinungsfreiheit eingeschränkt wurde. Ich denke, wir sind uns alle einig
drüber, dass Hassposts ein No-Go sind, aber was Maas mit dem
Netzwerkdurchdringungsgesetz geschaffen hat, ist nichts anders
als Meinungskontrolle."

„Was bedeutet das alles? Ich fasse einfach mal zusammen. Wir haben das Fernsehen mit ARD und ZDF, bei welchem eine politische
Einflussnahme nicht ausgeschlossen werden kann. Wir haben drei
Personen, und es sind wesentlich mehr welche zum Dunstkreis der
Kanzlerin gehören, die Einfluss auf eine Vielzahl von Fernseh-
und Radiosendern, auf Portale und die Boulevardpresse haben und,
das ist das wirklich das Beängstigende dabei, welche die beiden
einzigen Nachrichtensender hier in Deutschland, N24 oder jetzt
halt WELT und NTV, unter Kontrolle haben. Dann haben wir
Maas, welcher für eine Überwachung der sozialen Netzwerke steht
und wer tut das für ihn? Dies macht, zumindest war es am Anfang
noch so, die Firma arvato, welcher einer der Dienstleister von Bertelsmann ist (**53**)."

„Und um das Ganze abzurunden, möchte ich darauf hinweisen, dass der Ehemann der Kanzlerin jährlich 10.000 Euro für seine Kuratoriumsbeteiligung in der Friede-Springer-Stiftung erhält (54)."

„Unter dem Strich bedeutet dies, dass die Kanzlerin mit ihrem Freundes- und Gönnerkreis all die Informationen und persönlich eingefärbten Wahrheiten vertreiben kann, welche wir alle glauben sollen. Und wir haben eine Bevölkerung, welche man noch und nöcher über diese Zusammenhänge informieren kann, die aber entweder nicht willens oder zu dämlich ist, diese Struktur zu begreifen oder gar Konsequenzen daraus zu ziehen. Darüber hinaus ist alles so miteinander verflochten, dass man überhaupt keine Chance mehr hat, es aufzulösen.

Niemals zuvor gab es so viele Informationen wie heutzutage, aber niemals zuvor waren die Menschen in unserem Lande so uninformiert wie jetzt."

Das er unbeobachtet war, dem war sich Al-Samahi seit seinem Ausflug nach Köln sicher. Diese Sicherheit entbehrte natürlich nicht, auch weiterhin alle Vorsichtsmaßnahmen zu treffen, damit er nicht durch irgendeinen unglücklichen Zufall in Überwachungsmaßnahmen hineingelangte. Aus diesem Grunde blieb er bei seinen regelmäßigen Tagesabläufen, verließ die unterschiedlichen Teestuben, welcher er regelmäßig aufsuchte, mal offen durch den Haupteingang, mal über den Hinterausgang und mal, da er vor Jahren jemand kennengelernt hatte, der schon seit den 80ern im Steintor aktiv war und es ihm gezeigt hatte, über unterirdische Gänge.

Das Steintor in Hannover war unterirdisch mit einem Gangsystem unterhöhlt. Viele Gänge liefen ins Leere und endeten an einer zugemauerten Stelle, andere führten über verschlungene Abzweigungen bis in die Altstadt. Soweit er informiert war, war selbst der Verwaltung und der Polizei nicht bekannt, was es hier für ein Labyrinth gab und dies nutzte er jetzt aus. Das Jahr neigte sich langsam dem, aus seiner Sicht geplanten, Höhepunkt entgegen. Nur noch zweieinhalb Monate, bis die geplante Aktion stattfinden sollte. Fehler konnte er sich nun wirklich nicht mehr erlauben.

Den Kontakt zu Haddad und Najjar hatte er, wie er es zuvor gesagt hatte, auf ein Minimum reduziert. Um ein Treffen war er jedoch nicht herumgekommen. Er hatte Haddad erklärt, wie dieser in einen der unterirdischen Gänge gelangen konnte und dort hatten sie sich vor zwei Tagen getroffen. Haddad war von dem Ambiente äußerst beeindruckt gewesen, was der Sache an sich sehr förderlich war, stellte Al-Samahi mit einem Anflug an Genugtuung fest.

Bei diesem Treffen wurden die letzten Instruktionen ausgetauscht, sowie eine Adresse, an welcher Haddad und Najjar „Material" für ihre Aktion besorgen sollten und es wechselten 20.000 Euro ihren Besitzer. Das Geld sollte durch die beiden geteilt werden und diese beabsichtigten, ihren Familien im Ausland eine finanzielle Unterstützung zukommen zu lassen, zumindest sagten sie dies so. Al-Samahi interessierte es nicht ansatzweise was sie mit dem Geld machen würden. Er selbst hatte es direkt über eine saudische Bank erhalten, zusammen mit einer Aufwandsentschädigung und einem Flugticket für sich selber.

Das Tonsignal eines seiner Handys erklang und Al-Samahi konnte es sofort zuordnen. Da war jetzt eine wichtige Nachricht angekommen, denn diese Nummer war nur fünf Personen bekannt und er schaltete dieses Handy nur dann ein, wenn er auch tatsächlich eine Nachricht erwartete. Das einzige App, welches auf diesem Gerät installiert war, war der Signal-Messenger. Dieses Programm, welches mit einer End-to-End-Verschlüsselung aufwartet, war für die Abhördienste einer der am schwersten zu knackende Messenger.

Beim Aktivieren des Bildschirms lass er die Meldung, welche er erwartet hatte. Es war eine Zeichenkette in hebräischer Schrift, welche übersetzt „Friede des Propheten" bedeutete. Mit dem Absender hatte er sich darauf geeinigt die jüdische Schrift zu verwenden um, im Fall dessen, dass die Nachricht abgefangen werden sollte, für Verwirrung und für Zweifel bei der Übersetzung und Interpretation des Textes zu sorgen. Sie hatten zwei Sätze vereinbart. Für den Fall, dass alles gut verlaufen sollte, würde „Friede des Propheten" verschickt. Im Fall eines Scheiterns würde „Tränen des Propheten" übermittelt werden. In beiden Fällen lag es an Al-Samahi dann von sich aus den Kontakt aufzunehmen und alles Weitere zu klären.

Durch den Friedenspruch war Al-Samahi nun klar, dass Haddad und Najjar heute bei der Kontaktperson gewesen waren und das bereitgelegte Einsatzmaterial abgeholt hatten. Um die beiden musste er sich also nicht mehr kümmern. Sie hatten ihre Anweisungen und würden wie besprochen handeln. Dieser Prozess war jetzt gestartet worden und auch, wenn es noch zweieinhalb Monate dauern würde bis die Aktion starten würde, so war sie jetzt nicht mehr zu stoppen.

✻

Der Motor des A8 flüsterte leise, was bei der Kraft, welche die Maschine entwickeln konnte, äußerst beeindruckend war. Da Stefanie geahnt hatte, dass dieses erneute Treffen in großer Runde sehr intensiv und anstrengend werden würde, hatte sie erneut die Chauffeurlimousine organisiert, mit welcher sie Martin und sich schon einmal hatte bringen lassen.

Sie stellte fest, dass dies eine sehr gute Idee gewesen war, da das gerade beendete Treffen noch einigen Gesprächsbedarf mit sich gebracht hatte und nun keiner von beiden durch das Lenken des Fahrzeugs beeinträchtigt war.

Das Treffen selbst war ein großer Zwischenerfolg gewesen. Sie alle waren sich im Klaren darüber, dass Code 64 erst bei fast vollständiger Kontrolle über die entscheidenden Einheiten ausgerufen werden konnte, aber sie waren schon weiter, als sie es kalkuliert hatten. Sie waren rund 1,5 Monate vor ihrem eigentlichen Zeitplan und das stimmte sie alle leicht euphorisch.

Durch das Auftreten Martins, und da war sie sich zusammen mit Peters, mit dem Stefanie kurz zuvor noch unter vier Augen gesprochen hatte einig, waren sie sich weiteren Zuspruchs sicher. Martin hatte seine Sache sehr gut gemacht und würde, mit ein wenig Personal Coaching, auch die Aufgaben meistern, welche ihm noch bevorstehen würden. Zum Schluss des Treffens war unter allgemeiner Zustimmung beschlossen worden, dass versucht werden sollte, bis Ende Oktober die fehlenden BePo aus NRW, Niedersachsen, Hamburg und Bremen in die Operation einzubinden. Ungeachtet dieser Einbindung wurde festgelegt, dass Code 64 am 01.11.2018, Punkt 00:00 Uhr, in Kraft treten sollte.

Stefanie war äußerst zufrieden und so konnten sie die Nachbereitung, der gerade stattgefundenen konspirativen Zusammenkunft, auf der Rückfahrt durchführen.

✳

Seit dem Sommer war im Bundesinnenministerium nichts mehr so, wie es zuvor gewesen war. Seehofer hatte beinahe die Koalition platzen lassen und er wurde seitens der politischen Leidensgenossen als „verrückter Trump" dargestellt. Selbst Wegbegleiter aus

seiner eigenen Partei distanzierten sich von ihm und das ganze politisch linke Spektrum, angefangen von Führungsmitgliedern der
CDU, versuchten ihn zum Aufgeben zu bewegen. Die Kanzlerin,
die in ihrem Sommerinterview mal wieder ihren Eid auf Europa
geleistet hatte, was im Umkehrschluss ein Zurückstecken Deutschlands bedeutete, fühlte sich durch die Medienberichterstattung in
ihren Ansichten bestätigt.

„Wenigstens läuft mir die Alte hier nicht über den Weg", sollte
Seehofer einmal gesagt, als er mal wieder wutschnaubend, nach
einem Telefonat mit der Kanzlerin, aus seinem Büro gekommen
war. Zumindest wurde es sich so erzählt.

Auch andere Gerüchte kursierten im BMI, welche man nicht genau
einer Person zuordnen konnte. So sollte von Führungskräften gesagt worden sein: „Wir haben die falschen Leute aufgebaut und
protegiert. Wir haben Böcke zu Gärtnern gemacht und die fressen
uns nicht nur die Gärten leer, sondern jagen uns vom Hof ohne zu
begreifen, dass sie ohne uns verhungern werden, weil sie selber zu
blöd sind, ihr eigenes Leben zu sichern oder zu gestalten."

Erstaunlicher Weise, und da waren sich Jörg und Gundula einig,
gab es innerhalb des Hauses einen Solidarisierungseffekt, da man
hier doch verstand, was draußen tatsächlich passierte und man abschätzen konnte, wie die weitere Entwicklung aussehen würde.

Niemand hier konnte die grenzenlose Naivität begreifen, welche
in Form einer offensichtlich schizophrenen Infektion überall in den
Parteien, den Medien und der Gutmenschbevölkerung immer mehr
um sich griff. Wie kann man das, was hier über Generationen hinweg aufgebaut wurde, für wirre Ansichten opfern? Wie konnte
man bewusst dazu beitragen Werte, Normen, Rechtsprechung und
Kultur nachhaltig zu zerstören, sich dabei aber immer wieder das

Grundgesetz und andere Rechtsnormen so auslegen, wie es einem gerade in den Kram passte?

Diese sich immer weiter ausbreitende Stimmung fingen Jörg und Gundula unabhängig voneinander auf und als sie sich darüber austauschten, stellten sie erstaunt die Übereinstimmung ihrer Wahrnehmung fest. Sie hatten sich auch darüber unterhalten, ob man die Situation noch irgendwie anders auflösen konnte, aber sie erinnerten sich an die Ausführungen von Martin Kosik über die Medien, über die Verflechtungen zwischen den vielen Beteiligten und stellten wiederholt fest, dass dieser Scherbenhaufen, oder besser ausgedrückt: gordische Knoten, der Tag für Tag größer wurde, in keiner Weiser mehr politisch zu lösen war.

Diese Ansicht bestätigte sie erneut in ihrem Tun. Dem einen oder anderen ihrer Kollegen hätten sie gerne zugerufen, wenn sie deren Verzweiflung über das Geschehen vor und hinter den Kulissen wahrnahmen, dass sie an einer wirklichen Lösung arbeiten würden, aber dies war natürlich völlig ausgeschlossen. Geheimhaltung war jetzt das „A" und „O" und sie waren sich einig, dass sie hier im Ministerium niemanden mehr einweihen konnten, auch wenn es manchen gab, der ihnen unter Umständen unterstützend helfen konnte, aber das Risiko war einfach zu hoch.

Es war schon nach 22:00 Uhr. Jörg verabschiedete sich beim Rausgehen noch kurz vom Wachdienst im Foyer, als draußen zwei Limousinen vorfuhren. Seehofer verließ seinen Dienstwagen und die Personenschützer fuhren weiter zu ihrem Stellplatz. Jörg wollte Seehofer kurz ansprechen, aber anhand dessen Blicks sah er, dass dies jetzt nicht der günstigste Moment für ein Gespräch gewesen wäre. Seehofer ging, leicht gebückt, was bei seiner Größe wie eingefallen aussah, mit einem fast leeren Blick an dem Empfang vorbei, schüttelte ständig seinen Kopf und sprach vor sich hin: „Sie begreift es nicht. Sie begreift es wirklich nicht."

Jörg tauschte einen Blick mit dem Wachhabenden, erkannte auch hier tiefsitzendes Mitleid, blickte Seehofer nach und war sich in diesem Moment gewiss, dass er gerade den einsamsten Menschen sah, den er kannte.

Das erste Treffen in der Escherstrasse hatte Al-Samahi platzen lassen. Aus dem gegenüberliegenden Gebäude hatte er eine Zeitlang Michael Eckhard beobachtet, wie er in dem dortigen Bäckerladen auf ihn gewartet hatte. Al-Samahi, der sich dort in der Gegend sehr gut auskannte, weil gleich daneben eine Hinterhofmoschee war, in welcher er ab und zu verkehrte, wollte zum einen die Reaktion von Michael sehen, wenn dieser unter Druck stand und zum anderen wollte er sich die Leute anschauen, welche sich zu dieser Zeit dort aufhielten oder vorbeikamen.

Es war Gebetszeit und die Moschee wurde von gut und gerne 40 Personen aufgesucht. Dass diese Moschee unter Beobachtung des Verfassungsschutzes stand konnte er sich nicht vorstellen, denn dafür waren die Brüder, welcher dort regelmäßig ein- und aus gingen, zu gemäßigt. Aber man konnte es nicht wissen und deshalb beobachtete er auch aufmerksam das Umfeld, die Fahrzeuge und die Fenster der Gebäude.

Obwohl die Zeit verrann, blieb Michael recht gelassen. Er schaute zwar zusehends häufiger auf seine Uhr, aber er hatte sich auch ganz genüsslich einem Joint hingegeben, was Al-Samahi auch auf die Entfernung erkennen konnte. Nach 45 Minuten war es Michael jedoch auch zu bunt geworden und als er gerade Anstalten machte aufzubrechen, schickte Al-Samahi eine zuvor vorbereitete Textnachricht und teilte ihm einen neuen Termin mit.

Dieser Termin fand heute statt. Es war 10:30 Uhr und beide trafen fast zeitgleich bei dem Bäckerladen ein. Nach einer kurzen Begrüßung und einer nicht ernstgemeinten Entschuldigung Al-Samahis für das ausgefallene Treffen, setzten sich beide an einen der Rundtische auf der Außenveranda.

Neben einem Umschlag mit 5.000 Euro erhielt Michael einige mündliche Anweisungen und eine Kontaktadresse. Al-Samahi achtete darauf, dass sich Michael alles selbst aufschrieb und übergab im weder einen Zettel noch einen Stift, damit nicht durch einen dummen Zufall seine Handschrift oder seine DNA bei Michael auffindbar wäre.

Das Gespräch dauerte nur knapp 10 Minuten und als sie aufbrachen und sich verabschiedeten war Michael instruiert und Al-Samahi würde über seine Kontaktperson erfahren, ob Michael brav sein „Einsatzmaterial" abgeholt hatte.

Die Dunkelheit in seinem Schlafzimmer wurde nur von dem Flackerlicht seines Laptops und dem Leuchtdisplay seines Weckers unterbrochen. Über den Laptop schaute Martin gerade noch eine aufgezeichnete Dokumentation und vertrieb sich damit die Zeit bis zu einer Nachricht, welcher er gleich noch erwartete.

Kasimir lag neben ihm und schnurrte, als ob Schnurren eine neue olympische Disziplin wäre und er dafür trainieren würde.

Je mehr Zeit verging umso häufiger schaute Martin auf die Uhr seines Weckers, spielte mit seinem Handy und wurde nervöser.

Die Zeitanzeige sprang auf 00:00 Uhr um und auf dem Handydisplay beteiligte sich auch das Datum beim Wechsel. Es war jetzt der 01.11.2018.

Das herbeigesehnte Piepen seines Handys, welches eine eingehende Nachricht signalisierte, ließ ihn dennoch zusammenzucken, sodass ihm beinahe das Gerät aus der Hand gefallen wäre.

Da war sie, die Nachricht, welche von nun an alles verändern würde, für ihn, für die vielen Beteiligten und vielleicht für alle. Er atmete durch, öffnete die als anonym versendete Nachricht und las: „Code 64 aktiviert."

Kapitel 6 - Code 64

Amüsiert hatte man, als man die Operationsbezeichnung Code 64 vorgeschlagen hatte, diese mit der „Order 66" aus dem dritten Star Wars Film verglichen, wo die Klonkrieger durch diese Order 66 die Seiten gewechselt hatten. Eine Ähnlichkeit war auch nicht ganz von der Hand zu weisen, aber diese Zwischenoperation benötigte eine Bezeichnung, welche nicht verräterisch sein durfte.

Der Code 64 bedeutete, dass mit seiner nun erfolgten Aktivierung, die Operation Stauffenberg unter allen Umständen durchgeführt werden würde, egal, was dies für Konsequenzen mit sich bringen würde. Code 64 bedeutete aber auch, dass sowohl auf Bundes-, wie auch auf allen Länderebenen die Voraussetzungen geschaffen worden waren, ihn auch bei einem stattfindenden Verrat tatsächlich noch umsetzen zu können.

Konkret besagte dieser Code 64, dass ab sofort alle Politiker des Bundestages und der Länderparlamente unter Kontrolle standen.

Es gab eine funktionierende Struktur von Überwachern, häufig Mitglieder der Personenschutzkommandos, aber nicht in jedem Fall, in welcher bekannt war, wo sich die Politiker und deren Familien aufhielten oder sich aktuell bewegten. Man konnte dies auch als lückenloses Überwachungsnetzwerk bezeichnen.

Diese Überwachung betraf nicht nur Politiker, sondern auch die großen und kleinen Medienfamilien, Persönlichkeiten aus dem öffentlichen Leben, Vertreter von Wirtschaft, Gewerkschaften und sonstigen Interessenverbänden, sowie die Leitfiguren der Kirchen.

All diese Personen mit Machtfunktionen, welche sich in den letzten Jahren mittels ihres aktiven oder passiven Tuns, ihres Auftretens und durch ihre vielfältigen Möglichkeiten dadurch ausgezeichnet hatten, dem Land und dem Volk eine ungute Doktrin aufzuzwingen, welche mitgeholfen hatten die Meinungsfreiheit einzuschränken, welche die Gesetze bis zum Bersten gebogen oder sogar gebrochen hatten, all diese Personen standen von nun an unter ständiger Kontrolle.

Sollte die Operation Stauffenberg von nun an verraten werden würde bundesweit, bei Einleitung von Code 64, alle diese Personen, welche nun unter Beobachtung gehalten wurden, festgenommen werden, auf dass sie nicht mehr dazu in der Lage wären, die weitere Aktion zu gefährden. In einem solchen Fall müsste alles zwar überhastet vorgezogen werden, aber die Grundmauern und Pfeiler waren da, um die Regierungsgewalt auch unter diesen ungünstigen Umständen übernehmen zu können.

Und folgerichtig stand der Code 64 auch für den jeweiligen sechsten und vierten Buchstaben im Alphabet, für das „F" und das „D", für die Abkürzung „Für Deutschland".

✳

Es würde vermutlich eine von den letzten Fahrten sein, welche er ungestört durch den Harz machen konnte. Martin, der das „durch-die-Gegend-fahren-und-den-Gedanken-nachhängen" ja immer schon genossen hatte, konnte sich vorstellen, dass sich sein Leben in nicht allzu ferner Zukunft grundlegend verändern würde. Momentan kannte ihn niemand und wenn alles in dem Rahmen ablaufen würde, welchen er selbst geholfen hatte mit zusammen zu zimmern, würde er bald auf Schritt und Tritt von seinen eigenen Personenschützern begleitet werden.

„Ich wünsche mir nur, dass diese Truppe dann aus Überzeugung ihren Auftrag ausführt und Vertrauen in meine Entscheidungen hat und nicht, weil sie vom Dienst her dafür eingeteilt werden", war seine Hoffnung. Er wollte Loyalität aufgrund seiner Leistungen und der Ziele, welche er und alle Beteiligten zu erreichen suchten. Zuvor musste jedoch ein großes Stück Naivität aus der Welt geschaffen werden.

Noch war es nicht so. Noch konnte er in Langelsheim beim Netto einkaufen ohne erkannt zu werden und dann zur Innerste Talsperre weiterfahren.

Es war Samstagvormittag, kurz nach 10:00 Uhr. Das Autoradio lief und er hörte, wie so oft, KNR7. Das Musikprogramm gefiel ihm, da hier doch ein sehr ausgewogener Mix präsentiert wurde, wobei die Sprecher doch sehr eintönig und oft gleichklingend moderierten. Interessant war samstags immer, dass zwischen 10:00 und 12:00 Uhr eine Zuhörerfrage gestellt wurde und die Anrufe über den Äther gesandt wurden. So auch heute.

Das Thema, wozu sich die Zuhörer äußern sollten lautete: „Fake News oder glauben Sie noch den Medien?"

Bereits bei der Anmoderation konnte man schon heraushören, in welche Richtung der Moderator die Gesprächsteilnehmer lenken wollte. Er stellte recht subtil die Medien als Opfer dar:

„Natürlich wissen wir, wie im täglichen Umgang mit Nachrichten unterschiedliche Redaktionen, insbesondere die aus dem Ausland, den Eindruck erwecken wollen, dass sich manche Situationen anders abspielen würden, als dies von den großflächig vertretenen Medien hierzulande dargestellt werden. Auch gibt es Bestrebungen von Gruppen, Informationen eigenständig und populistisch auszulegen, damit man einen größeren Wirkungskreis erzielen, und andere mit völlig falschen Nachrichten beeinflussen kann."

„Wir vom öffentlichen Rundfunk hingegen sehen uns jedoch in der Pflicht, dass wir unabhängig von der Politik oder der Wirtschaft, objektiv berichten und die Dinge so ansprechen, wie sie tatsächlich sind, auch wenn dies einmal wehtun sollte. Aber was meinen Sie? Glauben Sie uns, wählen Sie Ihre Informationsquellen gezielt aus oder differenzieren Sie nach den jeweiligen Themen oder unterschiedlichen Sendern?"

Die Gespräche entwickelten sich so, wie Martin dies bereits aus der Vergangenheit bei ähnlich schwierigen Themen erlebt hatte. Die Generation Ü65, welcher es zumeist gut ging und wo man schon bei Beginn ihrer Ausführungen das unterschwellige Geplapper so manchen Politikers heraushören konnte, bestätigte natürlich die unmanifestierte Vorgabe der Redaktion, dass alles gut sei und man selbstverständlich den Nachrichten Glauben schenken würde. Dieser Personenkreis tat sich in der Regel damit hervor, dass er dann als besonders glaubwürdig Quelle die Tagesschau oder das Heute-Journal betitelte.

Bei Anrufern, welche nicht unbedingt die Meinung des Radiomoderators teilten, konnte man bereits an dessen Stimme erkennen, dass das Gespräch nicht allzu lange dauern würde und in der Tat wurden diese Beiträge recht schnell, teils unsanft, abgewürgt.

Martin stieg die Galle hoch. Das war das übliche Verfahren, was er schon mehrfach mit angehört hatte. Es darf halt nicht sein, was nicht sein darf, aber schlussendlich konnten sich die Radio-Leute gegenseitig beweihräuchern, denn sie hatten ja, zumindest aus ihrer eigener Sicht, allen Meinungen eine Plattform geboten.

„In der Leitung habe ich jetzt Beatrice aus Göttingen. Was ist Ihre Meinung zu der Glaubwürdigkeit der Medienlandschaft?", konnte Martin aus dem Autolautsprecher vernehmen.

Eine sehr angenehme, weiche Stimme, welche Martin einer Frau mittleren Alters zugestand, beantwortete die Frage.

„Was für eine Glaubwürdigkeit? Gerade Sie und Ihre Redaktion sind doch das beste Beispiel dafür, wie unter dem Vorwand einer objektiven Berichterstattung die Zuhörer manipuliert werden."

Das hatte gesessen. Man konnte vermuten, dass dem Moderator ein wenig die Luft weggeblieben war, denn von seiner Seite kam erstaunlicherweise kein Einwurf oder eine Unterbrechung. Martin drehte das Radio lauter.

„Was hat das Ganze mit Glaubwürdigkeit zu tun, wenn Sie sozusagen zwei völlig unterschiedliche Begriffe zu einem Sachverhalt mischen? Gerade Ihre Redaktion, Ihre Moderatoren vermischen ständig die Begriffe Flüchtlinge und Migranten in einem Beitrag, teilweise ja sogar in einem einzigen Satz."

Das war Martin auch schon länger aufgefallen, dass man in den Nachrichten bei KNR7 im selben Beitrag und im selben Zusammenhang beide Bezeichnungen verwendete.

„Es kann ja sein, dass Sie nur der Nachricht wegen, damit es nicht immer gleich klingt, diese unterschiedlichen Begriffe verwenden. Dann haben Ihre Kolleginnen und Kollegen keine Ahnung von dem was sie schreiben und sagen. Oder aber es wird bewusst gemacht, um die Leute an den Geräten zu manipulieren. Wenn dies der Fall ist, dann sind Sie Verbrecher."

„Wenn Sie und Ihre Kollegen keine Ahnung haben, dann schauen Sie in die Genfer Flüchtlingskonvention oder aber, sollte das für den einen oder anderen, mit unseren GEZ-Gebühren hoch bezahlten Angestellten zu viel sein, dann googeln Sie unter diesen Begriffen und Sie werden sogar einen Artikel von der Tagesschau von 2015 finden, in dem dies erläutert ist." **(55).**

„Und wie sieht es sonst mit Ihrer doch so objektiven Berichterstattung aus?", führte Beatrice fort, während von Seiten des Moderators immer noch nichts zu hören war. „Nur weil die sogenannten Leitmedien oder wie es anders heißt der Mainstream eine einzige Meinung verkörpern und eine gemeinsame Line verfolgen, wobei jedoch die meisten Schreiberlinge sowieso nur voneinander abschreiben und selbst nicht in der Lage sind, einen gut recherchierten Journalismus zu präsentieren, bedeutet das noch lange nicht, dass diese veröffentlichen Ergebnisse auch tatsächlich der Wahrheit entsprechen. Und wenn man Sie dann bei einer Lüge erwischt? Ist doch egal, es hat doch seinen Nutzen gebracht und häufig die öffentliche Meinung angeheizt oder jemanden diffamiert. Und da Ihr ja alle, wie ich es eben schon gesagt habe, voneinander abschreibt, wird dann die Lüge von gestern zu der Wahrheit von morgen. Ihr werdet nicht wirklich kontrolliert und unter dem Deckmantel der Pressefreiheit ist euch kein noch so schäbiges Mittel recht, um euch möglichst bundesweit in Szene zu setzen. Ihr seid die wirklichen Populisten."

Martin klatschte innerlich Beifall und hoffte, dass es unter den Zuhörern den einen oder anderen gab, der ebenso dachte und bei dem
diese Worte auf fruchtbaren Boden fielen.

„Aber wie sieht es mit der Realität aus? Ich als Frau traue mich
abends nicht mehr auf die Straße. Draußen wird man von Personen
anmacht und angegrabbelt, die vor drei Jahren noch nicht hier waren. Und so geht es nicht nur mir, sondern meinen Freundinnen ist
genau dasselbe passiert. Und nicht nur einmal. Diese Typen wissen, dass ihnen nichts geschieht, egal was sie machen und unterstützt werden sie dabei auch noch von dem ganzen linken, arbeits-
scheuen Pack, welches unter der Scheinidentität von angeblichen
Studenten hier bei uns rumläuft. Dazu kommt, dass die Polizei
nichts macht. Wenn sie mal da sind, dann lassen sie sich von diesen
Personen an der Nase herumführen und alles gefallen. Bei zwei
meiner Freundinnen wurde versucht sie zu vergewaltigen. Die Polizei kam, nahm in beiden Fällen die Täter fest und schwieg. Ganz
genau, es wurde nicht darüber berichtet. Ich habe expliziert nachgefragt, meine Freundinnen auch und es wurde uns unter der Hand
gesagt, dass es für solche Fälle, wo Migranten schwerwiegende
Straftaten begehen, eine Nachrichtensperre geben würde. Die Polizei gibt diese Informationen nicht mehr weiter und so wird die
Öffentlichkeit nicht mehr darüber informiert.

Kurze Pause. „Na, kommt von Ihnen nichts? Haben Sie schon
Schnappatmung? Es wird noch besser. Eine meine Freundinnen
hat sich an die Presse gewandt. Sie wurde in eine große Nachrich-
tenredaktion eingeladen und erzählte ihre Geschichte. Die Journalisten bestätigten ihr, dass die Polizei bei so etwas kaum noch,
wenn überhaupt, Informationen an die Presse weitergibt, denn
wenn man über solche Vorfälle berichtet, ohne den Täter zu be-
schreiben, dann kapiert mittlerweile selbst der dümmste Bürger,
wer die Täter sind. Die Journalistin, welche die Geschichte meiner

Freundin aufgenommen hatte sagte ihr gleich, dass sie nicht glauben würde, dass ihre Zeitung dies veröffentlichen würde, auch wenn die Personalien der Betroffenen bekannt wären. Es passt halt nicht in die Planungen von Politik und Presse, die Bevölkerung ruhig zu halten und zu desinformieren. Es wurde dann auch tatsächlich kein Artikel darüber veröffentlicht."

„Sie, und alle in den Redaktionen die das hier alles mittragen, machen sich schuldig. Und ich hoffe auf den Tag, an dem man Sie alle dafür zur Rechenschaft ziehen wird. Und mit der Inbrunst, mit welcher man hier über 90-jährige herzieht, welche sich zur Hitlers Zeiten angeblich damit schuldig gemacht haben, weil sie sich am falschen Ort aufgehalten und ihre Pflicht erfüllt haben, während sie sonst selber erschossen worden wären, mit dieser Inbrunst hoffe ich, dass alle Jünger dieser Kanzlerin dafür büßen müssen, dass sie wissentlich uns alle so verraten haben."

Man hörte ein Klacken und wusste, dass Beatrice aufgelegt hatte.

Das Radio war still. Eine unglaublich lange Stille ohne Worte und Musik ergoss sich wohltuend aus dem Äther. Offensichtlich war man ob des Gehörten völlig sprachlos, geschockt und ein wenig handlungsunfähig. Diese lange Stille, welche nach Martins Vermutung wohl nur ein paar Sekunden gedauert hatte, aber in Bezug auf die zuvor gehörte Rede noch subjektiv lange nachhallte, wurde dann kommentarlos von einem neuen Musikstück unterbrochen.

„Ja, sie hatte völlig recht," dachte er. „Die Medien sind ein Hauptübel in dem ganzen strukturierten Wahnsinn und es war an der Zeit, dass die Medien dafür büßen mussten."

✸

Gundula Breitscher hatte Jörg Mävers, da sie sein Auto noch in der Tiefgarage hatte stehen sehen, zu sich in ihr Büro gebeten. Die spätabendlichen Gespräche im fast leeren Ministerium wurden langsam zur gemütlichen Regelmäßigkeit, wohl wissend, dass sie um diese Zeit ungestört miteinander reden konnten. Jörg klopfte kurz an und betrat wie üblich, ohne eine Antwort abzuwarten, das Büro. Das er diesmal jedoch hätte warten sollen wurde ihm sofort bewusst als er sah, dass seine Chefin nicht allein war.

Die männliche Person, welche ihm mit dem Rücken zugewandt vor dem Schreibtisch saß, erhob sich und in dem gedämpften Licht der Schreibtischlampe, eine andere Beleuchtung war nicht einge-schaltet, erkannt Jörg den Präsidenten der Bundespolizei, Dieter Romann.

Jörg selbst hatte Romann einst als einen der letzten Aufrechten be-zeichnet. Romann hatte 2015 noch versucht die Grenzen schließen zu lassen, musste sich jedoch den Entscheidungen der Kanzlerin und des Innenministers beugen. Er war jedoch jemand, der noch über Prinzipien und Charakter verfügte und der sich seine eigene Meinung, gegenüber allen Widerständen, bewahrt hatte und diese auch weiter nach außen hin vertrat. Dieses Verhalten hatte ihn ei-nen weiteren Aufstieg gekostet, aber wer sich als Praktiker in einer solchen Führungsposition befand, musste mit dem starken Wind von vorne rechnen (**56**).

Jörg Mävers und Dieter Romann schätzen sich. Jörg, zu dessen Aufgabengebiet auch die Bundespolizei gehörte, hatte schon viele Gespräche mit Romann geführt und versucht, ihn in seinen Aufga-ben, aber auch insbesondere in der Logistik zu unterstützen.

Romann hatte sich vor drei Jahren an Jörg gewandt, als es um den Aufbau der BFE+ Einheiten gegangen war und hatte dargelegt, warum seiner Meinung nach die angestrebte Truppenstärke von

250 Beamten viel zu gering sei. Dieser Erklärungen hätte es damals nicht bedurft, denn im Hinblick auf die Ziele dieser Einheiten war jedem mit Sachverstand klar gewesen, dass die Zahl von 250 Kräften nichts anderes als politisch motiviert gewesen war. Sie war auf den kruden Vorstellungen gewachsen, nach dem bekannten Motto: so viel zu tun, dass man es in der Öffentlichkeit als hervorragende Entscheidung präsentieren konnte: „Hey, wir haben doch etwas gemacht.", aber letztendlich so wenig zu genehmigen, dass sich den Verantwortlichen, welche sich dann mit der Umsetzung beschäftigen mussten, kein rechter Sinn erschloss.

Sie begrüßten sich kurz und Gundula sagte: „Jörg, schließ bitte die Tür. Auch wenn wir hier um diese Zeit," sie blickte kurz auf die Uhr und auch Jörgs Blick ging zur Tischuhr, die gerade 23:47 Uhr anzeigte, "zusammensitzen weiß man nie, ob die Wände nicht doch Ohren haben. Lasst uns drüben auf die Couch setzen."

„Na toll", sagte Jörg, „auf Deinem bequemen Sofa, um diese Zeit, da möchte man doch anschließend gar nicht mehr aufstehen.".
„Ich glaube", entgegnete Gundula, „bei dem Thema, über welches wir uns hier unterhalten, wird keiner von uns eindösen."

Während sie sich der Couchgarnitur näherten, musste sich Jörg an ein Gespräch mit Gundula erinnern, wo es darum ging, ob sie Dieter Romann mit in die Planungen mit einbeziehen sollten. Damals hatten sie sich dagegen entschieden. Der Grund hierfür war die Charakterstärke und die Persönlichkeit Romanns. Er war ein Vollblutpolizist und sie konnten nicht abschätzen, ob er schlussendlich nicht doch zu der Hierarchie halten würde, wenn es hart auf hart kommen würde. Sie wollten ihn nicht in einen Gewissenskonflikt zwingen.

„Jörg", begann Gundula. „ich hoffe, Du hast ein wenig Zeit mitgebracht", und sie konnte sich einen spöttischen Ausdruck um die

Mundwinkel nicht verkneifen. „Hmmh, angesichts dessen, dass gleich der neue Tag anbrechen wird, lässt uns der neue Tag noch sehr viel Zeit zum Arbeiten übrig", entgegnete ihr Jörg.

„Perfekt," schloss seine Chefin, während sie den beiden anwesenden Herren ihre vor ihnen stehenden Tassen mit frischem Kaffee füllte. „Wir haben sehr viel zu besprechen ... übrigens Jörg ... Dieter ist eingeweiht."

✻

Die Monate August und September hatten zwei öffentlichkeitswirksame Todesopfer gefordert. Ein 35-jähriger wurde beim Stadtfest in Chemnitz in eine Messerstecherei verwickelt und starb. Die Folgen dieser Tat waren Demonstrationen von unterschiedlichen politischen Gruppierungen, welche auch außerhalb Deutschlands Schlagzeilen machten. Ein Video, welches angeblich eine Jagd auf Ausländer zeigen sollte, führte zu massiver Kritik an dem Leiter des Bundesamtes für Verfassungsschutz Hans-Georg Maaßen, welcher sich zu diesem Video geäußert hatte und ausführte, es solle unter anderem durch seine Überschrift eine „bestimmte Wirkung" erzielt werden.

Der zweite Todesfall mit großer Resonanz ereignete sich in Köthen, Sachsen-Anhalt, wo zwar nach Zeugenaussagen auf einen Deutschen eingeprügelt und eingetreten worden war und dieser verstarb, als Todesursache jedoch ein Herzversagen nach der Obduktion diagnostiziert wurde.

Ein Text auf Facebook, welcher keiner Schreiberin zugeordnet werden konnte, führte hierzu einiges aus:
Ich bin Ärztin (z.Zt. nicht in dem Beruf tätig) und möchte gern mal zu dieser Geschichte in Köthen was sagen. Da steht teilweise in den Überschriften der Medien, dass er am Herzinfarkt gestorben

sei. Im Text steht dann, er sei an akutem Herzversagen gestorben. Die haben doch echt keine Ahnung. Ein Herzinfarkt ist was völlig anderes als plötzliches Herzversagen. Erst einmal ist es extrem selten, dass ein Jugendlicher von 22 Jahren einen Herzinfarkt bekommt. Und dann nicht in so einer Situation, das sieht ganz anders aus. Und was das "akute Herzversagen" betrifft: tolle Formulierung. Das trifft irgendwie natürlich immer zu. Denn bei einem Toten schlägt das Herz nicht mehr, es "versagt", es bleibt stehen. Er hatte eben einen "plötzlichen Herzstillstand".

Was für eine tolle Ausrede. Er ist nicht an den Folgen der Attacke gestorben, er hatte halt rein zufällig einen Herzstillstand, der (Zitat) "nicht im direkten kausalen Zusammenhang mit den erlittenen Verletzungen steht." Aber selbst, wenn diese Diagnose gestellt wird: Woher kriegt man denn einen plötzlichen Herzstillstand? Da gibt es verschiedene Ursachen und eine der wissenschaftlich anerkannten Ursachen ist: starke emotionale Belastung. Ob der junge Mann wohl in dieser Situation stark emotional belastet war? Ach ne, der hat die ganze Kopftreterei und die Faustschläge ins Gesicht ganz locker hingenommen. Wir müssen doch lieb sein zu unseren neuen Gästen und uns streicheln lassen.

Die Situation mit Maaßen entwickelte sich zu einer Regierungskrise und der Forderung von SPD, FDP, Grünen und Linken nach einer Ablösung von Maaßen. Interessant war in diesem Zusammenhang ein Artikel von Spiegel Online vom 14.09.2018, welcher die Situation objektiv betrachtete und auf den Punkt brachte. Maaßen hatte es gewagt die Flüchtlingspolitik der Kanzlerin zu kritisieren und so ein Verhalten würde ihm nicht zustehen (**57**).

Romann und Maaßen hatten immer die Politik der Kanzlerin kritisiert, da sie aufgrund ihrer Berufserfahrung abschätzen konnten, was durch einen ungezügelten und unkontrollierten Grenzübertritt durch Migranten für Folgen für das Land und die Menschen entstehen konnten.

Die Politik der offenen Grenzen wollten beide verhindern. Es lag 2015 bereits ein Einsatzbefehl zur Zurückweisung der Migranten vor und wartete auf dessen Ausführung. Einzig und allein der Kanzlerin und ihren Beratern war es zu verdanken, dass dieser Befehl nicht umgesetzt worden war (**58**).

Die beschämenden Abläufe um die Person Maaßen gipfelten darin, dass Seehofer ihn als Staatssekretär ins Bundesinnenministerium berufen wollte, die Kanzlerin und Nahles zugestimmt hatten, dann aber aufgrund von Druck der SPD, Nahles um eine Nachverhandlung bat. Selbst die politisch opportune Presse konnte nicht umhin das Verhalten der Verantwortlichen als absurd, schikanös oder für den Bürger als nicht nachvollziehbar zu deklarieren. Am 23.11.2018 wurde dann entschieden, dass Maaßen als Sonderberater ins BMI wechseln würde.

Für viele war es bezeichnend für die Glaubwürdigkeit und Funktionsfähigkeit dieses Rechtsstaates das ein, unter unterschiedlichen Regierungen verdienter Beamter, welcher sich immer für die Sicherheit der Bevölkerung eingesetzt hatte, so denunziert und schikaniert wurde. Gerade der Grüne Hofreiter tat sich in diesem Zusammenhang besonders hervor, als er Maaßen als einen „Berater der AfD" betitelte (**59**).

Die Glaubwürdigkeit wurde vielerorts, besonders an den Stammtischen der Republik, massiv infrage gestellt, denn niemand konnte sich die Handhabung der Dieselkrise erklären, welche letztendlich denen Zugutekommen würde, welche diese verursacht hatten.

1. Der Schaden wurde von der Autoindustrie verursacht, welche dennoch hohe Absatzzahlen vorweisen konnte.

2. Das Interesse am Diesel sank und somit entstand ein progressiver Wertverlust für die Dieselbesitzer.

3. Fahrverbotszonen wurden eingerichtet und gerichtlich bestätigt (Gerichtsentscheid Berlin 10/2018), welche man umfahren kann und damit viel mehr CO2 produziert würde, als zuvor.

4. Die Ermittlung der CO2 Werte erfolgte vielerorts zu nahe an der Straße und verfälschte die Daten.

5. Die WELT titelte noch 2011: „Die CO2-Theorie ist nur geniale Propaganda (**60**).

6. Kaufanreize für neue Fahrzeuge wurden geschaffen, aber die wenigsten Dieselbesitzer sahen sich dazu in der Lage, sich ein neues oder gebrauchtes Fahrzeug leisten können.

7. Die Altfahrzeuge, deren Lebensspanne bei weitem nicht erreicht war, wurden verschrottet oder gingen ins benachbarte Ausland und produzierten dort ihre CO2 Abgase.

Was für ein Blödsinn wurde immer wieder skandiert. Die Fahrzeuge gehen über die Grenze, dort können sie dann günstig erworben werden, zu indirekten Lasten der Altbesitzer und, wenn der CO2-Ausstoß tatsächlich so gravierend wäre, dann würden sie dort die Luft verunreinigen, welche sich natürlich nicht an Ländergrenzen halten würde. Wenn man sich eine Weltkarte der Dieselverbotszonen anschaute kam man unweigerlich zum Ergebnis, dass die einzig Dummen wiedermal die Deutschen waren.

Das erste Mal wurde dieses Jahr der Reformationstag, der 31. Oktober, als Feiertag gefeiert. Letztendlich freuten sich insbesondere die Kinder auf ein freies Halloween, denn die Wenigsten nutzten diesen Tag, um ihn wirklich in einen kirchlichen Zusammenhang zu bringen.

Der Oktober hatte zwar schon gleich zu Beginn ein herbstliches, goldbraunes Blätterkleid angelegt, aber dieses Jahr war irgendwie anders. Es war nicht nur ein extrem heißer Sommer gewesen, welcher die Wasserreservoirs im Harz deutlich hatte abnehmen lassen, auch der Herbst war fast ausgefallen, da es immer noch der Jahreszeit unangepasst zu warm war. Es hatten sich dann Mitte des Monats ein goldener Oktober gebildet, bei welchem es, zum Ende hingehend, zu den ersten Nachtfrösten kam, es aber auch weiterhin tagsüber viel zu warm war. Die Blätter hatten jedoch die herbstliche Färbung angenommen und es kam einem so vor, als ob eine fünfte Jahreszeit in die Natur eingepflegt worden war.

Martin und Stefanie schlurften durch das brachliegende Laub. Sie genossen diese Momente der Ruhe, da sie ja beide wussten, dass bald nichts mehr so sein würde, wie es bisher gewesen war. Egal wie es ausgehen würde war sich Martin dessen bewusst, dass er sich demnächst nicht mehr so frei bewegen werden konnte, da er bald jedem im Lande bekannt sein würde - entweder als neuer Kanzler, wobei er sich mit dem Titel Kanzler nicht anfreunden konnte oder als jemand, der versucht hatte, gegen eine inzwischen nur noch auf dem Papier und in den wirren Köpfen von linksdenkenden Politikern und ihren Mitläufern bestehende Demokratie zu putschen.

Er kam sich bei dem Begriff „Putsch", welchen er stets zu vermeiden suchte vor, als würde er sich in einer südamerikanischen Militärjunta befinden. Jedem, der in der Sicherheit des einstigen Rechtsstaates aufgewachsen war, kam es wie in einem schlechten Endzeitfilm vor, was hier in diesem Land ablief.

Wenn selbst die Bildzeitung titelte, dass wir noch nicht einmal verurteilte Piraten abschieben können (**61**), ist dies bemerkenswert. Wenn man erst nach Jahrzehnten festgestellt hatte, dass unser Sozialsystem von Bulgaren, wobei es sich hierbei zumeist um Zigeuner handelte, unterwandert worden war, welche einen ganzen Stadtteil in ihrer Heimat „Dortmund" nannten, da man dort von finanziellen Zuwendungen ihrer in Deutschland befindlichen Angehörigen lebte, war dies bezeichnend für die Leistungsfähigkeit der Verwaltung. **(62)**.

Aber wenn die Kanzlerin erklärte, dass das Dublinabkommen faktisch gescheitert sei **(63)**, ohne dabei selbst einzugestehen, dass sie durch ihr völkerrechtswidriges Verhalten überhaupt erst die Ursachen dafür geschafften hatte, konnte man dem Ganzen überhaupt kein Verständnis mehr entgegenbringen.

Es wurde von Tag zu Tag irrer und eine nicht nachvollziehbare Meldung jagte die andere. „Wie sollte dies nur weitergehen?" Diese Frage stellte sich Martin immer wieder. Er selbst kannte die Antwort, zumindest arbeitete er an einer Lösung, aber wenn dies scheitern würde? Wann würden sich die Schreckensmodelle, über welche man sich unter strengster Geheimhaltung in neolichtgefluteten Kellerräumen des BMI austauschte, bewahrheiten?

Vieles wurde von den Sicherheitsbehörden unter Verschluss gehalten und selbst der mittlere, wie gehobene Dienst der Polizei war dermaßen eingeschüchtert worden, dass selbst von dieser Seite aus nur gelegentlich Geschehnisse in die Öffentlichkeit gelangten.

Vor einiger Zeit hatte Martin einen alten Klassenkameraden durch Zufall wiedergetroffen, mit dem er sich gelegentlich über WhatsApp austauschte. Sein Schulfreund hatte ihm berichtet, dass er mit Polizisten aus einer Stadt in der Nähe des Harzes gesprochen hatte. Die Beamten waren zu einem Einsatz gerufen worden, wo es um eine versuchte Vergewaltigung in einer Parkanlage gegangen war. Er hatte einen der Polizisten, den er schon länger kannte, darauf angesprochen und gesagt, dass dies ja dann am nächsten

Tag in der Zeitung stehen würde, worauf ihn der Polizist mitleidig lächelnd angeschaut und gesagt hatte, dass dies nicht geschehen würde. Bei dem Täter handelt es sich um einen Migranten und mittlerweile ist es auf Anordnung von ganz oben so weit gekommen, dass Vorfälle, welche eine Kombination aus einem Täter ohne deutsche Herkunft und einem Sexualdelikt aufwiesen, nicht einmal mehr an die Presse gemeldet wurden.

Natürlich wurden solche Vorfälle dann in der polizeilichen Kriminalstatistik nicht so erfasst, wie es dem tatsächlichen Tathergang entsprach. Sein Schulfreund hatte daraufhin den Polizisten gefragt, warum die Beamten dies mitmachen würden. Die Antwort war ganz simpel. Sie hatten alle Angst. Man hatte ihnen nahegelegt solche Äußerungen zu unterlassen, da dies zu beamtenrechtlichen Konsequenzen führen würde, sollte man sich zu solchen Vorgängen in der Öffentlichkeit positionieren. Jeder wusste was gemeint war und man hielt eine Polizei unter Kontrolle, bei welcher den Alten der Mut zur eigenen Meinung genommen worden war und man junge Beamte nachführte, welche systematisch linkspolitisch bearbeitet, und auf Systemspur gebracht worden waren. Vielerorts traute man sich noch nicht einmal mehr unter den Kollegen, sich offen zu unterhalten, da man mit Denunzianten rechnen musste.

Von all diesen Gedanken konnte sich Martin kaum noch trennen und sie verfolgten ihn bis tief in die Nacht. Er suchte immer nach Lösungen, ging wieder und wieder ihr eigenes Konzept durch, suchte nach Fehlern in der Planung, überlegte, was schieflaufen konnte und versuchte für auftretende Probleme auch gleich Lösungen zu entwickeln. Viele der Lösungen verwarf er und wenn er mal wieder eine gute Problemlösung gefunden hatte, kam es schon mal vor, dass er nachts um 03:26 Uhr Stefanie auch noch eine Nachricht auf ihr Handy schickte, so wie letzte Nacht. Mittlerweile hatte sie sich daran gewöhnt und blickte dann nicht nur nachsichtig, sondern auch stolz auf ihr Display, denn auch sie wusste, was all das, was sie gerade vorbereiteten, für Folgen haben konnte und wie notwendig es war, dass sie es taten.

Während sie noch durch den Liebesgrund, einem kleinen Stadtpark in Hildesheim gingen, in dem Martin als Kind so oft gespielt hatte und sie dabei die letzten warmen Sonnenstrahlen genossen, welche sich mit dem leicht feuchten Herbstgeruch zu einem Potpourri an unterschiedlichen Wahrnehmungen mischten, hingen beide wortlos und gedankenverloren ihren Überlegungen nach.

„Martin", sie sah ihn direkt an. Martin erwiderte ihren Blick. „Ich habe Angst."

Er konnte sie nur zu gut verstehen, denn auch er war mehr als besorgt. „Nicht um mich, sondern darum, dass es scheitern könnte und alles das, was wir in unserem Leben in unserem freien Land erlebt haben, dann zunichte gemacht wird. Dass wir selbst so wie jetzt nicht mehr durch den Park gehen können ohne Angst haben zu müssen überfallen zu werden oder das sonst etwas passiert und niemand kommen würde, der uns hilft. Weder andere Leute noch die Polizei."
Martins Blick wurde fester, er nahm sie in den Arm und sagte: „Ich weiß, es geht mir genauso wie Dir. Aber wir werden es aufhalten, wir werden es verhindern und wir werden nicht scheitern."

Es war mal wieder eine der Nächte, in denen Jörg Mävers nicht schlafen konnte. Anstatt wie sonst zu versuchen doch noch mit dem Schlaf einen Ringkampf zu gewinnen und dann leicht einzuschlummern beschloss er, sich zu duschen, anzuziehen und ins Büro zu fahren. Das es gerade mal kurz vor zwei Uhr war interessierte ihn dabei nicht sonderlich. Er hatte noch einiges Liegengebliebenes aufzuarbeiten und zum anderen hingen seine Gedanken den ganzen Entwicklungen hinterher, wobei er sich fragte, ob und wo sie gegebenenfalls Fehler gemacht hätten. Egal wie sehr er es durchdachte kam er immer wieder zu dem Schluss, dass die Abläufe, zumindest die, von denen er wusste, besser liefen, als sie es sich im Vorfeld gedacht hatten.

Die frische Luft einer kühlen Novembernacht schlug ihm entgegen, als er auf die Straße trat. Zuvor hatte er Kasimir frisches Futter hingestellt, da er nicht abschätzen konnte, wann er heute wieder zurückkommen würde. Kasimir hatte es mit einem Augenblinzeln und zweimaligen Schwanzschlage quittiert, ohne auch nur ein Fellhaar aufzustellen. Um diese Zeit konnte Herrchen machen was es wollte, Hauptsache er ließ ihn in Ruhe.

Während er den Weg zum Amt eingeschlagen hatte, hörte er die Zwei-Uhr-Nachrichten. Nach den internationalen News kamen regionale Schlagzeilen und er konnte wieder hören, wie es zu drei Übergriffen auf Frauen gekommen war, wie eine Schlägerei unter Personengruppen, natürlich ohne Nennung der Nationalität, eskaliert war und wie beim Versuch, diese Auseinandersetzung zu beenden, zwei Polizeibeamte verletzt worden waren. Er schüttelte noch nicht einmal mehr den Kopf, denn diese Art von Nachrichten konnte man inzwischen jeden Tag im Radio mitverfolgen. Hierbei musste er immer unwillkürlich an seine Kindheit denken, die weder vom Elternhaus, noch von der Umgebung her von Gewalt geprägt war. Er war sehr behütet aufgewachsen und hatte die andere Seite des Lebens erst kennengelernt, als er in den Polizeidienst eingetreten war. Aber damals, in den 80ern, war die Polizei nicht so viel Brutalität ausgesetzt gewesen wie heute. Nun aber sind, zum Teil massive Gewaltanwendung und Brutalität etwas, was Kinder bereits in der Schule oder auf dem Weg dorthin tagtäglich erleben müssen. Und der Staat, was macht der Staat dagegen? Nicht viel, war das Resümee, zu welchem er immer wieder gelangte.

Von weiten hörte er einen aufheulenden Motor und kurz darauf zog ein getunter X6 an ihm vorbei. Sein Blick ging zu seinem Tacho – er fuhr in der 70er Zone mit 90 und die Typen hatten ihn stehen lassen, als wäre er hier lang gekrochen. Er hatte, trotz der Dunkelheit, einen Blick auf die Insassen werfen können. Die Straßenbeleuchtung stand günstig und er hatte zwei Araber erkennen können. Und wieder einmal stellte er sich die Frage, wie sich solche Figuren ein vermutlich 70.000 Euro teures Auto leisten konnten. Hier stimmt so vieles nicht mehr, aber es gab ihm Hoffnung, dass er daran mitwirken konnte, doch noch etwas zu verändern.

Nach ca. 25 Minuten hatte er seinen Pkw abgestellt, den überraschten Pförtner in der Lobby begrüßt und sich eine kalte Cola aus dem Kühlschrank geholt. Während er zwei Schlucke trank fiel sein Blick auf einen Stapel Altpapier, welcher sich in der Küche türmte. Er zog eine alte Zeitung hervor, deren untere Ecke aus dem Stapel herausragte. Sie war noch aus dem August und allein das erste Blatt setze ihm zu, ob der Dummheit, welche bereits aus diesen Schlagzeilen herausquoll:

- Grüne warnen nach Vergewaltigung vor Stimmungsmache (**64**).
- Sinti und Roma fordern, dass sich die SPD vom Duisburger Bürgermeister distanzieren sollen, nachdem er seine Meinung über die Zustände in Duisburg offen gesprochen hatte (**65**)
- Linksjugend verharmlost Mauertote (**66**)
- Aquarius legt in Malta an und Deutschland nimmt wieder deren Migranten auf (**67**)

Das war im August gewesen und der Irrsinn hatte sich in den letzten Wochen weiter verschlimmert. Politiker und Medien waren einer vernünftigen, rationalen Argumentation überhaupt nicht mehr zugänglich. Mittlerweile wurden Handyaufnahmen in den sozialen Netzwerken von Menschen verbreitet, die wirklich offen diskutieren wollten, dann aber von linken Jugendlichen und Studenten verbal niedergemacht wurden. Einseitige Berichterstattungen, Diffamierungen bei einem offenen Wort und Angst davor, dass man persönliche Nachteile erleiden würde, sollte man sich nicht linksgerichteten Meinungen anschließen, hatten nicht nur Einzug in die Gesellschaft gehalten, sondern sie hatten sich manifestiert.

Er brauchte sich gar nicht die Frage stellen worauf dies alles hinauslief, er wusste es. Irgendwann würden diejenigen, welche nicht dazu bereit wären sich einer genderisierten Bevormundung anzupassen, abgeholt werden. Ansonsten würde es in Anarchie und einem gesellschaftlichen Zusammenbruch enden. Wie das aussehen kann, konnte man auch im August in Schweden sehen, als Jugendliche, so nett wurden die linken Straftäter von der deutschen Presse tituliert, die dortige Polizei angriffen und knapp 100 Autos angezündet hatten (**68**).

Jörg ließ die Zeitung liegen und ging zu seinem Büro. Er hatte etwas zu tun, etwas, was diesen Wahnsinn stoppen konnte.

Die Observationsgruppe fuhr auf das Gelände in der Büttner Straße in Hannover. Das Gelände des Verfassungsschutzes befand sich direkt am Mittellandkanal und zu den Zeiten der Stasi hatte dort gelegentlich ein Boot gelegen, welches versucht hatte, die Dienststelle auszuspionieren. Notwendig war dies nicht gewesen, da einer ihrer getreuen Informanten direkt im Hause saß. Als Führungsbeamter hatte er Zugriff auf viele geheimen Informationen gehabt, welche er konspirativ weitergegeben hatte.

Heute war der letzte Tag der genehmigten Observation von Al-Samahi gewesen. Gefrustet begab sich Mike Kaulfuss zu Peter Evers, der auch diese wiederholte Beobachtung als Sachbearbeiter begleitet hatte. „Nichts", warf Kaulfuss Evers durch dessen geöffnete Bürotür entgegen. Evers sah auf. „Wir konnten ihn weder an seiner Wohnadresse noch an den anderen bekannten Orten aufnehmen. Sein Auto, zumindest das, mit dem er zuvor immer unterwegs war, steht noch die ganze Zeit im Bahnhofsparkhaus."

„Die Telefonüberwachung hat auch nichts erbracht", antwortete Evers. „Seit gut zwei Wochen hat er weder über Festnetz, noch über sein Handy telefoniert. Sein Handy ist aber eingeloggt und wenn wir es orten, dann können wir es bei ihm zuhause orten. Entweder ist er krank oder er macht momentan überhaupt nichts mehr."

„Meinst Du, er würde die Seiten wechseln und hat sich von seiner Organisation abgenabelt?"
Die Frage kam Kaulfuss selbst ganz unwirklich vor, aber ab und an gelang es, ein Orga-Mitglied umzudrehen und Interna aus deren Netzwerken abzugreifen, welche dann die Grundlage für weitere oder intensivere Ermittlungen darstellten.

„Nein, der nicht", erwiderte Evers. „Der Typ ist komplett mit seinem System verbunden. Selbst wenn er sich selber als Informant anbieten würde, so würde ich es ihm nicht abnehmen. Es muss einen anderen Grund geben. Vielleicht hat er sich mit seinen Führungsoffizieren überworfen, vielleicht ist er aber auch nicht so wie unsere Kanzlerin."

Beide mussten bei den Begriffen „Führungsoffiziere und Kanzlerin" lachen, denn sie hatten vor einiger Zeit gemeinsam ein Video gesehen, wie die Kanzlerin zusammen mit dem SED-Politbüro getanzt hatte (**69**).

„Nicht jeder ist so obrigkeits- und parteihörig, wie man es bei dem Kanzler-Video sehen konnte, aber dennoch ist es interessant, dass er noch nicht einmal zum Einkaufen oder Geldabheben rausgeht."

Evers führte fort: „Diese Sache hat sich auf jeden Fall erst einmal für euch erledigt. Mit heutigem Datum ist ja die richterliche Genehmigung erloschen und ich muss den Fall erst einmal ablegen. Die TÜ läuft noch zwei Wochen weiter. Sollte es dort zu Erkenntnissen kommen, würde ich eine neue Obs-Genehmigung beantragen, aber momentan haben wir nichts in der Hand, was eine neuerliche Beschattung rechtfertigen würde."

„O.k., war ja klar, hast Du etwas Neues für uns?", fragte Kaulfuss. „Vielleicht endlich die Weil-Sache?". Beide mussten erneut laut auflachen. Bei der „Weil-Sache" waren sie sich beide einig darüber, dass man eigentlich den niedersächsischen Ministerpräsidenten überwachen müsste. Im Rahmen der VW Affäre hatte sich dieser eine seiner Reden durch den VW-Konzern „schönschreiben" lassen (70). Natürlich hatte er jegliche Einflussnahme seitens VW dementiert und nach kurzer, medialer Aufregung war dies wieder in der Schublade des Vergessens verschwunden. Kaulfuss und Evers waren sich jedoch darüber einig, dass da noch mehr dahinterstecken musste, was möglicherweise durch Parteifreunde oder andere, welche noch eine Gefälligkeit schuldig waren, vertuscht oder gedeckt worden war.

„Oh, Du kennst mich, ich würde liebend gerne …". Evers brauchte den Satz nicht zu beenden, da sich beide Männer sehr gut verstanden und wussten, was der andere meinte.

✳

Er hatte es die letzte Zeit bewusst ruhig angehen lassen. Der November näherte sich dem Ende entgegen und der Dezember würde es in sich haben, im wahrsten Sinne des Wortes. Die Abläufe standen, jeder Beteiligte war in seinem Bereich eingeweiht worden, das Material und Geld waren auch verteilt worden und alles würde sich jetzt zum Selbstläufer entwickeln.

Al-Samahi ging immer auf Nummer sicher und er wollte sich selber keinen Fehler mehr leisten. Wenn einer seiner Krieger jetzt Mist machen sollte, könnten weder Rückschlüsse auf die Planungen, noch auf ihn erfolgen. Demzufolge brauchte er sich diesbezüglich keine Sorgen zu machen. Blöd wäre es nur, wenn er selbst die Ursache für einen Fehler setzen würde.

Insofern blieb er fast die ganze Zeit über zu Hause, ging nur spät abends einkaufen und ließ sich vom Fernsehen berieseln. Ab und an loggte er sich mit einer unregistrierten SIM-Karte ins Internet sein und surfte ein wenig herum. Alle Messenger hatte er deaktiviert. Niemand brauchte ihn jetzt noch zu erreichen. Er würde erst wieder regelmäßig Nachrichten austauschen, wenn er Deutschland verlassen hatte und das würde noch ein wenig dauern. Bis dahin hatte er sich selber eine Nachrichtensperre auferlegt.

Dennoch wurde er, was ihn ärgerte, da er anderes von sich selber gewohnt war, mit jedem Tag der verging immer nervöser. Er hatte schon viele Aktivitäten vorbereitet und selber gesteuert, aber dies hier stand in keinem Verhältnis zu den bisherigen. Er fieberte den Tagen im Dezember entgegen, den Tagen, welche den verhassten Christen zeigen würden, wie verwundbar sie alle wären.

Der Raum war schmucklos. Drei Männer, alle mittleren Alters, alle mit schwarzen Bärten und mit einer noch schwärzeren Gesinnung, präparierten jeweils eine Leiche. Zumindest sah es noch vor wenigen Minuten so aus, als der Inhaber dieses Bestattungsinstitutes, welches sich auf den Transport von Verstorbenen in oder aus ihrer Heimat spezialisiert hatte, einem Besucher die Räumlichkeiten gezeigt hatte.

Nun aber wurden die Toten verächtlich zur Seite gestoßen. Die drei Leichen interessierten die Männer nicht, welche noch vor kurzem als sogenannte Weißhelme in Syrien tätig gewesen waren, sich dann als Bedrohte von den Israelis hatten „retten" lassen und dann im Rahmen einer humanitären Hilfe nach Deutschland geholt worden waren. Als angeblicher Zivilschutz hatten sie in Syrien mit den Dschihadisten und dem IS zusammengearbeitet, hatten Foto- und Filmmaterial mit angeblich durch die syrische oder russische Armee getötete Zivilisten produziert und dabei besonders Kinder in öffentlichkeitswirksame Szenen mit eingebunden. Kinder gingen immer. Wenn sie richtig geschminkt waren, dann konnte man jedem Foto Glaubwürdigkeit verleihen. Ansonsten gab es auch noch Fernsehteams, welche für gestellte Szenen, die nach einem zuvor besprochenen Drehbuch abliefen, gutes Geld bezahlten. Die Weißhelme waren eine Truppe für sich und wenn sie in Zusammenhang mit Terroristen gebracht wurden, erfolgte schnell seitens der Politik und den Medien das Dementi, aber die Wahrheit lag außerhalb der Mainstreamwahrnehmung (**71**).

Die Männer und ihren Chef, dem Inhaber des Bestattungsunternehmens, interessierten nicht die Verstorbenen, sondern das, was sich im darunterliegenden Hohlraum befand. Ahmed, der Älteste der Kellergruppe, öffnete zuerst den Hohlraum in seinem Sarg. Ein kurzer Freudenschrei entfuhr seinen Lippen, nachdem er den Inhalt gesehen hatte. Vor ihm lagen, säuberlich und gegen Feuchtigkeit verpackt, fünf Kalaschnikows und 500 Schuss Munition. Ahmed schaute zu seinen Landsleuten und konnte anhand deren Reaktion erkennen, dass auch sie fündig geworden waren.

Neben den drei Särgen, welche sie gerade geöffnet hatten, waren noch zwei weitere mit der letzten Lieferung gekommen. Diese wurden von ihnen auch geöffnet und nachdem deren Unterböden entleert worden waren, konnten sie das Gesamtwerk der Lieferung auf einem der Tische liegen sehen. Es lagen 25 Kalaschnikows, 10

Glock 17, 2.500 Schuss Gewehrmunition, 500 Schuss 9x19 mm und eine IS-Fahne vor ihnen.

Diese Lieferung hatte sich gelohnt und war anstandslos durch die deutschen Sicherheitsbehörden gegangen. Der Zoll stellt sich zwar bei solchen Überführungen oftmals an, aber wenn man zwei Brüder an den richtigen Stellen sitzen hatte, dann konnte man guten Einfluss auf den Transport nehmen.

Abdulhadi, der Inhaber des Institutes, war nicht nur seit Jahren mit dem IS verbunden, sondern er hatte seine drei Cousins vor Jahren dazu animiert, auf die breitgefächerten Anwerbeversuche von den Sicherheitsbehörden einzugehen und in den Staatsdienst einzutreten. Jetzt zahlte es sich aus. Zwei seiner Cousins saßen beim Zoll und hatten die Möglichkeit, solche Transporte „durchzubringen" und der dritte saß mittlerweile im LKA und arbeitete dort im Bereich der politisch motivierten Straftaten. Die Informationen, welche Abdulhadi von dieser Seite aus bekam und weiterleitete, entpuppten sich als wahre Goldgrube und besserten sein monatliches Einkommen doch erheblich auf.

Einen Abnehmer für einen Teil der Lieferung hatte Abdulhadi bereits und dieser würde schon in einer halben Stunde vorbeikommen. Demzufolge mussten sich die restlichen Waffen und Munition in ihrem Geheimversteck, einer verdeckten, in der Wand eingelassenen Kammer, welche sich hinter einem großen Brennofen befand, einsortierten. Dort befand sich deren Lager, welches mit unterschiedlichen Waffen und Munition, aber auch mit C4 Sprengstoff gefüllt war.

Es geisterten mehrfach Berichte über das Auffinden von illegalen Waffenlagerungen durch die Presse (72), worauf immer schnell mit einem Dementi zu rechnen war. Fakt war jedoch, dass es inzwischen eine Vielzahl von geheimen Waffenlagern, auch in

Deutschland gab (**73**). Interessant war in diesem Zusammenhang die Löschfunktion bei Google und anderen Internetdienstleistern. Während man 2016 noch nachlesen konnte, dass nach dem Jugoslawienkrieg rund 2 Millionen Kalaschnikows aus den dortigen Lagern verschwunden waren und das die Europäische Kommission für 2014 festgestellt hatte, dass es europaweit über 67 Millionen illegaler Schusswaffen gegeben hatte, waren diese Informationen in den Suchmaschinen nicht mehr auffindbar. Es konnte halt nicht sein, was nicht sein durfte.

Das Türklingeln riss Abdulhadi aus seiner Waffeninspektion und Einlagerung. „Mist", dachte er, „der Käufer ist 20 Minuten zu früh dran.". Er verließ den Raum.

Ahmed und seine beiden Landsleute hatten inzwischen, bis auf zwei Kalaschnikows und 200 Schuss Munition, alles weggeräumt. Sie drapierten die Waren auf dem Tisch und warteten, dass Abdulhadi gleich mit dem Käufer hinunterkommen würde. Nach kurzer Zeit hörten Sie, wie sich Schritte die ausgetretenen Stufen in den Keller hinunterbewegten. Sie blickten zur Tür, welche sich langsam öffnete und sahen …

Sie sahen nichts mehr, denn die Blend- und Knallgranate, welche unmittelbar nach dem Durchwurf durch den geöffneten Türspalt explodierte, raubte ihnen jegliche Wahrnehmung und Orientierung. Ein lautes Geschrei folgte der Explosion und als bei Ahmed und den anderen die Sinne wieder zu arbeiten begannen, stellten sie fest, dass sie mit Handschellen auf dem Rücken auf dem gefliesten Boden lagen.

Offensichtlich war dies nicht der Käufer gewesen den sie erwartet hatten, sondern es handelte sich um eine Einsatzgruppe des SEK.

✱

Kurz vor dem ins Bett gehen checkte Al-Samahi noch einige Seiten im Internet. Es war sein übliches Ritual und zuletzt bewegte er sich mit einem Fake-Profil auf Facebook. Eine Schlagzeile erweckte sein Interesse und nach einem kurzen Anlesen war er von jetzt auf sofort hellwach.

Der verlinkte Artikel berichtete über einen SEK-Einsatz und das damit verbundene Auffinden von Kriegswaffen in Hannover. Al-Samahi war klar, dass es von diesen temporären Zwischenlagern dutzende in Deutschland gab, aber so ein Fund an seinem Wohnort war schon außergewöhnlich. Bereits beim Lesen der Schlagzeile hatte er ein mulmiges und nicht erklärbares Bauchgefühl, welches sich mit jedem weiteren gelesenen Satz zu einem mittelschweren Vulkanausbruch in seinem Magen steigerte.

Das SEK hatte in einem Bestattungsunternehmen zugeschlagen. Es wurde über das Auffinden von diversen Schusswaffen, Munition und anderen Gegenständen berichtet, sowie über die Festnahme von vier Personen.

Al-Samahi wurde schlecht. Das war sein Waffenlieferant gewesen. Das war der Händler, zu dem er Haddad und Najjar und den Michael geschickt hatte und wo sie ihre Lieferung in Empfang genommen hatten. „Verdammte Scheiße", dachte er. „Haben sie diese Typen auch festgenommen oder stehen sie unter Beobachtung? Gibt es Rückschlüsse auf ihn, weil er sie dort hingeschickt hatte?"
Tausende von Fragen gingen ihm gerade durch den Sinn. Nach der ersten schockierten Aufregung kam er jedoch ernüchtert zu der Schlussfolgerung, dass es nichts gab, was ihn in Verbindung mit dem „Bestatter" bringen konnte. Die Aufträge für die Lieferungen und Übergaben hatte er über den Messenger gemacht und dies mit einem Handy und einer SIM-Karte, welche er nur für diesen

Zweck einsetzt hatte. Es war eine von den großzügig verteilten SIM-Karten ohne Registrierung gewesen.

Haddad, Najjar und Michael hatte er dann dort hingeschickt, eine Bestätigung per Messenger bekommen und dann das Handy wieder ausgeschaltet. Während der ganzen Zeit wo das Handy aktiviert gewesen war, hielt er sich nicht in seiner Wohnung, sondern in der Fußgängerzone auf, sodass eine Auswertung der Handydaten auch keinen Rückschluss auf seine Wohnanschrift bringen würde.

Im Umgang mit Haddad, Najjar und Michael war er auch immer vorsichtig gewesen um selbst für den Fall, dass sie sich jetzt in Gewahrsam befinden würden, sie so gut wie keine Angaben zu ihm machen konnten. Außerdem konnte er sicher sein, dass sie eh nichts über ihn erzählen würden, da er ihnen recht ausführlich verdeutlicht hatte, was mit ihnen geschehen würde, sollten sie ihre Klappe nicht halten können.

Die ganze Sache war ärgerlich, in der Tat, aber er sah sich selbst nicht in der Schusslinie. Er musste nur herausbekommen, ob die drei verhaftet worden waren oder ob sie, wie geplant, die Aktionen starten könnten. Da von weiteren Festnahmen nicht berichtet wurde ging er erst einmal davon aus, dass alles so bleiben konnte, wie er es geplant hatte.

✱

Kapitel 7 - Adventszeit

Es war Samstag, der 01.12.2018, der Tag vor dem 1. Advent. Das Kirchenjahr beginnt immer mit dem Advent und ebenso das liturgische Handbuch, für alle Gottesdienste im Jahr, das Direktorium.

Eine Woche zuvor hatte das BKA alle LKA darüber informiert, dass es nach aktuellen polizeilichen Informationen keine erhöhte Gefährdungslage für kirchliche Einrichtungen geben würde. Diese Information hatte dann auch das niedersächsische LKA an das Bistum Hildesheim gegeben und so war man seitens des bischöflichen Generalvikariats froh darüber, dass man zur Weihnachtszeit keine erhöhten Sicherheitsanforderungen umsetzen musste.

Die großen Kirchen im Bistum Hildesheim, insbesondere der DOM, wurden durch private Sicherheitsunternehmen begleitet. Seitens der Kirchenoberen wollte man ein Zeichen setzen, indem man zwar im Eingangsbereich der Kirche uniformierte Sicherheitskräfte einzusetzen gedachte, aber wie so Vieles in der Kirche sollte dies nur eine Präsentation nach außen hin sein. Man wollte keine bewaffneten oder zivilen Sicherheitsmitarbeiter, denn man war sich dessen sicher, dass die Panikmache in der Öffentlichkeit bezüglich Gefährdern oder anderen Islamisten nur von rechten Kreisen gesteuert wurde, um die Menschen zu verunsichern.

Sowohl das katholische Bistum Hildesheim, wie auch die evangelische Landeskirche waren sich darüber einig, dass man mit Offenheit allen Menschen begegnen, und durch offene Türen, gerade in der Vorweihnachtszeit, ein Zeichen setzen sollte, für Frieden, Liebe, Toleranz und den christlichen Glauben. Dadurch, so war man sich sicher, würde man die Menschen erreichen und wenn diese sahen, dass sich die Kirchen der Angst mit Herzlichkeit und offenen Armen entgegenstellen würden, dann könnte man die

Gläubigen auch weiterhin für die Menschen begeistern, welche seitens der Kirchen als hilfsbedürftig angesehen wurden.

Das ein solches Verhalten von aufgeklärten Menschen als völlige Naivität und Abstrusität bezeichnet wurde, sowie eine Wirklichkeitsverleugnung und Anbiederung an den Islam, wurde von allen Seiten dementiert. Dies war aber auch in einer Kirche nicht anders zu erwarten, in der die Bischöfe Marx und Bedford-Strohm, bei einem Besuch in Israel zwei Jahre zuvor, in karfreitaglicher Petrusnachfolge, den am Kreuz gestorbenen Herrn durch die Abnahmen ihrer Kreuze verleugnet hatten (**74**).

Der fiktiven Sicherheit der Kirchen wurde auch seitens des LKA Vorschub geleistet, welches im Rahmen einer Präventionsberatung eher die politische Meinung der Landesregierung nach außen hin vertrat, als auf die tatsächlichen Gegebenheiten und Gefahrenszenarien einzugehen.

Da also seitens der Kirchen keine wirklichen Sicherheitsmaßnahmen ergriffen wurden und nur an den anstehenden Festtagen der Weihnachtszeit, an Heiligabend und am 1. Weihnachtsfeiertag, externes Sicherheitspersonal eine Zugangskontrolle umsetzen sollte, fiel auch nicht der bärtige Mann auf, welcher an diesem Samstag ausführlich, vor der um 17:00 Uhr beginnenden Vorabendmesse, den Innenraum des Mariendoms zu Hildesheim in Augenschein nahm. Dass dieser Mann über ein deutlich arabisches Aussehen verfügte, war nicht von Belang, denn jeder war willkommen.

Hätte man ein Bild seines Gesichtes zum Datenabgleich in die Datenbank des Verfassungsschutzes eingespeist, hätte dies sicherlich zu einigen Sorgenfalten bei den Verantwortlichen geführt, aber da Dank der Politik der letzten Jahrzehnte Datenschutz vor dem Schutz der eigenen Bevölkerung stand, kam es niemals zu so einer Überprüfung. Somit brauchten sich die Verantwortlichen ihre

Weihnachtsvorfreue nicht kaputt machen lassen. Das Nichtwissen über Probleme, welche man eigentlich hatte, konnte sich doch sehr beruhigend auswirken. Man kann des Nachts mit gutem Gewissen schlafen, es bilden sich keine Sorgenfalten und den Hetzern, welche ja immer nur das Böse in den Menschen sehen, konnte wieder nachgewiesen werden, dass diese Unrecht hatten und Gespenster sahen. Der gemeinsame, vorweihnachtliche Kanon aus Politik, LKA und Kirche besang das wunderbare und hoffnungsträchtige Lied der Naivität: es war nichts, es ist nichts, es wird nichts sein.

*

Donnerstag, 06.12.2018

„Haben wir eigentlich überhaupt keine Erkenntnisse, gerade jetzt zur Vorweihnachtszeit?"

Die Frage stellte Jörg Mävers in der großen Runde im GTAZ. „Nein", lautete die Antwort von Petra Sangershausen vom Bundesamt für Verfassungsschutz. „Wir haben sowohl auf Länderebene bei unseren Behörden, sowie auch bei unseren befreundeten ausländischen Diensten nachgefragt. Es gibt keine aktuellen Hinweise auf irgendwelche Bedrohungslagen oder Gefährdungsszenarien", und mit Vehemenz fügte sie hinzu: „Überhaupt keine."

„Und", Jörg ergriff erneut das Wort, „kommt uns das nicht irgendwie komisch vor? Sind inzwischen alle Gefährder gläubig zum Christentum übergetreten und haben uns alle lieb?"

Diese sarkastische Äußerung verfehlte seine Wirkung nicht. „Jetzt bleiben Sie doch mal auf dem Teppich. Seien Sie doch froh, dass wir momentan eine ruhige Phase haben und vielleicht sogar auch mal wieder ein ruhiges Silvester."

Dieser Ausruf kam von Michaela Weidemann-Krunz, welche als Staatsministerin heute ausnahmsweise das Bundeskanzleramt vertrat. „Sie müssen nicht immer alles so schwarz sehen Herr Mävers", ergänzte sie.

Die Blicke, welche sich einige der Anwesenden im Raum gegenseitig zuwarfen, waren überdeutlich bezeichnend. Jörg konnte ein Kopfschütteln nicht verhindern, hatte aber auch keine besondere Lust mehr darauf, aus Rücksichtnahme auf eine solche Unmutsbezeugung zu verzichten. Innerlich dachte er nur: „Wer hat eigentlichen diese Idiotin hier hereingelassen?"

Wenn Michaela Weidemann-Krunz, welche mehrere Jahre lang Politik- und Rechtswissenschaften studiert hatte, jedoch keinen Abschluss vorweisen konnte, es aber aufgrund ihrer Parteizugehörigkeit als Beauftragte der Bundesregierung für Migration, Flüchtlinge und Integration bis ins Bundeskanzleramt geschafft hatte, an der Sitzung im GTAZ teilnahm, kam es schon einmal vor, dass sich der eine oder andere Sitzungsteilnehmer vorab abmeldete oder die Sitzung, aufgrund eines wichtigen Termins vorzeitig beendete. Da es üblich war, dass ein Vertreter des BMI oder des Kanzleramtes an diesen Besprechungen teilnahm, war Weidemann-Krunz im regelmäßigen Turnus mit dabei. „Keine Ahnung, kein Abschluss, eine gescheiterte Existenz wie die vieler der Grünen, aber mit uns über die tatsächliche Sicherheitslage sprechen wollen", war, begleitet von abwertenden Gesten, noch die positivste Reaktion auf ihre Teilnahme.

„Frau Weidemann-Krunz", Jörg probierte es noch einmal und ärgerte sich dabei über sich selbst, „ich möchte es mal in einer Sprache ausdrücken, welche auch Sie verstehen sollten. Kommt es Ihnen nicht sonderbar vor, dass wir fortlaufend von unterschiedlichen Quellen über geplante Aktionen informiert werden, dass wir aufgrund der Datenlage kurz-, mittel- und langfristige Thematiken

bearbeiten und in Angriff nehmen und dass jetzt seit gut 4 Wochen die eintreffenden Informationen immer dürftiger werden, bei allen von uns, und diese Quellen jetzt sogar ganz zum Stillstand gekommen sind? Klingelt es da irgendwo bei Ihnen?"
Auf den letzten Satz erntete Mävers zustimmendes Gelächter aus der Runde.

„Herr Mävers, ich bin als Vertreterin ihrer Bundeskanzlerin hier und demzufolge erwarte ich eine sachliche Diskussion und keine Polemik", entgegnete Weidemann-Krunz.

Jörg erhob sich, blickte sie an und antwortete: „Erstens, Frau Weidemann-Krunz, sind sie nicht als Vertreterin **meiner** Bundeskanzlerin hier. Auch wenn dies Seitens der Kanzlerin so angestrebt und von Höflingen wie Ihnen praktiziert wird, haben wir hier noch lange keinen Personenkult. Zweitens, Sie haben von Sicherheitsbelangen überhaupt keine Ahnung, sodass jegliche Diskussion mit Ihnen sinnbefreit ist und drittens, wenn man sich Ihre Vita und Ihr politisches Gebaren anschaut, sind Sie eher als ein Sicherheitsrisiko einzustufen, als dass Sie in irgendeiner Weise nützlich wären. Von mir aus leiten Sie disziplinarische Vorermittlungen gegen mich ein, aber ich lehne jegliches weitere Gespräch mit Ihnen ab."

Jörg drehte sich um und ging zum Ausgang. Er hatte die Schnauze voll. Mit stillem Triumph nahm er wahr, dass auch die anderen Stühle nach hinten gerückt wurden, alle anderen aufstanden und hinter ihm wortlos den Raum verließen.

✸

Dienstag, 11.12.2018

Die Auswertungen nach der Festnahme von Abdulhadi und den anderen Männern liefen auf Hochtouren. Die beschlagnahmten

Datenträger waren fast alle verschlüsselt, weshalb es noch eine längere Zeit dauern würde, bis man hier Erkenntnisse zusammentragen konnte. Die schriftlichen Dokumente waren inzwischen übersetzt, brachten jedoch keine Aufklärungen, aus welchen man Rückschlüsse auf die Waffenlieferanten, Käufer oder sonstiger Kontaktpersonen hätte ziehen können. Abdulhadi und die anderen Syrier schwiegen.

Kurt Bachler, welcher als Ermittlungsführer zusammen mit einem fünfköpfigen Team vom LKA mit den Ermittlungen betraut worden war, tauschte sich fast täglich mit dem Verfassungsschutz und dem BKA aus. Man kam einfach nicht weiter. Auch Personen, welche man dem Umfeld Abdulhadis zuordnen konnte, lieferten keine neuen Erkenntnisse. Außer den Waffen und den Personen hatten sie nichts. Und somit war ihnen auch nicht bekannt, dass gerade die letzten Verkäufe, welche von dieser Gruppierung abgewickelt worden waren, bald in einem größeren Zusammenhang stehen würden.

*

Donnerstag, 13.12.2018

Erneut war es zu einem Treffen im GTAZ gekommen. Diesmal war keine politische Prominenz anwesend und die beteiligten Dienste tauschen sich somit ungestört dahingehend aus, ob und welche aktuellen Erkenntnisse sie aus ihren jeweiligen Quellen erhalten hatten.

Bei dieser Diskussion stellte sich wiederholt heraus, dass die Quellen momentan alle versiegt schienen. Nicht eine einzige Information, welche Rückschlüsse auf geplante Aktivitäten oder Aktionen belegen würde, wurde den Ermittlern zugetragen. Dies war die absolute Ausnahme. Hinweise flossen immer und es gab genügend Personen, welche sich mit einem schlechten Halbwissen profilieren wollten. Diese Erkenntnisse wurden dann mit anderen verglichen und in großer Puzzlearbeit zu einem Gesamt- oder Lagebild zusammengefasst. Es war jedoch noch nie zu der Situation gekommen, dass über drei Wochen hinweg, schon vor Beginn der Adventszeit, nicht ein einziger Hinweis bei den Behörden eingegangen war und das machte die Verantwortlichen mehr als stutzig.

Nach einer äußerst kurzen Sitzung von knapp 30 Minuten stellte Gundula Breitscher die Abschlussfrage, ob es noch etwas zu besprechen gäbe. Da alle Anwesenden dies durch Kopfschütteln verneinten vertagten sie sich wieder um eine Woche auf den 20.12.2018 und verabschiedeten sich gegenseitig ins Wochenende.

✱

Freitag, 14.12.2018

Al-Samahi parkte seinen Pkw auf dem großen Parkplatz vor dem real-Kauf in Altwarmbüchen ein. Es war morgens gegen 09:00 Uhr und obwohl es mit 3 Grad ein recht kalter Morgen war, spürte er die Kälte beim Verlassen seines Autos nicht. Sicherlich waren die doch noch wärmenden Strahlen der Wintersonne zum Teil dafür verantwortlich, jedoch konnte er seine innere Unruhe nicht verlieren, welche sich täglich immer mehr zu manifestieren schien.

Auch wenn er ein Profi in der Vorbereitung und Durchführung von Einsätzen war, so konnte er niemals das Aufgeregtsein und seinen hohen Dauerpuls ablegen. Er wusste, dass der kommende Tag so einiges verändern würde, auch wenn er selbst daran nicht beteiligt war und keinen Einblick hatte. Er wusste jedoch, dass etwas passieren würde. Und so begab er sich in den real für einen Großeinkauf, denn er wusste nicht, wann er das nächste Mal die Gelegenheit dazu haben würde einkaufen gehen zu können.

✱

Samstag, 15.12.2018

Der Samstag begann wie die vorangegangenen Tage im Dezember auch. Der Morgenfrost hatte die Natur in ein grau-schimmerndes Kleid gehüllt und die aufgehende Sonne brachte die vielen kleinen Eiskristalle auf den Blättern zum Glitzern. Die ersten Jogger huschten durch die Eilenriede in Hannover, welche als Stadtwald mit ihrem Baumbestand gut von dem sonst vorherrschenden und etwas schneidenden Ostwind schütze, während in bedächtiger Geruhsamkeit sich die Straßen an diesem 3. Adventswochenende allmählich zu füllen begannen.

Der 3. Adventssonntag trägt die Bezeichnung Gaudete.
Gaudete übersetzt bedeutet: „Freut euch!" und gemeint ist die frohe Erwartung auf die Geburt Jesu an Weihnachten. Der 3. Advent ist einer von zwei Tagen im Kirchenjahr, an dem die Priester der katholischen Kirche ein pinkfarbenes Messgewand tragen.

Je später es wurde, umso hektischer wurde das Treiben in der Innenstadt. Die Aufsteller, die Lieferanten und die Boten des Weihnachtsmarktes, der sich nicht nur an der Marktkirche in Hannover, sondern auch in den angrenzenden Straßen verteilte, überschwemmten mit ihren Lieferfahrzeugen den Innenstadtbereich.

Der Morgen verflog zusehends und vielerorts strömten die Menschen in die Stadt, um gut eine Woche vor Weihnachten die letzten Geschenke für ihre Lieben einzukaufen.

12:00 Uhr. Die Glocken der Marktkirche läuteten und zu ihrem Fuße hatte das Drängeln auf dem Weihnachtsmarkt im vollen Umfang begonnen. Ein Durchkommen war nur möglich, wenn man die vor sich gehenden Personen leicht zur Seite oder nach vorne drängte. Die Glühweinstände waren schon gut besetzt und der Übergang zur Altstadt war mit Menschen nur so vollgestopft. Eine Blechlawine an Autos zog sich durch die Innenstadt und selbst die Polizei war zu diesem Zeitpunkt nicht mehr in der Lage dazu, dieses Stauchaos aufzulösen. Wer mit seinem Pkw versuchte in den Innenstadtbereich hineinzufahren blieb einfach stecken, da die Parkplätze und Parkhäuser bis auf den letzten Platz gefüllt waren.

Neben einer adventsbedingten Verkehrsschwämme meldeten die Innenstadtreviere der Polizei keinen größeren Vorfälle an das Lage- und Führungszentrum. Schlägereien oder andere körperliche Auseinandersetzung in Folge des Missbrauchs von Alkohol waren bis zu diesem Zeitpunkt ausgeblieben. Sonstige Streitigkeiten waren nicht gemeldet worden. Dieser dritte Adventssamstag schien genauso ruhig zu verlaufen wie die ersten beiden Samstage.

Auch der Nachmittag blieb weitestgehend ereignislos, nur dass das schummrige Sonnenlicht nach und nach der einsetzenden Dunkelheit wich, wodurch die bunten Lämpchen der Standbeleuchtungen und Weihnachtsdekorationen deutlicher zum Vorschein kamen.

16:52 Uhr. Niemand schien die dunkle Person zu bemerken, welche sich mit einem Rucksack auf dem Rücken aus Richtung des Landtags kommend, dem Weihnachtsmarkt an der Marktkirche näherte. Bei den vielen Menschen, die sich zurzeit in diesem Bereich tummelten, fiel eine einzelne Person auch nicht besonders auf. Es gab auch keinerlei Anlass, warum diese Person hätte auffallen können, denn sie zeichnete nichts Besonderes aus.

Am Hauptbahnhof Hannover, in der dortigen unterirdischen U-Bahn-Station, traf zu diesem Zeitpunkt die Linie 1 aus Richtung Langenhagen ein. Diesem U-Bahn-Waggon entstieg eine zweite Person, welche dasselbe Ziel verfolgte wie die Personen am Weihnachtsmarkt. Auch sie trug einen Rucksack mit sich, welcher sehr lang gezogen an ihrem Körper hinunterhing. Sie war völlig in schwarz gekleidet und begab sich nun über eine der Rolltreppen, aus der unteren Ebene, in die Eingangshalle des Hauptbahnhofs.

Aus Richtung Steintor näherte sich noch eine Person, welche in die gleich stattfindende Aktion eingebunden war. Hätte man in ihr Inneres sehen können, so hätte man erahnt, dass deren Vorhaben genauso schwarz war wie deren Seele. Man hätte in ein Meer aus Wut und dunklem Hass geblickt. Diese dritte Person ging gezielt zwischen dem Weihnachtsmarkt an der Marktkirche und dem Kröpcke, einem zentralen Platz in der Fußgängerzone, zu den aufgebauten Weihnachtsständen. Wollte man vom Weihnachtsmarkt zum Bahnhof oder Kröpcke gehen, musste man an dieser Stelle vorbeikommen.

16:57 Uhr. Wer zu diesem Zeitpunkt seine Sinne über die Innenstadt schweifen ließ konnte sich an den vielen bunten Lichtern und Holzbuden, an den vorweihnachtlichen Gerüchen von Schmalzkuchen, Mandeln oder Glühwein, sowie einer die Luft durchsetzenden Prise Zimt erfreuen. Ob nun die fortwährende Beschallung mit Weihnachtsmusik zum positiven Erlebnis beitrug oder eher abschreckte, musste jeder für sich selbst entscheiden. Aufgrund der vielfältigen Weihnachtsbeleuchtung nahm man gar nicht mehr zur Kenntnis, dass die Stadt außerhalb der künstlichen Erhellung schon in Dunkelheit eingehüllt war.

Person1 hatte sich unter den Arkaden, in der Nähe des Irish Pub Dublin, gegenüber von der Marktkirche aufgestellt. Sie beobachtete die gesamte Szenerie. Nebenbei schaute sie regelmäßig auf ihre Armbanduhr und sah, dass es jetzt genau eine Minute vor 17 Uhr war. Ihren Rucksack hatte Person1 an einer der Arkaden abgestellt und geöffnet. Nun entnahm Person1 dem Rucksack einen langen Gegenstand, welcher im dort vorherrschenden Schatten für andere nicht erkennbar war.

Sie führte ein mit Klebeband fixiertes, doppeltes Magazin in ihre Kalaschnikow ein und wartete auf das Arretiergeräusch. Die Magazine, welche sie verwendete, hatten ein Fassungsvermögen von 40 Schuss. Bei der Kalaschnikow gibt es unterschiedliche Magazingrößen, einmal für 30 oder für 40 Schuss. Da sie zwei Magazine mit Klebeband gegensätzlich verbunden hatte, hatte sie die Möglichkeit eines schnellen Magazinwechsels und verfügte innerhalb kurzer Zeit über 80 Patronen. In den mitgeführten Rucksack befanden sich weitere neun Doppelmagazine und somit standen ihr 800 Schuss Munition zur Verfügung.

Niemand hatte Person1 dabei beobachtet, wie sie die Kalaschnikow präpariert hatte und niemand beobachtete sie dabei, wie sie jetzt aus der Dunkelheit in Richtung Marktkirche heraustrat.

✻

Die zweite Person hatte ihre Vorbereitungen inzwischen auch abgeschlossen. Ähnlich wie die erste Person hatte sie ihre Kalaschnikow aus dem Rucksack genommen, mit einem Doppelmagazin gefüllt und befand sich nun unter dem sogenannten Schwanz. Mit dem sogenannten „Schwanz" bezeichnen die Hannoveraner das Ernst-August-Reiterdenkmal, welches sich auf dem Bahnhofsvorplatz befindet.

Auch Person2 blickte auf ihre Uhr und sah, dass es 16:59 Uhr war.

✻

Es gab noch die dritte Person. Bei den ganzen Planungen dieses Anschlags kam ihr eine diabolische Rolle zu, welche an Perfidität nicht zu überbieten war. Diese Person hatte sich in der Grupenstraße positioniert und ebenfalls ihre Vorbereitung beendet.

Bei der Grupenstraße, welche zum Ende in die leicht versetzte Karmarschstraße übergeht, handelt es sich um Verbindungsstraße zwischen dem Kröpcke und dem Weihnachtsmarkt. In der Vorweihnachtsvorzeit ist auch die Grupenstraße, mit vielen Buden in ihrer Mitte, als Erweiterung des Weihnachtsmarktes zugestellt und zu bestimmten Uhrzeiten sind die Menschenmassen dermaßen umfänglich, dass ein Durchkommen äußerst schwer und mühselig ist. Der Plan dieses Trios besagte, dass Person3 nicht von sich selbst agieren, sondern erst einmal abwarten würde.

17:00 Uhr. Person3, welche in der Großen Packhofstraße wartete, konnte aus zwei Richtungen wie in Stereo Gewehrfeuer vernehmen. Durch ihre Position befand sich Person3 genau in der Mitte. Neben dem Gewehrfeuer konnte sie Menschen laut schreien hören. Die Menschen, welche sich in ihrem Umfeld befanden erschraken zutiefst und versuchten festzustellen, was gerade passierte und woher Schüsse und Schreie kamen. Person3 verhielt sich weiterhin ruhig. Das Hämmern der Geschosssalven hörte einfach nicht auf. Im Gegenteil es wurde noch deutlicher zu vernehmen und selbst dem Unbedachtesten war inzwischen klar geworden, dass es aus zwei unterschiedlichen Richtungen kam und sich nicht einfach nur der Schall in den Häuserzeilen brach.

Person3 wartete immer noch.

Genau um 17:00 Uhr hatten Person1 und Person2, welche sich an der Marktkirche auf dem Weihnachtsmarkt und vor dem Hauptbahnhof aufhielten, plangemäß die Initiative ergriffen.

Während Person2 vom Bahnhofsvorplatz durch die Fußgängerzone in Richtung Kröpcke ging und dabei wahllos auf alles schoss,
was sie als Mensch erkennen konnte, verhielt sich Person1 genauso auf dem Weihnachtsmarkt. Beide Attentäter hatten ihre Kalaschnikow auf Feuerstoß gestellt und mähten sich einen Weg
durch die im Weihnachtstrubel befindlichen Menschen.

Während Person1 auf dem Weihnachtsmarkt auch auf die Buden
und die Standbesitzer feuerte, hierbei die Holzaufbauten der einzelnen Stände durchsiebte und dabei Holzsplitter ebenfalls durch
die Luft schwirrten, nahm Person2 in der Fußgängerzone die seit-
lichen Geschäfte unter Feuer, in deren Schaufenstern man Personen erkennen konnte. Person1 und Person2 mussten mehrfach innerhalb kürzester Zeit ihre Magazine wechseln und nachladen.

Person3 hatte bis jetzt in der Grupenstraße abgewartet. In Panik
liefen die Menschen von dem Weihnachtsmarkt in diese Verbindungsstraße, um so schnell wie möglich von dem Ort der Schüsse
wegzukommen. Ein gegensätzlicher Menschenstrom erfolgte aus
Richtung Kröpcke, da auch von diesem Ort die Menschen zu flüch-
ten versuchten. Das Motto lautete: „Erst einmal weg.". Zu spät erkannten die Flüchtenden, dass sie sich genau an diesem Ort, aus
zwei Richtungen kommend trafen und genau in der Falle saßen.

Person3 hatte sich taktisch gut platziert. Von beiden Seiten strömten die geschockten Menschen in diese Straße und auf sie zu. Als
man erkannte, dass von der anderen Seite auch Leute in die Straße
hineinliefen, stockten die Fliehenden kurz, wurden aber von den
Hinterherlaufenden weiter nach vorne geschoben.

Zu diesem Zeitpunkt eröffnete Person3 das Feuer und nahm beide
Seiten unter Beschuss. Der perfide Plan, dass von zwei Orten Attentäter die Menschen aufeinander zutrieben und sich in der Mitte

jemand befand, der sich um die weglaufenden Personen „kümmerte", schien aufzugehen.

Person1 war inzwischen zweimal über den Weihnachtsmarkt gegangen, hatte auch in die kreuzende Schmiedestraße auf die weglaufenden Flüchtenden geschossen und dabei einige Personen weit entfernt zu Fall gebracht. Der Munitionsvorrat ging allmählich zur Neige. Bei den niedergeschossenen Personen hatte Person1 mindestens vier Polizeibeamte getroffen, welche handlungsunfähig auf der Straße lagen.

Über die Schmiedestraße trafen zwei Transportfahrzeuge der Polizei ein, welche noch vor deren Anhalten von Person1 beschossen wurde. Aus den Fahrzeugen kam keine Gegenwehr und beide blieben durchsiebt mitten auf der Straße stehen.

Person2, welche sich über die Bahnhofsallee dem Kröpcke näherte, hatte unmittelbar vor diesem Platz vier Polizeibeamte erkannt. Da sie jedoch recht unkontrolliert Feuerstöße aus dem Gewehr verschoss, hielt sie die Waffe einfach nur in Richtung der Beamten und konnte sehen, wie zwei davon sofort, und eine dritte zeitverzögert umfielen. Der vierte Beamte hatte zurückgeschossen und Person2 mit drei Schüssen im Oberkörperbereich getroffen. Da Person2 über eine schusssichere Weste verfügte blieben zwei der Geschosse in der Weste stecken. Das dritte Geschoss war jedoch oberhalb der Weste eingeschlagen und verfehlte nicht seine Wirkung. Person2 hatte die Einschläge bemerkt und auch, dass sie selbst in sich zusammensank, da sie sich nicht mehr auf den Beinen halten konnte. Ein süßlich-bitterer Geschmack von laufendem Blut breitete sich in ihrem Mundraum aus und das letzte was Person2 noch wahrnehmen konnte war der Pumpschmerz aus ihrer, von dem Schuss zerfetzten Halsschlagader.

✳

Schreie, Schüsse, Sirenengeheul. Person1 stand auf dem Weihnachtsmarkt und hatte diesen inzwischen zum dritten Mal umrundet. Überall lagen Menschen auf dem Boden. Bei manchen Liegenden, bei denen sie noch Bewegung feststellen konnte, hatte sie direkt mit einem Kopfschuss das Leben beendet.

Zwei weitere Streifenwagen der Polizei, welche sich aus unterschiedlichen Richtungen der Schmiedestraße genähert hatten, hatte sie ebenfalls beschossen und war offensichtlich auch erfolgreich gewesen, denn sie nahm wohlwollend zur Kenntnis, dass von keinem der Fahrzeuge zurückgeschossen wurde.

Mit dieser letzten Salve hatte Person1 das letzte Magazin aufgebraucht. 800 Schuss hatte sie abgefeuert. Jetzt war es vorbei, aber noch nicht ganz. Mehrere Menschen waren in die Marktkirche entkommen und das hatte Person1 genau registriert. Aus diesem Grunde nahm sie den kleinen Schalter aus ihrer Jackentasche, welcher mit einem kleinen Draht verbunden war, der durch den linken Ärmel ihrer Jacke führte.

Person1 öffnete die schwere Metalltür und betrat das Kirchengebäude. An langen Stuhlreihen entlangblickend ließ sich ein Flügelaltar erkennen, vor dem sich weit über 50 Menschen ängstlich zusammengekauert hatten. Person1 schloss behutsam die Eingangstür hinter sich, ging langsam durch das Mittelschiff der Kirche auf die Gruppe zu, beschleunigte ihr Gehen in ein Laufen, in ein Rennen und während sie auf den letzten Metern laut schreiend „Allahu Akbar" rief, sprang sie in die Menschentraube und drückte den Schalter.

✻

Rechts und links von ihr lagen viele Tote und Schwerverletzte, teils sogar übereinander. Person3 hatte auf alles geschossen, was in die Grupenstraße hineingelaufen war. Sie blickte sich um und stellte fest, dass ein weiterer Zustrom nicht mehr erfolgte. Während ursprünglich auch für sie der Suizid angedacht gewesen war, disponierte sie um.

Sie zog ihre Sprengstoffweste aus und legte sie, zusammen mit dem Gewehr, in den mitgeführten Rucksack. Den Auslöseschalter legte sie unterhalb eines herumliegenden Holzbrettes. Sollte jemand versehentlich auf das Brett treten, würde der Schalter gedrückt und die Sprengung ausgelöst werden.

Nachdem sie sich ihrer Utensilien entledigt hatte, schmierte sie sich Blut eines Toten mitten in ihr Gesicht und auf ihre Kleidung und lief Richtung Kröpcke aus der Straße hinaus. Erstaunlicherweise befanden sich an dieser Stelle keine Polizeibeamten, aber Person3 vermutete, dass die Polizei zuerst am Weihnachtsmarkt und am Bahnhof bzw. Kröpcke auftreten würde. Nach dem Übergang von der Grupen- in die Karmarschstraße schloss sich Person3 weiteren weglaufenden Personen an, welche sich über die dortige Osterstraße entfernten.

Gebannt blickten alle im Raum Anwesenden auf den Großbildschirm, welcher die aktuelle Nachrichtenlage zeigte. Mit Sonderrechten, sprich Blaulicht und Sirene, waren alle auf dem schnellsten Wege angereist und befanden sich nun, zwei Tage, nachdem sie sich gegenseitig ins Wochenende verabschiedet hatten, wieder im GTAZ. Der Schock war ihnen allen in die Gesichter gezeichnet. Sie waren sprachlos, alle. Es gab auch nichts, worüber sie sich zurzeit unterhalten wollten, denn sie waren von den Ereignissen vollständig überrollt worden. Sie konnten nur noch die Daten zusammentragen, etwas anderes war jetzt eh nicht mehr möglich.

Gundula Breitscher hatte zwischenzeitlich den Raum verlassen und kam nach ca. 10 Minuten wieder zurück. Jörg Mävers und die anderen blickten sie an. Ihr Blick wirkte versteinert als sie sagte: „Ich habe die vorläufigen Zahlen, aber diese werden wir noch deutlich nach oben hin korrigieren müssen."

Sie machte eine kleine Pause, nicht um der Situation mehr Dramatik zu verleihen, sondern weil sie selbst kaum aussprechen konnte, was sie vor sich auf dem Zettel stehen hatte.

„Nach aktuellem Stand gab es drei Täter. Zwei der Täter haben die Menschen vor sich hergetrieben und zwar räumlich gesehen in eine Mitte, wo der dritte Terrorist gewartet hat. Alle waren mit Kalaschnikows ausgestattet und haben einfach nur die Menge geschossen."

Sie blickte in die Runde und führte fort:

„Im Bereich des Hauptbahnhofs und dem Kröpckeplatz rechnen wir momentan mit ca. 150 Toten. Beim Weihnachtsmarkt müssen wir an die 200 Tote einkalkulieren. Der Attentäter ist dort noch herumgegangen und hat dann auch noch den Verletzten in den Kopf geschossen. Im mittleren Bereich, wo sich die Personenströme getroffen haben, müssen wir ebenfalls mit 200 Toten rechnen. In der Marktkirche hat sich einer der Täter, mit einer von Schrapnellen gespickten Sprengstoffweste, in eine Gruppe vor dem Altar gestürzt und hier müssen wir mit an die 50 Toten rechnen. Dazu kommt noch eine Vielzahl von lebensbedrohlich Schwerverletzten. Also die aktuelle Zahl liegt somit bei 600 Toten, weiter steigend."

Die Anwesenden senkten ihre Blicke. Abläufe und Zahlen zu vermuten ist eins, es aber dann unbeschönigt zu hören und es bestätigt zu bekommen ist etwas anderes.

„Was ist mit den Tätern?", kam die Frage von Petra Sangershausen vom BfV.

„Wie gesagt, einer der Täter hat sich in der Kirche in die Luft gesprengt. Der Täter vom Bahnhof wurde von den Kollegen erschossen. Über den dritten Täter haben wir keine Erkenntnisse. Wir wissen nicht, ob er sich unter den Toten befindet oder ob er untergetaucht ist. Zumindest wurde keine weitere Explosion ausgelöst."

Gundula, welcher ihre Erklärung im Stehen abgegeben hatte, setzte sich. Draußen auf dem Gang waren mehrere Schritte zu hören. Die Tür wurde ohne ein vorangehendes Anklopfen geöffnet. Irgendein Personenschützer, dessen Namen Jörg schon lange vergessen hatte, stand im Türrahmen, sprach die Worte: „Die Kanzlerin" und machte dann bereitwillig Platz.

„Was sollte das jetzt sein? Eine Ankündigung der Königin und alle sollen ihr Haupt neigen?", Jörg blickte mit einer Mischung aus Wut und Abscheu auf die Person, welche sich gerade im Raum positionierte.
Die Kanzlerin war eingetreten, aber die Stimmung hatte sich nicht verbessert, musste Jörg sarkastisch feststellen und dachte dabei an den Artikel der WELT vom 22.09.2018 **(75)** denken, welcher nach einer repräsentativen Umfang der WELT am Sonntag mit den Worten begann: „Wenn es um Persönlichkeiten in Geschichte und Gegenwart geht, sind die Deutschen besonders stolz auf ihre Politiker – wobei die Kanzlerin an der Spitze liegt."
„Na ja, die WELT gehört ja auch zum Axel Springer Verlag", war der Gedanke, welchen Jörg dazu hatte.

Gundula brachte eine Kurzzusammenfassung zum Vortrage und endete mit den Worten: „Hier gibt es nichts mehr schönzureden.

Drei Terroristen haben über 600 Menschen getötet. Der Worst-Case, vor welchem wir immer gewarnt haben, ist nun eingetreten. Aber auf uns hat ja niemand gehört."

Jörg kannte diesen Gesichtsausdruck, diese abweisende, kalte und gefühllose Maske, welche den eigenen Charakter sichtbar nach außen projizierte. Ein Blick in die Runde brachte ihm die Bestätigung, dass die anderen Kollegen ebensolchen Gedanken nachhingen wie er und plötzlich hatte der die Zuordnung. Dies war derselbe Gesichtsausdruck wie 2014, als die Kanzlerin angewidert die Deutschlandfahne fast weggeworfen hatte (**76**).

✸

Der Atem stieg in einem milchig wirkenden Rauch nach oben. Der Polizist, welcher vor seiner Brust eine Maschinenpistole, eine MP5 von Heckler & Koch trug und sich leicht darauf abstützte, stand neben einem der Wahrzeichen Hannovers, der Kröpcke-Uhr. Diese Szene, im künstlichen Licht der Weihnachtsbeleuchtung, welche durch eine weitere Ausleuchtung mit sogenannten Power-moons vom THW ergänzt worden war, wirkte nicht real.

Die Schwerverletzten waren inzwischen abtransportiert worden und nun lagen überall, mit Leinentüchern oder Plastikfolien zugedeckte Tote auf dem Boden der Fußgängerzone. Wohin man sah, sah man weiße Abzeichnungen menschlicher Körper, bei welchen teilweise eine rötliche Färbung durch das Blut, welches sich durch die unterhalb der Laken bedeckten Verletzungen nach oben zog, abzeichnete.

Während an den äußeren Rändern der Fußgängerzone Polizeibeamte die Örtlichkeit beobachteten und ihre Kollegen weiter abgesetzt die Zugänge und Zufahrten gegen Gaffer und Journalisten absperrten, waren in der Todeszone Beamte der Spurensicherung in weißen Ganzkörperoveralls unterwegs, welche nach und nach die

Einzeltatorte erkennungsdienstlich aufnahmen. Hierfür waren Spezialisten der Kriminaldauerdienste aus dem ganzen Umland zusammengezogen worden.

In regelmäßigen Abständen trafen Fahrzeuge von beauftragten Bestattungsunternehmen ein, welche vorerst freigegebene Verstorbene aufluden und zur Rechtsmedizin, in die Medizinische Hochschule Hannover, brachten. Alles wirkte gespenstisch, da man kaum Geräusche wahrnahm und sich selbst die eingesetzten Beamten pietätvoll nur flüsternd unterhielten.

Geschockt hatte Martin Kosik die bisherige Berichterstattung im Fernsehen verfolgt. Er konnte sich vorstellen, wie selbst die hartgesottensten Polizisten am Rande ihrer Leistungsfähigkeit standen. Und dann mussten auch noch die entsprechenden Todesnachrichten, nach der Identifizierung der Leichen, in deren Familien gebracht werden. Er schüttelte sich. Die Überbringung von solchen Nachrichten an die Angehörigen war ihm in seiner Tätigkeit als Polizeibeamter glücklicherweise erspart geblieben.
Sein Handy klingelt. Stefanie war am anderen Ende der Leitung. Er brauchte sie gar nicht danach zu fragen, ob sie die Geschehnisse mitverfolgt hatte. Natürlich hatte sie.

Nachdem sie sich rund eine halbe Stunde über die Geschehnisse in Hannover unterhalten hatten, fragte Martin: „Hat dies jetzt eigentlich irgendwelche Auswirkungen auf unsere Pläne?"
Die prompte Antwort von Stefanie war ein klares „Nein". „Ich hatte bereits vor unserem Gespräch mit Peters telefoniert, da ich mir nur die Bestätigung abholen wollte, dass sich auch an unserem Zeitplan nichts ändern wird und Peters hat dies bestätigt. Alles läuft wie geplant und natürlich läuft auch weiterhin 'Code64'. Für den Fall, dass wir 'Code64' ausrufen würden, so hat mir Peters

versichert, würden die Beamten, welche in die aktuellen Ermittlungen eingebundenen sind, alles stehen und liegen lassen und gemäß unseren Planungen agieren. Sicherlich würde man sich wundern, wenn sie plötzlich „abgezogen" werden würden, aber in dieser Situation ist eh jeder mit sich selbst beschäftigt und es würde zu keinen Problemen kommen. Also, alles beim Alten und der gesamte Sicherheitsapparat ist erst einmal beschäftigt."

Martin war beruhigt, zumindest was ihr gemeinsames Vorhaben anbelangte. „Dann wollen wir mal hoffen, dass diese Naivlinge nicht glauben, dass sie aufgrund dieses Terroranschlags jetzt Ruhe haben."

„Wie meinst Du das?", fragte Stefanie.
„Es waren offensichtlich nur drei Täter die alles verübt haben. Jetzt mal die Personen außen vorgelassen, welche im Hintergrund für die Organisation zuständig gewesen sind. Letztendlich waren nur drei Personen mit der direkten Tatausführung beschäftigt. Wie viele ähnlich motivierte und kranke Gestalten laufen hier inzwischen herum? Was hat das Jungchen im Kommunionsanzug 2015 gesagt?"

„Meinst Du diesen kleinen, lackierten … na eben, Du weißt schon?", fragte Stefanie inzwischen leicht erheitert. „Ja, genau den", antwortete Martin. „Er hatte ganz weltmännisch", beide mussten lachten, „propagiert, dass es keine Verbindung, keine einzig nachweisbare Verbindung zwischen dem Terrorismus und den Flüchtlingen geben würde und alle anderen Mitglieder desselben und der anderen Politbüros, sowie deren Nachrichtensprecher aus den unterschiedlichen Medien, haben in diesen Kanon mit eingestimmt (77)."

„Erst im Oktober, November 2016, über ein Jahr später, musste man auch gegenüber der Öffentlichkeit eingestehen, dass die bis dato gültige Einschätzung ein Fehler gewesen war und dass sich sehr wohl Terroristen, teilweise direkt vom IS beauftragt, unter die Flüchtlingsströme gemischt hatten (**78, 79**). Die Kanzlerin und ihre Helfer haben die Sicherheit unseres Landes und der Bevölkerung auf dem Altar der Unwahrheit und der Selbstbeweihräucherung geopfert."

„Wir haben also genug potenzielle Attentäter hier in unserem Land. Wenn die Sicherheitsbehörden jetzt davon ausgehen, dass sie aufgrund dieser Tat erst einmal wieder Ruhe haben, so hoffe ich, dass sie Recht behalten werden. Aber stell Dir einmal vor, dass dies jetzt der Beginn von mehreren geplanten Aktionen wäre und dass das eintreten würde was wir, aber auch die Führungskräfte von BKA und Verfassungsschutz, immer befürchtet haben?"

Schweigen am anderen Ende der Leitung.

„Wenn man dann unterstellt, dass politische Kräfte versucht haben, eben diese Praktiker wie Maaßen und Romann zu diskreditieren und aus ihren Positionen ablösen zu lassen, dann kann dies ein großer Zufall sein. Man könnte es aber auch so interpretieren das die Schreihälse, die immer wieder im übertragenen Sinne „ans Kreuz mit ihnen" gerufen haben, entweder nur pathologisch blöd sind oder aber ein persönliches Interesse daran haben, unser Land zu destabilisieren und dem Terrorismus Vorschub zu leisten."

✳

Der Fernseher lief und Al-Samahi war wirklich erstaunt gewesen, was sich in den letzten Stunden in Hannover abgespielt hatte. Mit Vielem hatte er gerechnet, somit auch mit mehreren Toten und Verletzten, aber von dieser Größenordnung war selbst er überrascht gewesen. Innerlich feierte er und er sah sich überzeugt, dass man mit kleinen Teams ein Maximum an Tod und Schrecken verbreiten konnte.

Auch wenn er allein in seiner Wohnung lebte und möglichst auf den Kontakt zu seinen Nachbarn verzichtete, so waren ihm deren Ansichten wohl bekannt. Es war somit für ihn nicht verwunderlich, dass er ein lautes, enthusiastisches Feiern und wiederholt Allahu Akbar Rufe durch die dünnen Wände seiner Wohnung vernahm. Für ihn und seine Brüder war ja heute auch ein Tag zum Feiern.

Die Stadt hatte den Atem angehalten. Inzwischen hatte man die Weihnachtsbeleuchtung ausgeschaltet und wohin man schaute waren Menschen, welche den Schmerz des Augenblicks zu ertragen versuchten, aber doch nicht begriffen, was eigentlich wirklich geschehen war.

Ein Schweigen, wie ein langes schwarzes Tuch ohne Muster, zog sich durch eine Innenstadt, welche blass und grau erschien und ihre Farbe verloren hatte. Man meinte sich in einer Fortsetzungsfolge eines Gruselschockers zu befinden. Da die Sicherheitsmaßnahmen immer noch anhielten und noch immer nicht alle Leichen abtransportiert worden waren, hatten sich die eintreffenden Trauernden am Reiterdenkmal vor dem Hauptbahnhof und an der Marktkirche am Weihnachtsmarkt eingefunden. Der Weihnachtsmarkt selbst war noch komplett abgesperrt, aber man hatte eine Möglichkeit geschaffen, dass man zum Außenportal der Marktkirche vortreten, und Blumen und Kerzen ablegen konnte. Den Verantwortlichen war klar, dass man den eintreffenden Menschen eine Möglichkeit, einen Ort eröffnen musste, wo sie gemeinsam trauern konnten.

Die Auswertung der Spuren verlief schleppend, aber was wollte man hier auch noch genau auswerten, hatte ein Polizist zu einem der Pressevertreter gesagt. Es gab drei Täter, ca. 600 Tote und hunderte Geschosse und Geschosshülsen, welche überall verstreut lagen oder eingeschlagen waren. Wer sollte das denn alles aufarbeiten und wie lange sollte es dann noch dauern?

Natürlich waren die nationalen und internationalen Medien in Heerscharen eingetroffen und versuchten, sich in ihren Berichterstattungen zu übertreffen. Manche Reaktionen von Trauernden waren aber selbst für die Medienprofis eine Überraschung. Sie waren es zwar gewohnt bei Interviewwünschen abgewiesen zu werden, aber mehr als einmal wurde ihnen hierbei entgegengeworfen, dass sie es doch waren, welche die Wahrheit verdrehen würden und immer das politische Mantra nachgebetet hatten, wonach alle die hierhergekommen waren auch bleiben sollten und das sich unter diesen ja fast ausnahmslos nur Fachkräfte befinden würden, jedoch keine Straftäter. Auch wurde den Journalisten vorgehalten, dass sie seit Jahren die Kriminalität der Migranten gedeckt hätten und dass auch ein Verschweigen letztendlich eine Lüge wäre.

„Seht ihr, was ihr mitverschuldet habt? Ihr seid die Hetzer, die ihr alle anderen fertig gemacht habt, welche eine eigene Meinung vertreten haben und die Ahnung von dem hatten, was sich tatsächlich hier und hinter den Kulissen abspielt", waren noch die freundlicheren Sprüche, welche ihnen entgegengeworfen wurden.

Die Stille der Andacht wurde jäh unterbrochen, als sich einige schwarze Limousinen mit Blaulicht dem Weihnachtsmarkt näherten. Noch während sich der niedersächsische Ministerpräsident aus seinem Dienstwagen herausschälte flogen bereits die ersten Kerzen. Die Trauergemeinschaft nahm wahr, wer da gerade gekommen war und die Stimmung heizte sich sofort auf. Es formte sich ein Sprechchor der wiederholt „Hau ab!" rief und es wurden immer mehr brennende Kerzen aufgenommen und in Richtung des MP geworfen. Die Personenschützer hatten alle Mühe mittels Regenschirmen die Wurfgeschosse abzuwehren. Der Bewurf, auch mit anderen Gegenständen, hörte nicht auf und die Rufe, gepaart mit Wut und Verachtung, nahmen nicht nur weiter zu, sondern die Menschen bewegten sich in Richtung der Fahrzeuge.

Zwischen der Menschengruppe und den Fahrzeugen standen diverse Polizeibeamte. Diese Beamten wichen nicht etwa nach hinten, sondern sie zogen sich rechts und links an die Seite zurück und gaben den Weg für die immer lauter werdende Personengruppe frei. Auf den Fernsehbildern, welche diese Szenerie live erfassten, konnte man erkennen, dass die zur Seite getretenen Polizeibeamten durchweg ältere Beamte waren, ältere, welche offensichtlich noch über eine andere Rechtsauffassung und Situationserkennung verfügten, als es den jungen inzwischen eingetrichtert worden war.

Die Limousinen verließen mit quietschenden Reifen den Platz, nachdem sich die Menge bedrohlich genähert hatte. Das Schlimmste, was aus Sicht der Politik überhaupt passieren konnte, war hier gerade geschehen. Die Bürger und die Polizei hatten sich gemeinsam solidarisiert.

Wohlwollend nahm Peters, der diese Szene direkt im Fernsehen mitverfolgte, diesen Umstand zur Kenntnis. Diese Situation spielte ihnen, bei dem was sie umzusetzen gedachten, genau in die Hände.

✴

An einen Weihnachtsurlaub war nicht zu denken. Die letzten Tage hatten die Datenleitungen nur so geglüht und heute wurde zusammengetragen, was die einzelnen Dienste herausgefunden hatten. Es war Donnerstag, der 20.12.2018. Die altbekannten Gesichter trafen sich im Besprechungsraum des GTAZ.

Sämtliche Dienste hatten die letzten Tage ihre unterschiedlichen Quellen kontaktiert und mit äußerstem Nachdruck Informationen eingefordert. Das, was unter dem Strich herausgekommen war, war äußerst spärlich, aber dies war auch nicht anders zu erwarten gewesen.

Zwei der Terroristen waren tot und der dritte, von dem man aufgrund von ausgewerteten Videomaterial und Zeugenaussagen Kenntnis hatte, war flüchtig. Eine fahnundungssichere Beschreibung lag bei dem dritten Täter nicht vor, da es keine Aufzeichnung ohne Gesichtsmaske von ihm gab. Man hatte zwar die Sprengweste von ihm gefunden, glücklicherweise hatte diese jedoch nicht ausgelöst – da die Totmannschaltung verkeilt gewesen war, sodass beim Auffinden noch rechtzeitig die Einsatztruppe vom Kampfmittelräumdienst hinzugezogen, und die Sprengfalle entschärft werden konnte. Nun lagen die einzelnen Bestandteile im Labor des BKA und wurden auf daktyloskopische, sprich DNA- und Fingerspuren hin untersucht. Ein Ergebnis dieser Untersuchungen stand noch aus.

Die einzelnen Quellen sprudelten zwar, brachten aber letztendlich keine wirklichen Erkenntnisse zum Vorschein, welche man bis zu diesem Zeitpunkt nicht schon hatte. Ein Zusammenhang mit organisatorischen Planern konnte nicht hergestellt werden. Alle Telefonüberwachungen und entsprechende Aufzeichnungen hatten keine Feststellungen liefern können, welche bei den weiteren Maßnahmen hilfreich gewesen wären.

Maaßen, welcher nach dem Hickhack um seine Person als Sonderberater ins BMI wechseln sollte, aber aufgrund seiner veröffentlichen Abschlussrede im BfV dermaßen unter Beschuss geraten war, dass ihm nur noch die Versetzung in den einstweilen Ruhestand blieb, fehlte nun, wie Romann wiederholt feststellen musste. Er schüttelte den Kopf, da sie einfach keine Fortschritte erzielten.

Man stellte zwar die Vermutung auf, dass die Waffen über das Berliner Bestattungsunternehmen organisiert sein konnten, welches im Rahmen eines SEK-Einsatzes gestürmt worden war, aber der Inhaber Abdulhadi schwieg beharrlich und von den inzwischen ausgewerteten schriftlichen Unterlagen sowie verschlüsselten Daten war nichts ableitbar, was auf deren Lieferanten oder auf mögliche Käufer hindeutete. Dass es ein riesiger Zufall gewesen wäre, wenn jetzt genau dieser Verkäufer in Berlin die Waffen für Hannover veräußert hätte, war allen bewusst, aber auszuschließen war es dennoch nicht.

„Von wieviel illegalen Waffenlagern wissen wir eigentlich?", kam die Frage von Petra Sangershausen. Gundula Breitscher sah Bernd Allbräuch vom BKA an. „Bernd, wie sind die aktuellen Zahlen?"

Bernd Allbräuch, welcher vor drei Jahren vom LKA aus Bayern zum BKA gekommen war und schon deshalb einen besonderen Status innehatte da bekannt war, dass Bayerns Innenminister Herrmann nur wirkliche Praktiker um sich scharte, antwortete: „Wir wissen von bundesweit 7 Depots, in welchen Kriegswaffen, zumeist Kalaschnikows und Munition gelagert werden. Von weiteren 12 Orten haben wir Kenntnis, wo leichte Handfeuerwaffen zu finden sind. Alle Orte und alle dort „tätigen" Personen haben wir unter Kontrolle, sowohl was Observationen anbelangt, wie auch durch Telefon- und Datenüberwachungen, bis hin zu Kontoverdichtungen für teilweise mehrere Identitäten, welche sie sich zugelegt haben. Wir müssen jedoch, wie in allen anderen Bereichen auch, von einer nicht unwesentlichen Dunkelziffer ausgehen."

Gundula wand sich an die Runde: „Und Sie wissen, dass wir häufig bei den Zahlen, von denen wir Kenntnis erlangen und welche dann der Öffentlichkeit zum Besten gegeben werden, mit dem Faktor 3 rechnen müssen. Ich will mir gar nicht ausmalen, dass wir auch hier mit dem dreifachen an Depots und Waffen rechnen müssen, aber ich kann es wirklich nicht sagen."

Jörg mischte sich ein: „So unangenehm dies für uns wäre, aber letztendlich wäre es eh egal."

Alle Blicke ruhten auf ihm. „Wir wissen doch schließlich alle, dass man problemlos zum Beispiel in die Ukraine fahren, und dort alle möglichen Arten von Waffen, bis hin zu Raketen erwerben kann. Es ist nicht eine Frage des „ob" oder des „wie", sondern nur eine Frage des Preises. Und wenn man sich dann nicht ganz blöd anstellt, kann man die Waffen problemlos nach Deutschland hineinbringen. Irgendjemand hat ja die Einführung von dauerhaften Grenzkontrollen unterbunden, welche solche Transporte unter Umständen verhindert hätten."

✻

Freitag, 21.12.2018. Das Zusammentreffen war zwar schon seit langem geplant, fand aber nun in einer neuen Zusammensetzung statt. PHK Wöhler und POK Brandt, beide von der Zentralstelle Prävention vom Landeskriminalamt Niedersachsen betrachteten die hoch geschwungene, und mit christlichen Bildern geschmückte Decke des Empfangsraums im Generalvikariat.

Sie waren schon häufiger hier gewesen und hatten mit Karl Klages, dem Sicherheitsverantwortlichen des Bistums Hildesheim, die Sicherheitssituation und die Gefährdungslage für das Bistum bzw. den Dom zu Hildesheim erörtert.

Der Wind im Bistum Hildesheim hatte sich in letzter Zeit deutlich gedreht. Seit dem 01.09.2018 gab es einen neuen Bischof, den aus dem Emsland stammenden Heiner Wilmer. Der neue Bischof hatte den, für Außenstehende recht dekadent anmutenden Klerus, nicht nur bei seinem Weihegottesdienst und seiner Antrittsrede merklich zusammenzucken lassen als er erklärte, er werde sich persönlich der Situation mit den Sexualdelikten im Bistum annehmen. Seinen Worten hatte Bischof Wilmer in den letzten Wochen Taten folgen lassen und das beschauliche Leben am Domhof, wie auch in den angrenzenden Dekanaten, gut durcheinandergewirbelt.

Auch dem Thema Sicherheit hatte er sich angenommen und so hatte Bischof Wilmer darauf gedrungen, dass neben Karl Klages, auch der Generalvikar Bongartz und er selber an dem Treffen mit dem LKA teilnehmen werde.

Die beiden Beamten wurden nun durch einen Kirchenbediensteten in ein Besprechungszimmer geführt. Nach einer kurzen Begrüßung nahmen alle, auch der inzwischen dazu gekommene Generalvikar, an einem großen und wuchtigen Konferenztisch Platz.

PHK Wöhler und POK Brandt stellten sich und ihre Tätigkeiten kurz dar und vergaßen auch nicht zu erläutern, dass sie bereits seit mehreren Jahren für die Sicherheitseinschätzung des DOMs und der anderen kirchlichen Einrichtungen verantwortlich wären.

Bischof Wilmer sah sie mit einem durchdringenden Blick an. Beide, sowohl PHK Wöhler wie auch POK Brandt erinnerten sich in diesem Moment an Gerichtsverhandlungen, wo sie früher als Zeugen aussagen mussten und wo ihre Aussagen wortgenau ausgewertet und überprüft worden waren. Es war ein unangenehmes Gefühl gewesen und genau dieses Empfinden stellte sich bei den beiden Beamten während des Gespräches ein.

„Wie sieht denn die aktuelle Gefährdungsstufe für das Bistum und den DOM zu Weihnachten aus?", brachte Karl Klages die Sache auf den Punkt.

Klages hatte zuvor den Bischof darüber informiert, dass es drei Gefährdungsstufen gibt, welche sich wie folgt aufteilen:

Stufe 3:   *Eine Gefährdung ist nicht auszuschließen.*
Stufe 2:   *Personen oder Objekte sind gefährdet, ein Anschlag ist nicht auszuschließen.*
Stufe 1:   *Personen oder Objekte sich erheblich gefährdet, mit einem Anschlag ist jederzeit zu rechnen.*

„Nach unserer bisherigen Einschätzung und nach nochmaliger internen Rücksprache, bleibt es wie bei allen anderen Festtagen auch bei der Gefährdungsstufe 3", antwortete PHK Wöhler.

„Auch nach den Vorfällen in Hannover, ja sogar in der dortigen Marktkirche, sehen Sie keine verschärfte Lage für uns?", der Ton von Klages war eine Nuance schärfer geworden.

„Nein, es gibt keine Anzeichen welche dafürsprechen würden, dass es an Weihnachten zu einer besonderen Gefährdung für Sie kommen würde", mischte sich nun auch POK Brandt in das Gespräch ein und fügte hinzu: „Wie der Kollege eben schon sagte, hat dies ja auch der Herr Innenminister bestätigt."
Karl Klages, welcher den beiden Beamten direkt gegenübersaß, hatte seine Arme auf der Tischplatte abgelegt, stellte die Handflächen nach oben, stützte sein Kinn auf die Handflächen und atmete deutlich hörbar aus. „Ich dachte, ihre Aufgabe ist es den Innenminister zu beraten? Wie kann es dann sein, dass Sie sich bei ihm vergewissern können, dass für uns keine Bedrohung besteht?".

„Ähm", PHK Wöhler bemerkte selber, dass er ungewollt ins Stottern überging, „natürlich hat der Herr Innenminister Ahnung von der Sicherheit. Er befindet sich ja auch im ständigen Austausch mit den Innenministern der anderen Bundesländer."

„Der Innenminister ist Jurist, aber wieso soll er Ihrer Meinung nach Ahnung von der Sicherheitslage haben? Aufgrund eines Austausches mit anderen Juristen? Was zeichnet einen Juristen, einen Theoretiker aus, über die Sicherheitsbelange von Menschen zu befinden? Wie groß das Sicherheitsverständnis vom Innenminister ist, war ja nun in der Vergangenheit erkennbar, als er eine Pressesprecherin zur Präsidentin des Verfassungsschutzes gemacht hat. Muss er nicht vielmehr auf die Expertise aus Richtung der Polizei warten und ggf. daraus seine Schlüsse ziehen? Also, Sie sind primär die Praktiker, welche die Landesregierung beraten sollen und deshalb stelle ich erneut meine Frage: wieso kann dann ein Innenminister als glaubwürdige Quelle für eine Sicherheitseinschätzung herhalten?"

Man merkte PHK Wöhler an, dass er nach Worten suchte, um die gesamte Gesprächssituation wieder zu entspannen. „Verzeihung, da haben wir uns wohl unverständlich ausgedrückt. Natürlich beraten wir die Landesregierung, aber wir wollten nur zum Ausdruck bringen, dass wir aufgrund der Bedeutung der Kirche natürlich Rücksprache mit unserem Dienstherrn gehalten haben und er uns in unserer Einschätzung bestätigt hat."

Heiner Wilmer beobachtete ganz genau die Gesprächsführung von Karl Klages. Dieser hingegen schmunzelte innerlich, denn er liebte Diskussionen, bei denen er seine Gesprächspartner dazu bringen konnte, aus ihren zuvor festgelegten Bahnen ausbrechen zu müssen. Dies zeigte ihm zum einen den Wahrheitsgehalt der Aussagen, aber auch den Charakter seines Gegenübers.

„Nun gut, diese Erklärung ist annehmbar", führte er fort und konnte sehen, wie beide Polizeibeamten aus ihrer völlig angespannten Körperhaltung leicht in sich, und in die großen, einladenden Sitze zusammensanken. „Dies bedeutet dann für uns, dass wir keine Polizeikräfte zur Verfügung gestellt bekommen?"

Beide Beamten schüttelten mit dem Kopf. „Nein, aufgrund der aktuellen Einschätzung besteht aus unserer Sicht kein Bedarf, dass wir Polizeibeamte für den Schutz der Christmette oder als Personenschutz abstellen. Sie haben ja schließlich einen privaten Sicherheitsdienst, welcher für die Zugangskontrollen zuständig ist."

Bischof, Generalvikar und Sicherheitsverantwortlicher tauschen einen kurzen Blick aus, worauf Klages antwortete: „Wir halten den privaten Sicherheitsdienst in der aktuellen Situation, mit Hinblick auf die Vorfälle in Hannover, für nicht ausreichend. Die Sicherheitsmitarbeiter können zwar Einlasskontrollen durchführen und notfalls auch Personen festhalten, auch können sie Leute in zivil einsetzen, aber sollte es zu einem Terrorvorfall kommen, können diese Sicherheitskräfte nichts machen. Dafür sind sie weder ausgerüstet, noch ausgebildet. Und solch qualifiziertes Personal im privaten Sicherheitsbereich, welches für die Gottesdienstbesucher auch in einer Ausnahmesituation einen optimalen Schutz bieten würde, bekommt man nicht, zumindest jetzt nicht mehr. Aus diesem Grunde möchten wir hier, neben den privaten Sicherheitsleuten, auch bewaffnete Polizisten eingesetzt wissen, welche auch in einem Krisenfall einschreiten können."
„Aufgrund unserer Einschätzung ist dies nicht erforderlich", sagte PHK Wöhler und schloss mit den Worten „und auch der Herr Innenminister wird hier keine Polizeibeamten in einen Einsatz schicken. Wir haben mit ihm schon darüber gesprochen und er sieht keine Notwendigkeit hierfür."

Samstag, 22.12.2018 und Beginn des 4. Adventswochenendes. Vor genau einer Woche hatte das Grauen Einzug in Hannover gehalten und seit diesem Tag war nichts mehr, wie es zuvor gewesen war. Die Spuren des Anschlags oder sollte man in diesem Zusammenhang von „den Anschlägen" sprechen, waren weitestgehend beseitigt worden. Für den Abend war eine große Trauerfeier in der Marktkirche geplant.

Die Weihnachtsbeleuchtung in der Innenstadt wurde seit dem Vorfall nicht mehr eingeschaltet und so sah alles noch unwirklicher aus. Die Stände in der Grupenstraße waren in den Tagen zuvor, nach der Freigabe durch die Staatsanwaltschaft, abgebaut worden. Ähnlich verhielt es sich mit den Ständen auf dem Weihnachtsmarkt bei der Marktkirche. Viele Stände waren schon verschwunden. Die übrigen waren zum großen Teil geschlossen. Nur einige wenige Buden mit Essen oder Getränken waren geöffnet. Man hatte es den Standbetreibern selbst überlassen, ob sie weiter öffnen wollten.

Ein Kerzenteppich und ein Meer an Blumen und Kuscheltieren säumte die Marktkirche. Viele trafen sich dort zum gemeinsamen Schweigen. Selbst die Medien verhielten sich auffällig unauffällig und zurückhaltend.

Die Schattierungen, welche die Umrisse von Körpern zeigten, waren zwar zwischenzeitlich entfernt worden, doch waren an diesen vermeintlichen Sterbestellen überall Kerzen aufgestellt und man musste schauen, dass man diese nicht versehentlich umtrat wenn man versuchte, das Pflaster vor der Marktkirche zu überqueren.

Al-Samahi streifte über den Platz. War es nur sein Eindruck oder wurde er aufgrund seines fremdländischen Erscheinungsbildes häufiger und genauer betrachtet als zuvor? Es konnte aber auch nur seine Einbildung gewesen sein. Aus seinen Einsatzgebieten kannte er Tod und Zerstörung und jedes Mal war er nach Anschlägen durch ganze Trümmerlandschaften gegangen, welche ihn hatten abstumpfen lassen. Hier sah aber alles wieder aufgeräumt und typisch deutsch aus.

Es war kurz vor 17:00 Uhr. Genau eine Woche zuvor hatte alles begonnen und heute fand genau um diese Zeit der Gedenkgottesdienst statt. Die Menschen strömten in die Marktkirche, als ob es dort Vergebung und Verzeihung, aber vor allem eine Beruhigung für das eigene Gewissen geben würde. Aber wie so häufig begann das Vergessen mit dem Verdrängen. Noch war alles frisch im Gedächtnis, aber manche suchten doch einfach nur einen Abschluss für sich selbst, um dann wieder in blinder Naivität und falschem Aktionismus genau dort weiter zu machen, wo man durch die Vorfälle zuvor unsanft unterbrochen worden war.

Die Kirche war bis auf den letzten Platz gefüllt, eine Liveübertragung konnte man parallel auf ARD und ZDF sehen und die ersten Reihen waren natürlich wieder von der Prominenz aus Stadt und Land gefüllt, welche es für notwendig erachtete, sich genau an dieser Stelle sichtlich zerknirscht selber zu präsentieren. Es war wieder eine Zeit für die Selbstdarsteller und Narzissten.

Als ein dezentes Orgelspiel einsetze, schaltete Martin Kosik die Liveübertragung ab. Diese Heuchelei wollte er sich nicht länger antun. Da saßen die, welche nicht nur die Verantwortung, sondern sogar die Schuld dafür trugen, dass inzwischen selbst die polizeilichen Lagebilder die „Messerkriminalität" explizit auswiesen. Sie begriffen nicht, was sie getan hatten. Es ist eine Sache einen Fehler zu machen, sich dessen bewusst zu werden um zukünftig nicht erneut in ein solches Muster zu fallen und ihn möglichst zu beheben. Aber wenn man trotz massiver Intervention Dritter noch nicht einmal erkennen wollte, dass man überhaupt einen Fehler begangen hatte, dann bewegte man sich auf demselben unterirdischen Niveau wie die vielen psychisch gestörten Einzeltäter, welche vermehrt bundesweit auftraten.

✳

Das 4. Adventswochenende war ruhig verlaufen. Es gab bundesweit keine großen Polizeieinsätze und die, einem hypermotivierten Ameisenhaufen ähnelnden Geschenkeinkäufer zogen erneut ihre Bahnen durch die Einkaufsstraßen der Großstädte. Manch Journalist vermeinte weniger Stadtbesucher festgestellt zu haben oder belegen zu können, dass sich die Aufenthaltsdauer in den Fußgängerzonen reduziert hatte, aber letztendlich sah es in den Innenstädten genauso aus, wie sonst auch in der Vorweihnachtszeit.

Da Heilig Abend auf einen Montag fiel war es den Last-Minute-Käufern vielerorts auch noch möglich, diesen Tag für ihre letzten Besorgungen zu verwenden. So war jeder mit seiner persönlichen Art der Vorbereitung beschäftigt und auch im Inneren der Kirchen wurde von der, in der Adventszeit beherrschenden Farbe Violett, nun auf die Farbe für Hochfeste umgestellt, auf Weiß.

Al-Samahi, welcher auch seine Abschlussvorbereitungen getroffen hatte wusste, da er sich einst auch mit der christlichen Liturgie beschäftigt hatte, denn man musste ja seinen Feind kennen, um ihn bekämpfen zu können, um den Umstand der festtagsbezogenen Farben und war der Ansicht, dass rotes Blut auf weißen Gewändern und Altareinrichtungen besonders gut aussehen musste."

Kapitel 8 – Das letzte Weihnachten

Montag, 24.12.2018, Heilig Abend.

09:00 Uhr. Es gab eine letzte Telefonkonferenz mit allen Angehörigen des GTAZ. In den letzten Tagen wurde mit Hochdruck, etwas anderes kannten sie inzwischen nicht mehr, daran gearbeitet alle nur erdenklichen Quellen anzuzapfen und Informationen zu gewinnen. Insbesondere wollte man in Erfahrung bringen, ob mit weiteren Anschlägen zu rechnen sei, aber sowohl die nationale, wie auch die internationale Abfrage bei befreundeten Diensten brachten wiederholt keinerlei Erkenntnisse. Somit wurde die Fernbesprechung nach bereits 20 Minuten beendet und man verabredete sich für die nächste TelKo auf Donnerstag, den 27.12.2018.

09:30 Uhr. „Polizeinotruf", klang es aus dem Hörer. Die Person, welche sich in eine der wenig noch verbliebenen Telefonzellen im Hauptbahnhof Hannover hineingedrückt hatte, sprach mit merklich arabischem Dialekt die Worte: „Heute. Anschlag. Kirche", und legte sofort wieder auf. Die namenlose Gestalt, welche unter Einbeziehung eines Mittelsmanns von Al-Samahi beauftragt worden war, wischte mit einem, in Alkohol getränkten Feuchttuch den Hörer ab und hängte diesen wieder ein. Sie ging davon aus, dass man den Anruf zurückverfolgen würde und DNA-Spuren wollte sie nicht hinterlassen.

Als Al-Samahi seinen Kontaktmann mit dieser Aktion beauftragt hatte, hatte er ihm gesagt, dass drei Worte nicht zu einer Identifizierung beitragen würden. Der Kontaktmann hatte dies geglaubt, wobei sich Al-Samahi dabei nicht sicher war. Er wusste nicht, wozu die heutige forensische IT fähig war, aber letztendlich war es egal, denn die vom Kontaktmann instruierte Person würde ein, zwei Tage später sowieso das Land verlassen haben.

10:00 Uhr. Michael Eckhard wusste, dass heute sein großer Tag sein würde. Alle, die ihn immer unterschätzt hatten würden heute erfahren, wozu er fähig war. Alles würde er so ausführen, wie es zuvor besprochen war. Er freute sich unwahrscheinlich und war neben seinem euphorischen Verhalten sogar glücklich darüber, heute ein Teil eines Ganzen zu sein, was zur Verherrlichung seines Glaubens beitrug.

Ihm war aufgetragen worden, dass er sein Handy ausgeschaltet lassen, und um spätestens 10:30 Uhr seine Wohnung verlassen sollte. Man hatte ihm extra Geld dafür gegeben, dass er sich bis zum Abend hin irgendwo amüsieren konnte und hatte ihm erklärt, dass man sicherstellen wollte, dass nicht andere einen Fehler begehen würden und er dann möglicherweise zu Hause überrascht werden würde.

Aus diesem Grunde nahm er seine Tasche, blickte ein letztes Mal in seine Wohnung und zog um 10:20 die Tür hinter sich ins Schloss in der Gewissheit, diese Wohnung niemals wieder zu betreten.

10:30 Uhr. Eine Stunde war seit der Entgegennahme der Terrorwarnung im Lage- und Führungszentrum der Polizei in Hannover vergangen. Der leitende Beamte vom Dienst hatte umgehend den LBvD von Lagezentrum im Innenministerium informiert. Solche Anrufe nahm man natürlich ernst, gerade wenn man die vor kurzem stattgefundene Situation bedachte. Es waren also alle in Aufruhr, die Polizei Hannover, von der gerade Polizeipräsident und Vize im LFZ eingetroffen waren, das Innenministerium und die Staatskanzlei und auch weiter entfernt hatte bei Gundula Breitscher das Telefon geklingelt. Das BMI und das BKA wurden auch informiert und Gundula hatte die dankenswerte Aufgabe, die übrigen Mitglieder des GTAZ von der Terrorwarnung in Kenntnis zu setzen.

11:00 Uhr. Al-Samahi hatte es sich bereits seit 09:30 Uhr in einem kleinen Café im Hauptbahnhof bequem gemacht. Er hatte seinen Sitzplatz unweit der Telefonzelle gewählt, von welcher aus der getätigte Anruf herausgegangen war. Die Polizei hatte nach seiner Einschätzung recht schnell gehandelt, denn es hatte nur knapp eine

halbe Stunde gedauert, bis die Rückverfolgung die ersten Polizeibeamten zu der Telefonzelle geführt hatte. Nun war die Telefonzelle von Beamten der Spurensicherung umstellt und während Al-
Samahi genüsslich seinen Tee schlürfte, musste er innerlich abhaken, dass der festgelegte Zeitplan bisher perfekt aufging.

11:30 Uhr. „Gibt es schon eine Stimmenanalyse?"
Die Frage erübrigte sich, denn auch im Lagezentrum des MI war
man sich darüber im Klaren, dass selbst die beste Software aus drei
Worten kein Täterprofil erstellen konnte. Die einzige Erkenntnis,
welche sie bis zu diesem Zeitpunkt hatten war, dass sie keine Erkenntnisse hatten. Man hatte zwar den Anruf in den Bahnhof Hannover zurück verfolgen können, aber es waren weder brauchbare
DNA-Spuren an dem Telefon, noch eine auswertbare Videoaufzeichnung sichergestellt worden. Man hatte nichts und das wusste
man ganz genau.

12:00 Uhr. Die Beamten waren schon länger aus dem Bahnhof
abgezogen und nur die Bundespolizei zog ihre uniformierten Runden durch die Menschenmenge. Al-Samahi hatte sich jetzt lange
genug hier aufgehalten. Damit der weitere Plan aufgehen konnte
holte er ein Billighandy aus seiner Jackentasche und schaltete es
ein. In dem Gerät befand sich eine der unregistrierten SIM-Karten.
Er hatte das Gerät und die Karte bisher nur ein einziges Mal aktiviert, um sie für heute vorzubereiten. Nachdem sich die SIM in das
Handynetz eingewählt hatte öffnete er das Mailprogramm und
schrieb nur einen kurzen Satz: „Anschlag heute durch Michael
Eckhard."

Er hatte sich im Vorfeld eine Mailadresse der Polizei Hannover
organisierte, bei welcher er davon ausgehen konnte, dass die Mail
bis zum LFZ kommen würde. Ergänzend hatte er in den Verteiler

noch die Mailadressen von der Post- und separat von der Pressestelle eingefügt. Um 12:10 Uhr schickte er die Mail ab.

12:15 Uhr. Die Mail war zwar nicht direkt im LFZ angekommen,
jedoch wurde sie umgehend dorthin, sowie an das Lagezentrum
MI, das BMI und das BKA weitergeleitet. Innerhalb kürzester Zeit
wurden von mehreren Stellen die unterschiedlichsten Datenbanken
durchsucht. Es galt nicht den Urheber der Mail zu finden, da sich
dies sicherlich als zeitlich unpraktikabel erweisen würde. Das primäre Ziel war es, diesen Michael Eckhard zu identifizieren.

12:20 Uhr. Al-Samahi hatte das Handy direkt nach dem Versenden der Mail wieder ausgeschaltet. Inwieweit man nun akribisch
nach dem Verfasser der Nachricht suchen würde, konnte er nur erahnen, aber da er ja jede Alternative in seinen Ablaufplänen mehrfach durchgegangen war, hatte er auch hierfür eine charmante Lösung gefunden, wie man noch nicht einmal ansatzweise zu ihm finden würde.

Das Handy verfügte über keinen Code, weder das Gerät noch die
SIM-Karte. Mit dem ausgeschalteten Telefon in der Jackentasche
verließ er den rückwärtigen Bereich des Bahnhofs in Richtung Ge-
richtsviertel. In unmittelbarer Nähe zum Bahnhof befindet sich erst
die Staatsanwaltschaft und auf der anderen Seite das Amtsgericht
mit dessen Alt- und Neubau. Zwischen dem Neubau und den zum
Bahnhof führenden Gleisen hat sich die offene Drogenszene ange-
siedelt. Dort konnte man eigentlich zu fast allen Tageszeiten Junkies antreffen, welche sich, obwohl dort ein Druckraum vorhanden
war, an einer der dortigen Wände sitzend anlehnten, das Heroin
zusammen mit Ascorbinsäure auf einem Löffel, mit einem darunter gehaltenen Feuerzeug aufkochten, die fertige Lösung mittels
Spritze durch einen Zigarettenfilter aufsaugten und sich einen

Schuss setzten. Man konnte dies direkt aus dem Amtsgericht heraus beobachten, was die ganze Sache recht skurril wirken ließ.

Durch diesen Bereich der Btm-Abhängigen schritt nun Al-Samahi und in einem unbeobachteten Moment ließ der das Handy aus seiner Jackentasche auf den Fußweg gleiten, ging weiter und verließ den Platz. Ihm war bewusst, dass das Gerät relativ schnell gefunden werden würde. Da keine Codesperren die Nutzung einschränkten war es für jeden Finder von Interesse und angesichts des dortigen Klientel konnte man sogar davon ausgehen, dass es recht schnell seinen Besitzer wechseln würde. Bis die Polizei die Mail zurückverfolgt und das Handy geortet haben würde, würde es schon mit irgendwelchen Junkies oder Dealern unterwegs, irgendwo in Hannover, sein. Al-Samahi grinste. So einfach war es die Ermittlungsbehörden an der Nase herumzuführen. So einfach.

12:30 Uhr. In einer gemeinsamen Telefonkonferenz zwischen LFZ Hannover, Lagezentrum MI, Lagezentrum BMI und BKA erfolgte die erste Analyse und der erste Ergebnisaustausch.

Hierbei stellte es sich heraus, dass sich der Name Michael Eckhard nicht zu häufig in den Datenbeständen befand. Bei der Kombination der polizeilichen Erkenntnisse, mit Zughörigkeit nach Hannover kam nur eine Person infrage, welche wegen kleinen Delikten bereits in Erscheinung getreten war. Ferner konnte hier ein Zusammenhang mit der linken Szene Hannovers bestätigt werden. Die Erkenntnisse vom niedersächsischen und des Bundesamtes für Verfassungsschutz zeichneten jedoch noch ein erweitertes Bild dieser Person. Petra Sangershausen, welche das BfV bei der TelKo vertrat gab an, dass es Hinweise auf eine Radikalisierung mit islamistischem Bezug zu Eckhard geben würde. Zwar war er als relativ harmlos und nicht als Gefährder eingestuft worden, jedoch konnte man nicht abschätzen, wie eine Radikalisierung weiter verlaufen war. Die Daten, welche die Grundlage für seine Einstufung darstellten, waren schon über 6 Monate alt und in so einem Zeitraum konnte viel geschehen.

13:00 Uhr. Ismael Hammam war ein langjähriger Kampfgefährte von Al-Samahi gewesen. Seit dem Jahr 2009 befand er sich in Deutschland und hielt sich, im kalten Krieg hieß es früher, als Schläfer in Deutschland auf. Da er sowohl über eine technische, wie über eine medizinische Ausbildung verfügte hatte er alles darangesetzt, dass er sich mit seinen Erfahrungen eine sichere Existenz aufbauen konnte, jedoch mit einem Hintergedanken. Er wollte in Bereichen tätig sein in denen er, sollte es jemals abgefordert werden, so viel Schaden wie nur möglich verursachen konnte.

Da ihm das Erlernen neuer Sprachen nicht sonderlich schwer fiel, hatte er innerhalb kürzester Zeit in Deutschland Fuß gefasst, weitere Qualifikationen erlangt und konnte dann in dem vertrauten medizinisch-technischen Bereich arbeiten. Er war im Helios Klinikum in Hildesheim beschäftigt und hatte Zugang zu allen technischen Einrichtungen. Obwohl er in sensiblen Abteilungen tätig war und sein Aufgabengebiet ihm viele Abläufe aufzeigte, zu deren Wissen er überhaupt nicht berechtigt war, hatte man ihn niemals einer Überprüfung unterzogen. So konnte er hingehen wohin er wollte, er konnte frei schalten und walten und er brauchte sich noch nicht einmal um einen Generalschlüssel oder eine entsprechende Zutrittsmöglichkeit bemühen, denn diese war ihm einfach so ausgestellt worden.

13:30 Uhr. Mit einem lauten Knall flog die Wohnungseingangstür auf, welche um 10:20 Uhr verschlossen worden war. Inmitten der

Wohnung von Michael Eckhard stand nur eine Einsatztruppe des SEK.

Nach allem Dafürhalten war man davon ausgegangen, dass es bei dem in der Mail bezichtigten Eckhard um den Michael Eckhard handeln würde, in dessen Wohnung nun, nachdem die „Türöffner" vom SEK wieder abgezogen waren, Spezialisten des LKA eine akribische Durchsuchung durchführten.

Man hatte natürlich auch versucht das Handy von Eckhard zu orten, nachdem man über eine Abfrage bei den Telekommunikationsbetreibern, unter Hinweis auf absolute Dringlichkeit und eine mögliche Terrorgefahr, die entsprechenden Daten erhalten hatte. Eine vorläufige Auskunft aus den Kommunikationsdaten hatte ergeben, dass das Handy von Eckhard zuletzt am Vortage gegen 20:00 Uhr in der Funkzelle eingewählt war, in deren Umkreis sich dessen Wohnung befand. Seit diesem Zeitpunkt war das Handy nicht mehr zu lokalisieren.

14:00 Uhr. Aufgrund seiner Vernetzung war es Ismael Hammam bekannt, dass auf europäischer Ebene Gleichgesinnte schon lange versuchten Zugang zu Objekten der KRITIS zu erhalten. Bei dem Versuch in den Besitz von Generalschlüsseln oder Transpondern zu gelangen, waren viele erfolgreich gewesen, jedoch unterzogen sich die technischen Strukturen inzwischen dermaßen hohen Sicherheits- und Qualitätsnormen, sodass dieser Verlust oder selbst das Kopieren recht schnell festgestellt, und dann oft ganze Schließsysteme verändert bzw. ausgetauscht worden waren.

Aus diesem Grunde fand Hammam seine Methode, sich beruflich in ein solches System zu integrieren, für wesentlich erfolgreicher und gewiefter. Nachdem er sich vor gut einem halben Jahr mehrfach und sehr lange mit Al-Samahi unterhalten hatte, erschien ihm dieser Methode sogar perfekt um das zu verwirklichen, was beide anstrebten.

In Rekapitulation ihrer Gespräche und der damit verbundenen Strategie, schraubte Hammam das ca. 5 Liter fassende Metallbehältnis an eines der Wartungsrohre im dritten Untergeschoss im Helios Klinikum in Hildesheim.

15:00 Uhr. Das GTAZ-Krisenteam war zusammengetreten. Momentan wusste keiner, was er machen sollte, denn es gab keine neuen Informationen. Im Hintergrund liefen die Überprüfungen und Auswertungen bzgl. des Anrufes, der Mail, der Person Eckhard und der Wohnungsdurchsuchung. Ferner wurden jetzt noch einmal gezielt Quellen abgefragt, aber alles erschien irgendwie sinnlos, hatte Jörg gerade noch einmal festgestellt, während er mit mehreren Personen in die Küche gegangen war, um sich frischen Kaffee einzuschenken.

„Wir können mal wieder nur warten", stellte Gundula fest. „Das ist genau das Schlimme, diese Hilflosigkeit, diese Abhängigkeit von Entscheidungen anderer", pflichtete ihr Jörg bei.

Keiner wusste, wie lange das Ganze nun laufen sollte und niemand konnte vorhersagen, ob überhaupt etwas geschehen würde. Aber das ist die Aufgabe der Praktiker in den Sicherheitsbehörden – für andere da zu sein, damit diese nachts ruhig schlafen können.

17:30 Uhr. Die Zeit verrann, ohne dass man neue Informationen gewinnen konnte. Ob nur Nervosität oder schon Panik in den Augen mancher Anwesenden im LFZ Hannover feststellbar waren, hätte ein unbedarfter Außenstehender nicht unterscheiden können. Die Anspannung hingegen wurde immer größer.

Man hatte sich alle Gottesdienste der katholischen und der evangelischen Kirchen in Hannover und Umgebung auf einer großen Schautafel zusammengestellt. Es gab Kinder- und Familiengottesdienste, welche in der Zeit zwischen 15:00 und 18:00 Uhr abliefen. Es gab normale Weihnachtsgottesdienste in der Zeit zwischen 17:30 und 21:00 Uhr und es gab die Christmetten, welche zwischen 21:00 und 22:00 Uhr beginnen sollten und sich bis nach Mitternacht hinziehen würden. Wo sollte man da anfangen? Wo sollte man Kräfte hinschicken?

Neben der alarmierten Bereitschaftspolizei aus Hannover, welche mit zwei Hundertschaften in Gruppenstärke einige Kirchen betreute, war eine Hundertschaft der BePo aus Braunschweig, und eine Hundertschaft der Bundespolizei angefordert worden. Beide Hundertschaften waren auf dem Weg nach Hannover.
Bei diesem Kräfteeinsatz musste man davon ausgehen, dass es irgendwo eine Person gab, welche nicht dichthalten und die Presse über die Einsätze informieren würde. Wenn sie eins nicht gebrauchen konnten, so war es eine Panik und Medien, welche dies am besten noch in einer Live-Berichterstattung in die einzelnen Wohnzimmer sendeten.

Polizeipräsident Klarmann und sein Vize Witten standen nebeneinander und betrachteten die Monitore im LFZ als sich Björn Maier, welcher an diesem Abend der LBvD im LFZ war, zu ihnen umdrehte und fragte: „Hat eigentlich jemand die Verantwortlichen der katholischen und evangelischen Kirche informiert?"

Klarmann und Witten sahen Maier fragend an. Dieser ergänzte: „Ich meine die beiden Bischöfe. Die werden sich doch sicherlich wundern, wenn sie Nachfragen aus ihren Gemeinden erhalten sollten, warum überall so viel Polizei zugegen ist."

Maier brauchte keine Antwort abzuwarten um zu verstehen, dass man dies vergessen hatte.

17:50 Uhr. Die Bischöfe Wilmer und Meister waren inzwischen informiert worden. Man hatte ihnen mitgeteilt, dass seitens der Polizei alles unternommen würde, was zum Schutz der Messen und der Gottesdienstbesucher in Hannover beitragen würde.

18:00 Uhr. Ismael Hammam beendete seine Schicht im Helios Krankenhaus in Hildesheim. In der Umkleidekabine verabschiedete er sich von zwei Kollegen, welche gerade ihre Schicht antraten und verließ dann durch den Personaleingang die Klinik.

Das Helios Klinikum ist mit über 550 Betten eines der größten Krankenhäuser im Helios-Klinikverbund. Es handelt sich hierbei um ein hochmodernes Krankenhaus, was unter anderem auch dem Umstand geschuldet ist, dass es erst 2011 eröffnet wurde und das bis dahin im Innenstadtbereich gelegene städtische Krankenhaus abgelöst hatte. Helios selber lag in der östlichen Auslage von Hildesheim, fast direkt an der Autobahn 7, was dazu führte, dass aufgrund der räumlichen Lage Unfallopfer von der Autobahn zu allererst hierher gebracht wurden. Auf eine entsprechende Unfallaufnahme und Notfallambulanz hatte man sich vorbereitet.

Hammam setzte sich in sein Auto, welches ein wenig von den Besucherparkplätzen abgelegen, auf der Zufahrt zum angrenzenden Galgenberg geparkt stand. Er blickte auf die Uhr in der Mittelkonsole seines Golfs. 18:10 Uhr. Er wartete und zählte innerlich die Sekunden mit. Die Uhr sprang wie in Zeitlupe nach und nach auf 18:11, 18:12, 18:13 und 18:14 Uhr um. Als im Ziffernblatt 18:15 Uhr stand startete er seinen Wagen und wusste, was genau in diesem Moment geschah.

Die kritische Infrastruktur des Helios Klinikum lag drei Stockwerke im Boden versteckt. Dadurch, dass die Klinik erst 7 Jahre alt war, hatte man hier die neueste Technik verbaut. Moderne Technik ist jedoch häufig anfälliger, als in die Jahre gekommenen alten Systeme und Insider wussten, dass man die gesamte Infrastruktur, wenn man denn wusste wie, innerhalb von nur 15 Minuten derartig sabotieren konnte, dass sämtliche technischen Einrichtungen so „herunterfahren" würden, dass man mindestens zwei Tage benötigen würde, um alles neu zu starten und um dann wieder in einen Dauer- und Regelbetrieb übergehen zu können.

18:15 Uhr. Eine von zwei Zeitschaltuhren, welche Hammam installiert hatte, aktivierte sich. Sie gab ein Ventil frei, welches an einem der Wartungsrohre angebracht war und an welches Hammam zuvor den Metallbehälter angeschlossen hatte. Hätte sich zu diesem Zeitpunkt eine Person in diesem Raum aufgehalten, so hätte sie einen leisen Zischlaut wahrnehmen können, welcher von dem Behälter ausging, als dessen Inhalt langsam in das Rohrsystem der Belüftungsanlage einströmte.

18:30 Uhr. Die telefonische Abstimmung zwischen den Sicherheitsdiensten in Hannover und Berlin folgte kontinuierlich über eine Standleitung, nur gab es nicht viel abzustimmen, denn neue Kenntnisse wurde bisher nicht zutage gefördert.

Im GTAZ hörte man plötzlich aus der Hannoveraner Leitung eine Art Triumphschrei. „Wir haben das Handy geortet!"
„Welches Handy?", fragte Gundula Breitscher sofort. „Das von dem Eckhard?"
Die Antwort verlief leider nicht so wie erhofft. „Nein, das Handy von dem, der die Mail abgesendet hat. Wir können es ganz genau lokalisieren. Wir haben gerade das SEK dorthin geschickt."

Rückblende

Nach dem Versenden der Mail an die Polizei Hannover hatte Al-Samahi das Handy, mit welchem er die Mail abgeschickt hatte, direkt hinter dem Bahnhof, in der dortigen „Offenen Drogenszene", zu Boden fallen lassen und war weiter gegangen. Dies geschah gegen 12:20 Uhr.

Drei Junkies, welche sich in unmittelbarer Nähe befanden, versuchten jeder für sich an das Handy heranzukommen, nachdem sie es entdeckt hatten. Dies fiel ihnen sichtlich schwer, da sie bis zu diesem Zeitpunkt direkt an der Wand auf dem Boden gesessen und sich unmittelbar zuvor einen Schuss aus einem Heroin-Kokain-Gemisch gesetzt hatten. Alle drei waren vollständig benebelt und versuchten, mit ausgestreckten Armen, halb über den Boden kriechen und robbend, an das Gerät zu gelangen. Es sah aus wie eine Szene aus „The Walking Dead", aber es war bittere Realität. Während zwei sich gegenseitig wegstießen kam der dritte, mit der berühmten Armlänge Abstand, fast an das Telefon heran.

Durch diese brutal ehrliche, aber auch komisch anmutende Szene wurden natürlich auch noch andere Personen aufmerksam und während der erste kriechende Junkie nur noch zuzugreifen brauchte, schnappte ihm jemand, der kurz dorthin gelaufen war, das Handy direkt vor der Nase weg und wollte sich entfernen. Dabei wurde er von zwei anderen Btm-Abhängigen aufgehalten, welche ihn „in freundlicher Art und Weise" dazu überredeten, ihnen das Teil auszuhändigen. Und somit wechselte das Handy erneut seinen Besitzer. Zurück blieben drei zugedröhnte Junkies, für die die Abläufe gerade zu schnell gewesen waren und der Zwischenbesitzer, welcher sich mit blutender Nase zu den anderen drei auf dem Asphalt dazu gesellte.

Nachdem, nennen wir sie einfachheitshalber mal Michael und Matthias, sich das Handy angeeignet hatten, hatten sie es sich angeschaut und wollten es gerade einschalten, als sie eine uniformierte Polizeistreife bemerkten, welche ihnen entgegenkam und offensichtlich zu den Streitigkeiten gerufen worden war. Somit ließ Michael das Handy in seiner Jacke verschwinden und beide schlenderten langsam weg von diesem Ort.

Michael und Matthias verbrachten den Rest des Tages mit Schnorren und drei kleinen Ladendiebstählen, während sie sich dann um 17:00 Uhr, zu einem Treffpunkt in der Eilenriede, dem Stadtwald von Hannover, begaben.

Mit Einbruch der Dunkelheit traten hier die Dealer auf. Während man das Heroin von, zumeist minderjährigen Kurden, welche extra für diesen Handel aus Bingöl eingeflogen wurden, in den Grünflächen kaufen konnte, hatte sich der Kokainhandel gewandelt. In den 90er Jahren waren es überwiegend Schwarzafrikaner, welche aus Gambia stammend, das Kokain im Innenstadtbereich von Hannover verkauften. Alle damals dort unterwegs befindlichen Gambier waren in den Handel involviert – entweder verkauften sie es selbst oder sie transportierten es oder sie warnten die anderen vor der Polizei. Inzwischen war dieser Straßenhandel, wie auch beim Cannabis, von Arabern übernommen worden.

Michael und Matthias fuhren mit der Straßenbahn die Podbielskistrasse herunter, stiegen an der Station „Vier Grenzen" aus und begaben sich, zwischen einigen Wohn- und Geschäftshäusern hindurch, in die Eilenriede. Es war kurz vor 17:00 Uhr und es kamen ihnen schon ein paar Gestalten entgegen, welche sie von der Drogenszene her kannten. Sie fragten, ob die Kurden schon da wären, und dies wurde ihnen bestätigt. Ebenso wurde ihnen gesagt, dass die Shore, welcher ein Begriff der Altjunkies für Heroin war, heute besonders gut sein sollte.

Nach ca. 100 Metern und einem abknickenden Weg trafen sie, in fast völliger Dunkelheit, auf zwei Kinderkurden. Sie wussten, dass man teilweise sogar unter 14-jährige als Dealer einsetzte, weil diese eh nicht strafmündig waren. Letztendlich war jedoch auch dieses egal, denn für jeden festgenommenen Dealer standen zwei neue am Flughafen in Bingöl bereit.

Nach einem kurzen Gespräch und in dem Wissen, dass das heutige Btm von guter Qualität sein sollte, wollten sie einen 5Gramm Beutel mehr haben, als sie sich leisten konnten. Es fehlten ihnen 30 Euro. Daraufhin bot Michael einem der Kurden das zuvor gefundene Handy für die fehlenden 30 Euro an. Mittels Taschenlampe begutachtete dieser das Handy, schaltete es ein, sah, dass es keine Sperren gab und das es sich ins Netz einwählte, schaltete es wieder aus und erklärte sich einverstanden. Somit wechselte das Handy erneut seinen Besitzer.

Nachdem die Kinderkurden ihren gesamten Vorrat an Heroin verkauft hatten, und sie hatten 30 sog. 5-Gramm-Beutel mitgeführt, begaben sie sich zum Steintorviertel. Im Steintor saß, wie jeden Abend, in einer türkischen Stube, mit anderen zusammen, ihr greiser Pate, bei dem sie das Geld abzugeben hatten. Nur einer der Kinderkurden ging zu ihm hin und übergab ihm das Geld. Dieser zählte es nach und fragte, wieso 30 Euro fehlen würden. Daraufhin erklärte ihm der Kinderkurde, dass sie dafür ein Handy angenommen hätten. Die Ohrfeige, welche daraufhin der Jungdealer erhielt, halte durch den ganzen Raum. Die Anwesenden blickten kurz auf, nahmen aber sofort zur Kenntnis, dass dies eine der üblichen Erziehungsmethoden für ihre Jungen gewesen war und schenkten dem Vorfall keinerlei Bedeutung mehr. Dies war halt so üblich.

Nachdem der Kinderkurde mit pochender Backe den Raum verlassen hatte, schaltete der Pate das Handy ein und lege es neben sich auf den Tisch. Es war 18:30 Uhr.

18:40 Uhr. Al-Samahi saß, wie so häufig, auch im Steintorviertel in einer seiner bevorzugten Teestuben. Im Steintorviertel gab es sicherlich um die 20 dieser kleinen Lokale, wo man in trauter Zusammenkunft auch mal entspannt eine Wasserpfeife rauchen konnte. Diese Räume, zumeist in der ersten oder zweiten Etage, waren ähnlich wie Shisha-Bars und boten 30 bis 50 Besuchern Platz. Er vermied jedoch die rein türkischen Stuben, wobei er mit den dortigen Türken keinerlei Probleme hatte. In den arabischen Einrichtungen, unter wirklich seinesgleichen, fühlte er sich wohler. Da ihm sein Zeitplan noch sehr viel Spielraum ließ, hatte er diesen letzten Abstecher zu seinem gewohnten Nachmittagsaufenthalt durchgeführt.

Genüsslich das Aroma des Tees inhalierend blickte er aus dem Fenster im ersten Stock und sah von beiden Seiten Blaulicht auf sich zukommen. Er erschrak zutiefst, zumal er wusste, dass diese Straße, in welcher sich die Teestube befand, eine Einbahnstraße war und in der Regel die Polizei niemals von zwei Seiten kommen würde, es sei denn, sie hätten einen besonderen Grund dafür.

An der Häuserfront konnte er zivile Beamte, mit Sturmhauben und Maschinenpistolen erkennen, welche sich schnell fortbewegten. Ihm stockte der Atem. „Was wäre, wenn …"
Er dachte gar nicht weiter, was dies für Folgen haben könnte. Er konnte momentan überhaupt nicht klar denken.

Die Fahrzeuge stoppten direkt vor dem Haus, in dem er sich befand. Die Türen Einsatzfahrzeuge wurden aufgerissen und ähnlich gekleidete Polizisten verließen, mit gezückten Waffen, die Autos und rannten, Al-Samahi konnte es kaum glauben, in das Haus auf der anderen Straßenseite, ihm genau gegenüber.

Al-Samahi konnte direkt in den ersten Stock auf der gegenüberliegenden Seite schauen, wo sich immer die ganzen Kurden trafen, welche auf ihre Geldboten warteten.

Das eingeschaltete Handy lag rechter Hand bei dem Kurdenpaten auf dem Tisch. Er hatte es seinen Tischnachbarn gezeigt und alle hatten durch ihr Anfassen, ebenso wie er, ihre DNA auf dem Handy hinterlassen. Selbst wenn Al-Samahi das Gerät vor dessen „Verlust" nicht sorgfältig gereinigt hätte, so war es inzwischen durch so viele Hände gegangen, dass man es niemals dem ursprünglichen Besitzer hätte zuordnen können.

Vom Bersten der Eingangstür überrascht, den Knall einer Schockgranate und das „Polizei-Geschrei" kaum noch vernehmend, war urplötzlich jegliche Unterhaltung im Raum verstummt. Binnen kürzester Zeit lagen alle Anwesenden, mit Kabelbindern gefesselt, bäuchlings auf dem Fußboden.

Einer der Polizisten hielt ein Handy in die Luft und fragte, wem es gehören würde. Es erfolgte keine Antwort. Daraufhin wurde der Kurdenpate direkt von dem Beamten angesprochen. „Das Handy lag an ihrem Platz. Ist es ihrs?"
Der Pate antwortete nicht und stellte verblüfft fest, dass hier irgendetwas massiv schiefgelaufen war. Mit verständnislosen Blick wurde er abgeführt und in eines der unten wartenden Fahrzeuge verfrachtet.

Gegenüber saß Al-Samahi und beobachtete die Szene, welche sich ihm da bot. Hätte er gewusst, dass es dort drüben um sein Handy ging, hätte er lauthals losgelacht.

18:50 Uhr. Gerade waren alle Beteiligten bei der TelKo über den Zugriff durch das SEK informiert worden und man bereitete in Hannover sowohl die Auswertung des Handys, wie auch die schnelle Vernehmung dessen Inhabers vor. Die Zeit drängte und man musste endlich in Erfahrung bringen, ob es sich um einen Fake handeln würde oder ob tatsächlich mit einem Anschlag innerhalb der nächsten Stunden zu rechnen war.

19:00 Uhr. Die Belüftungsanlage im Helios Klinikum war zweigeteilt. Einmal wurden die „normalen" Räume damit belüftet und dann gab es einen separaten Kreis für Operationssäle und Labore. Normalerweise waren beide voneinander getrennt, aber Hammam hatte diese Sperre manuell überbrückt. Die Funktionsweise der Anlage war so, dass sie kontinuierlich die Luft umwälzte und je nach Jahreszeit auch entsprechend erwärmte. Es gab jedoch auch eine separate Winter- und Wartungsfunktion, welche dafür sorgte, dass nur zur vollen Stunde eine Luftströmung für 15 Minuten ausgeführt wurde. Diese Funktionsmöglichkeit hatte sich Hammam zunutze gemacht.

Durch die Öffnung des Ventils mittels Zeitschaltuhr war die Substanz aus seinem Metallbehälter in eine Vorkammer der Belüftungsanlage geströmt. Dies war um 18:15 Uhr der Fall gewesen. Jetzt wurde es 19:00 Uhr und durch das Winter- und Wartungsprogramm wurde nun die stündliche Belüftung für das gesamte Klinikum gestartet. Infolge des Einwirkens Hammams erfolgte die Belüftung auch für die Abteilungen, welche sonst geschützt gewesen waren. Der Rechner, welcher die genaue Uhrzeit erfasste, gab in Bruchteilen von Sekunden das Signal für die Pumpen, die Heizung und die Ventilöffnungen ab. Die Ventilatoren sprangen an, die Heizfäden fuhren ihre Leistung hoch, die erste Luft setzte sich in Bewegung und nahm die Substanz aus der Vorkammer mit. Die Ventile öffneten sich …

19:10 Uhr. Es ging alles rasend schnell: die Vernehmung des Kurdenpaten hatte bereits begonnen. Er wurde zu dem Handy befragt
und er stellte sich innerlich die Frage, wie er denen jetzt klar machen sollte das er, egal in welchem Zusammenhang das Handy von
Bedeutung wäre, er nichts damit zu tun hätte. Er konnte ja schlecht
sagen, dass er das Gerät über, von ihm organisierte Drogenver-
käufe erhalten hatte.

19:15 Uhr. Im Foyer von Helios hatte an diesem Abend Melanie
Kammers Dienst. Zu ihren Aufgaben gehörte neben dem Besu-
cherempfang auch die Bedienung der Telefonanlage. Da sie selber
keine Familie hatte, machte es ihr auch nichts aus, Heilig Abend
Dienst zu verrichten. Da ließ sie lieber Kollegen mit Kindern den
Vortritt. Es war auch nicht ihr erster Dienst an Weihnachten und
sie liebte die recht ruhigen Abende im Krankenhaus.

Seit ein paar Minuten versuchte sie die Kollegen vom Wachdienst,
welche sich zu zweit auf Streife befanden, per Funk zu erreichen.
Es gab nichts Wichtiges, aber so langsam machte sie sich doch
Sorgen, da bei Nachfragen über Funk sonst immer prompt eine
Antwort kam.
Von ihrem Sitz aus konnte sie die erste Reihe der Fahrstühle über-
blicken. Ein Klingelton verriet, dass ein Fahrstuhl eingetroffen war
und sich gleich die Türen öffnen würden. Da sich zu dieser Stunde
kaum Besucher im Eingangsbereich des Klinikums aufhielten vermutete sie, dass die Jungs von der Sicherheit vielleicht direkt zu
ihr kommen würden, anstatt sich über Funk zu melden.

Die Fahrstuhltüren öffneten sich. Melanie sah jedoch keine Person
herauskommen und rutschte ein wenig irritiert mit ihrem Stuhl
nach rechts, um mehr sehen zu können. In diesem Moment sah sie
eine Hand, welche krampfhaft aus dem Fahrstuhl heraus an die
Wand griff und offensichtlich versuchte, einen Körper hinaus zu

ziehen. Melanie konnte den Blick nicht abwenden. Es kam ein Kopf von jemanden zum Vorschein, welcher offensichtlich kniete. Sie erkannte ihn, das war Andreas vom Sicherheitsdienst. Sie sprang auf, lief um ihren Tresen herum und wollte Andreas helfen. Als sie, selber von Angst erfüllt, näher kam erkannte sie, wie er zitterte, röchelte, wie weißer Schaum aus Mund und Nase quoll und wie er direkt vor ihr, mitten zwischen den geöffneten Fahrstuhltüren, zusammenbrach.

In diesem Moment nahm sie wahr, dass auch sie Atemprobleme hatte. Ein noch nie zuvor dagewesenes Panikgefühl ergriff sie.

19:20 Uhr. Über die hintere Zufahrt zum Klinikum kam ein RTW nach einem Außeneinsatz. Die Fahrzeugbesatzung hatte vergebens versucht seit einigen Minuten die Leitstelle zu erreichen. Weder per Funk noch telefonisch hatte ihnen jemand geantwortet. Sie fuhren eine Rampe hinunter und sahen, dass eine sonst immer verschlossene Ausgangstür geöffnet war. Zwischen der Tür, direkt davor und im anschließenden Gang, lagen mehrere leblose Personen in grüner und weißer Klinikbekleidung.

Marlies und Frank hatten im Rettungswesen schon vieles gesehen und erlebt, aber dass die eigenen Kollegen betroffen waren, schockierte sie zwar, aber lähmte sie nicht. Während Frank gerade loslaufen wollte, hielt ihn Marlies zurück. „Frank!"
Er drehte sich um. Sie hatte auf die Entfernung gesehen, dass alle Liegenden Schaum vor dem Mund hatten. Sie sah ihn mit angsterfüllten Augen an und rief: „Pandemie!"

19:22 Uhr. Ein Taxifahrer hatte gerade einen Fahrgast vor dem Hauptportal von Helios abgesetzt und notierte gerade noch die

Fahrt, während der Fahrgast plötzlich laufend zurückkam. Der Taxifahrer blickte auf und der Fahrgast rief ihm zu: „Dort liegen überall Tote."

19:25 Uhr. Der Notruf ging im Lage- und Führungszentrum der Polizei in Hameln ein. Nach einer Umstrukturierung vor einigen Jahren befand sich das LFZ nicht mehr in Hildesheim, sondern war in das ca. 30km entfernte Hameln verlegt worden.

Neben dem Anruf von der Rettungswagenbesetzung und dem Taxifahrer waren noch mehr Anrufe eingegangen. Zwei Anrufe erfolgten aus dem Inneren von Helios und die Anrufer verstummten mitten im Telefonat. Die wichtigste Erkenntnis der Anrufe war die Meldung der Sanis gewesen, dass es sich möglicherweise um eine sich schnell ausbreitende Pandemie, evtl. einen Giftgasanschlag handeln würde.

Eine Rettungs- und Alarmkette wurde in Gang gesetzt. Neben dem Einsatz von Spezialkräften der Feuerwehr, welche mit entsprechender Schutzausrüstung in das Krankenhaus gehen würden, wurden unter anderem der Leiter der Schutzpolizeidirektion, Polizeidirektor Petermann, sowie das Lagezentrum im Innenministerium informiert.

Der Anruf im Lagezentrum niedersächsisches Innenministeriums ging in einem Nebenraum ein, da im Hauptraum die Standleitung mit der Telefonkonferenz der unterschiedlichen Sicherheitsbehörden aufrechterhalten wurde.

Der Beamte, welche den Anruf entgegengenommen hatte, kam aschfahl in den Hauptraum. Die Anwesenden erkannten, dass irgendetwas passiert sein musste und hörten sich die Lagemeldung aus Hameln bzw. Hildesheim an, welche per TelKo auch direkt nach Berlin zum GTAZ übermittelt wurde.

Das anschließende Schweigen war kaum zu ertragen.

„Haben wir einen Fehler gemacht und uns auf Hannover als Anschlagsort versteift?", kam die Frage aus dem Lautsprecher. Jörg Mävers konnte nicht zuordnen, wer dies gesagt haben mochte, aber das war auch egal. denn Ihm selber war gerade genau der gleiche Gedanke gekommen.

Martina König vom BKA gab zu bedenken: „Wir mussten und müssen nach den Informationen vorgehen, welche wir vorliegen haben. Und demzufolge haben wir richtig gehandelt. Wo sollen wir denn die Polizei überall hinschicken? Frage an Hildesheim: ist die Feuerwehr schon vor Ort?"

Inzwischen war Markus Petermann mit in den Telefonkreis eingebunden. Da er jedoch außerhalb von Hildesheim wohnte konnte man hören, dass er im Auto unterwegs war, zumal die Sirene deutlich zu vernehmen war. Er antwortete: „Ich bin auf direktem Weg nach Hildesheim. Die Feuerwehr sollte inzwischen eingetroffen sein und man ist darauf vorbereitet zu eruieren und zu analysieren, was da eventuell ausgetreten ist."

„Herr Petermann", Gundula Breitscher schluckte, „wie viele Betten hat Helios und wie hoch ist die Belegungszahl?".
„Sie müssen von einer Bettenanzahl von 550 ausgehen. Erfahrungsgemäß liegt die Ausnutzung der Betten über die Feiertage bei ca. 60 Prozent. Sie müssen also von gut 300 belegten Betten, plus Angehörige, plus Ärzte, Schwestern und Pflegern ausgehen", kam als Antwort zurück.

19:45 Uhr. Die zweite, von Hammam installierte Zeitschaltuhr, begann ihre Tätigkeit. Eine Explosion erschütterte das ganze Krankenhaus. Schlagartig fielen der gesamte Strom und die Beleuchtung aus. Die Kräfte der Feuerwehr, welche sich in Schutzkleidung sowohl im Eingangsbereich wie auch über Notaufnahme Zugang zum Objekt verschafft hatten und mit den ersten Messungen begonnen hatten, zuckten zusammen.

Die Meldung, dass es nun auch noch zu einer Explosion und zu einem Stromausfall gekommen war, traf unmittelbar danach im LFZ ein. Nun war es Gewissheit, dass es sich nicht um die Verkettung unglücklicher Umstände gehandelt hatte, sondern dass hier bewusst eine Krisensituation herbeigeführt worden war.

Es wunderte somit niemanden mehr, dass auch die Notstromaggregate nicht ansprangen und das keine Notbeleuchtung zur Verfügung stand. Irgendwie hatten die Anwesenden auch nicht den Eindruck, dass dies jetzt noch von Relevanz wäre.

Markus Petermann war gegen 19:50 Uhr eingetroffen und ließ sich gerade durch den Leiter der Berufsfeuerwehr informieren. Während die Messungen noch liefen, hatten andere Feuerwehrkräfte inzwischen eine provisorische Ausleuchtung des Eingangsbereiches und der Notaufnahme aufgebaut.

19:55 Uhr. Markus Petermann schaltete sich erneut in die TelKo ein und teilte mit, dass die vorläufigen Messungen der Feuerwehr ergeben hatten, dass das Krankenhaus vermutlich mit Sarin geflutet worden war, vermutlich über die Lüftungsanlage. Bei Sarin handelt es sich um einen chemischen Kampfstoff, welcher sich lautlos, unsichtbar und geruchslos verbreiten lassen kann und welcher bei Haut- oder Atemkontakt innerhalb kürzester Zeit zum Tode führt. Da sich dieser Stoff schnell verflüchtigt kann davon ausgegangen werden, dass das Gebäude in ca. zwei Stunden wieder gefahrlos betreten werden können. Da jedoch aufgrund der Explosion die Infrastruktur der Klinik nachhaltig geschädigt wurde, kann nicht vorhergesagt werden, ob in den nächsten Tagen überhaupt Strom und Licht im Gebäude zur Verfügung stehen würde.

Nach diesem sachlichen Vortrag wurde dann im Schlusssatz von Petermann die mögliche Antwort gegeben, deren Frage sich zuvor niemand zu stellen gewagt hatte: „Wir müssen davon ausgehen, dass alle Personen, welche sich zum Zeitpunkt des Anschlages im Krankenhaus aufgehalten haben, tot sind. Die Lüftung hat das Gas überall hin verteilt. Es wird keine Überlebenden geben."

20:00 Uhr. Michael Eckhard war, wie alle mit welchen er im linken Spektrum zu tun hatte davon überzeugt, dass er recht schlau war. Ein ehemaliger Freund hatte ihm, bevor dieser den Kontakt zu ihm abgebrochen hatte nur einmal gesagt: „Mensch Michael, Du kannst fehlerfrei bis 10 zählen, ganze Sätze kannst Du auch bilden und Du hast es geschafft, Dich die letzten 10 Jahre ohne Ausbildung, nur von diesem Staat unterstützt, über Wasser zu halten. Du bist prädestiniert dazu bei den Grünen Karriere zu machen, warum tust Du das denn nicht?". Michael hatte damals den Sarkasmus nicht verstanden denn ihm war bekannt, die viele der Grünen über keine oder keine wesentliche Ausbildung verfügen:

- Claudia Roth: Studium Theaterwissenschaft, Geschichte und Germanistik, abgebrochen, Dramaturgie-Assistentin, Managerin der Politrockband Ton Steine Scherben Partei **(80)**.
- Göhring-Eckhardt: Studium evangelische Theologie, abgebrochen, danach Partei **(81)**.
- Anton Hofreiter: 7 Jahre Studium zum Diplom-Biologen **(82)**.
- Cem Özdemir: Diplom-Soziologe und Erzieher **(83)**

Da die Grünen jedoch immer wieder in Zusammenhang mit der Pädophilie gebracht wurden (**84**), war selbst ihm das zuwider und er sah von einer Karriere in diesem „Sammelsurium der Hochbegabten", wie er es selbst nannte, ab.

Ihm stand jedoch ein anderer Weg bevor und er war froh darüber, dass er den Glauben zu Allah, sowie seine islamischen Brüder, gefunden hatte. Und heute würde er beweisen, dass sie ihn alle unterschätzt hatten.

Er betrachtete das alte Gemäuer des Doms in Hildesheim. Er befand sich an dem Westportal, welches die Bernwardstüren beherbergt. Im Innenraum brannte Licht und Orgelmusik spielte. Da ihm zuvor ein paar Kinder entgegengekommen waren vermutete er, dass jetzt so etwas wie ein Kindergottesdienst im Inneren stattfinden würde. Wie dem auch sei. Seine Instruktionen waren klar und eindeutig gewesen. Er hatte nach Hildesheim fahren, sich genau um 20:00 Uhr am Dom einfinden und dann sein Handy einschalten sollen. Das Handy sollte solange eingeschaltet bleiben, bis er eine Nachricht bekommen würde und sollte er es wieder ausschalten. Es war jetzt genau 20:00 Uhr und er schaltete das Gerät ein.

20:05 Uhr. Die TelKo der Sicherheitskräfte aus Hannover, Hildesheim und Berlin hatte noch einmal die Daten zusammengefasst. Kräfte der Bereitschaftspolizei wurde gerade von Hannover nach Hildesheim verlegt. Natürlich hatte die Presse davon Wind bekommen, dass sich bei Helios etwas abgespielt hatte, aber die Einsatzkräfte vor Ort hielten in der aktuellen Situation noch dicht, ließen die wenigen bisher eingetroffenen Journalisten nicht durch und verwiesen, da eine Nachrichtensperre verhängt worden war, auf die Pressestelle der Polizei. Da konnten die Medienvertreter nachfragen bis sie schwarz würden, war die einhellige Meinung der

TelKo, denn man hatte gerade Wichtigeres zu erledigen, als den Vermutungen übereifriger Journalisten Nahrung zu geben.

20:08 Uhr. „Wir haben eine Handortung."
Die fragenden Blicke im Lagezentrum MI richteten sich an den Übermittler der Botschaft. „Diesmal ist es das Handy von dem Michael Eckhard."
„Wo ist er?", hallte die Frage zurück. „Er ist in Hildesheim! Er ist beim DOM!".

20:10 Uhr. Michael beobachtete das Treiben der vielen Kinder im Eingangsbereichs des Doms. Seine Eltern hatten ihn auch zu Weihnachten mit in die Kirche genommen und er sollte am Krippenspiel teilnehmen, aber das war nicht seins gewesen. Er hatte schon als Kleinkind rebelliert, wie er sich gegen alles aufgelehnt hatte, was auch nur ansatzweise mit Glauben oder Kultur zu tun gehabt hatte. Er wollte schon damals nur in Tag hineinleben und da ihm dieser Staat hierbei entgegenkam, brauchte er auch als Erwachsener keiner geregelten Arbeit nachzugehen oder seinen Lebenswandel zu verändern, denn er wurde ja rundum versorgt.

Sein Handy vibrierte und zeigte an, dass eine Textnachricht eingegangen war. „Oh Bruder, heute ist Dein heiliger Tag. Habe Mut, habe Stolz und sei würdig in der Nachfolge des Propheten."

Michael Eckhard wusste, dass seine Brüder immer für ihn da waren und auch jetzt Seite an Seite mit ihm stehen würden. Er ließ das Handy wieder herunterfahren, blickte dabei noch einmal zu den Kindern mit ihren Kerzen und wusste, was er jetzt zu tun hatte.

20:12 Uhr. Hildesheimer Einsatzkräfte waren zum Dom unterwegs. Es lag allen ein Foto von Michael Eckhard vor, aber wie sollte man ihn in der Dunkelheit jetzt nur schnell erkennen. Ein angefordertes SEK schoss gerade mit Sonderrechten den Messeschnellweg und die Autobahn 7 nach Hildesheim herunter. Auch wenn sie sonst immer mit Sonderrechten unterwegs waren, so war dies hier anders. Hier zählte unter Umständen wirklich jede Minute, sodass sie, wenn es nicht anders ging, selbst über den Standstreifen mit maximal möglicher Geschwindigkeit überholten.

20:13 Uhr. „Das Handysignal ist wieder weg", kam die Nachricht aus Hannover. Jörg Mävers blickte in die Runde und sagte: „Er hat jetzt seine letzten Anweisungen erhalten."
Nicht einer zuckte bei diesem Gedanken zusammen, im Gegenteil. Die anderen sahen es genauso.

20:15 Uhr. Aufgrund der örtlichen Nähe hatte man, ergänzend zum LFZ in Hameln, einen Raum in der Polizeiinspektion in Hildesheim für den dortigen Krisenstab eingerichtet. Neben mehreren Beamten des gehobenen Dienstes wartete man noch auf das Eintreffen von Markus Petermann, welcher aber beim Klinikum verbleiben wollte. Er, wie auch die anderen Mitglieder des Krisenstabes waren jedoch darüber informiert worden, was es mit dem Handy von Michael Eckhard auf sich hatte und das es am Dom geortet worden war. Somit schloss sich auch Petermann den Beamten an, welche umgehend mit Blaulicht und Sirene zum Dom verlegten – ein Bild von Eckhard hatte auch er inzwischen auf sein Handy erhalten.

Der in der Polizeiinspektion eingerichtete Krisenstab hatte eine Kurzübersicht über die aktuellen Gottesdienste der Kirchen in Hildesheim erstellt.

- Dom   19:30 – 21:00 Uhr Weihnachtsgottesdienst
                        22:00 – 01:00 Uhr Christmette mit Bischof
- St. Godehard   22:00 – 00:00 Uhr Christmette
- St. Andreas   21:30 – 23:00 Uhr Weihnachtsgottesdienst
- St. Michaelis   22:00 – 00:00 Uhr Weihnachtsgottesdienst

Alle anderen Gottesdienste, insbesondere für Kinder und Familien, waren inzwischen beendet.

„Gibt es bei den Messen irgendwelches Sicherheitspersonal, welches eingesetzt ist und wenn ja, wie ist deren Stärke und machen sie auch mehr als nur blöd an der Tür herumzustehen?"

Die Frage kam vom Ersten Polizeihauptkommissar Tobias Reimann, welcher den Einsatz- und Streifendienst leitete. Normalerweise war es nicht seine Art herabwürdigend über private Sicherheitskräfte zu sprechen, aber man merkte ihm, wie auch allen anderen, die außergewöhnliche Belastung an.

„Keine Ahnung, hier hat man uns nicht informiert und weder im Bistum, noch bei den Evangelen bekommen wir jemand ans Telefon", kam die Antwort aus der Runde.
„Na klasse", antwortete Reimann und sprach über die TelKo direkt mit dem Lagezentrum MI: „Wie sieht es aus beim LKA? Gab es im Vorfeld Gespräche mit der Präventionseinheit und der Kirche hier in Hildesheim und wenn ja, was hat man dort besprochen?"

„Das müssen wir klären, wir versuchen schon seit längerem die Kollegen von der Zentralstelle Prävention zu erreichen, aber wir

bekommen sie nicht ans Rohr", kam die Antwort aus dem Lagezentrum MI zurück.

Reimann wandte sich vom Mikro ab und sprach, leise, nur für sich:
„Ja, genau, die sitzen wieder mit Ihrem Arsch zu Hause im Warmen und Trockenen, während andere für deren Mist geradestehen
müssen."

Was Reimann nicht bedacht hatte war, dass es sich auf dem Tisch
um ein Hochleistungsmikrofon handelte, welches diese Aussage
auch direkt in die große Runde übertragen hatte. Hätte er es bemerkt, wäre es ihm auch egal gewesen, denn er gehörte wie Petermann zum alten Schlag der Polizisten, welche noch über eine eigene Meinung verfügten, diese auch nach außen hin vertraten und
sich nicht politisch reglementieren ließen.

Auf der anderen Seite der TelKo in Berlin musste Jörg grinsen, als
er diesen Satz gehört hatte und sein umherschweifender Blick bestätigte ihm, dass auch die anderen belustigt waren.

20:30 Uhr. Auch das SEK war inzwischen am Dom eingetroffen.
Der erste Weihnachtsgottesdienst lief und ganz unauffällig mischten sich zivile Polizeibeamte unter die Gläubigen. Petermann hatte
sich in die Sakristei begeben, von welcher aus man nach dem Umbau des Doms einige Abschnitte mittels Kamera überwachen
konnte. Man versuchte anhand des vorliegenden Lichtbildes von
Eckhard diesen in der Menge zu lokalisieren, aber man wurde nicht
fündig. Außerhalb des Doms gab es nicht viel Personenverkehr
und alle, welche dort unterwegs waren, waren schon kontrolliert
worden.

Zwischenzeitlich hatte Petermann Kontakt zu Bischof Wilmer, welcher nach seiner Einführung erstmalig eine Christmette in Hildesheim zelebrieren würde. Dieser, sowie andere Anwesende vom Domkapitel, wurden über die bisherigen Vorfälle unterrichtet, aber man bat darum, nichts über die Geschehnisse beim Helios Klinikum zu berichten. Man wollte jegliche Aufregung oder Erschrecken vermeiden und beschloss, die Christmette wie geplant stattfinden zu lassen.

20:45 Uhr. Ergänzend zu den Einsatzkräften der Berufsfeuerwehr waren noch weitere Kameraden aus dem Umland zusammengezogen worden. Ebenso trafen inzwischen vermehrt Einsatzkräfte des THW am Klinikum ein. Nach einer vorläufigen Einschätzung, und darauf basierend wurden die weiteren Abläufe festgelegt, könnte das Krankenhaus ab ca. 22:00 Uhr wieder gefahrlos betreten werden. Bis zu diesem Zeitpunkt arbeiteten sich nur Kräfte mit entsprechender Schutzkleidung und schwerem Atemschutz durch das Objekt. Das, worauf sie trafen, schockierte selbst den erfahrensten und abgehärtetsten Feuerwehrmann.

Auf den Gängen und Fluren, in den Zimmern, in Zwischenräumen, in den Treppenhäusern trafen sie überall auf Leichen. Selbst in zwei OP, wo offensichtlich gerade Notoperationen stattgefunden hatten, fanden sie niemanden mehr lebend vor. Die Symptome waren überall gleich – eine verkrümmte und verkrampfte Körperhaltung, aufgerissene und das Grauen erlebende Augen, Schaum vor Mund, Nase und teils sogar vor den Ohren.

Die Einsatzkräfte hatten es mittlerweile aufgegeben über Funk eine Beschreibung der vorgefundenen Situation abzugeben, da sich die erblicken Szenen überall identisch wiederspiegelten. Die ersten Männer waren bis zur Notstromversorgung durchgedrungen, mussten jedoch feststellen, dass diese dermaßen sabotiert worden war, dass man hier kurzfristig keinen Strom mehr produzieren konnte.

Das THW orderte inzwischen spezielle Generatoren, welche an das interne Stromnetz angeschlossen werden sollten und die defekten Anlagen überbrücken konnten. Zeitlich ging man davon aus, dass die Lieferung und Überbrückung gegen 02:00 Uhr nachts erfolgen würde, so dass man ca. ab diesem Zeitpunkt das ganze Schreckensszenario im Licht der künstlichen Beleuchtung erkennen könnte.

21:00 Uhr. Es gab bei keiner Dienststelle neue Erkenntnisse. Die Vernehmung es Kurdenpaten, welche seit knapp zwei Stunden lief, hatte eine Wendung genommen, womit niemand gerechnet hatte. Zuerst hatte der Pate kontinuierlich geschwiegen und nach seinem Anwalt verlangt. Letzteres war im verweigert worden.

Da es hier um Menschenleben ging, hatten die Vernehmungsbeamten, mit Zustimmung der eingetroffenen Staatsanwältin, den Druck auf den Paten massiv erhöht. Zeitgleich hatte man eine Wohnungsdurchsuchung durchgeführt, welche noch immer lief, seine Frau auf die Dienststelle verbracht und seine drei Kinder in die Obhut des Jugendamtes übergeben. Mit diesem Wissen hatte man den Paten und seine Frau für ein paar Minuten in einem Zimmer eingeschlossen.

Man wusste ganz genau, wie Frauen in diesem Kulturkreis reagieren können und dieses Verhalten, insbesondere wenn es um die eigenen Kinder ging, wollte man sich zunutze machen. Man brauchte keine körperliche Folter einzusetzen denn das Geschrei, welches hinter verschlossenen Türen dann auf den Paten einprasselte, entsprach einer psychischen Folter auf einem ganz hohen

Leistungsniveau. Man hatte der Frau zuvor klipp und klar zu verstehen gegeben, dass sie ihre Kinder nicht wiedersehen würde, sollte ihr Mann weiterhin die Aussage verweigern und es infolge dessen zu weiteren Vorfällen kommen. Das ein solches Vorgehen rechtsstaatlich bedenklich und nicht umsetzbar wäre, musste man ihr nun nicht unbedingt unter die Nase reiben, hatte zuvor die Staatsanwältin den Vernehmungsbeamten gesagt.

Nach dem Gespräch mit seiner Frau begann dann auch der Pate einzuräumen, wie er in den Besitz des Handys gelangt war. Zwischenzeitlich hatte man über die wirkliche Telefonnummer des Paten dessen Bewegungsbild an diesem Tage analysiert und dies stimmte mit seiner Aussage überein, wo er sich den ganzen Tag über aufgehalten hatte. Somit konnte die Ermittler ausschließen, dass der Pate im Zusammenhang mit der versendeten Mail stand.

Die rund 7.200 Euro, welche man bei der Durchsuchung in der Jacke des Paten gefunden hatte, wurden als sogenanntes Dealgeld beschlagnahmt und man würde später einen Bericht für 2.1 K, die Drogendienststelle, erstellen. Diese Drogenfahnder könnten dann den Vorgang weiter bearbeiten. Die direkte Weiterbearbeitung des Paten würde wohl auch seine Frau übernehmen.

21:45 Uhr. In Sichtweite zu der großen und hohen Kathedrale stand Michael Eckhard. Gerade zu Hochfesten wie Weihnachten oder Ostern strömen die Menschen in Scharen in die Kirchen, welche dann oft völlig über-, und zum Bersten gefüllt sind. Und so war es üblich, dass sich bereits längere Zeit vor Messbeginn die Gläubigen in den Gotteshäusern einfanden, um überhaupt noch einen Sitzplatz finden zu können. Angeblich würden an solchen Tagen bis zu mehr als 500, ja sogar über 600 Menschen im Dom Platz finden, hatte er einmal gelesen.

Weder das Glühen seiner Zigarette noch den Qualm, welchen er durch seine Lippen ausstieß, konnte man in der Dunkelheit auf größere Entfernung erkennen. Er blickte sich um und konnte auch nirgends Polizeibeamte erkennen, nur viele Menschen in der Dunkelheit, welche als schwarze Schatten auf die Kirche zugingen.

Gemäß seiner Order schaltete er genau zu dieser Uhrzeit sein Handy ein und wartete auf ein Klingeln. Der letzte Anruf von seinen Brüdern, das letzte Gespräch, bevor er Teil etwas Großen werden würde. Er drückte auf den Powerknopf seines Handys und nachdem es hochgefahren war, konnte er die Pfeilsymbole in der oberen Zeile erkennen welche ihm signalisierten, dass sich das Gerät mit dem Netzprovider verband. Es hatte sich nach wenigen Sekunden in das Netz einloggt und jetzt hieß es warten. Gleich würde der Anruf kommen.

21:50 Uhr. „Wir haben das Handy wieder. Es ist wieder eingeloggt!". Alle zuckten zusammen.
„Na Gott sei Dank. Bisher ist noch nichts passiert. Wo ist er?", konnte die GTAZ-Truppe über den Lautsprecher vernehmen. Als Antwort erklang: „Moment, wir warten noch auf die genaue Lokalisierung, die müsste aber gleich kommen."

Eine andere Stimme war zu hören: „Wir informieren schon mal die Jungs vom SEK, dass sie gleich etwas zu tun bekommen."

Eine Zustimmung zu dieser Aussage unterblieb und war auch nicht notwendig gewesen, denn jetzt zeigte es sich, dass hier Profis am Werk waren, welche keine theoretische Zustimmung für praktische Entscheidungen benötigten.

21:52 Uhr. Al-Samahi hatte gerade sein Handy eingeschaltet. Wie auch das Handy heute im Hauptbahnhof in Hannover, handelte es sich hierbei um ein Billighandy mit einer unregistrierten SIM-Karte. Von einem Zettel tippte er die Handynummer von Michael Eckhard ein und anschließend einen Text für eine SMS. Ja klar, er hatte Michael gesagt, dass er in anrufen würde, aber er war ja nicht blöd. Nach allen bisherigen Planungen war davon auszugehen, dass Michaels Handy genau jetzt lokalisiert werden würde. Wo, das war die andere Sache und Al-Samahi lachte diabolisch in sich hinein. Zumindest nicht dort, wo sie ihn erwarten würden.

Da sie also Michaels Handy auf dem Schirm hatten, würde Al-Samahi den Teufel tun, aber garantiert nicht dort anrufen oder gar sein Stimmmuster hinterlassen. Dieser Michael war so dämlich und religionsbetrunken, dass er ihn auch mit einem simplen Text steuern konnte. Selbst so ein kleines und dummes Rädchen erfüllte seinen Zweck im großen Getriebe und dieser Zweck war bisher aufgegangen. „Ich bin äußerst gespannt, ob Michael noch die Gelegenheit dazu haben wird zu begreifen, welche Rolle er eigentlich wirklich gespielt hat", dachte sich Al-Samahi.

Die SMS war fertig. Al-Samahi drückte auf den „Senden"-Knopf und als er gleich darauf die Bestätigung für das Verschicken der SMS angezeigt bekam, schaltete er das Handy aus und entnahm ihm die SIM-Karte. Er musste immer wieder darüber lachen, wie nett Rotes Kreuz und Caritas gewesen waren, dass sie diese Handykarten kostenlos zur Verfügung gestellt hatten. Karte und Handy reinigte er kurz und warf anschließend das Handy in den Abfalleimer im Waschraum und die SIM-Karte spülte er die dortige Toilette herunter. Somit konnte man auch nicht mehr die IMEI-Nummer des Gerätes der SIM-Karte zuordnen.

Hierauf verließ Al-Samahi, in der Gewissheit, dass seine ganzen Planungen bisher aufgegangen waren und nun gleich noch gekrönt werden würden, die Toilette am Flughafen Langenhagen bei Hannover, begab sich durch die Abfertigung und betrat, nachdem er sein Ticket vorgezeigt hatte, den Zugang zu seinem Flugzeug, welches ihn gleich außer Landes bringen würde.

21:53 Uhr. „Scheiße, er ist nicht am DOM!". Selten hatte Jörg so erschreckte Gesichter gesehen, wie gerade in diesem Augenblick. Keiner schien zu atmen und alle warteten auf die nächste Meldung. Es war furchtbar so weit entfernt zu sein und nicht selber einschreiten, sondern alles nur mitverfolgen zu können.

„Ja wo ist er denn?"
Auch dieser Stimme merkte man die Nervosität an. „Andere Kirche, andere Kirche!", wurde zurückgerufen.

21:54 Uhr. Michael Eckhard blickte auf sein Handy. Es war noch kein Anruf eingegangen, aber man hatte ihn auch nicht vergessen. Es war eine SMS gekommen und auch wenn er sich über eine vertraute Stimme gefreut hätte, so konnte er verstehen, dass ein Anruf wohl nicht möglich gewesen war.

„Mein Bruder, Du begibst Dich nun auf den Weg, welchen Allah Dir vorgezeichnet hat. Wir sind alle Diener des einzigen wahren Gottes und Du wirst heute seinen Namen ehren und Dir Deinen Verdienst in seiner Herrlichkeit verschaffen. Allahu Akbar."

21:55 Uhr. „Er ist bei der Godehard Basilika! Sankt Godehard! Alle Kräfte dorthin!"

21:56 Uhr. Die Nachricht war an die Einsatzkräfte, welche sich im und an dem Dom befunden hatten, weitergegeben worden. Die

St. Godehard Basilika befindet sich in Luftlinie ca. 500 Meter südlich-östlich vom Dom entfernt. Aufgrund der Straßensituation, mit einigen Einbahnstraßen, muss man jedoch eine längere Anfahrt in Kauf nehmen und dann beträgt die Fahrtstrecke gut 800 Meter. Der Domhof, welcher das Gemäuer des Doms umschließt und an welchem die Häuser und Büros des Klerus des Bistums aufgereiht sind, wurde durch ein blaues Fackelmeer erhellt. Überall gingen die Stroboskopblitze der Dienstwagen an und selbst die SEK-Fahrzeuge ordneten sich hinter einen Hildesheimer Streifenwagen ein, da die SEK-Profis ja keine Ortskenntnis besaßen.

Der Streifenwagen jagte, vom Domhof kommend, über den Bohlweg und dann, entgegen der Einbahnstraßenregelung, über die Kreuzstraße und dem Brühl bis hin zum Godehardiplatz, auf dessen Anhöhe sich die Basilika befand.

21:57 Uhr. Die aufgerauchte Kippe hatte Michael Eckhard einfach weggeschnippt. Er hatte bisher direkt an einem Zuweg zur Kirche, dort wo es beim Godehardiplatz auf ein separates Grundstück der Kirche ging, auf welchem sich das Domizil der Benediktiner Mönche befand, gewartet. Von dort gab es zwei Wege und er nahm den unteren, welcher parallel zur Straße verlief. Dieser führte dann über den Godehardiplatz zum hinteren Eingangsportal der Kirche, wo die meisten Menschen hineinströmten. Über diesen Eingang beabsichtigte er ebenfalls in das Gotteshaus hineinzugelangen. Warum ihm ausdrücklich aufgetragen worden war genau hier reinzugehen war ihm zwar schleierhaft, aber es spielte letztendlich auch keine Rolle für ihn.

21:58 Uhr. Man war im Bilde. Die Lokalisierung des Handys war metergenau. Das war der Vorteil, wenn Technik eingesetzt werden konnte, welche dem Privatanwender nicht zur Verfügung stand.

Auf einem Großbildschirm mit Stadtkarte verfolgte man in Echtzeit die Handybewegung und somit die Bewegung seines Trägers.

Über Funk wurden die Einsatzkräfte informiert. „ZP befindet sich noch 50 Meter vom hinteren Eingang entfernt. Noch 40 Meter."

Da es unmittelbar vor Messbeginn war, standen nur noch einzelne Personen oder Paare vor der Kirche. Michael Eckhard war die einzige allein laufende Person, welche sich dem rückwärtigen Portal näherte und das hatte man auch den Einsatzkräften mitgeteilt. Völlig konzentriert ging er weiter auf die offenstehende Tür zu. Das Blaulicht, welches sich schon seit mehreren Sekunden überall abzeichnete und von den Glasscheiben der angrenzenden Häuser reflektiert wurde, hatte er noch gar nicht bemerkt. Als nun in relativer Nähe eine Sirene ertönte, wurde er aus seiner Konzentration herausgerissen, erschrak und drehte sich in die Richtung des Schalls um. Jetzt erst erkannte er, dass der Platz und die Zufahrten von Polizeibeamten überfüllt waren. Er überblickte den Platz, welcher sich als eine große Fläche für ihn darstellte und nahm überhaupt nicht wahr, dass mehrere Personen seitlich auf ihn zuliefen.

Das Empfinden, etwas oder sich selber nicht mehr eigenständig bewegen zu können, ist ein blödes Gefühl, stellte Michael Eckhard, als er von den SEK-Beamten umgerissen und zu Boden gebracht wurde. Er nahm nur den Aufschlag mit seinem Gesicht auf dem dortigen Schotterboden zur Kenntnis und dass er mit verschränkten Armen, deren Hände in Handschellen eingefasst worden waren, auf dem Bauch lag.

21:59 Uhr. Die Meldung ging per Funk an das LFZ und Krisenstab, sowie an die entfernten Teilnehmer der TelKo, welche den Funkverkehr übermittelt bekamen. „ZP unter Kontrolle!"

Ein Aufatmen und eine spontane Gelöstheit setze augenblicklich bei allen Betroffenen ein, welche fernab dem ganzen Einsatz untätig zuhören mussten. Wahrlich, in letzter Minute konnte der Anschlag verhindert werden und der Gottesdienst konnte um 22:00 Uhr beginnen, ohne dass drinnen jemand mitbekommen hatte, wie dicht sie an einer Katastrophe vorbeigeschrammt waren. Sie hatten es geschafft. Auch in Berlin hatte sich Anspannung gelöst und man vergaß in diesem Augenblick, dass ja noch ein anderes Problem auf sie wartete, die Helios Klink, aber zumindest hatte man hier eine Sofortlage in den Griff bekommen und daraus resultierende Folgen verhindern können.

22:00 Uhr. Der Küster von St. Godehard schlug im Übergang von der Sakristei zum Kirchenschiff eine Glocke an, welche dem Orgelspieler signalisierte mit der einleitenden Musik zu beginnen und den Gläubigen, dass sie sich zu erheben hatten.

Im selben Moment sprang die dritte Zeitschaltuhr von Ismael Hammam auf 22:00 Uhr um. Hammam hatte sich schon lange einen Nebenjob zugelegt und in diesem war er bei einem Subunternehmer tätig, welcher neben anderen Aufträgen auch die Betreuung der Haustechnik, von Kirchen im Raum Hildesheim und Hannover, beinhaltete. Die Bombe, welche er linkerhand der Kanzel, zwischen den ersten Bänken und dem Altarraum platziert hatte, zerfetzte das gesamte hölzerne Podest. Die Druckwelle, welche sich auch nach oben hin ausdehnte, riss den, über dem Hauptaltar hängenden Radleuchter, welchen im Jahr 1864 Königin Marie von Hannover der Kirche gestiftet hatte, buchstäblich auseinander.

„Was zum Teufel war das?"

Einer der SEK Beamten, welche Michael Eckhard festgenommen hatten, schrie dies fast heraus. Die übrigen Polizisten blickten entsetzt zu der Godehardikirche und sahen, wie durch die Wucht der Explosion, welche sich offensichtlich im vorderen Bereich des Kirchenschiffes ereignet haben musste, die bunten Außenfenster und Mosaike nach außen splitterten.

Rauch stieg aus dem Kirchengebäude durch die zerstörten Fenster hinaus und aus dem Inneren waren panische Schreie der Angst und des Schmerzes zu vernehmen.

Durch das hintere Portal rannten Gottesdienstbesucher heraus und wollten einfach nur weg von dem Ort des Grauens. Rund 20 Meter vor dem Portal hatte das SEK Michael festgenommen. Er lag immer noch mit dem Gesicht auf dem Boden, da die Beamten noch nicht dazu gekommen waren, ihn aufzurichten. Michael wusste jetzt, warum er zum hinteren Eingang hatte gehen sollen. Selten war er sich in seinem Leben so viel Klarheit bewusst, wie genau in diesem Augenblick.

Die Szenerie war völlig irreal. Blaulicht erfüllte den Platz und Rauch stieg aus der Kirche empor. Beim Anblick der äußeren Zerstörung konnte man erahnen, wie es innerhalb der Kirche aussehen musste. Menschen, die an den Beamten und an dem Festgenommenen rechts und links völlig hysterisch vorbeiliefen, stolperten, fielen, rappelten sich wieder auf und liefen den Rettungskräften in die Arme. Man hatte unwillkürlich den Eindruck, dass die Zeit in diesen Momenten langsamer lief, als hätte ein Regisseur einen Kameramann damit beauftragt, jedes einzelne Bild, jede Bewegung und jede ablaufende Szene in Super-Slow-Motion zu drehen.

Michael wurde von den Beamten umgedreht. Er blickte in ein, mit einer Sturmhaube bedecktes Gesicht, während er die Flüchtenden aus den Augenwinkeln heraus registrierte. Der Moment der Klarheit hielt ihn immer noch gefangen und als der über ihm gebeugte Spezialist des SEK den wirren Blick in Michaels Augen registrierte, da ließ dieser den Knopf der Totmannschaltung los, welchen er immer noch, trotz angelegter Handschellen, in seiner rechten Hand festgehalten hatte.

Kapitel 9 - Eine Meinung, eine von vielen

Angst und Schrecken zu verbreiten, das sind einige der wichtigsten Ziele des Terrorismus. Weltweit müssen Unschuldige sterben oder sie selber und ihre Familien unter den Folgen leiden. Je brutaler die Terroristen dabei vorgehen, umso größer ist deren Ansehen in den eigenen Reihen. Diese Perfidität, diese Menschenverachtung, wird schon vielerorts in normalen islamischen Familien Vorschub geleistet, wo das Schlagen der Kinder genauso an der Tagesordnung ist, wie dass Tiere auf brutalste Art und Weise, bis zum Tode, gequält werden. Damit ist nicht nur das Schächten gemeint, sondern auch der Spaß am Leid von Lebewesen, welche sich nicht wehren können. Es gibt genügend YouTube-Videos, welche in Deutschland noch nicht gesperrt worden sind, wo man sich dieses barbarische Verhalten anschauen kann.

Dies ist die Kultur von Menschen, welche nichts anderes als Gewalt und Brutalität seit frühester Kindheit anerzogen bekommen haben. Sozialforscher weisen darauf hin das Kinder, welcher bis zum Alter von 12 Jahren so geprägt wurden, aus Sicht der Forscher nicht mehr resozialisierbar sind. Die Kinder sind abgestumpft und werden dieses Verhalten überall praktizieren, ob nun in ihren eigenen Kreisen oder, als vermeintliche Kultur getarnt, in westlich geprägten Ländern. Wie ist es zu erklären das Jugendliche, welche sich erst seit kurzem in Deutschland aufhalten, mit Igeln und Schildkröten Fußball spielen und sich darüber freuen?

Wie ist es zu erklären, dass es fast täglich, zumeist nur regional bekannt, zu dem Einsatz von Messern im täglichen Zusammenleben mit „Kulturfremden" kommt, was es vor der unsäglichen Entscheidung der Kanzlerin, die Grenzen nicht zu schließen, bei uns kaum oder gar nicht gegeben hat?

All diejenigen, welche zu Beginn der Flüchtlingskrise darauf hingewiesen haben, dass sich unter diese eintreffenden Personen auch Terroristen mischen werden, wurden erst belächelt, dann denunziert und mundtot gemacht. Es wurde von Verfolgungswahn gesprochen und das „uns Menschen geschenkt würden", welche „wertvoller als Gold sein sollen" und welche „überwiegend die Qualifikation von Fachkräften" mitbringen würden. Wenn man der Auffassung ist das Personen, welche zum nicht unerheblichen Teil Analphabeten sind oder über keine halbwegs akzeptable Schulbildung verfügen, ein Geschenk für uns sein sollen, welche dann unseren Fachkräftemangel beseitigen werden, wieso wird dann ein Einwanderungsgesetzt für Fachkräfte angestrebt? Warum stapeln sich überall die Gerichtsakten mit Rohheitsdelikten durch Migranten? Warum besteht die Notwendigkeit, jetzt Messerdelikte in die Kriminalstatistik der Polizei einarbeiten zu müssen?

Gewalt ist Bestandteil der Kultur derer, welche aus muslimischen Kreisen zu uns kommen. Leider erfolgt diese Erkenntnis erst dann, wenn man selber davon betroffen wurde.

Die primäre Aufgabe der Politik liegt in der Sicherstellung des Schutzes und der Sicherheit der eigenen Bevölkerung. Nicht Europa genießt hier oberste Priorität, sondern das Wohl des eigenen Volkes und des eigenen Landes.

Die Leidensfähigkeit der Deutschen ist sehr groß. Egal was man ihnen vorhält, antut oder einfordert, sie erdulden es oft stillschweigend, aber irgendwann einmal wird der Punkt überschritten und der Klotz weggehauen, welcher das Ungleichgewicht abstützt.

✴

22:05 Uhr. Es war kein Laut mehr zu vernehmen. Weder in Hildesheim, noch in Hannover, noch in Berlin. An allen drei Standorten saßen die Sicherheitsexperten wortlos auf ihren Stühlen und blickten teilnahmslos geradeaus oder gegen die Wände. Der eine oder andere schüttelte gelegentlich den Kopf, aber niemand sprach ein Wort. Wozu auch. Sie hatten alles nur Erdenkliche unternommen um einen möglichen Anschlag zu verhindern, aber es war ihnen misslungen. Draußen waren jetzt die Einsatzkräfte, denen man aus der Ferne keine Anweisungen zu geben brauchte. Man war sich eigentlich nicht im Klaren darüber, was überhaupt gerade passiert war.

Die Christmette im Dom lief seit 22:00 Uhr. Man hatte dies zwar zur Kenntnis genommen, aber das war es dann auch gewesen. Der Bischof war noch nicht über die Vorfälle in 500 Metern Entfernung informiert worden und niemand wollte dies auch übernehmen. Mit so wenig Aufwand einen so großen menschlichen Schaden zu verursachen, hätte sich niemand vorstellen können. Sie hätten es dennoch tun sollen, denn wenn jemand zu so komplexen Planungen und Ausführungen fähig war, welche ein Maximum an Horror und Leid verursachen konnten, dann wäre es doch eigentlich naiv anzunehmen, dass sich diese Person oder dieser Personenkreis nicht noch weitere Schrecken für eine Nacht ausdenken konnte, welche gerade erst begonnen hatte.

22:08 Uhr. Al-Samahi schaute auf seine Armbanduhr. Sein Flugzeug musste inzwischen den deutschen Luftraum verlassen haben. Er plante immer sorgfältig und dazu gehörte es auch, dass er genau wusste, wo er sich jetzt in diesem Moment befand. Ansonsten vermied er es grundsätzlich Projekte aufzuschreiben oder zu visualisieren. So etwas trägt man immer in sich, damit es kein anderer gegen einen selbst verwenden kann. Dies war immer sein Motto gewesen. Somit hatte er den genauen Zeitplan im Kopf und konnte sich die Abläufe vorstellen, welche sich gerade ereigneten.

Er hatte sehr viel übrig für seinen Vertrauten Ismael Hammam. Ja, Ismael war einer der ganz wenigen, denen er tatsächlich ein großes Stück an Vertrauen entgegenbrachte und deshalb wusste er, sollte Ismael nicht aufgehalten worden sein, so würde jetzt Phase 3 beginnen.

22:10 Uhr. Der Einsatzbefehl an die in Hannover stationierten Polizeikräfte war gerade heraus gegangen. Die Bereitschaftspolizei aus Hannover, Braunschweig und der Bundespolizei wurde sofort nach Hildesheim verlegt. Die Zielrichtung war, die Innenstadt komplett abzuriegeln um es Schaulustigen und Pressevertretern unmöglich zu machen, bis an die Anschlagsorte heranzukommen. Weitere Hundertschaften in Lüneburg und Oldenburg, sowie von der Bundespolizei wurden in Alarmbereitschaft versetzt. Eine massive Zahl von Rettungsteams aus dem Umland war inzwischen ebenfalls informiert worden und wurde bei St. Godehard erwartet. Die zusätzlichen Polizei- und die angeforderten Rettungs- und Unterstützungskräfte würden ca. gegen 22:45 Uhr eintreffen.

Während der Christmette hatte man Bischof Wilmer einen Zettel zum Altar bringen lassen, welcher ihn kurz und prägnant über das informierte, was sich vor kurzem unweit von hier abgespielt hatte. Die kurze Notiz schloss wieder mit der Bitte, Stillschweigen zu bewahren.

22:12 Uhr. Noch jemand schaute auf seine Uhr. Es war Ismael Hammam. Er war in vielen Aufgabengebieten ein Profi und wenn er so etwas, wie es heute Abend hier und jetzt stattgefunden hatte und stattfand organisierte, dann war es immer so, dass er bei direkten Konfrontationen mit Dreierteams agierte.

Sein persönlicher Einsatz hatte eigentlich noch gar nicht begonnen und würde erst jetzt, mit Phase 3 starten. Natürlich war ihm bewusst, dass Polizeikräfte aus allen Himmelsrichtungen nach Hildesheim unterwegs waren. Na und? Alle Teilplanungen waren zeitlich perfekt aufeinander abgestimmt.

Als Kopf seines eigenen Dreierteams hatte er alle Vorbereitungen getroffen, um selber aus dieser Sache wieder herauskommen zu können. Den anderen beiden würde dies jedoch nicht gelingen. Das war den anderen bewusst, nur dachten diese beiden auch, dass Hammam sich ebenfalls zum Ruhm des Propheten opfern würde. Das war ihr Plan, jedoch nicht seiner.

Wenn alles richtig gelaufen war, so würde sich jetzt keine Polizei mehr auf dem Domhof aufhalten. Langsam und bedächtig begab sich Hammam von der Treibestraße, welche südlich vom Dom gelegen, direkt zu dem Bernward-Krankenhaus, dem zweiten Krankenhaus in Hildesheim führt, über die Stinekenpforte, einen recht schmalen Verbindungsweg, zu dem Domhof. Seine Kalkulation schien aufzugehen. Auf dieser Seite der großzügigen Anlage war keine Polizei, weder offen noch verdeckt, zu erkennen.

Er war noch kurz am Überlegen, ob er einmal um den Dom herum, auf die andere Seite gehen sollte. Diesen Gedanken verwarf er jedoch. Auf der anderen Seite musste sich zu diesem Zeitpunkt sein zweites Teammitglied, aus Richtung Dammstraße, durch einen kleinen Zugang am Bischofshaus, dem Domhof nähern. Sollte dieses Teammitglied auf Polizisten stoßen, dann würde er dies wohl

mitbekommen und brauchte sich somit nicht unnötig in Entde-
ckungsgefahr zu begeben.

Da sein Team aus drei Personen bestand, hatte er eine der Haupt-
aufgaben dem dritten Man übertragen, welcher sich innerhalb der
Kirche befand. Es war vorab schwierig einzuschätzen gewesen, ob
es jemanden gelingen konnte, unbemerkt das Kircheninnere zu in-
filtrieren. Aus diesem Grunde hatte sich Hammam am 01.09.2018,
als der neue Bischof im Gottesdienst eingeführt worden war, sehr
genau die Sicherheitsvorkehrungen angeschaut. Er war erstaunt
darüber gewesen, mit welcher Sorglosigkeit man hier aufgetreten
war. Er hatte insgesamt 10 Sicherheitsmitarbeiter in Uniform festgestellt, welche höflich alle nach einer Gesichtskontrolle hinein-
gelassen hatten. Taschenkontrollen erfolgten eher sporadisch anstatt systematisch. Nach diesem Erlebnis hatte Hammam keinerlei
Bedenken gehabt, ein Teammitglied entsprechend ausstaffiert in
die Kirche zu schicken.

Hammam checkte nochmals seinen Einsatzbereich. Außerhalb des
Doms war nicht eine Menschenseele festzustellen und deshalb vermutete er, wenn jetzt Teammitglied 2 auf der anderen Seite erscheinen würde, dass dieser zu derselben Feststellung gelangen
würde. Der Dom war in seiner ganzen architektonischen Schönheit
lichterhell erleuchtet. Neben der normalen Beleuchtung meinte
Hammam auch die kleinen Lichter von Tannenbaumlämpchen erkennen zu können. Orgelspiel und Gesang drangen nach draußen
und eine, für ihn nicht erklärbare Stimmung schwang wie der
Klang einer langgezogenen Note zu ihm herüber. Dieser Moment
hatte etwas Warmes an sich und fühlte sich gut an. Hammam
schüttelte sich und versuchte bewusst diese Gedankengänge auszublenden. Gleichzeitig erschrak er, denn von der Seite her näherte
sich eine dunkle Gestalt, welche aufgrund der Lichtverhältnisse im
Gesicht nicht erkennbar war.

„Guten Abend", sagte der ca. 60 Jahre alte Mann, welcher ihn gerade passierte. Erst jetzt erblickte Hammam einen kleinen Hund, welchen der Mann mit sich führte und der, offensichtlich seine übliche, abendliche Runde unterwegs war. „Ihnen auch einen guten Abend", erwiderte Hammam den Gruß und sah zu, wie der Mann leicht schlurfend, zusammen mit dem Hund, seinen Weg um den Dom herum weiter fortsetze.

22:15 Uhr. Die Christmette im Dom lief und vom liturgischen Ablauf her stand die Lesung des Tages an. Die Kirche war nicht nur bis auf den letzten Sitzplatz gefüllt, sondern im hinteren Bereich, sowie in beiden Flügeln des Kirchenschiffs standen die Gottesdienstbesucher, welche keinen Sitzplatz mehr erhalten hatten. Der Chorraum hinter dem Altar war durch Messdiener und Geistliche gefüllt und separat stand im Seitenschiff, auf der anderen Seite der Berwardssäule, der Domchor mit 45 Personen, welcher durch die Mädchenkantorei mit 42 Sängerinnen ergänzt worden war. Die Gesamtanzahl innerhalb der Kirche lag bei über 600 Personen.

Die Uhrzeit hatte eine Person ganz genau im Auge behalten. Diese Person stand in der Nische einer der Seitenältere, auf der rechten Domseite, wo sich auch die Bernwardssäule und der Marienaltar befanden. Die Person war groß gewachsen, sicherlich über 1,90m, hatte schwarze Haare, trug einen schwarzen Bart und vom Aussehen her würde man sie nach heutigen Maßstäben als „südländisch" oder „nordafrikanisch" einstufen. Der Person schenkte man jedoch keine sonderliche Bedeutung, da es inzwischen auch viele Christen aus diesen Ländern gab, welche regelmäßig den Dom besuchten. Auch als sich diese Person aus der dunklen Nische in das Licht von Kerzen und Tannenbaumbeleuchtung begab, wurde sie nicht mit Aufmerksamkeit bedacht. Die Gemeinde konzentrierte sich auf die Abläufe vorne am Altar und bewundere die weihnachtliche Stimmung und Dekoration. Sicherheitskräfte, welchen die Person vielleicht aufgefallen wäre, gab es nur uniformiert an den Eingängen, aber nicht in ziviler Kleidung inmitten der Besucher.

Das zögerliche Bewegen ging in ein Gehen und dann in ein Laufen über. Die Person rannte zwischen der ersten Stuhlreihe und den Stufen zum Altar, von rechts kommend genau in die Mitte des Kirchenschiffes. Die Gläubigen, insbesondere in den ersten Reihen, erstarrten und auch oben im Altarraum, wo ein Lektor bereits mit der Lesung begonnen hatte, trat eine unheimliche Stille ein, welche den Eindruck erweckte, minutenlang anzuhalten. Dabei waren es nur Sekunden.

Die Person blieb zu Stufen des Altars stehen, blickte nach oben, drehte sich zu der erschrockenen Gemeinde um und nahm dann wieder die Blickrichtung zum Bischof auf. Niemand reagierte, niemand sprach, alle waren wie gelähmt. Den Lippen der Person entfuhr der Schrei „Allahu Akbar", welcher sich in der lautlosen Kirche beim Auftreffen an den Wänden zu verstärken, ja sogar zu potenzieren schien und darauf rannte sie ins linke Kirchenschiff, auf den Domchor und die Mädchenkantorei zu. Noch einmal ertönte der nachhallende Schrei „Allahu Akbar" und die Person preschte genau zwischen die völlig verstörten Mädchen der Kantorei.

22:16 Uhr. Hammam hatte den Lichtschein der Explosion im Kircheninneren gebannt beobachtet. Der Lärm der Explosion setzte einen Sekundenbruchteil zeitverzögert ein und auch hier, wie in der Basilika St. Godehard, wurden die historischen Glasfenster als gebrochene Fragmente nach außen hin weggesprengt.

Der Dom verfügte auf der Seite, auf welcher sich Hammam platziert hatte, über zwei Ein- bzw. Ausgänge. Auf der anderen Seite gab es nur einen offiziellen Ein- und Ausgang und einen weiteren, welcher jedoch geschlossen war. Hammam hatte sich genau zwischen den beiden Türen auf seiner Seite positioniert und ging davon aus, dass sich Teammitglied 2 auf der anderen Seite des Doms an dessen Ausgangsportal befand.

Wenn Menschen in Panik geraten, dann rennen sie. Sie wollen so schnell wie möglich weg von dem Ort des Geschehens und ein rationales Denken ist dabei dem Fluchtgedanken untergeordnet. Die nachfolgend Flüchtenden schließen sich, wie in einer Herde, den Leittieren an und laufen hinterher, ebenfalls mit dem Gedanken beseelt, so schnell und so weit wie möglich diesen Ort hinter sich zu lassen. Dabei drücken und schieben sie von hinten nach. Menschen, welche dabei stürzen oder einfach nur im Weg stehen, werden weggedrängt oder man läuft über sie rüber. Flucht, als einer der Urinstinkte ist das Einzige, was in diesem Moment zählt.

Dieses nur allzu menschliche Verhalten war von Al-Samahi und Hammam in die Vorbereitung einkalkuliert worden. Als sich nun die Türen des Gotteshauses öffneten und Menschen in völliger Auflösung, schier den Verstand verlierend, schreiend aus dem Gemäuer flüchteten, erklang auf beiden Seiten der Kirche eine fürchterlich klingende Melodie. Es war die klangliche Passage welche entsteht, wenn ein Schlagbolzen mit Wucht auf das Zündhütchen einer Patrone schlägt und die kleine Treibladung zur Entzündung bringt, welche dann das Geschoss der Patrone, durch einen gezogenen Lauf, auf die zuvor ausgewählten Ziele losschickt.

Die Menschen in den Portalen sanken, getroffen durch die von außen abgegebenen Schüsse, zu Boden. Von innen heraus wurde nachgedrückt, da man nicht mitbekommen hatte oder auch nicht begriff, was sich gerade draußen abspielte. Menschen stürzten, blieben liegen, andere versuchten über sie zu steigen um nach vorne zu entkommen und auch sie bekamen dann die Symphonie des Todes zu spüren, welche nicht in Dur oder Moll, sondern in Kaliber 7,62 komponiert war.

22:18 Uhr. Die ersten Fernsehteams von WELT und NTV trafen bei St. Godehard ein. Die Vorfälle bei Helios ließen sich bedingt verheimlichen, insbesondere weil sehr weiträumig abgesperrt worden war und es schließlich auch keine Personen mehr gab, welche aus dem Inneren hätten berichten können. Der Anschlag bei der Basilika hingegen war innerhalb kürzester Zeit wie ein Tsunami in der Datenwelt unterwegs. Die Bild-Zeitung und Focus Online waren schon auf der Fährte und hatten mit einer Breaking News Schlagzeile eine Vorabinformation in die mediale Welt gestreut.

Während beide Fernsehteams bis auf Sichtweite an den Godehardiplatz hatten heranfahren können, waren sie offenkundig irritiert, da sie mitbekamen, wie plötzlich mehrere Streifen- und Zivilwagen mit Blaulicht und Sirene den Ort verließen und wegfuhren.

Was auch immer nun noch los war, sie waren jetzt erst einmal hier und bauten schnellstmöglich ihre Technik für eine Live-Berichterstattung zusammen. In den jeweiligen Nachrichtenstudios warteten schon die Redakteure, um Bilder und Erklärungen hinaussenden zu können. Hier stellte man beruhigt fest, dass sie mal wieder, wie so häufig, die Ersten waren. Von den GEZ-Sendern war nichts zu erblicken und auch deren Fernsehprogramm lief unvermittelt weiter. Gehässig sagte einer der Redakteure: „Woran erkennt man eigentlich, dass wieder einmal ein Feiertag ist? Das kann man daran erkennen, dass das beste Programm aus alten Wiederholungen von Terence Hill und Bud Spencer besteht. Das Programm, mit welchem ARD und ZDF die Zuschauer gerade zu Weihnachten berieseln ist unglaublich und jetzt, wo sie die Leute mit Live-Berichten aufwecken könnten, befinden sie sich mal wieder in völliger Lethargie."

22:20 Uhr. Beim Krisenteam in Hildesheim hatte man die eintreffenden Meldungen vom Dom nur noch zur Kenntnis genommen, die bisher eingesetzten Kräfte informiert und es dem LFZ überlassen, diese Kräfte neu- bzw. umzuverteilen.

Tobias Reimann sah sich im Kreis der Führungskräfte um und erblickte nur noch gebrochene Blicke. Es war einfach unvorstellbar, was sich hier gerade abgespielt hatte oder sogar noch abspielte. Er erinnerte sich daran, wie er bei 9/11 fassungslos vor dem Bildschirm gesessen und sich gefragt hatte, wann es endlich aufhören würde. Und genau diese Frage stellte er sich jetzt. Wann hört es endlich auf?

22:21 Uhr. Seit Beginn von Phase 3 waren nur 5 Minuten vergangen. Hammam hatte mehrfach nachgeladen und immer wieder beide Ausgänge unter Beschuss genommen. Auch hatte er mit Feuerstößen diejenigen erledigt, welchen es gelungen war durch die Ausgänge ins Freie zu gelangen und zu fliehen versuchten.

Nun war es an der Zeit sich zurückzuziehen. Die Strategie sah so aus, dass Teammitglied 3 den Märtyrertod im Inneren der Kirche finden sollte, indem er sich mit dem Chor in die Luft sprengt. Teammitglied 2 sollte die Fliehenden auf der anderen Seite an der Flucht hindern und entweder in die Kirche laufen oder sich einem Duell mit der Polizei stellen. Was er machte, blieb ihm selber überlassen und er sollte situationsbedingt handeln, jedoch hatte Hammam ihn auf der Verlustliste schon vorzeitig abgehakt.

Ihm selbst stand es noch zu zum Bernward-Krankenhaus zu gehen. Örtlich gesehen ist das Gebiet ein Traum für einen Terrorakt, hatten Al-Samahi und Hammam festgestellt. Das Bernward-Krankenhaus lag leicht süd-westlich im Dom entfernt. Süd-östlich von dem Bernward-Krankenhaus befand sich die Basilika St. Godehard.

Wenn man aus dem rückwärtigen Parkhaus des Krankenhauses herauskam, befand man sich schon fast auf den Godehardiplatz.

Ursprünglich hatten sie geplant, dass noch ein viertes Teammitglied mit einbezogen werden sollte. Zusammen mit dieser Person wollte sich Hammam dann ins Bernward-Krankenhaus begeben und dann, nachdem man den Empfang und mögliche Sicherheitskräfte ausgeschaltet hatte, sich von Station zu Station, von Zimmer zu Zimmer bewegen und ihre gefühllosen Taten ausführen.

Da sie jedoch immer nur mit Dreierteams operierten, hatten sie diesen Konzeptentwurf wieder verworfen. Hammam hatte darüber hinaus auch überhaupt kein Interesse daran, am heutige Tage sein Leben zu lassen und deshalb war man dazu übereingekommen, dass er selber entscheiden sollte, ob und was er möglicher Weise noch im Bernward-Krankenhaus veranstalten wollte.

Wie er gekommen war, so rannte Hammam jetzt zurück. Vom Domhof, über die Stinekenpforte, in die Treibestraße und dieser folgte er bis zum Bernward-Krankenhaus. Östlich vom BKH befindet der Kalenberger Graben, bei dem es sich um einen langgezogenen Teich handelt, der von Straßen umschlossen ist. Auf dessen, dem Krankenhaus zugewandten Seite, hatte Hammam im weiteren Straßenverlauf sein Auto geparkt. Während seines Laufes trug er die Kalaschnikow vor seiner Brust und hatte noch einen kleinen Beutel mit Ersatzmagazinen dabei, welchen er auf seinem Rücken, einem Rucksack gleich, umgeschnallt hatte.

„Offensichtlich scheinen noch keine Krankenwagen von Godehard hierher unterwegs zu sein", überlegte er sich und war ob dieser Tatsache sichtlich überrascht. Eines ihrer Ziele war es gewesen, die medizinische Infrastruktur Hildesheims so auszuschalten, dass eine ärztliche Betreuung unmöglich wäre. Aufgrund einer nicht ausführbaren medizinischen Versorgung würden sicherlich einige

Verwundete ihren inneren Verletzungen erliegen, bis sie nach Hannover oder sonst irgendwo in der Umgebung in Notfallambulanzen gebracht werden konnten. Dies war auch der Grund dafür, warum das Bernward-Krankenhaus mit in ihrem Fokus stand.

Er musste jedoch davon ausgehen, dass es hier bald nur so vor Krankenwagen und der Polizei wimmeln würde. Dennoch wollte er auch diese Einrichtung schwächen und begab sich ein kleines Gefälle hinunter, zum Empfang und der Notaufnahme. Als er das Gebäude betrat, kam er direkt zum Nachtempfang und einem davorgelegenen großen Raum, wo Patienten und deren Angehörige auf eine Untersuchung warteten.

Ohne lange darüber nachzudenken eröffnete er ringsum das Feuer aus der Kalaschnikow, wechselte einmal das Magazin und als dieses leergeschossen war, holte er aus seiner Jacke sowohl eine Rauchbombe, wie auch eine Handgranate. Den Sicherungsstift der Rauchbombe zog er ab und warf diese direkt in den Eingangsbereich. Während er sich selber durch die Eingangstür begab, warf er, die zuvor entsicherte Handgranate, in Richtung eines der Untersuchungsräume. Die ganze Aktion war in noch nicht einmal zwei Minuten abgelaufen.

Anschließend lief er das kurze Stück zum Kalenberger Graben. Die Kalaschnikow und die Magazine warf er während des Laufes, von einer kleinen Anhöhe in den Teich hinunter und erreichte nach ca. 3 weiteren Minuten, leicht außer Atem, sein abgestelltes Auto.

Weit entfernt, aber dies konnte bei den hier verwinkelten Straßenzügen, in denen sich der Schall unregelmäßig brach recht gut täuschen, vernahm er beim Einsteigen in sein Auto eine Vielzahl von Schüssen. Er verfügte über genügend Vorstellungskraft um zu er-

ahnen, was gerade passierte und das Teammitglied 3 die Polizei-
fahrzeuge, welche über die einzig mögliche Zufahrt zum Domhof
fuhren, unter Beschuss genommen hatte.

Hammam startete den Wagen und fuhr langsam aus dem Naherholungsgebiet heraus. Er bog auf die Dammstraße ein, welcher er bis
zur nächsten Kreuzung folgte und fuhr dann auf die Schützen-
wiese. Nach knapp 500 Metern konnte er auf der linken Seite das
große Gebäude der Polizeiinspektion Hildesheim erkennen, grüßte
im Vorbeifahren ganz freundlich und sarkastisch hinüber zu der
dortigen Wache, lenkte sein Auto auf die B1 in Richtung Hameln
und verschwand wie ein Schatten in der Nacht.

22:30 Uhr. Im dritten Stock der PI Hildesheim, dem Gebäude, an
welchem gerade Hammam vorbeigefahren war, erschauderte das
Krisenteam von Nachricht zu Nachricht immer mehr. Es war gerade die Meldung eingegangen, dass die am Dom eintreffenden
Einsatzkräfte direkt unter Beschuss genommen worden waren.

Tatsächlich spielten sich folgende Szenen ab. Als sich mehrere
Fahrzeuge der Polizei dem Domhof näherten, welcher nur über
eine einzige Zufahrt zu erreichen war, durchschlugen schon auf
größere Entfernung Geschosse die Autos. Die ersten zwei Fahrzeugführer verrissen die Lenkräder nach rechts und fuhren in die
dortige Häuserwand. Das dritte Polizeiauto blieb stehen und daraufhin stockten auch die nachläufigen Fahrzeuge.

Aus der hinteren Reihe der einfahrenden Fahrzeuge hatte sich daraufhin ein Zivilfahrzeug des SEK gelöst und hatte quer über den
Platz, zwischen einigen Bäumen hindurch, direkt auf den Terroristen zugehalten. Der Umstand, dass der gesamte Domhof mittels
eines Schrankensystems nur einem beschränkten Personenkreis
die Zufahrt ermöglichte, kam nun dem SEK zunutze, denn man

hatte durch diese Schrankenregelung auf verkehrseinschränkende Poller verzichtet. Mit der, auf diesem Abschnitt höchstmöglich zu erreichenden Geschwindigkeit, rammte das SEK-Fahrzeug den Attentäter und beendete damit dessen Aktivitäten.

22:35 Uhr. Über die Rettungsleitstelle der Feuerwehr kam die Meldung, dass zwei RTW, welche Schwerverletzte von der Basilika St. Godehard zum Bernward-Krankenhaus gebracht hatten, dort ein völliges Chaos vorgefunden hatten. Der Eingangsbereich und die Notaufnahme waren offensichtlich angegriffen und zerstört worden.

Gleichzeitig mit dieser Nachricht trafen Anrufe vom Stationspersonal, aber auch von verängstigten Patienten aus dem BKH ein, dass es zu Schüssen und zu einer Explosion gekommen war. Auf Nachfrage wurde dann bestätigt, dass dieser Lärm nur kurz gewesen, und nun aber offensichtlich beendet war.

Hätte das Krisenteam den ursprünglichen Plan gekannt, dass die Terroristen vorgehabt hatten von Zimmer zu Zimmer zu gehen und, nachdem sie ihre Munition aufgebraucht hätten, weitere Morde mittels Messer zu begehen, was dann natürlich fast geräuschlos abgelaufen wäre, hätten sie sich bei der Lagemeldung über die eingetretene Ruhe wesentlich besorgtere Gedanken gemacht, als sie es nun taten.

Natürlich wurden auch dorthin Kräfte, insbesondere vom SEK verlegt und es sollte eine gründliche Durchsuchung des Krankenhauses erfolgen, aber bei den vielen Brennpunkten, welche sich hier aufgetan hatten, waren alle mit oberster Priorität zu behandeln und man musste überall davon ausgehen, dass noch Täter vor Ort sein konnten.

22:40 Uhr. Die von Hannover aus umgeleiteten Einsatzkräfte erreichten Hildesheim. Zuvor war den Hundertschafts- und Zugführern mitgeteilt worden, wohin sie sich zu begeben hatten und was ihre Aufgaben waren.

Die Krankenhäuser in der gesamten Umgebung

- Hannover   ca. 30 km entfernt (mehrere KKH und MHH)
- Springe   ca. 30 km entfernt
- Hameln   ca. 45 km entfernt
- Braunschweig   ca. 45 km entfernt (mehrere Krankenhäuser)
- Göttingen   ca. 90 km entfernt (Uniklinik)

waren inzwischen verständig worden. Einsatz- und Rettungskräfte von freiwilligen Diensten wie der Feuerwehr und dem THW waren ebenfalls in einem Umkreis von 50 Kilometern alarmiert worden und befanden sich zum Teil schon auf der Anfahrt.

Die Mitglieder des GTAZ waren in der Zwischenzeit auch nicht untätig geblieben. Mehrere Bundespolizeieinheiten waren ebenfalls in die Dienststellen beordert worden und machten sich für eine sofortige Verlegung und den Einsatz in Hildesheim bereit. Eine Hundertschaft befand sich, verteilt auf 4 Puma-Transporthubschrauber vom Typ: Aérospatiale AS 332, bereits in der Luft und würde in ca. 90 Minuten eintreffen. Auf dem Landweg wurden bereits Fahrzeuge und Ausrüstungsgegenstände für diese Kräfte nachgeführt.

Aktuell lief eine Anfrage bei der Bundeswehr, inwieweit medizinisches Personal und Ausrüstung, wie z.B. mobile Klinken, welche üblicherweise nur für den Einsatz in Krisengebieten vorgesehen waren, nach Hildesheim verlegt werden konnten. Hierbei schien die Bereitstellung von Personal und Material nicht das Problem zu sein, sondern der Transport, da sowohl die Luftwaffe wie auch das

Heer sich momentan außer Stande sahen, etwas größere Ausrüstungsgegenstände auf dem Luftweg transportieren zu können.

23:00 Uhr. Überall lagen Tote und Verletzte. Nach dem Umbau des Doms hatte man sich von den schweren Holzbänken getrennt, welche noch in vielen Kirchen ein Relikt aus der Vergangenheit darstellten. Im Dom hatte man leichte Holzstühle aufgebaut, welche sich in dieser Situation als ein zusätzliches Sicherheitsrisiko dargestellt hatten. Durch die Wucht der Explosion und der damit verbundenen Druckwelle, wurden diese Stühle im vorderen Bereich des Kirchenschiffes auseinandergerissen und waren, wie viele kleine eigenständige und unkontrollierbare Geschosse, durch den Raum geflogen, bis sie auf Widerstand gestoßen waren. Dieser Widerstand war zumeist ein menschlicher Körper gewesen und diese Holzprojektile waren so enorm beschleunigt worden, dass sie auch durch eine dicke Winterbekleidung, sei es vom Material her Wolle oder Gore Tex gewesen, durchgeschlagen waren.

Rettungskräfte waren vor Ort und versuchten die körperlichen Verletzungen in den Griff zu bekommen. Zuerst einmal war es überhaupt notwendig gewesen einen Überblick zu erhalten und, so grausam sich dies darstellte, die Toten von den Schwerverletzten ohne großen Überlebenschancen, sowie den Schwerverletzten mit realen Chancen und den Leichtverletzten zu unterscheiden. Da sich viele Rettungskräfte auch in St. Godehard befanden, gestaltete sich die Versorgung äußerst schwierig, aber auch Mitglieder der Polizei und den inzwischen eingetroffenen freiwilligen Feuerwehren und dem THW leisteten mannigfaltige Hilfe.

23:30 Uhr. Weitere Rettungskräfte waren eingetroffen und man konnte zu diesem Zeitpunkt festhalten, dass an allen Orten die medizinische Erstversorgung sichergestellt war. Über den Hubschrauberlandeplatz des Bernward-Krankenhauses wurde Notfälle ausgeflogen und weitere Schwerstverletzte wurden mit Rettungswagen auf die umliegenden Krankenhäuser verteilt.

Die noch in Hannover zurückgehaltenen Beamten der Bereitschaftspolizei wurden ebenfalls nach Hildesheim umdisponiert und die Luftlandeeinheit der Bundespolizei, welche ursprünglich erst für 00:00 Uhr erwartet worden war, traf gerade vorzeitig ein und würde sich gleich in das Einsatzschema eingliedern.

Alle Kräfte arbeiteten am maximalen Limit und viele würden im Nachgang einer psychologischen Betreuung bedürfen.

Die Medien waren, soweit dies möglich gewesen war, abgewürgt worden und man hatte um alle betroffenen Orte mehrere Absperrringe gezogen, sodass kein Pressevertreter durchkam. Natürlich versuchten wieder Gaffer bis zu dem Geschehensorten vorzudringen, aber auch hier erfolgte ein konsequentes Einschreiten seitens der Polizei. Es wurde zwar eine Pressekonferenz angekündigt, aber diese wurde zeitlich noch nicht terminiert.

Bischof Wilmer, welcher nur leicht verletzt worden war und Polizeidirektor Petermann hatten sich gerade am Fuß des Altars im Dom getroffen und die Betroffenheit, welcher jeder der beiden als Bürde mit sich trug, konnte der jeweils andere nur erahnen.

Bei diesem Gespräch erfuhr Petermann erstmals, dass seitens der Kirche für den heutigen Tag Polizeischutz angefordert worden war. Er war sich im Klaren darüber, dass dies letztendlich nicht viel an der Gesamtsituation geändert hätte, aber man hätte unter Umständen die Anschläge vorzeitig beenden und Menschenleben retten können.

Petermann schüttelte den Kopf. Sicherheitsberatungen seitens mancher Landeskriminalämter liefen leider manchmal so ab, dass man mehr die Landespolitik verkaufte, als die Sicherheit. Und die Landespolitik sah ja vielerorts so aus, dass alles gut war, dass man sich in einen Stuhlkreis setzen, sich gegenseitig an die Hände fassen und „Kumbaya my Lord" singen konnte. Es würde ja auch zukünftig alles gut werden. Wie alles „gut geworden" war, das sah man heute, unterbrach Petermann seine eigenen Gedankengänge.

Überall Zerstörung, gebrochenes Mauerwerk, Glas- und Holzsplitter, es war ein einziges, barbarisches Schlachtfeld. Der Heziloleuchter, ein 6 Meter durchmessender großer Radleuchter ähnlich dem, welcher in St. Godehard gehangen hatte, und welcher an Feiertagen mit 72 kleinen Lampen beleuchtet wurde, hing noch schräg von der Decke herunter. Zumindest hing er noch, stellten Bischof und Polizeidirektor nebenbei ganz sachlich fest.

Während ihres Gespräches stellten sie sich auch die Frage, was man den Menschen da draußen erzählen sollte. Petermann machte daraufhin den Vorschlag: Ich denke, wir sollten möglichst bei den Fakten bleiben, so wie wir sie denn zusammentragen können. Oder wollen Sie hier, wo Sie das erlebt haben und dies hier jetzt sehen von Nächstenliebe, Vergebung und Barmherzigkeit sprechen?"

01:00 Uhr. Aufgrund der Vielzahl der Leichen gestaltete sich eine Tatortaufnahme an allen betroffenen Orten äußerst schwierig. Nachdem sich zuerst die Staatsanwaltschaft Hildesheim mit der Generalstaatsanwaltschaft in Celle und dem Generalbundesanwalt ausgetauscht hatte und dann Rücksprache mit dem Bundesinnen- und Bundesjustizministerium gehalten worden war, einigte man sich, wie auch schon in Hannover, auf eine verkürzte Dokumentation. Modernste 3D-Lasertechnik kam zum Einsatz und ermöglichte eine räumliche Erfassung der jeweiligen Tatorte.

Nach vorläufiger Einschätzung würde es vermutlich bis 05:00 oder 06:00 Uhr dauern, bis alle Toten abtransportiert waren. Aufgrund der räumlichen Nähe wurden die Körper zur Aufbahrung und Identifizierung ins Bernward-Krankenhaus gebracht, sowie in die Turnhalle der direkt gegenüberliegenden St. Augustinusschule.

Für 03:00 Uhr war eine Pressekonferenz in der Polizeiinspektion Hildesheim anberaumt worden, aber aufgrund der langwierigen und zähen Analyse und Aufarbeitung der Tatorte, sagte man die PK kurzerhand ab und verwies darauf, dass sich der Pressesprecher der Polizei zu den Vorfällen äußern würde.

03:00 Uhr. Der Besprechungsraum, welcher den Journalisten als Anlaufpunkt in der Polizeiinspektion Hildesheim diente, wäre auch aus allen Nähten geplatzt, wenn er doppelt so viele Medienvertreter hätte aufnehmen können.

Mit einer Verzögerung von rund 5 Minuten trat der Pressesprecher, POK Singfer, vor die live sendenden Kameras und Mikrofone.

Auch wenn gerade von einem Pressesprecher eine gewisse Contenance und Neutralität erwartet wird, so konnte man POK Singfer deutlich ansehen, dass die Geschehnisse nicht spurlos an ihm vorüber gegangen waren.

„Meine Damen und Herren von der Presse", begann POK Singfer, „zuallererst möchte Ihnen mitteilen das, und Sie können es meinem Gesicht ablesen, alle Beteiligten von Polizei- und Rettungskräften dermaßen schockiert sind, wie wir es nie zuvor als möglich erachtet haben. Die Vorfälle, welche sich am gestrigen Abend in Hildesheim ereignet haben, hätten wir uns selbst in noch so perfiden Planungen oder Simulationen niemals ausdenken können"

Singfer unterbrach kurz und das einzige, was in diesen Sekunden zu vernehmen war, war das Surren der Kameras.

„Ich werde Ihnen jetzt in der Folge nur die Zahlen bekannt geben, welche uns zurzeit vorliegen und ich möchte darauf verweisen, dass die abgesagte Pressekonferenz heute Mittag, um 12:00 Uhr, hier stattfinden wird."

„Also hier die vorläufigen Zahlen:

-	Helios Klinikum	372 Tote	0 Verletzte
-	St. Godehardkirche	91 Tote	124 Verletzte
-	Dom zu Hildesheim	244 Tote	263 Verletzte
-	Bernward-Krankenhaus	17 Tote	26 Verletzte

Insgesamt haben wir nach aktuellem Stand 724 Tote und 413 Verletzte, wobei wir bei den Verletzten noch nicht abschätzen können, ob nicht der eine oder anderer seinen Verletzungen erliegen wird.

Wie ich anhand ihrer Reaktionen deute, war einigen von Ihnen noch nicht bekannt, dass es ebenfalls zu einem Anschlag im Helios Klinikum gekommen ist. Dies kann ich an dieser Stelle bestätigen, kann dazu aus ermittlungstaktischen Gründen momentan jedoch keine weiteren Auskünfte geben.
Was St. Godehard anbetrifft haben wir einen mutmaßlichen Täter festgenommen, welcher sich bei seiner Festnahme in die Luft gesprengt, und dabei drei SEK-Beamte getötet hat. Zuvor war in der Kirche selber eine Bombe explodiert, wo wir davon ausgehen, dass dort kein weiterer Täter gewesen ist, sondern dass die Bombe zuvor dort platziert, und mit Zeitzünder versehen worden war.
Beim Dom gehen wir nach ersten Zeugenaussagen von drei Tätern aus. Ein Attentäter hat sich im Kircheninneren in die Luft gesprengt und ist dabei direkt in den Chor, welcher zur Hälfte aus Kindern und Jugendlichen bestand, hineingelaufen.

Außerhalb des Doms standen auf jeder Seite jeweils ein Attentäter, welche mit automatischen Schnellfeuergewehren auf alles schossen, was versuchte sich aus der Kirche heraus in Sicherheit zu bringen. Einer dieser Täter wurde vom SEK ausgeschaltet, der zweite konnte nicht mehr angetroffen werden.

Wir vermuten, dass eben dieser zweite Täter es gewesen ist, welcher sich vom Domhof zurückgezogen hatte und zum Bernward-Krankenhaus gelaufen war. Im Bernward-Krankenhaus ist er in die Notaufnahme eingedrungen, hat dort um sich geschossen, offensichtlich eine Hand- und eine Rauchgranate gezündet und ist seit diesem Zeitpunkt unauffindbar.

Da wir relativ schnell über zusätzliche Polizeikräfte der Bereitschaftspolizei verfügt haben, haben wir unverzüglich eine Ringalarmfahndung mit einem äußeren Ring von 5 Kilometern um das Zentrum der Anschläge eingerichtet, aber entweder ist der Täter innerhalb von Hildesheim untergetaucht oder er war schon außerhalb des Fahndungsbereiches, als dieser aktiviert worden war.

Tja, meine Damen und Herren, dies sind die Zahlen. Wir haben aktuell gut 500 Polizeibeamte im Einsatz, welche unter anderem von der Landesbereitschaftspolizei wie auch von der Bundespolizei kommen. Die Feuerwehr, inklusive der freiwilligen Feuerwehr, hat um die 350 Kameraden im Einsatz und das THW ist mit rund 150 Einsatzkräften vor Ort.

Das sind die Zahlen, mit welchen wir aktuell hantieren. Inwiefern noch weitere Verletzte oder Tote hinzukommen werden, wissen wir noch nicht. Es kann sein, dass sich manche Verletzten im Schockzustand einfach fortbewegt haben und sich erst verspätet melden werden.

Momentan wissen wir nicht, wie wir die weiteren Abläufe gestalten werden. Da bitte ich um Ihr Verständnis, dass Sie uns hierbei ein wenig Zeit einräumen. Bei der heute stattfindenden Pressekonferenz kann Ihnen sicherlich schon mehr mitgeteilt werden. Für den Augenblick war es dies von meiner Seite aus."

Die anwesenden Journalisten schalteten sofort von Zuhören auf Fragen um, aber POK Singfer war zu keiner weiteren Stellungnahme bereit und verließ den Raum.

Niemals zuvor hatte es ein Weihnachten gegeben, wo die Menschen bis mitten in die Nacht dermaßen gebannt und schockiert vor den Fernsehschirmen gesessen haben. Die sozialen Netzwerke überschlugen sich und die Server der üblichen Messenger standen kurz vor dem Kollaps. Die ersten Profilbilder mit schwarzem oder schwarz-rot-goldenem Hintergrund und dem inzwischen bekannten Text: „Je suis Hildesheim" oder „Je suis Germany" tauchten bei Facebook und VK.com auf. Es war die übliche Reaktion auf das Unverständnis für diese Art von Gräueltaten.

Wenn man jedoch das gängige Prozedere vorhersagen wollte, so würde es nicht allzu lange dauern, bis die ersten der „üblichen Verdächtigen" sich zu Wort melden und klarstellen würden, dass es sich bei diesem Attentat nur um die Tat von Einzeltätern bzw. einer kleinen Gruppe mit Migrationshintergrund gehandelt habe und dass man hierbei keine Rückschlüsse auf die Vielen ziehen dürfte, welche friedlich in unserem Land leben würden. Aussagen von Personen, welche selber aus Syrien gekommen waren, würden auch weiterhin ausgeklammert und diese Personen diffamiert werden, welche schon vor Monaten darüber berichtet hatten, dass Mörder und Terroristen hierhergekommen waren:

"Viele von ihnen waren in Syrien unmittelbar in den Krieg verwickelt. Viele von ihnen kämpften bereits für oder gegen die Assad-Politik in Syrien. Oder aber, einige schlossen sich gar dem IS an. Viele von ihnen sind wie Inkubatoren, sie waren Mörder und Terroristen oder Geldeintreiber. Und all diese Leute sind auch nach Europa, nach Deutschland gekommen, ohne Hemmung. " **(85)**

Die Pressekonferenz um 12:00 Uhr brachte keine wesentlichen neuen Aspekte zum Vorschein, als es die Erklärung des Pressesprechers in der Nacht gegeben hatte. Die Zahlen von Toten und Verletzten waren zwar noch einmal leicht korrigiert worden, aber weitere Feststellungen konnte man aus den bisherigen Analysen nicht ziehen.

Unter der Berufung auf ermittlungstaktische Gründe lehnte auch der Vertreter des BMI, welcher an der PK teilnahm, weitergehende Informationspreisgaben ab. Nachdem ein Journalist dennoch hartnäckig versuchten diesen zu weiteren Äußerungen zu verleiten, blaffte er die Fragesteller unwirsch mit dem Kommentar ab: „Sie sehen hier niemanden vor sich mit einem SPD- oder Grünenparteibuch. Aus diesem Grunde bleiben geheime Interna auch solange geheim, bis wir der Auffassung sind, diese öffentlich zu machen."

Die Anspielung, dass es nicht der Seltenheit angehörte, dass Ergebnisse von internen Sitzungen und Besprechungen schon in der Öffentlichkeit diskutiert wurden, obwohl die Protagonisten noch nicht einmal zurück in ihrem Büro eingetroffen waren, wurde dann doch verstanden. Es wurde aber auch verstanden, dass bei allen Beteiligten die Nerven blank lagen.

Bereits um 12:20 Uhr wurde die PK als beendet erklärt und einige der Anwesenden hatten es recht eilig, denn es stand ein weiteres Treffen im GTAZ an. Hier ging es schon nicht mehr um die Vorfälle der letzten Nacht. Die Ermittlungen wurden jetzt durch eine Vielzahl von unterschiedlichen Dienststellen betreut. Das lief, da musste man sich jetzt nicht mehr einmischen. Sollten Ergebnisse von eigenen Informanten eintreffen, so würden sie den Ermittlungsbeamten postwendend zugespielt werden.

Nein, es gab noch ein besonderes Datum, welches demnächst anstand. In diesem Zusammenhang mussten diverse Planungsspiele durchgeführt werden und es musste in Erfahrung gebracht werden, ob die Anschläge von Hannover und Hildesheim in direktem Zusammenhang standen und als Beginn einer Terrorserie zu sehen waren oder ob es sich tatsächlich um voneinander unabhängige Operationen gehandelt hatte. Die Zeit drängte, denn das besagte Datum stand kurz bevor. In knapp einer Woche war Silvester.

✳

Die Woche vor Silvester verlief ohne sicherheitsrelevante Vorkommnisse und nichts deutete darauf hin, dass sich der Jahreswechsel anders gestalten würde, als die Jahreswechsel der vergangenen Jahre.

Das Land war natürlich bis ins tiefste Mark hinein erschüttert und man hatte den Eindruck, dass die Farbe aus dem Leben gewichen war. Es wirkte alles irgendwie unnatürlich, schleierhaft, monoton und auch die Natur tat ihr Möglichstes dazu, sodass das Wetter von anhaltendem Nebel, welcher sich teils noch nicht einmal am Nachmittag auflösen wollte, eingetrübt war. Alles wirkte düster wie in einem Horrorfilm, bei dem im Hintergrund die Musik leicht anschwoll um darauf hin zu deuten, dass gleich die nächste schreckliche Szene die Nerven der nicht reaktionsfähigen Zuschauern strapazieren würde.

Jörg Mävers hatte es inzwischen aufgegeben seine Überstunden zu erfassen. Er war froh darüber, dass sie alle einen Transponder hatten, welcher ihnen nicht nur den Zutritt im Gebäude ermöglichte, sondern auch mit der Zeiterfassung gekoppelt war, wodurch seine Überstunden automatisch registriert wurden.

Es kam ihm vor, dass er das Ministerium die letzten Tage nur deshalb verlassen hatte, um nach Hause zu fahren, Kasimir zu füttern, zu Duschen, sich umzuziehen und dann wieder zurück an seinen Schreibtisch zu kommen. So ganz unrecht hatte er dabei nicht und das hatte ihm Kasimir auch sehr deutlich zu verstehen gegeben, da er sich die ganze Zeit allein gelassen fühlte und sich selber beschäftigen musste. Unter dieser Selbstbeschäftigung hatte nicht nur die Wohnzimmergardine, sondern auch ein Teil der Flurtapete gelitten, welche nach Kasimirs Dafürhalten eh einer Erneuerung bedurfte.

Als Jörg gerade wieder in seiner Wohnung eingetroffen war und die „Kunstwerke" von seinem Lieblingskater entdeckt hatte, konnte er ihm natürlich nicht böse sein und er musste unwillkürlich schmunzeln, da er sich an einen der lustigen Cartoons von „Simon´s Cat" erinnerte. Dass er sich die katzenkonforme Verschönerung der Wohnungseinrichtung selber zuzuschreiben hatte war ihm klar, als er dem schnurrenden Kasimir das Fell kraulte. Er versprach seinem vierbeinigen Familienmitglied, dass er im neuen Jahr wieder zu vernünftigen Zeiten zu Hause sein würde und machte sich dann erneut auf ins BMI.

✱

Die letzte Zusammenfassung im GTAZ vor Silvester war, dass sie nichts, aber auch wirklich nichts über die Hintergründe oder Hintermänner der Anschläge wussten. Alle Ermittlungen waren bisher ins Leere gelaufen. Man hatte zwar die SMS, welche Michael Eckhard unmittelbar vor dem Godehardanschlag erhalten hatte einer Handynummer zuordnen können, aber eine Lokalisierung war jedoch kaum möglich, da diese Verbindungsdaten aus Datenschutzgründen nicht gespeichert wurden. Die einzige Eingrenzung, welche man hieraus ziehen konnte war, dass sich das versendende Handy im Umkreis von 10 Kilometer um den Flughafen Langenhagen befunden haben musste. Das war alles, was man herausbekommen konnte.

Bei den toten Terroristen hatte man die Identität inzwischen festgestellt. „So ganz stimmte das aber auch nicht", hatte Mävers konsterniert festgestellt, denn welche der ergründeten Identitäten war denn nun die richtige gewesen? Sowohl die Attentäter von Hannover, wie auch die von Hildesheim, waren mit etlichen Alias-Identitäten im System gespeichert.

„Hatte De Maizière nicht am 18.08.2016 vor laufenden Kameras gesagt, dass Mehrfachanmeldungen von Asylbewerbern nicht mehr möglich seien?", hatte Mävers vor einiger Zeit die ketzerische Frage in die GTAZ-Runde gestellt. An das darauffolgende Gelächter konnte sich Mävers bis heute erinnern. Die Antwort, welche er darauf erhalten hatte, hätte er sich auch selber geben können, denn bereits in den 80er Jahren waren Mehrfachanmeldungen bekannt gewesen und während der brave Bürger seine 40 Stunden Wochenarbeitszeit ableistete, um sich dann vielleicht einmal etwas Persönliches gönnen zu können, hatten viele der damaligen Asylanten das System schamlos ausgenutzt, mehrfach kassiert und monatlich mehr Geld zur Verfügung gehabt, wie der arbeitende Bürger. Dieses System wurde damals nicht beendet und auch heute noch waren Mehrfachidentitäten möglich. Das Geplapper De Maizières, insbesondere die monotone Wiederholung des Kanzlerinnenmantras, nahm hier eh keiner mehr ernst.

Als Resümee stellte man also fest, dass man nichts Großartiges vorzuweisen hatte. Auch die Nachfrage, insbesondere bei amerikanischen, russischen und israelischen Geheimdiensten brachte keine neuen Erleuchtungen. Der Mossad war zwar noch an einer Sache dran, aber es gab kein Zeitfenster für mögliche Ergebnisse.

Was nun die Vorbereitungen für den Jahreswechsel 2018/2019 anbelangte, fuhr man bundesweit einen der größten Polizeieinsätze der Nachkriegsgeschichte. Jörg glaubte, dass es dieses Silvester wohl keinen einzigen Polizisten in Deutschland geben würde, welcher nicht zumindest Rufbereitschaft hätte. Spaßeshalber hatten sie in kleiner Runde darüber philosophiert, wie stark der Alkoholverbrauch an diesem Tag für die Industrie rückläufig wäre, wenn sich alle Beamten im Dienst befinden würden und kein Polizeibeamter etwas trinken würde.

Die größte Sorge, dass es zu einer anhaltenden Terrorserie kommen würde, hatte sich in der Woche vor Silvester nicht bestätigt. Es waren inzwischen doch die ersten kleinen Hinweise von Informanten zu möglichen Anschlagsabsprachen eingegangen und die Erkenntnisse der letzten Monate wurden sowohl neu aufgerollt, wie auch mit den neuen Informationen in Kontext gesetzt, aber etwas wirklich Brauchbares war dabei nicht herausgekommen.

Natürlich musste man der Öffentlichkeit etwas bieten und so wurden die zusammengetragenen Ermittlungsergebnisse aus unterschiedlichen Fällen, welche strafprozessuale Maßnahmen rechtfertigen konnten, als Mittel zum Zweck gesehen und in Konsequenz daraus Untersuchungshaftbefehle ausgestellt und diverse Wohnungen durchsucht. Man verband dies mit dem, bereits schon im September 2018 begonnenen härteren Vorgehen gegen Clanstrukturen in unterschiedlichen Städten. Es gab fast keinen Tag, wo es über die Bildschirme der heimatlichen Wohnzimmer keine Polizeiaktionen und Festnahmen zu sehen gab. Dem Volk musste suggeriert werden, dass von Seiten der Sicherheitskräfte alles unternommen wurde, um die Sicherheit des Einzelnen zu gewährleisten. Das dies letztendlich nur Augenwischerei war, wussten von den Verantwortlichen bis hin zu den Beamten im Einsatz- und Streifendienst alle, aber nun zeichnete es sich aus, dass die Menschen über Jahre hinweg einer fortlaufenden Medienbeeinflussung, getreu dem römischen Motto: „Brot und Spiele", unterlegen waren und in überaus großer Naivität genau das glaubten, was ihnen durch die Medienprofis scheibchenweise vorgesetzt wurde.

Selbst die Ü40-Generation, welche noch mit drei Fernsehprogrammen und als fortschrittlichste Technik mit einem Gameboy und einen C64 aufgewachsen war und noch frei zu denken und mittel- und langfristig zu planen gelernt hatte, verfiel den suggestiven Weissagungen von Politik und Medien. Wenn ein Moderator im Heute-Journal etwas zum Besten gab, dann wurde es weder angezweifelt noch wirklich in Abrede gestellt, selbst wenn man etwas anderes wusste, ja sogar belegen konnte. Loriot hatte bereits 1979 über die Medien gesagt, dass die Journalisten jegliche Objektivität fehlen lassen und die Zuschauer mit ihrer eigenen politischen Meinung indoktrinieren würden (**86**).

Nun, dieses mediale Siechtum war über Jahrzehnte selbst verursacht worden, Aufklärungsarbeit hatte kaum Aussicht auf Erfolg und die ganze Gesellschaftssituation wurde, allzu erschreckend, in dem Kurzvideo von „Moby & The Void Pacific Choir - Are You Lost In The World Like Me?" (**87**) brillant dargestellt.

Dies alles machte man sich nun zunutze, um die Bevölkerung ein-
zulullen und zu besänftigen. Mit einem groß inszenierten Trauer-
gottesdienst am Silvesterabend hatte man noch schnell einen Jah-
resabschluss organisiert, welcher allen verdeutlichen sollte, dass in
ein paar Stunden ein neues Jahr beginnen, und dabei die Altlasten
des bisherigen Jahres an Bedeutung verlieren würden. Dieser Jah-
resübergang war aus psychologischer Sicht ein wahrer Glücksfall.

*

Der Silvesterabend und der Übergang ins neue Jahr 2019 war äußerst friedlich verlaufen. Bundesweit war für die Sicherheitskräfte
eine Null-Toleranz-Linie ausgegeben worden und jeglicher Versuch von Übergriffen durch Migranten, welche sich wie inzwischen jedes Jahr an bestimmten Punkten wie z.B. der Domplatte in
Köln trafen, wurde rigoros unterbunden.

Das erste Mal seit Jahrzehnten schritt die Polizei in einer Konsequenz ein, wie sie von vielen Bürgern schon lange herbeigesehnt
worden war. Dennoch waren wesentlich weniger Feiernde in den
Straßen der Großstädte festzustellen, als es die Jahre zuvor gewesen waren. Abgesehen davon, dass nur den Wenigsten der Sinn
zum Feiern stand, ging der Trend dieses Jahr zu Unternehmungen
in den eigenen vier Wänden. Das Zusammenspiel zwischen der
Einschreitkonsequenz und dem Fernbleiben vieler Passanten war
sicherlich für den ausgeglichenen und geruhsamen Ablauf des
Abends und der Nacht mit ausschlaggebend.

Und so erwachte das neue Jahr 2019 mit einem Blick auf ein Land,
welches nicht nur seine Unschuld verloren hatte, sondern in welchem immer mehr Menschen anfingen aufzuwachen und sich zu
fragen begannen, ob sie sich in einer modernen Version von
George Orwells „1984" befinden würden.

*

Auch die ersten Tage im neuen Jahr verliefen sehr ruhig. Eine andauernde Trauer begleitete viele an ihre Arbeitsplätze, welche auch nicht in der vermeintlichen Sicherheit der eigenen Wohnung abgelegt werden konnte. Die Parole der Kanzlerin mit dem ewigen Mantra: „Wir schaffen das." hatte doch einen deutlichen Knick erfahren.

Obwohl bereits am 26. Mai die Europawahl und mehrere Kommunalwahlen, sowie drei Landtagswahlen für die zweite Jahreshälfte anstanden, hielten sich die politischen Ränkeschmiede auffallend deutlich zurück.

Während sonst am 06. Januar die sogenannten „Drei-Königstreffen" der Parteien stattfanden, waren diese Versammlungen ausnahmslos abgesagt worden.

Dafür fand an diesem Sonntag eine andere Zusammenkunft statt.

Eigentlich hatten sich die Gremiumsmitglieder und die wichtigsten Planer der Operation Stauffenberg nicht mehr in dieser Runde treffen wollen. Es waren jedoch bei dem einen und anderen noch Fragen aufgekommen, welche sich nicht so einfach am Telefon beantworten ließen. Außerdem wusste man aufgrund der angespannten Sicherheitslage und der Situation, da nun Polizei und Staatsanwaltschaften mit Großkaliber auf Spatzen schossen nicht, ob man evtl. durch einen dummen Zufall in eine Telefonüberwachung hineingeraten könnte. Aus diesem Grunde schien allen ein persönliches Treffen sinnvoll.

Martin Kosik konnte sich an die erste Besprechung an diesem Ort erinnern. Stefanie und er waren eine Stunde vor dem anberaumten Termin eingetroffen, um die Ruhe der See in sich aufnehmen zu können. Der Ort war wieder das kleine Restaurant an der Eckwardener Hörne.

Das Meer hatte sich zurückgezogen und das Watt freigegeben. Einige Möwen hatten es sich in den noch vorhandenen größeren Pfützen bequem gemacht, während eine Gruppe Strandläufer ihrem Namen gerecht wurden und über den befestigten Kai hüpften.

Bis auf Martin und Stefanie war dieser sichtbare Abschnitt des Strandes menschenleer. Eine Wohltat, wenn man aus einer gestressten Großstadt kam, stellt Martin immer wieder fest. Dazu kam, dass sich zu dieser Jahreszeit kaum Touristen hierher verirrten und man teils stundenlang spazieren gehen konnte, ohne auf mehr als auf 10 andere Spaziergänger zu treffen.

Natürlich hatten sich Martin und Stefanie über die Geschehnisse der letzten Wochen ausgetauscht und dabei wiederholt festgestellt, wie leicht angreifbar sie alle waren. Dieser Angreifbarkeit musste man etwas entgegensetzen, das war ihr Ziel und so hatten sie sich schon kurz mit Peters besprochen, welcher unerwartet beide vor drei Tagen zu einem Gespräch gebeten hatte. Neben der Umsetzung der Operation Stauffenberg ging es Peters, und so versicherte er, auch dem übrigen Gremium darum, so schnell wie möglich die Sicherheit im Lande auf ein Maximum hochzufahren. Er konnte zwar Martin, über dem ihm natürlich von Stefanie fortlaufend berichtet wurde, inzwischen gut einschätzen, aber er wollte für sich eine persönliche Bestätigung haben, welche Martin ihm sofort vermittelte. Martin sah es genauso, dass alles in die Wege geleitet werden musste, damit die Menschen wieder beruhigt schlafen konnten. Das dies nicht einfach zu bewerkstelligen war, war allen bewusst, aber es musste zumindest Einheit in ihren gemeinsamen Bestrebungen geben.

Die Stunde Vorlauf, welche sich Martin und Stefanie gegönnt hatten, ging nun langsam dem Ende entgegen und Martin fragte sich, ob und wann er wieder dazu in der Lage wäre, so unbeschwert und vor allem unbeobachtet am Meer stehen und durchatmen zu können.

✳

Da saßen sie nun alle, die Verschwörer. Bei dem Gedanken bekam Jörg Mävers ein Funkeln in seine Augen. Wenn man daran dachte, was sie hier alle vorhatten, so hätte dies in einer anderen Zeit absolut finale Konsequenzen für jeden Einzelnen gehabt, würde dies auffliegen. Gerade Claus Schenk Graf von Stauffenberg, welcher als unfreiwilliger Namensgeber ihrer Operation diente, hatte dies erleben müssen, aber er war es auch gewesen, welcher sich gegen Unrecht und Wahnsinn eines Despoten gestellt hatte.

Konnte man die Kanzlerin als Despotin bezeichnen? War sie wirklich nur machtgeil, pathologisch verrückt oder bekam sie einfach nicht mehr mit, in welcher Scheinwelt sie lebte? Diese Fragen stellte sich nicht nur Jörg, aber eigentlich waren sie unwichtig, denn die Entscheidungen, welche die Kanzlerin getroffen hatte und immer noch traf, widersprachen nicht nur ihrem Amtseid, sondern sie führten das Land und ganz Europa ins blanke Chaos. Selbst wenn sie in völliger und irrealen Verzückung ihrer Selbst, wie einst Nero als er Rom anzünden ließ, nicht mehr mitbekam, was sie eigentlich tat, so war sie, bis hin in die kleinsten Kommunen, umgeben von Befehlsempfängern und Mitläufern, welche an ihre Führerin glaubten und alles umsetzten, was gebetsmühlenartig aus dem Kanzleramt propagiert wurde. Diese Mitläufer waren das größte Problem, denn es bedurfte zukünftig einer völligen „Entkanzlerisierung".

Nach einer kurzen Begrüßung und Abarbeitung eines kleinen Fragenkatalogs bezüglich der Planungen für ihr Vorhaben, welchen man bereits im Vorfeld in die Gruppe gegeben hatte, wollte Peters fast schon zum Ende kommen.

„Wir halten nun letztmalig fest, dass unsere Operation wie geplant in 11 Tagen, am 17.01.2019, stattfinden wird. Die Umstände der Terroranschläge unterstützen unsere Aktion. Wir wussten zwar, dass an diesem Donnerstag der Bundestag, wie auch zeitgleich die Länderparlamente, das erste Mal nach der Weihnachtspause wieder tagen würden aber nicht, dass überall alle Parlamentarier anwesend sein werden, weil es eine Liveschaltung vom Bundestag in die Länderparlamente geben wird. Man möchte die angeblich so große Verbundenheit und Solidarität mit dem Volk bekunden und alle werden gleichgeschaltet. Ja ich weiß, dies ist ein wenig zweideutig. Wie gesagt, dieser Umstand macht uns unsere Sache einfacher."

„Die werden es nie begreifen, dass sie selber dafür verantwortlich sind, was geschehen ist und jetzt wollen sie sich solidarisch auf die Seite der Bevölkerung begeben, lachhaft."
Mävers hatte nicht gesehen, wer dies gerade ausgesprochen hatte, aber er sah es genauso.

Die Zustimmung, welche den Raum durch lautes Murmeln untermalte, wurde leiser und verebbte, als Peters eine beschwichtigende Handbewegung vollführte. „Ja, ich denke, so sehen wir es alle hier. Glücklicherweise!", unterstützte er verbal seine Handbewegung. „Gibt es noch irgendwelche Fragen?"
Jürgen Kuhne meldete sich: „Ja, ich hätte da noch eine Frage, welche jetzt nichts mit uns zu tun hat."
Alle Blicke richteten sich auf ihn: „Meine Frage geht an die Kollegen vom BMI."

Gundula Breitscher und Jörg Mävers nahmen innerlich Haltung an: „Ja, was möchten Sie wissen?", fragte Gundula zurück.

„Was ist wirklich in Hannover und Hildesheim passiert? Das waren doch keine Einzeltäter, wie man uns weismachen möchte. Geht es jetzt erst richtig los? Bitte verstehen Sie mich nicht falsch, aber ich würde gerne DAS wissen, was er Öffentlichkeit vorenthalten wird."

Gundula nickte. Sie hatte Verständnis für die Frage, denn in einer umgekehrten Situation würde ihr es genauso gehen.

„Auf die Fakten muss ich ja nicht eingehen. Die bekanntgegebenen Zahlen entsprechen der Realität. Da musste man auch nichts mehr beschönigen. Ob es nun 50 Tote mehr oder weniger gegeben hätte, hätte am Gesamtbild nichts verändert.

Wir wissen, dass man hier an beiden Orten in Dreierteams gearbeitet hat. In Hannover gab es drei Täter, wobei zwei gestorben und einer entkommen ist. Zu letzterem haben wir keine Daten. In Hildesheim gab es, was den Dom anbelangt, auch ein Dreierteam, wovon zwei Täter getötet worden sind und ebenfalls der Dritte entkommen konnte. Wir vermuten, dass diese dritte Person es auch gewesen ist, welche auf ihrem Fluchtweg noch für die Taten im Bernward-Krankenhaus verantwortlich war.

Was die Godehardkirche anbelangt, so war dort schon vorab ein Sprengsatz mit Zeitschaltuhr platziert worden und ein deutscher Konvertit, bei dem wir die ganze Zeit über den Verdacht hatten, dass er einen Anschlag auf den Dom planen würde, sprengte sich bei seiner Festnahme, im Eingangsbereich von St. Godehard, in die Luft.

Wir wissen inzwischen auch, und darüber hat uns der Mossad informiert, dass eine Terrorplanung in Hannover stattgefunden hat, welche vom IS zuvor genehmigt worden war und die, wie mittlerweile üblich, über entsprechende Kanäle aus Saudi-Arabien finanziert wurde. Ob der Planer für alle Anschläge verantwortlich ist, ist uns jedoch nicht bekannt. Fakt ist aber, dass die Organisation dermaßen arglistig abgelaufen ist, dass man den Konvertiten als Kanonenfutter verwendet hat, welcher nur von dem Anschlag am Dom ablenken, und die Sicherheitskräfte weglocken sollte.

Wer den Sarin-Anschlag im Helios Klinikum ausgeführt hat, ist weiterhin unklar. Entweder der Planer himself oder eventuell der dritte Attentäter vom Dom, welcher entkommen konnte. Sie erinnern sich daran, dass Hilfsorganisationen kostenlose SIM-Karten unter den angekommenen Flüchtlingen verteilt hatten?"

Gundula blickte sich um. „Nein? O.K., es wurden im Rahmen einer von Jehns Spahn als Schirmherr geleiteten Aktion, im Jahre 2015, 50.000 unregistrierte SIM-Karten, im Wert von 3,5 Millionen Euro, von DRK und Caritas in den Erstaufnahmeeinrichtungen verteilt. Wie viele davon in dunklen Kanälen gelandet sind, kann noch nicht einmal erahnt werden. Fakt ist jedoch, dass solche unregistrierten Karten hier zum Zwecke der Kommunikation eingesetzt worden sind.

Es geht hier nicht um Naivität oder Arglosigkeit, sondern um eine grenzenlose Dummheit von Personen, die keine Ahnung haben und nicht ansatzweise abschätzen können, was ihre Entscheidungen zur Folge haben könnten.

Die Kollegen vom Mossad gehen da noch einigen Spuren hinterher und wenn die Jungs das machen, dann können wir sicher sein, dass es da auch zu Ergebnissen kommen wird", schloss Gundula ihren Vortrag.

✱

Die letzten Tage verliefen sehr ruhig. Martin Kosik war immer und immer wieder die Planungen durchgegangen, hatte teilweise mit Stefanie darüber gesprochen oder WhatsApp-Nachrichten ausgetauscht. Mit der vorausschauenden Kreativität eines Schachspielers, welcher nicht nur die nächstmöglichen Züge seines Gegners erkennen kann, sondern dann auch Reaktionen und Konter auf alle Eventualitäten entwickelt, hatte Martin alles mehr als einmal akribisch analysiert. Er fand einfach keine Fehler mehr und hoffe, dass dem auch tatsächlich so war und nicht, dass er inzwischen „betriebsblind" geworden war.

Stefanie Fischer hatte diverse Gespräche mit Peters und anderen Gremiummitgliedern geführt und auch den Kontakt zu Gundula Breitscher aufrechterhalten, um auch in deren Bereich die letzten Absprachen treffen zu können.

Gundula Breitscher hingegen hatte sich innerhalb ihres Dienstes mit Jörg Mävers um deren Projektierung gekümmert und konnte sich gar nicht mehr daran erinnern, wann sie zuletzt tatsächlich für die Behörde tätig gewesen war und die ihr zugewiesenen Aufgaben erledigt hatte.

Jörg Mävers hatte mit einigen Vertrauten nicht nur die Personalplanung der Bundespolizei, insbesondere der BFE+ Einheiten verfeinert, sondern hatte sich bundesweit um Materialanforderungen und verdeckte Lieferungen für die geschlossenen Einheiten bemüht. Aufgrund der Vielzahl der Lieferungen war es schwierig gewesen dies so zu kaschieren, dass nirgends ein Verdacht entstand, aber dies alles ließ sich mit der allgemeinen Gefährdungslage begründen, warum sich von der Anforderung bis hin zum Transport in die jeweiligen Standorte keinerlei Probleme auftaten.

Zwischenzeitlich hatte sich ein sehr interessantes Gespräch ergeben. Gundula Breitscher hatte, unter dem Vorwand einer Übungsdemonstration, welche tatsächlich auf einem abgelegenen und stillgelegten Flughafen südlich von Berlin stattgefunden hatte, sowohl dem ehemaligen Verfassungsschutzpräsidenten, wie auch den Leiter des BKA eingeladen. Jörg Mävers war auch mit dabei und kommentierte die gezeigten Traininigsszenarien der BFE+ Einheiten.

Beide Führungsbeamten, wobei sich einer inzwischen offiziell im einstweiligen Ruhestand befand, zeigten sich sehr interessiert, ließen aber durchblicken, dass sie sich zwar über die Demonstration der Einsatztaktik freuten, ihnen aber bewusst war, dass dies nicht der eigentliche Grund für ihre Anwesenheit war.

Gundula Breitscher kannte beide seit Jahren und wusste, dass sie die letzten großen Praktiker der Sicherheitsbehörden waren. Gerade anlässlich der Anschläge in Hannover und Hildesheim hatte sich deren Verständnis und ihre Erfahrungen über alle Maßen hinaus bewährt. Da konnte kein Theoretiker auch nur ansatzweise mithalten.

Und so kam es, dass nach dem Abschluss der Einsatzübung einer der beiden direkt das Wort an Gundula richtete. „Gundula, Jörg, herzlichen Dank für den Einblick in die aktuelle Leistungsstärke eurer BFE+ Einheiten. Aber das heutige Treffen diente doch nicht dazu um uns", und dabei blickte er seinen Kollegen vom anderen Amt an, „eure Schlagkraft zu demonstrieren. Was ist wirklich los?"

Etwas zögerlich antwortete Gundula: „Eigentlich doch. In einem gewissen Sinne."

Nachdem sie tief Luft eingeatmet hatte, und Jörg Mävers hatte den Eindruck, dass sie gleichzeitig noch etwas symbolischen Anlauf genommen hatte, begann sie mit ihrer vorbereiteten Erläuterung. Beide hörten regungslos, ohne auch nur den Anflug einer Emotion zu offenbaren, den Schilderungen von Gundula zu. Als sie geendet hatte blickte sie noch einmal auf Jörg, welcher ihr seine Zustimmung zu ihren Aussagen durch seine Mimik bestätigte.

Die Minen beider Beamten wirkten immer noch wie aus Stein gemeißelt. Kein Grübchen bewegte sich, keine Wimper zuckte. Der BKA-Chef schaute Jörg an: „Und du machst da auch noch mit?". Mävers hielt dem Blick stand und antwortete: „Ja, aus voller Überzeugung."

Daraufhin blickten sich die beiden Gäste gegenseitig an und die nun folgende Reaktion war für Gundula und Jörg völlig unvorhersehbar gewesen und verblüffte beide zutiefst.

Die Nachricht war per Mail beim BND eingetroffen. Der Mossad hatte sich gemeldet und mitgeteilt, dass sie einer Person habhaft geworden waren, welche Informationen zu den Anschlägen in Hannover und Hildesheim liefern konnte. Es gab keine Information darüber wer diese Quelle war, noch wo er sich befinden würde und schon gar nicht, in welchem Zustand er sich vor oder während der Befragung befand. Es wurde nur signalisiert, dass man demnächst Informationen zu den Anschlägen zur Verfügung stellen könnte.

Gundula und Jörg saßen sich in Gundulas Büro gegenüber. Mit dieser Reaktion hätten sie niemals gerechnet. Sie hatten vor dem Gespräch massiv Sorge gehabt, dass sie das genaue Gegenteil von dem erreichen würden, was sie eigentlich beabsichtigten nämlich, beide Sicherheitsleiter auf ihre Seite zu ziehen. Das dieses Unterfangen äußerst schwierig sein würde, war ihnen klar gewesen, auch wenn sie die beiden schon lange persönlich kannten. Aber dieser Reaktion, nein, davon konnten sie im Vorfeld wirklich nicht ausgehen.

Sowohl der amtierende, wie auch der Ex-Präsident hatten sich, wie sie im Nachgang anmerkten, absichtlich und mit erstarrtem Blick gegenseitig angeschaut, in schier nicht endenden wollten Sekunden nichts gesagt, während sie dann zeitgleich in schallendes Gelächter ausgebrochen waren. Begleitet wurde dies von der Aussage: „Na endlich tut mal jemand etwas Sinnvolles."

Das daraufhin ablaufende Gespräch wurde von so viel Vertrautheit und Gemeinsamkeit begleitet, wie man es nur bei einer langjährigen Freundschaft vorfinden kann. Natürlich waren beide entsetzt darüber gewesen was passiert war, aber auch, wie sie selbst, nur weil sie für die Wahrheit und Loyalität für diesen Staat einstanden, öffentlich demontiert und zum Abschuss freigegeben worden waren. Sie hatten immer die Hoffnung gehabt, dass es jemanden geben würde, welcher die Initiative ergreifen, und entsprechend handeln würde. Je mehr Zeit jedoch verstrichen war umso weniger glaubten sie daran, dass so etwas je geschehen würde, denn sowohl auf Bundes- wie auch auf Landesebene wurden inzwischen Führungsbeamte nicht nur nach deren Parteizugehörigkeit eingesetzt, sondern es erfolgte auch ein Gesinnungstest inklusive der Befragung Dritter, ob es etwas über die neuen Kandidaten zu berichten gäbe.

Die Meinungskontrolle eines modernen „Orwell 1984", welches innerhalb der Bevölkerung mehr und mehr vermutete wurde, wurde intern bei der Führung der Sicherheitsbehörden schon seit geraumer Zeit praktiziert.

Kapitel 10 - Operation Stauffenberg

Wie mag sich früher ein Heerführer am Vorabend der entscheidenden Schlacht gefühlt haben? Von englischen Königen wird überliefert das sie sich, als einfache Soldaten getarnt, unter ihre Truppen gemischt haben sollen um in Erfahrung zu bringen, was die Männer gedacht und gesprochen haben.

Es war Mittwoch, der 16. Januar 2018 und es war der Vorabend des Tages, welcher nachhaltig die Zukunft Deutschlands verändern sollte. Martin Kosik war tagsüber noch einmal alleine durch den Harz gefahren. Gleich früh morgens war er los. Als er auf eine Höhe von über 400 Metern kam, färbte sich die Gegend so langsam in ein winterliches Weiß. Es hatte auf dieser Höhe leicht geschneit, wobei die Straßen frei geblieben waren. Linker Hand blickte er auf die Okertalsperre, welche wie die anderen Talsperren im Harz, nach dem letzten Sommer noch nicht einmal zu einem Füllstand von 30 Prozent zurückgekommen war. In Altenau hielt er kurz beim Bäcker und fuhr dann, über den Sonnenberg zum Oderteich. Der Oderteich war diesen Sommer fast vollständig ausgetrocknet gewesen und der dortige Baumbestand trug kaum noch Blätter oder Zweige, da die Borkenkäfer einen Großteil der Bäume befallen und zerstört hatten. Dennoch parkte Martin seinen Pkw auf dem dortigen Platz und folgte einem Wanderweg, welcher ihn mit einer Länge von ca. 5 Kilometern um den Teich herumführte. Martin genoss die Ruhe der doch sichtlich lädierten Natur und die Kühle der nach Schnee riechenden Luft.

Wie vor knapp eineinhalb Wochen an der Küste auch fragte er sich, wann er das nächste Mal die Gelegenheit haben würde, hier in völliger Ruhe und Abgeschiedenheit allein langschlendern zu können. Er brauchte den heutigen Tag. Morgen würde sein neues Schicksal beginnen. Aber, war es nicht immer so gewesen, dass er sein Leben in den Dienst anderer gestellt hatte und dort geholfen hatte, wo es notwendig und wichtig gewesen war?

Am späten Nachmittag war er dann nach Hause gefahren und nun stand er, leicht an der Brüstung seines Balkons angelehnt, und blickte nach draußen in die Dunkelheit des beginnenden Abends.

Nicht nur die Planungen für ihre Operation hatte er abgeschlossen, sondern er hatte sich für den Fall der Fälle auch so vorbereitet, dass seine Finanzen, seine Versicherungen und seine monatlichen Wohnungsausgaben geklärt waren. Ja, sogar ein Testament hatte er gemacht und beim Notar hinterlegt.

Den letzten Blick nach draußen gerichtet zog er sich jetzt noch vor den Fernseher zurück. Der Wecker, welcher ihn für den Beginn des neuen Tages aus dem Schlaf reißen würde, war schon auf 03:00 Uhr gestellt. Spätestens um 04:00 Uhr wollte er hier losfahren, damit er um zwischen 07:00 und 07:30 Uhr an seinem Zwischenziel in Berlin eintreffen würde.

Im Gegensatz zu den englischen Königen hatte er keine Möglichkeit sich unter die Truppen zu mischen, welchen morgen bereitstanden um in einen Kampf zu ziehen, dessen Ausgang ungewiss war, aber welcher nach allen Vorbereitungen, Kalkulationen und strategischen Entwürfen zum Erfolg führen musste. Es waren ja noch nicht einmal seine Truppen, denn erstens wussten sie bisher nicht, dass sie in eine Auseinandersetzung ziehen würden, welche das Schicksal des Landes umformen würde und somit wussten sie zweitens auch noch nichts von ihm, der ihnen erst am kommenden Tag bekannt gegeben werden würde. „Was für eine unbefriedigende Situation", stellte Martin wiederholt fest, aber anders ließ sie ihr Vorhaben nicht umsetzen.

Von Fernsehen war er auf eine Videoaufzeichnung umgeschwenkt und ließ sich von einem der Star Wars Filme berieseln. Als er dabei zu einer der Szene kam, wie Darth Vader vor seinen Stormtrooper stand, musste er unwillkürlich lachen. Was wohl die Geschichte über den morgigen Tag und über ihn schreiben würde. Wäre er der gescheiterte Heerführer oder derjenige, welcher nach einem mutigen Einsatz Deutschland und den Menschen in diesem Land eine bessere Zukunft ermöglichte? Eines war er sich jedoch, mit Blick auf Darth Vader, auf jedem Fall gewiss: die „Dunkle Seite der Macht" befand sich jetzt noch im Bundeskanzleramt.

✱

Würde man, wie in einem Film, zwischen den Beteiligten hin- und her blenden, so hätte man feststellen können, dass niemand in dieser letzten Nacht ruhig schlafen konnte und diejenigen, welche tatsächlich den Weg ins Bett gefunden hatten, sich nur noch in dem selbigen am Herumwälzen waren. Die Nacht kann grausam sein, insbesondere dann, wenn sich kein Schlaf einzustellen mag. Zu dieser Erkenntnis kamen mehrere der in das Geschehen involvierten, aber es wollte auch niemand riskieren tief und fest einzuschlafen, um dann möglicher Weise den Wecker zu überhören und dann nicht rechtzeitig an den festgelegten Orten einzutreffen. Den heute ausfallenden Schlaf konnte man, egal wie die Konstellation auch aussehen mochte, in den nächsten Tagen nachholen.

Und so tauschen Jörg und Gundula noch Messengernachrichten aus, Peters saß mit seiner Frau bei einer Flasche Wein zusammen, Stefanie telefonierte mit ihrer Schwester, zu der sie seit zwei Jahren keinen Kontakt mehr gehabt hatte, einige hatten sich ein Buch gegriffen, welche sie schon seit langer Zeit hatten lesen wollen und andere saßen vor ihren Kaminen und beobachtete die Flammen, wie sie am verbrennenden Holz hinauf züngelten. Ein alter Freund von Martin, welcher als Priester in einer in der Nähe befindlichen Gemeinde sein Hirtenamt ausübte und den Martin ins Vertrauen gezogen hatte, sprach beim Tageswechsel um Mitternacht ein Gebet.

Ein Gebet für Martin und für alle, welche sich nun mit so viel Optimismus und Hoffnung anschickten, den Menschen ihren Glauben und dem Land die Gerechtigkeit wieder zu geben.

*

Donnerstag, 17.01.2019.

07:00 Uhr. Die Treffpunkte waren von vornherein festgelegt worden und jeder wusste, wo er sich wann einzufinden hatte. Nicht einer fehlte. Im Gegenteil, alle hatten viel zu früh ihre Positionen bezogen, so auch Martin, der bereits nachts um kurz nach 02:00 Uhr von seiner Wohnung aus losgefahren war.

Es gab keine Gespräche mehr darüber, wie welche Abläufe stattzufinden hätten. Jeder wusste, was seine Aufgaben waren und die Stimmung wirkte sogar ein wenig gelöst. Dies ist halt der Situation geschuldet, wenn Profis am Werk sind, bei denen jeder auf sein Gebiet spezialisiert ist und keiner Anweisungen mehr bedarf. So war auch jetzt die direkte Vorbereitungsphase, in der sie alle steckten.

Um 10:00 Uhr würde der Bundestag in voller Besetzung und mit einer Regierungserklärung beginnen. Ebenso volle Plenarsäle würde es in allen anderen Länderparlamenten geben, welche zeitgleich mit ihrer ersten Sitzung im neuen Jahr beginnen würden. Über eine große Leinwand würden in jedem Saal die Reden aus dem Bundestag übertragen werden und anschließend, durch eine landesspezifische Regierungserklärung ergänzt werden.

08:00 Uhr. Die Einsatzbefehle waren sowohl in Berlin, wie auch in den einzelnen Bundesländern, aufeinander abgestimmt worden. Um diese Uhrzeit hatten jeweils zwei Hundertschaften der Bereitschaftspolizei die äußere Absperrung bzw. den Objektschutz bei den jeweiligen Parlamenten sicher zu stellen. Dies war eine sehr unübliche Aufgabe, insbesondere mit dieser angeforderten Kräftestärke, aber aufgrund der vorangegangenen Geschehnisse konnte man leicht die Begründung verwenden, dass die Damen und Herren Politiker bei ihrer ersten Sitzung im neuen Jahr ein recht großes Angstpotential mitbringen würden und demzufolge die Sicherheitsmaßnahmen hochgefahren worden waren.

Von der Organisation war alles so aufgestellt, dass weiterhin die Lagezentren der jeweiligen Bundesländer alle Einsätze leiteten, jedoch jede Bewegung, jede Entscheidung unmittelbar an eine BMI-Leitstelle gemeldet werden musste. Auch diese Maßnahmen waren ungewöhnlich und würden unter normalen Umständen zu erheblichen Nachfragen führen. Heute war alles jedoch anders als sonst und Jörg, welcher mit seinen nachgeordneten Beamten genau diese BMI-Leitstelle aufgebaut hatte, welche sie intern als LOS, Leitstelle Operation Stauffenberg bezeichneten, blockte alle Anfragen bereits im Keim ab. „Es musste ja nur ein paar Stunden halten", hatten sie sich im Vorfeld gedacht und wenn man bei Gesprächspartnern eine potentielle Unsicherheit feststelle, dann wurde praktisch nach dem Befehl-und-Gehorsam-Prinzip verfahren, mit welchem sich jede weiteren Gedankenspiele des Gegenübers direkt abschalten ließen.

08:10 Uhr. Aus allen Bundesländern waren die Informationen eingegangen, dass die Parlamente gesichert waren. Auch in Berlin war dies der Fall, welcher jedoch ein klein wenig anders lag, als in den anderen Bundesländern. Der Bundestag selber verfügt über eine eigene Polizeieinheit, welche ein Planstellensoll von 210 Stellen aufweist. Bei ihren vielen Besprechungen war man sich uneins darüber, ob diese Polizeieinheit unter sehr unglücklichen Gegebenheiten zu einem Problem werden könnte. Nach dem Gespräch in größerer Runde hatte man diese Sorge ad acta gelegt, denn der Leiter der Bundestagspolizei war einer der besten Freunde des BKA-Chefs. Dennoch waren auch hier zwei Hundertschaften als Schutztruppe zusammengezogen worden.

08:30 Uhr. In der LOS gingen nun Meldungen ein, welche keinen offiziellen Charakter hatten, jedoch genauso akribisch zusammengetragen wurden, wie alle übrigen Nachrichten. Es kamen die Bestätigungen von anderen operativen Einheiten rein, welche mit Sonderaufgaben außerhalb des uniformierten Einsatzgeschehens alles flankierten und das gesamte Verschwörungsnetzwerk durch speziell abgestimmte Aktionen und Handlungen stabilisierten.

08:45 Uhr. Die ersten Politiker aus allen Fraktionen trafen bereits im Reichstagsgebäude ein und versammelten sich sowohl im Foyer für die ersten informellen Besprechungen oder gingen einfach in die Kantine, um in kleiner Runde ihr Frühstück nachzuholen, zu welchem sie zuhause nicht mehr gekommen waren.

09:00 Uhr. Zusammen mit Gundula Breitscher und Jörg Mävers, hielten sich auch Martin Kosik und Stefanie Fischer, sowie Eberhard Zorn und Manfred Nielson, welche beide in den Uniformen des Heeres und der Marine anwesend waren und welche Martin Kosik schon von einem Treffen her kannte, in ihrem „Warteraum" auf. Wen Martin Kosik jedoch das erste Mal erblickte, war Generalleutnant Ingo Gerhartz, der Inspekteur der Luftwaffe. Da sich alle bereits, wie auch das LOS, in einem zuvor organisierten Einsatzraum im Bundesinnenministerium befanden, hatte diese „bunte Uniformtruppe" zumindest bei den Pförtnern im BMI für Gesprächsstoff gesorgt.

Jetzt trafen die wichtigen Nachrichten ein, auf welche Jörg, wie auch die übrigen Anwesenden schon gewartet hatten. Die wichtigste Information kam zu allererst. Das Umfeld des Reichstages war als besonderer Einsatzrum definiert, unabhängig von der definierten Bannmeile. Nun traf die Meldung ein, dass Sondereinheiten der BFE+, des SEK und des MEK in diesem Einsatzraum Aufstellung bezogen und ihre Vorbereitungen abgeschlossen hatten.

Ein mitplanender Kollege von Mävers machte auf einem Klemmbrett, hinter dieser erwarteten Meldung, einen grünen Haken. Auf dem Einsatzbefehl, welcher in einer Auflistung alle zu treffenden Maßnahmen und zu erwartenden Meldungen enthielt, häuften sich innerhalb der nächsten 10 Minuten die grünen Markierungen, sodass um 09:10 Uhr der Vollzug, dass sich alle Einsatzkräfte in den ihnen zugewiesenen Einsatz- und Bereitstellungsräumen aufhielten, gemeldet werden konnte.

Gundula sah die Zufriedenheit, welche sich in Jörgs Gesicht wiederspiegelte und erkannte auch, dass er das Wort ergreifen wollte. Sie war schneller: „Sag' jetzt nichts. A-Team."

Jörg lachte und antwortete: „Genau.“

Die Umstehenden, welche diesen „Insider“ nicht verstanden, blickten von Jörg auf Gundula und wieder zurück. Stefanie fragte: „A-Team?“

„Ja“, entgegnete ihr Jörg, „kennt ihr noch den Spruch von Hannibal Smith vom A-Team?“

Jörg ließ sich kurz Zeit bis er ein Erinnern bei den Umstehenden zu erblicken vermochte und sagte. „Ich liebe es, wenn ein Plan funktioniert!“

09:15 Uhr. Die Nervosität war innerhalb der letzten Minuten spürbar gestiegen. Es ging so langsam auf den Point-of-no-return zu. Noch könnte man alles abwenden, aber wer wollte dies schon. Niemand, aber die Ungewissheit nagte doch und befiel selbst den Ruhigsten und Ausgeglichensten. Man sollte sich nur mal zu Gemüte führen, was sie hier eigentlich durchsetzen wollten. Für so etwas haben in anderen Zeiten Männer und Frauen ihr Leben gelassen und offensichtlich waren dies die Gedankengänge, welche gerade jeden hier im Raum beschlichen.

09:20 Uhr. Die Meldung aus dem Reichstag war eingegangen, dass inzwischen fast alle Politiker, auch die der Regierung, anwesend waren. Jörg hatte die Info gerade bekanntgegeben, als die Nachfrage kam: „Wer eröffnet heute eigentlich die Sitzung, Die Kanzlerin direkt?“

„Nein, kam die Antwort von hinten aus dem Raum, der Papagei.“. Trotz der großen Anspannung konnte niemand ein Grienen unterdrücken, denn jeder wusste, auf welche Person diese Beschreibung gemünzt war.

09:30 Uhr. Das Timing war jetzt von enormer Bedeutung. Da man sich im BMI aufhielt, welches sich ungefähr 1,8 Kilometer vom Reichstag entfernt befindet, hatte man den eigenen Transport dorthin vorbereitet. Niemand anderes als die GSG9, die Spezialeinheit des Bundes, stand mit ihren Fahrzeugen bereit, um die Verantwortlichen als Sperrspitze, gefolgt von den übrigen SEK- und BFE+ Einheiten, in das Zentrum der Macht zu führen. Dies sollte sowohl für alle Polizeikräfte, wie auch für alle Außenstehenden eine besondere Symbolkraft demonstrieren. Die Führungsgruppe aus dem LOS begab sich zu den Fahrzeugen der GSG9.

09:35 Uhr. Die Fahrzeuge der GSG9 hatten sich auf der Otto-von-Bismarck-Alle vor die Fahrzeugkolonne der anderen Spezialeinsatzkräfte gestellt. Bis zu diesem Zeitpunkt wusste nur die wenigsten der Polizeikräfte in Berlin und in den anderen Bundesländern, warum es überhaupt ging. Bis zuletzt hatte man die Geheimhaltung aufrechterhalten um zu vermeiden, dass irgendwelche internen Verräter den Gesamteinsatz gefährden konnten. Aber dies sollte sich nun ändern.

09:40 Uhr. Bundesweit wurden, in den Polizeifahrzeugen der Bereitschaftspolizeien bis hin zu den Sondereinsatzkräften, versiegelte Umschläge geöffnet. Diese Umschläge waren um 09:30 Uhr von den verantwortlichen Polizeiführern mit dem Hinweis verteilt worden, diese nicht vor 09:40 Uhr zu öffnen. Die Polizeiführer hatten die Umschläge auch erst eine halbe Stunde zuvor von ihren Vorgesetzten erhalten.

09:45 Uhr. Innerhalb der letzten Minuten war allen Polizeikräften nicht eine Information zur Verfügung gestellt worden, sondern ihnen war ein Befehl erteilt worden. Je nach Lage und je nach Einsatzgebiet variierte dieser Befehl leicht, aber in der Kernaussage war er überall gleich. Heute würde Geschichte geschrieben werden, egal wie die geplanten Aktionen auch immer ausgehen würden.

09:50 Uhr. Allen Beteiligten war klar, dass ein solcher Befehl bei vielen Polizisten zu blanken Entsetzten führen würde. Gerade die Jungen kannten nur das bisherige System und hatten noch nicht einmal die friedliche Revolution 1989 miterlebt. Die Auflösung der DDR kannten sie nur von Erzählungen her.

Wie sollte man ihnen nur verdeutlichen, dass es eine schiere Selbstverteidigung und Notwendigkeit war, die politischen Vertreter außer Kraft zu setzen, um einen neuen Rechtsstaat zu etablieren, der seinen Namen auch wirklich verdiente?

Man war zu folgender Überlegung gekommen. Nach dem Schockzustand, welcher zweifellos überall vorherrschen würde, würde jetzt Ratlosigkeit, Unsicherheit und ein Fragespiel einsetzen, bei welchem ihnen auch ihre Vorgesetzten nicht helfen konnten: „Sollen wir, sollen wir nicht, aber unsere Familien?" Diese Problematik war erkannt worden und deshalb war allen Mitwirkenden klar, dass die Polizeikräfte nun eine direkte Führung benötigen. Man durfte ihnen keine Zeit zum Überlegen geben, sondern man musste sie zum kollektiven Handeln bewegen.

Folgerichtig hatte man somit eine praktikable und umsetzbare Lösung erarbeitet.

Gundula, Jörg, Stefanie und natürlich Martin befanden sich in einem speziellen Führungsfahrzeug der GSG9. Dies, was sie jetzt umsetzen wollten, hatte es bis dato noch nie gegeben. Der BOS-Digitalfunk der Polizei war vor Jahren flächendeckend eingeführt worden. Die technischen Voraussetzungen, mehrere und überörtliche Funkkreise zusammen zu schließen waren gegeben, aber in einem Umfang, wie dies jetzt geschehen sollte, war dies noch niemals praktiziert worden.

Im Führungsfahrzeug befand sich eine überdimensionierte BOS-Leitstelle, welche von einem erfahrenden Funktechniker bedient wurde. Durch Kopfnicken signalisierte der Funktechniker, dass bundesweit alle mobilen Polizeieinheiten sowie alle Polizeidienststellen über die BOS-Leitstellentechnik in diesem Moment miteinander gekoppelt waren. So wie zu früheren Zeiten besondere Klingelzeichen die Priorität von Fernschreiben definierten, um im Sonderfall auch unverzüglich alle Dienststellen über Geschehnisse zu informieren, so war es Dank des nun zusammengeschalteten BOS-Digitalfunks möglich, jeden Polizisten mit einem Funkgerät zu erreichen, egal wo er sich in diesem Moment in Deutschland aufhielt.

Martin griff zu dem, ihm entgegen gehaltenen Hörer des BOS-Funk. Er musste nur die im Hörer mittig liegende Sprechtaste drücken und Hunderte, nein, sogar Tausende von Polizisten würden ihn in diesem Moment hören können. Was für ein Druck. Er führte den Hörer nach oben, die Sprechmuschel langsam in die Nähe seines Mundes bringend. Dann schloss er für zwei, drei Sekunden die Augen und als er diese wieder öffnete drückte er zeitgleich die Sprechtaste.

„Liebe Polizistinnen und Polizisten,

mein Name ist Martin Kosik. Ich bin einer von euch, war selbst viele Jahre lang Polizeibeamter und kann mir in genau diesem Moment vorstellen, was ihr denkt und was ihr empfindet.

Ich bin selber allzu häufig in Einsätze geschickt worden, wo sich mir ein tiefgreifender Sinn nicht erschlossen hat und ich denke, euch ging es bisher auch so. Sei es bei den Angriffen gegen euch beim G20 Gipfel in Hamburg oder sei es im Hambacher Forst gewesen, wo ihr zum Spielball von Politik und Justiz geworden seid, wo Kameraden verletzt wurden und wo sich inzwischen all euer Einsatz als umsonst dargestellt hat, denn die Baumhäuser stehen dort wieder.

Als ihr euren Eignungstest bei der Polizei absolviert hat, da hat man euch gefragt, warum ihr Polizeibeamte werden wollt. Und was habt ihr geantwortet? Die meisten von euch haben gesagt: weil wir den Menschen helfen wollen. Richtig?

Und wie ist er wirklich. Könnt ihr den Menschen helfen. Könnt ihr denen helfen, die wirklich Hilfe benötigen oder müsst ihr nicht tagtäglich das Leid und die Not von Opfern ertragen, während Täter grinsend vor euch sitzen oder selbst nach schweren Straftaten unbekümmert aus den Gerichtssälen spazieren?
Die Verfolgung von Ordnungswidrigkeiten wird bis zum Schluss durchgezogen, aber Straftaten, zumindest von denen, welche eigentlich nicht hier sein dürften, werden mit Milde bedacht. Wie viele Menschen sind wirklich traumatisiert, weil sie nicht mehr damit klarkommen, dass sie überfallen, ausgeraubt oder vergewaltigt worden sind? Ihr erlebt es jeden Tag, wie selbst Kleinigkeiten bei einem Normalbürger zu einer Reaktion führen können, dass er nur noch eingeschränkt an normalen Leben teilhaben kann.

450.000 Illegale, ja genau, Illegale, sind einfach so untergetaucht und man weiß nicht, wo sie sich aufhalten und was für Straftaten sie begehen, um ihren Lebensunterhalt zu verdingen.

Die Fachkräfte, welche man uns propagiert hat, haben sich in vielen Fällen als Analphabeten entpuppt. Dafür sind aber gewaltverherrlichende Personen und Terroristen in unser Land gekommen, was seitens der Politik immer solange abgestritten wurde, bis man es nicht mehr verschweigen konnte.

Ihr lest die täglichen Polizeinachrichten, welche es niemals bis in die Öffentlichkeit schaffen.
Ihr wisst, was draußen wirklich los ist.
Ihr bekommt immer wieder einen Maulkorb, dass ihr nicht weiterzählen dürft, was euch beschäftigt.
Hat dies noch etwas mit einem Rechtsstaat zu tun? Hat dies noch etwas mit einer Demokratie zu tun, wo inzwischen diejenigen geächtet werden, die eine andere Meinung haben, als uns von der Politik, über die Medien, vorgegeben wird?

Nein, dies hat nichts mehr mit dem zu tun, wofür wir alle eintreten!

Der heutige Einsatz wurde von vielen Personen vorbereitet, welche seit Jahren in Führungspositionen in der Polizei und in Ministerien tätig sein. Bis sich ein solcher Personenkreis zusammenfindet um tätig zu werden und dabei die eigene Existenz aufs Spiel setzt, bedarf es einer langen Zeit und vieler Vorfälle.

Ihr habt eure Befehle bekommen und wisst, egal wie abstrus dies gerade in dieser Sekunde anmuten mag, dass das, was wir hier heute gemeinsam umsetzen wollen richtig ist. Wir alle sind heute, jetzt, genau in diesem Moment, die einzigen, die überhaupt noch etwas bewegen können. Wenn wir jetzt nicht tätig werden, dann werden wir niemals mehr die Chance dazu haben.

Wollt ihr, dass es so wie bisher in unserem Land weiterläuft und sich noch weiterentwickelt?
Wollt ihr, dass Leute ohne Bildung, mit teils nachgewiesenen pädophilen Neigungen, dieses Land regieren?
Wollt ihr, dass es dazu kommen wird, dass ihr Leute verhaften müsst, nur weil sie ein falsches Wort gesagt haben? Meine Oma hat mir erzählt, dass einmal ein Lehrer abgeholt worden ist, nur weil er gesagt hatte, die „braunen Blätter" fallen. Auf so etwas steuern wir wieder zu.

Oder wollt ihr euren Kindern in die Augen sehen können und sagen: „Wir haben für eure Zukunft gekämpft. Für eine Zukunft ohne Gewalt, ohne Frühsexualisierung, ohne unsinnigen Vorgaben, ohne diesen Genderschwachsinn, damit ihr ohne Angst wieder nachts auf die Straßen gehen könnt?

Habt den Mut uns zu vertrauen.
Für eure Kinder, eure Partner, eure Eltern und für euch selbst. Wir haben alles nur erdenkliche bedacht, um hier wieder Sicherheit und Ordnung herstellen zu können und deshalb … Ihr habt eure Befehle. Setzt sie um. Für unser Volk und für unser Land."
Martin sah sich um. Er hatte sich selbst in Art Rage geredet, wobei er aber sowohl mit der Betonung, wie auch den Aussagen offensichtlich genau richtig rübergekommen war. Keiner im Führungsfahrzeug sprach in diesem Moment ein Wort, denn es bedurfte keines Wortes, aber alle hatten ihm, wenn auch fast unmerklich, zugenickt. Inhaltlich war das, was er gesagt hatte genau richtig und psychologisch war es so aufgebaut gewesen, dass der Unsicherheit eine Entschlossenheit folgen musste.

Bundesweit waren alle als eine große Gemeinschaft einge-
schworen worden.

Nun lag es an ihnen, ein paar hundert Meter weiter im Reichstag
den ersten wirklichen Schritt zu gehen, aber dieser würde nicht
annähernd so einfach sein wie die Rede, welche er gerade eben
gehalten hatte.

10:02 Uhr. Auch die Bundestagspolizei hatte die Rede über
Funk mit angehört und somit brauchte der Wachleiter keine Erläuterung an die nachgeordneten Kollegen abgeben, als die
Fahrzeugkolonne vor den Eingängen vorfuhr. Hätte man die
Lkw-Sperren oben gelassen, so hätte dies den weiteren Ablauf
sicherlich verzögert, aber ein gutes Indiz für die Wirksamkeit
der Ansprache war es, dass sich die Fahrzeugsperren in den Boden senkten, als die Autos mit Blaulicht vorgefahren kamen.

Die Einsatzkräfte verteilten sich recht zügig, aber nicht im Lauf-
tempo. Es gab ja schließlich niemanden hier, welcher weglaufen
konnte. Der Wachleiter der Bundestagspolizei, ein gestandener
Polizeihauptkommissar, stand neben dem Eingangsbereich und
als er einen der vermeintlichen Einsatzleiter entdeckte fragte er,
ob die Kräfte Unterstützung benötigen würden. Er und seine
Leute stünden bereit.

Von der Aufteilung her ging vorab die GSG9, unmittelbar dahinter das Team mit Gundula, Jörg, Stefanie, Martin und der
Bundeswehr, welche von SEK-Beamten flankiert wurden, während dahinter, in einem langen Zug, Kräfte der BFE+ und der
zwei Hundertschaften der Bereitschaftspolizei folgten. Alle Beamte trugen schwarze Einsatzanzüge und hatten eine Sturm-

haube aufgesetzt. In dieser Zusammensetzung schritt man geschlossen zum Herzen des Reichstages, blieb jedoch vor den Eingangstüren stehen und verharrte dort.

Dieser Moment der Wartezeit wurde in den Planungen dafür benötigt, dass sich die Kräfte der BFE+ und der Bereitschaftspolizei verteilen konnten und gleichzeitig der Regieraum, welcher die technischen Anlagen im Plenarsaal steuerte, übernommen werden konnte.

Mittlerweile warteten sie fast fünf Minuten vor den verschlossenen Türen, während immer noch weitere Polizeikräfte nachrückten. Nun endlich kam das ersehnte O.K. aus dem Technikraum, dass man nicht nur alles übernommen, sondern auch unter Kontrolle hatte.

Dies war einer der Momente, auf welchen sie seit Monaten hingearbeitet hatten.

Wie zuvor auch signalisierte Jörg, welcher die Nachricht mit dem Technikraum erhalten hatte, dem Einsatzleiter der GSG9 per Kopfnicken und Augenkontakt, dass es nun losgehen würde. Der Einsatzleiter öffnete die erste der Türen.

Im Plenarsaal war die Bundestagspräsidentin immer noch bei den einleitenden Worten. Aus dem Augenwinkel heraus nahm sie wahr, dass sich zuerst eine, dann die anderen Türen des Saales öffneten und Personen in dunklen Einsatzanzügen den Raum betraten und sich im hinteren Bereich, rings rum, unterhalb der Zuschauerränge verteilten. Auch hinter ihrem Rücken und im Zuschauerbereich tat sich etwas und die schwarz gekleideten Personen erkannte sie als Einsatzkräfte der Polizei.

Auch anderen Politikern war nicht entgangen, dass plötzlich Polizeibeamte erschienen waren, welche sich normalerweise nicht in dem Saal aufhielten. Der eine oder andere Anwesende drehte sich einmal rechts und einmal links um und zeigte sich völlig erstaunt, während andere noch überhaupt nicht mitbekommen hatten, was sich ein paar Meter von ihnen entfernt abspielte. Manche wurde von ihrem Sitznachbarn angestupst und legten erst dann ihr Handy weg, denn wenn man sich die Debatten der letzten Monate anschaute war es mittlerweile zum üblichen Verhalten der Sitzungsteilnehmer geworden, sich gerne mit privaten Nachrichten zu beschäftigen oder auch mal die Tageszeitung zu lesen, während vorne am Pult jemand seine Rede hielt.

„Was zum …", entfuhr es der Bundestagspräsidentin, welche auch ihr Unverständnis über diese Sachlage zum Ausdruck bringen wollte, aber ihr Mikrofon blieb stumm. „Konnte es sein, dass die Beamten hier zu unserem Schutz waren, dass draußen irgendetwas passiert ist, von dem wir noch nichts wissen?", war sicherlich der Gedankengang Einiger im Plenum, aber die ganze Szene wirkte irgendwie anders, als man es sich bei einer Bedrohungslage vorstellen würde. Besonders der Umstand, dass sich auch Beamte direkt neben und hinter dem Sitzungspräsidium postiert hatten, irritierte nicht wenige.

Der Aufmarsch der Polizisten schien kein Ende zu nehmen und überall waren nur Beamte mit Einsatzkleidung und Sturmhauben zu erblicken, egal wohin man sich wand. Es herrschte vollkommene Unruhe und als ein, ihnen allen unbekannter Mann, zum Rednerpult ging, welches bisher noch frei geblieben war und die Worte an alle Anwesenden richtete: „Meine Damen und Herren, bitte haben Sie einen Moment Geduld, wir werden sie gleich über alles Wesentliche informieren", war dies einer Beruhigung nicht wesentlich zuträglicher, als die bisherige Gesamtsituation zuvor.

Die Worte waren von Jörg gesprochen worden, welcher vom Bundesinnenminister sehr wohl erkannt worden war. Jörg hatte Blickkontakt zu ihm aufgenommen und irgendwie erschien es Jörg, dass dieser in dem Bruchteil einer Sekunde alles erahnt hatte, was hier gerade ablief.

Sie brauchten an dieser Stelle noch ein paar Minuten Zeit. Es war nicht ausreichend, dass ihre Experten den Regieraum und die dortige Technik unter Kontrolle bekommen hatten. Fernsehbilder aus dem Bundestag wurden, so war es an dem heutigen Tage geplant, live in die anderen Länderparlamente und live über ARD, ZDF und Phoenix gesendet.
Dass diese Vorbereitungen zuvor bereits offiziell getroffen waren, erleichterte die Angelegenheit wesentlich, aber es reichte so nicht aus. Über eine spezielle Krisen-Notfall-Schaltung, welche es der Bundesregierung ermöglichte zentral eine Livesendung auf allen Fernsehkanälen ausstrahlen zu können, sollten die weiteren Geschehnisse direkt in alle Wohnzimmer übertragen werden.

Die Vorbereitungen für diese Schaltung, welche praktisch das aktuelle Fernsehprogramm der jeweiligen Sender überlagerte, waren schon lange abgeschlossen worden, mussten jetzt nur noch aktiviert werden.

Dann war es soweit. Die Fernsehregie im Bundestag war ab sofort dazu in der Lage, jedes einzelne Fernsehbild aus dem Parlament, unterbrechend auf allen öffentlich-rechtlichen sowie privaten Fernsehkanälen, egal ob per Kabel, Satellit oder Internet, zu streamen. Egal welches Programm man ab diesem Zeitpunkt zu Hause schaute, es wurden nur Live-Bilder aus dem Bundestag angezeigt.

Dies war sein Moment. Martin blickte auf seine Gefährten und nahm ihr aufmunterndes Zuzwinkern und Kopfnicken wahr. Dann ging er durch eine der geöffneten Türen des Sitzungssaales, vor welcher sie bis zur Sekunde gewartet hatten.

Der Weg bis zum Rednerpult schien unendlich lang zu sein und angesichts aller ihrer Planungen kam ihm die Strecke bis dorthin fast wie ein Marathon vor. Jeder Schritt, welchen er in diese Richtung führte, war gefühlt wie in Superzeitlupe, aber er war auf dem Weg. Alles in seiner Umgebung nahm er wahr, angefangen von den Politikern, welche zuvor standen und sich bei seinem Eintreffen zu setzen begannen, den vielen Polizisten, welche selber noch mehr Angst hatten als er und die doch froh waren, nicht gleich selber am Rednerpult stehen zu müssen, bis hin zu dem Rotlicht der entfernt aufgebauten Kamera, welche ihm signalisierte, dass gerade diese Kamera sein Bild und die gänzliche Szene bundesweit auf alle eingeschalteten Bildschirme übertrug.

Er ging diesen schweren Weg zwar vor, aber er war nicht alleine. Während er sich an das Rednerpult begab, stellten sich hinter ihm hochrangige Beamte aus Polizei und Bundeswehr auf, welche ihm den Rücken stärkten. Es waren nicht nur hochdekorierte Uniformträger dabei, sondern auch Zivilisten wie der aktuelle Präsident des Bundeskriminalamtes und der ehemalige Präsident des Bundesamtes für Verfassungsschutz.

Martin blickte sich um und stellte zufrieden fest, dass alle Männer und Frauen hinter ihm Position bezogen hatten. Seine Rede kannte er auswendig, dennoch legte er den Zettel mit dem Text vor sich auf das Pult, blickte sich einmal in der Runde um, während er dann beide Hände rechts und links abstützte:

„Liebe Bürgerinnen und Bürger,
liebe Menschen in der Bundesrepublik Deutschland,
meine Damen und Herren in den Länderparlamenten und hier im Bundestag.

Mein Name ist Martin Kosik und zusammen mit den Damen und Herren hinter mir bin ich für den Einsatz verantwortlich, welcher in diesen Minuten bundesweit stattfindet. Dieser Einsatz trägt den Namen: „Operation Stauffenberg" und die Zielrichtung ist es, unser Land wieder in einen funktionsfähigen Rechtsstaat zu verwandeln.

Gemäß Artikel 20 Absatz 4 des Grundgesetzes übernehmen ab sofort die Sicherheitsbehörden, allen voran die Bundespolizei, die Polizeien der Länder sowie die Bundeswehr mit allen Waffengattungen, die Regierungsgewalt in Deutschland."

Kein Raunen, kein Zucken, keine andere Reaktion war im Plenum festzustellen oder zu vernehmen. Alle Politiker befanden sich in einer Schockstarre, waren fassungslos, bestürzt und versteinert. Ein ganzes Weltbild stürzte für sie gerade zusammen.

„In diesem Moment werden nicht nur hier im Bundestag, sondern auch in allen Landtagen die Führungspolitiker des Bundes und der Länder unter Arrest genommen und ihnen wird jede weiter Betätigungsmöglichkeit genommen."

Ein Politiker aus der linken Hälfte des Plenarsaals, welcher wie so häufig mit hochrotem Kopf dasaß und zu einem Zwischenruf ansetze, wurde von Kosik unsanft ausgebremst.

„Wir sind nicht zum Diskutieren hierhergekommen und auf ihren Kommentar legt hier niemand einen gesteigerten Wert. Entweder verhalten Sie sich jetzt ruhig oder sie werden direkt durch die Polizei abgeführt!"

Da er seinen Versuch eines Einwandes als gescheitert betrachtete, sank der Politiker wieder in seinen Sitz zurück. Mit einer sich überschlagener Stimme versuchte jetzt eine Frau das Wort zu ergreifen und begann mit: „Das können Sie aber ...". Weiter kam sie nicht, dann Kosik hatte den in ihrer Nähe befindlichen Polizeibeamten per Kopf- und Augenbewegung ein Zeichen gegeben, worauf sich zwei Beamte aus der Polizeikette lösten, die Politikerin dem Anlass entsprechend unsanft unter Kontrolle brachten und sie, unter Protest, hinausführten.

„Die Zeiten des Redens sind vorbei. Sie haben dem Volk und dem Land durch Untätigkeit oder durch das Gegenteil, blinden und dummen Aktionismus und unnütze Debatten so viel Schaden zugefügt, dass Sie selbst dafür verantwortlich sind, dass nun nach der Zeit des Redens die Zeit des Handelns gekommen ist. Aber sie werden sich nicht mehr dazu in der Lage befinden durch ihr Handeln noch weiteren Schaden zu verursachen. Entweder verhalten Sie sich jetzt ruhig oder Sie werden vor laufender Kamera, einer nach dem anderen abgeführt. Mir ist das gleich."

Martin Kosik sah sich im Raum um, blickte auch noch einmal nach hinten, aber auch im Präsidium zeigte sich keine Reaktion zu einer Äußerung mehr. „Gut so", stellte er innerlich für sich selber fest und merkte, wie er nach und nach seine Selbstsicherheit wiedergewann.

„Wie ich bereits ausgeführt habe, finden im Rahmen der „Operation Stauffenberg" zeitgleich mehrere und unterschiedliche

Aktionen statt, welche den Rechtsstaat, aber auch die Sicherheit in unserem Lande wiederherstellen sollen.

Die Bundeswehr ist zurzeit unterwegs, um eine Grenzsicherung umzusetzen, deren Aufbau von Ihnen als nicht möglich eingeschätzt wurde. Sobald die Vollzugsnachricht eingeht, werden keine illegalen Migranten mehr dazu in der Lage sein, unkontrolliert über offene Grenzen in unser Land einzudringen."

Den Begriff „Eindringen" anstatt „Einreisen", hatte Kosik bewusst gewählt, um die Illegalität dieses Verhaltens besonders hervor zu heben.

„Nach geltendem Recht, für dessen Aushebelung Sie verantwortlich zeichnen, ist das unkontrollierte Eindringen über unsere Staatsgrenzen, und dann sogar auch noch ohne Ausweispapiere, welche man, im Gegensatz zu den mitgeführten, hochwertigen Handys, angeblich verloren haben mag, illegal und eine Straftat. Aber es hat Sie nicht davon abgehalten dies zu unterstützen oder sogar zu fördern. Und deshalb wird jetzt die Bundeswehr eine Grenzsicherung durchführen, um zukünftiges illegales Eindringen zu verhindern.

Kurze Info an unsere Nachbarn, insbesondere an Sebastian Kurz und H.C. Strache in Österreich. Es tut mir leid, dass wir euch über unsere Absichten nicht vorab in Kenntnis setzen konnten. Wir werden jetzt natürlich auch eine Zurückweisung an der österreichischen Grenze vornehmen. Wie es zukünftig weiterlaufen wird, möchten wir schnellstmöglich mit euch in einem persönlichen Gespräch klären."

Und wieder zu den Parlamentariern gewandt:

„Sicherlich werden sich Einige fragen, warum wir die Bundeswehr für den Grenzschutz einsetzen. Ganz einfach, weil wir die Polizei für andere Aufgaben benötigen. Dank des verfassungs- und rechtswidrigen Verhaltens von Politikern auf Bundes- wie auf Länderebene haben wir hier massenweise illegale Personen im Land, von denen wir weder die Identität, noch deren Aufenthaltsort kennen. Ich zitiere aus einem Beitrag der AfD-Bundestagsfraktion nach der kleinen Anfrage Drs. 19/4388 (**88**).“

„In Deutschland wird nach 643.000 Menschen gefahndet, darunter sind rund 450.000 Ausländer. ... Die 450.000 Ausländer sind entweder zur Festnahme, zur Abschiebung oder zur Feststellung des Aufenthaltes ausgeschrieben – das sind vorsichtige Schätzungen von Sicherheitsexperten. Jürgen Braun stellt fest: „Hunderttausende Ausländer sind untergetaucht. Keiner weiß, wo sie sind. Wenn sich nur wenige von denen zu Gruppen zusammenschließen, wie zum Beispiel in der Silvesternacht von Köln, ist dies mit regulären Polizeikräften nicht mehr zu bewältigen.“

Martin Kosik blickte sich wiederholt um, aber solche Zahlen schienen die Anwesenden nicht zu schockieren. Und deshalb führte er fort.

„So wie ich Sie hier in ihrer Dekadenz einschätze, machen Sie sich überhaupt keine Gedanken darum, was diese Personen alles unkontrolliert im Lande unternehmen oder wie sie ihren Lebensunterhalt mit Straftaten bestreiten, da sie anderweitig an keine Geldmittel herankommen. Auch ist es Ihnen offensichtlich völlig egal, dass eine Vielzahl der Migranten mit unterschiedlichen Personalien Leistungen erschleichen, um dann besser zu leben wie Viele, welche hier mit ehrlicher Arbeit versuchen eine Existenz aufzubauen.

Wissen Sie eigentlich, wie viele Menschen in unserem Land leben, die noch nicht einmal 1.500 Euro netto monatlich zur Verfügung haben? Trotz Vollzeitbeschäftigung? Bei Mietpreisen, wo sie für eine vernünftige Wohnung allein schon 800 Euro und mehr warm bezahlen müssen? Wie sollen sich diese Menschen eine Existenz oder Zukunft aufbauen, wenn sie dann noch als Pendler auf ein Auto angewiesen sind?

Wissen Sie, wie viele Stunden Selbstständige arbeiten und massiv Steuern bezahlen, viel mehr als jeder andere? Und was passiert, wenn die Selbstständigkeit unverschuldet scheitert? Neben den Schulden aus der Selbstständigkeit fallen sie durch das gesamte soziale Netz und müssen Hartz IV beantragen. Und wenn sie dann zuvor den Fehler gemacht haben, wie Angestellte, die dann auch keine entsprechende Beschäftigung mehr finden, sich Wohneigentum als Altersversorgung anzuschaffen, dann müssen sie dieses aufgeben, bevor sie überhaupt, nachdem sie sich völlig den Behörden entblättert haben, Leistungen erhalten können.

Und dann kommen Migranten, die von Ihnen und von Hilfsorganisationen, die ja auch nachweislich an jeder Person sehr gut profitieren können, protegiert werden in unser Land, haben noch nie gearbeitet, werden zum Großteil auch niemals arbeiten, weil es sich nicht um die von Ihnen versprochenen Fachkräfte, sondern zum überwiegenden Teil um Personen mit niedrigem Bildungsstand, fern ab jeglicher hier zu gebrauchender Ausbildung handelt, und diese bekommen eine Rundumversorgung, welche dann in nach geraumer Zeit in Hartz IV mündet.

Im Klartext: diese Personen erhalten dasselbe wie jemand, der 30 oder 40 Jahre lang gearbeitet hat, unverschuldet seinen Arbeitsplatz verloren hat und nichts adäquates Neues findet. Und diese Personen erhalten dann später einmal dieselbe Unterstützung im Alter wie diejenigen, die ihr Leben lang in dieses marode Rentensystem eingezahlt haben.

Aber für diese Personen stehen plötzlich nicht nur Millionen, sondern Milliarden Euro zur Verfügung. Dank Ihrer Entscheidungen, dank Ihrer Realitätsverweigerung geht es der deutschen Bevölkerung seit Jahrzehnten nicht mehr gut. Dies wird selbst durch internationale Vergleiche bestätigt, aber in Ihrer Scheinrealität, welche Sie sich dann durch Fiktivzahlen von Meinungsforschungsinstituten oder obskuren Stiftungen untermauern lassen, nehmen Sie dies überhaupt nicht mehr wahr. In Ihrer völligen Wirklichkeitsverleugnung ist kein Platz mehr für den einfachen Bürger. Für den einfachen Bürger der jeden Morgen, egal wie schlecht es ihm gehen mag, morgens aufsteht, feststellt, dass er eh nichts ändern kann und dann wieder brav an seinen Arbeitsplatz geht. Das sind die wichtigen Menschen, das sind Ihre Arbeitgeber, aber Sie trampeln auf ihnen herum.

Ihre Aufgabe, und darauf haben Sie einen Eid geleistet, welcher Ihnen offensichtlich genauso wenig wert ist wie Ihr Gewissen, ist es, sich für den Bürger einzusetzen. Und was tun Sie?

Wenn der normale Bürger erkennt das er übervorteilt wird und es wagt den Mund aufzumachen, dann ziehen Sie so die Strippen, dass sich niemand mehr traut seine eigene Meinung nach außen zu tragen. Inzwischen muss man Angst haben, wenn man etwas ausspricht, was nicht dem von Ihnen vorgegebenen Schema entspricht, schikaniert, denunziert und mundtot gemacht zu werden. Dafür haben Sie einen unsäglichen Propagandaapparat gemeinsam mit den Medien geschaffen, den sich selbst Göbbels in seinen kühnsten Träumen nicht hätte ausdenken können."

Martin stellte fest, dass er doch ganz schon vom Redekonzept abgewichen war, aber da waren einfach die Pferde mit ihm durchgegangen. Wenn er diese lebendig gewordene Arroganz und Ignoranz vor sich sah, konnte er nicht umhin, genau jetzt an dieser Stelle Dampf abzulassen.

Ein kurzer Blick zu Stefanie bedeutete ihm, dass sie es genauso empfand, wie er es gerade selber festgestellt hatte. Dieser emotionale Ausbruch war gut gewesen, denn gleichzeitig präsentierte er sich gerade der gesamten Bevölkerung und diese Aussagen, welche er soeben getätigt hatte, verliehen ihm mehr Glaubwürdigkeit und Respekt, als hätte er nur ein seelenloses Schriftstück heruntergebetet.

„Da ich nun ein wenig abgeschweift bin", führte er fort, „möchte ich wieder zum Kern der Operation Stauffenberg zurückkommen. Wie ich eben schon ausführte, haben Sie Entscheidungen zum Nachteil der Menschen in unserem Land getroffen. Ob Sie dabei selbst die Hauptschuld trifft oder ob irgendwelche Lobbyisten dafür verantwortlich sind, ist mir persönlich völlig egal.

Neben der Umstrukturierung des Regierungs- und Rechtssystems kümmern sich auch einige Polizeibeamte um eine Bereinigung der von Ihnen zerstörten Meinungsfreiheit. In diesem Moment werden die führenden Medienfamilien wie zum Beispiel Springer, Mohn, Burda aber auch die, wie heißt sie so schön, die GEZ, sprich der Beitragsservice, zerschlagen, die Verantwortlichen festgenommen und im weiteren Verlauf zur Rechenschaft gezogen werden."

Die Gesichter der Fraktionsmitglieder spiegelten erneut Entsetzen wider. Erst jetzt, nach diesen Minuten und mit dieser Information zu den Medien wurde auch dem Letzten klar, dass sie sich nicht in einer Theaterrunde befanden, wo sie nach dem Verlassen des Theaters die heile Welt, so wie sie von ihnen selbst inszeniert worden war, wiederfinden würden, sondern dass tatsächlich alles um sie herum zusammenbrach.

Martin Kosik stellte mit Genugtuung fest, dass die Worte dort gesessen hatten, wo er sie platziert hatte. Der Schock hatte buchstäblich alle vor ihm Sitzenden erfasst und derart gelähmt, dass sie offensichtlich nicht dazu fähig waren, ihren innerlichen Protest nach außen hin kund zu tun.

Nachdem diese hier offensichtlich ruhiggestellt waren, wand sich Martin mit direktem Bild in eine, vor ihm mit Rotlicht aufleuchtenden Kamera.

„Liebe Menschen, liebe Bevölkerung,

es ist uns, die wir für diese Aktion verantwortlich sind völlig bewusst, dass Sie alle mehr als verunsichert sind. Niemals zuvor gab es eine Situation wie diese, welcher wir uns gerade stellen und niemand weiß, wie es ausgehen wird und was die nächsten Stunden oder die nächsten Tage bringen werden.

Ich habe genauso viel Angst vor dem, was sich hier gerade abspielt, wie Sie zu Hause an den Bildschirmen oder wo auch immer Sie gerade diese Sendung mitverfolgen. Ja, ich habe Angst. Angst für uns alle, für unser Land, davor, was die Zukunft bringen mag. Aber, ich habe noch viel mehr Angst davor, dass wir so weitermachen wie bisher, denn wir können nur erahnen, was geschehen wird. Noch mehr Gewaltkriminalität, noch mehr Meinungseinschränkung, noch mehr existenzielle Sorgen, noch mehr Altersarmut und was weiß ich noch alles.

Schauen Sie sich allein hier hinter mir um. Das, was wir tun, tun wir nicht leichtfertig. Niemals zuvor haben Sie hier so viel Fachkompetenz was die Sicherheit unseres Landes betrifft gesehen, wie jetzt, genau in diesem Augenblick.

All die Männer und Frauen riskieren ihre gesamte Existenz, welche sie über Jahrzehnte hinweg aufgebaut haben, um heute hier zu stehen. Um heute, für uns alle, für unser Land und für eine friedliche Zukunft für unsere, für Eure Kinder und Enkel zusammen zu stehen, zusammen zu kämpfen und Deutschland wieder eine Sicherheit und Perspektive zu geben, welche uns von Menschen genommen worden ist, die nur ihr persönliches Wohlbefinden im Blick haben.

Ja, ich habe Angst, riesige Angst, aber wenn wir jetzt zusammen stehen, als ein Volk, nicht mehr nach Ost und West, auch nicht nach Bayern und Preußen, sondern als ein Volk von Brüdern und Schwestern, dann werden wir uns gemeinsam die Sicherheit und den Wohlstand aufbauen, bei dem kein Mitglied in unserer Gemeinschaft ausgeschlossen wird. Eine neue Gemeinschaft, die die Schwachen tragen wird und für die Menschen da ist.

Aus diesem Grunde bitte ich Euch, gebt mir, gebt uns, ein wenig Zeit. Es laufen viele Vorbereitungen und vieles muss aufeinander abgestimmt werden. Es wird auch zu Entscheidungen kommen, welche Ihr nicht gleich verstehen werdet, aber wir, oder besser gesagt ich, werde Euch darüber informieren wieso, weshalb und warum wir diese Maßnahmen ergriffen haben, welche auf den ersten Blick nicht nachvollziehbar erscheinen mögen.

Bitte, gebt uns Zeit.

Und für diejenigen, egal ob aus dem rechten oder linken Spektrum, welche jetzt die Gelegenheit zu nutzen versuchen Randale zu machen, Terror zu verbreiten oder gewalttätig gegen die Polizei vorzugehen versuchen möchte ich eine klare Botschaft aussenden. Die Polizei wird ab sofort in einer Art und Weise einschreiten, dass jegliche Gewalttätigkeit im Keim erstickt werden wird. Die Polizei von heute ist nicht mehr die Polizei von gestern. Wer der Auffassung ist Gewalt ausüben zu müssen, wird auf eine Polizei treffen, welche nicht mehr der Spielball politischer oder juristischer Entscheidungen ist, sondern er wird auf eine Polizei treffen, welche dazu in der Lage ist so einzuschreiten, wie es in der jeweiligen Situation erforderlich ist.

Ansonsten möchte ich Sie darauf hinweisen, dass wir beabsichtigen morgen um 10:00 Uhr eine Pressekonferenz abzuhalten, um Sie alle über die neuesten Entwicklungen zu informieren.

Ich danke Ihnen. Und nochmals, bitte geben Sie uns Zeit. Niemandem, der Teil unserer Gemeinschaft ist, soll es in unserem Land schlechter gehen als zuvor. Wir haben viele Ideen, welche wir auch zeitnah umsetzen möchten, Danke."

Martin schloss seine Rede ab, nickte dem Einsatzleiter der GSG9 zu und die Polizisten begannen geordnet den Saal zu räumen. Mit diesen letzten Bildern wurde die Liveübertragung aus dem Bundestag beendet. Die geordnete Räumung, welche parallel auch in allen Länderparlamenten erfolgte, wurde so umgesetzt, dass jeder einzelne Politiker von Beamten zu draußen wartenden Fahrzeugen eskortiert wurde. Zuvor hatte man von allen Personen die Handys eingesammelt. Da sich manche Politiker diesem Prozedere sperrten, wurde ihnen zwangsweise ihr Telefon abgenommen und sie wurden mit Handfesseln auf dem Rücken nach draußen geleitet.

Einzig und allein die Fraktion der AfD hatte im Sitzungssaal Platz behalten.

Nach ein paar einleitenden Worten sagte Martin: „Die Politik in unserem Lande wird sich ab jetzt grundlegend ändern. Sie alle haben in den letzten Monaten eine Politik gemacht, wie sie vor 16, 18 Jahren noch von der CDU an den Bürger gebracht worden ist. Sie haben immer und immer wieder Tatsachen dargestellt und sind dafür eingestanden. Das Ihre Themen vielleicht ein wenig zu eingeengt sind oder das Sie vielleicht mehr provozieren als das Sie Lösungen vorstellen, möchte ich hier nicht beurteilen. Ich beurteile nur, dass Sie den Mut gehabt haben eine eigene Meinung, welche ja in der Regel auch der Wahrheit entsprach, nach außen getragen haben und dafür diffamiert, schikaniert und angefeindet worden sind. Das Schlimme ist, dass die Bürger inzwischen so manipuliert worden sind, dass sie die Wahrheit nicht mehr von der Lüge unterscheiden können, auch wenn alles mit Nachweisen belegt wird.

Wie dem auch sei. Sie haben sich für unser Land verdient gemacht, auch wenn dies Viele niemals verstehen oder akzeptieren werden. Aber aus diesem Grunde steht es Ihnen jetzt frei zu gehen. Alle anderen Politiker, hier aus dem Bundestag und auch aus den Landtagen, werden für unbestimmte Zeit eingesperrt und separiert. Auch werden diese keine Möglichkeit haben mit der Öffentlichkeit Kontakt aufzunehmen. Wir müssen Ruhe hereinbringen und deshalb werden sie erst einmal weggesperrt. Wie lange diese dauern wird, kann ich in der aktuellen Situation nicht abschätzen.

Auch Ihre Politik wird sich nun ändern beziehungsweise es wird bis in nicht absehbare Zeit überhaupt keine Politik mehr geben. Wir haben auch Ideen, wie wir zukünftig Entscheidungen, unter

Einbeziehung der Bevölkerung treffen wollen, aber dafür müssen die Bürgerinnen und Bürger, Mist, ich fange hier selber mit diesem Gendermüll an", alle lachten, "ich meinte, müssen die Bürger erst einmal auf ein Wahrheitsniveau gebracht werden, von dem wir zurzeit meilenweit entfernt sind.

Passend dazu und für Sie als aktueller Sachstand: Wir haben natürlich die Medien unter Kontrolle gebracht und haben in den letzten Wochen Dokumentarfilme erstellt, welche das aufzeigen, was sich in Deutschland tatsächlich in den letzten Jahren oder in den letzten Monaten abgespielt hat und was vonseiten der Behörden verschleiert worden ist. Allein die fast täglichen Messerübergriffe sind erschreckend. Es gibt, vielleicht haben Sie es auch im Internet gesehen, eine Auflistung für den Zeitraum 11.09.-07.10.2018, also für rund 4 Wochen, wo es zu 24 derart gelagerten Übergriffen gekommen sein soll. Den Wahrheitsgehalt haben wir jetzt nicht überprüft, aber wenn man sich mit offenen Augen durch die Medien bewegt, dann stößt man fast täglich auf solche Delikte; allzu häufig jedoch nur im regionalen Teil der Presse.

In diesen eben angesprochenen Filmen haben wir aber auch viele andere Details und Fakten aufgearbeitet, deren inhaltliche Wahrheit, so wie sie uns und vor allem den Kindern und Jugendlichen in den Schulen vorgetragen wurde, mit entsprechenden Quellenangaben widerlegen können. Das ist übrigens ganz wichtig, dass wir alles, was wir erzählen oder veröffentlichen, so belegen können, dass es jeder nachgoogeln kann.

Aufgrund Ihrer Reaktionen sehe ich ein Einvernehmen und ich möchte Sie bitten, dass Sie Einfluss auf ihre Mitglieder nehmen, dass sich alle in den nächsten Tagen ruhig verhalten. Es wird noch einiges passieren und deshalb können wir keine weiteren Problemfelder gebrauchen. Wir haben schon genug davon.

Noch eins. Bei den Entscheidungen, welche zukünftig für unser Land und unser Volk getroffen werden müssen, möchten wir Sie, wie genau weiß ich noch nicht, später einmal mit einbeziehen. Erst einmal hoffe ich auf Ihre Unterstützung."

Die Unterstützung wurde Martin zugesichert ebenso, dass man alle Personen, auf welche man Einfluss nehmen könnte, auch zur Zurückhaltung bewegen würde.

*

Meldung von der LOS: alle Parlamente geräumt, alle Politiker mit Ausnahme von der AfD in Gewahrsam genommen, in den öffentlich-rechtlichen Medien laufen bereits die Aufklärungsfilme, die privaten Sender dürfen unter Kontrolle weiterhin ihr Fernseh- und Radioprogramm ausstrahlen, jedoch werden die Nachrichten dort vorerst ausgesetzt. Auf den Straßen und in den Städten ist bislang alles ruhig.

*

Mangels Unterbringungsmöglichkeiten waren alle Politiker, nachdem ihnen die Handys abgenommen und sie abtransportiert worden waren, in Sammelunterkünfte verlegt worden. Dies war nur als Übergangslösung gedacht und schon bald sollten Einzelunterbringungen erfolgen. Zwischenzeitlich kam die Meldung über die LOS, dass sowohl der Bundespräsident Steinmeier, ebenso Wulff, aber auch die gesamten Führungsköpfe der Medienfamilien festgenommen waren. Offensichtlich schienen sie, neben dem Erfolg einer strukturierten Planung auch noch Glück zu haben, denn fast überall wurden diejenigen angetroffen, die auf der Liste standen, welche sie im Vorfeld erstellt hatten.

*

Schnellen Schrittes waren sie die knapp 600 Meter vom Reichstag zum Bundeskanzleramt hinüber gegangen. Hier war der nächste Akt des Dramas für Martin Kosik vorbereitet worden. In einem geschlossenen Raum, welcher Ähnlichkeit mit dem Situationsroom der Amerikaner hatte, befand sich eine Kommunikationszentrale für Videotelefonie.

Leicht durchgeschwitzt hatte die Führungscrew, welche neben Martin Kosik weiterhin aus Gundula Breitscher, Jörg Mävers und Stefanie Fischer bestand, und welcher sich auf Bitten Martins auch die Leiter von BKA und BfV angeschlossen hatten, den Raum erreicht.

Begleitet wurden sie durch persönliche Mitarbeiter, denen Gundula und Jörg volles Vertrauen schenkten und welche als Führungsassistenten diverse Aufgaben erledigten oder die Kommunikation lenkten.

Martin machte noch einen schnellen Griff zu einer bereitgestellten kalten Cola, welche durch die prickelnde Kohlensäure seinen trockenen Hals wiederbelebte und stand dann auch schon an der Stelle, von welcher er ein paar Sekunden später in zwei bekannte Augenpaare schaute.

Auf einem Großbild-LED, in dessen Front Martin stand, wurden zwei Livebilder nebeneinander übertragen. Auf dem linken Bild sah er Donald Trump, auf dem rechten Vladimir Putin. Über den eingeblendeten Bildern wurde die entsprechende Ortszeit angezeigt: Berlin 11:05 Uhr, Washington D.C 06:05 Uhr, Moskau 13:05 Uhr.

„At the beginning, I'm sorry about my bad English and I hope it's ok, if I speak in German and it will be translate.", begann

Martin Kosik das Gespräch und fügte hinzu: „Für Sie Herr Putin muss es ja glücklicherweise nicht übersetzt werden, da sie ja perfekt Deutsch können."

Während Donald Trump keine Einwände hatte und einen sehr neugierigen Gesichtsausdruck auflege, konnte sich Vladimir Putin weder ein Lachen, noch den Spruch: „Ja, ich habe schon einmal mit Deutschland zu tun gehabt", verkneifen. Dies war die Anspielung darauf, dass er seine Deutschkenntnisse als ehemaliger KGB-Offizier perfektioniert hatte.

„Zuallererst möchte ich mich bei Ihnen beiden im Namen der Bundesrepublik Deutschland entschuldigen", führte Martin das Gespräch fort. Der neugierige Gesichtsausdruck Trumps wirkte überrascht und noch interessierter, während Putin auch ein wenig irritiert blickte, da er dies nicht erwartet hatte.

„Auch wenn Sie beide völlig unterschiedliche politische Ziele verfolgen, wobei ich mir dabei noch nicht einmal ganz sicher bin, so sind Sie beide Opfer von Anfeindungen, Fake News, Inszenierungen und Propaganda geworden, welche hier in Deutschland in den letzten Jahren leider gang und gäbe war.

Die deutschen Politiker hatten sich anfangs Sie Herr Putin als Ziel gesucht und massiv gegen Sie gehetzt und das nicht nur wegen der Ukraine-Krise. Und ich sage Ihnen hier und jetzt meine Meinung dazu: die Krim war und ist Bestandteil Russlands und entgegen dem, was man hier bisher vertreten hat, haben Sie in dieser Frage zukünftig die volle Unterstützung Deutschlands."

Nach einer kurzen Pause fügte er hinzu: „Wir werden uns vielleicht einmal über Schlesien und Ostpreußen unterhalten müssen, aber das ist ein anderes Thema."

Beide sahen sich, soweit dies bei einem Videotelefonat überhaupt möglich war, direkt in die Augen und jeder wusste, dass
gerade in diesem Moment eine neue Freundschaft zwischen beiden Ländern besiegelt worden war.

Zu Donald Trump gewandt sagte Martin: „Und als Sie dann auf
der Bildfläche auftauchten, versuchten deutsche Politiker und
Medien Sie zu diskreditieren, wo es nur möglich war. Es ging
schon im Vorfeld los, als sie noch als Kandidat unterwegs waren. Bei Ihrer Amtseinführung wurden Bilder im Vergleich zu
Obama gezeigt, dass angeblich wesentlich weniger Menschen
anwesend waren (**89**), wo es sich dann jedoch im Nachgang her-
ausstellte, dass sich die Uhrzeiten deutlich voneinander unterschieden. Und mittlerweile treffen unsere Politiker und Medien
Aussagen über Sie, welche nicht nur den letzten Rest guten An-
standes vermissen lassen, sondern es sind vulgäre Beleidigun-
gen, woran sich hier aber offensichtlich niemand stört.

Auch Ihnen möchte ich versichern, dass dies jetzt ein Ende finden wird, dass wir eine neue Freundschaft, vor allem in dieser
Dreierkonstellation begründen können und dass Deutschland
zukünftig ein verlässlicher Partner an Ihrer Seite werden wird."

Die Reaktion Trumps fiel vergleichbar zu der Putins aus.

„Und nun meine Herren möchte ich darauf zu sprechen kommen, was wir mit Ihren beiden Vertretern Sergej Netschajew
und Kent Logsdon abgesprochen, und was wir mit den zustän-
digen Stellen auf Ihrer und unserer Seite inzwischen an logistischen Planungen vorbereitet haben."

Es folgte nun ein nicht langes Gespräch, denn im Vorfeld hatte man alles geklärt, was nur noch der offiziellen Zustimmung aller Beteiligten bedurfte. Es war ein verwegener Plan aber, er würde zur Sicherheit und Stabilität Deutschlands beitragen.

Im Anschluss an die Videokonferenz hatte sich die Führungscrew im LOS eingefunden. Hier gingen nach und nach die neusten Meldungen von allen Polizeidienststellen des Landes, sowie von den überall im Einsatz befindlichen Kräften ein.

Nach der letzten Meldung des LOS war als wichtige Nachricht nur die Vollzugsmeldung der Bundeswehr eingegangen. Entlang der deutschen Grenzen hatten überall Soldaten Aufstellung bezogen, sodass unter normalen Umständen niemand mehr illegal einreisen konnte. Einer der Führungsassistenten hatte zwischenzeitlich Kontakt zum österreichischen Kanzler und Vizekanzler, Sebastian Kurz und H.C. Strache gehabt, sich für diese kurzfristige Grenzschließung entschuldigt und beide für den nächsten Tag zu einem Gespräch nach Berlin eingeladen. Die Österreicher waren zwar sehr überrascht gewesen, hatten aber durchaus Verständnis für die Situation und musste nun natürlich auch etwas in Bezug auf ihre eigene Grenzsicherung gen Süden und Osten unternehmen. Auf ein Treffen am kommenden Tage, welches für 14:00 Uhr angesetzt wurde, freute man sich schon.

Weitere wichtige Meldungen waren bis zu dieser Minute nicht eingegangen, weshalb die LOS bundesweit bei den Lagezentren direkte Klärungen veranlasste. Das Ergebnis dieser Nachfragen war, dass es überall, auch in den großen Städten, ruhig war. Richtig ruhig. Zivile Aufklärungseinheiten der Polizei waren in allen Großstädten unterwegs, Informanten aus rechten und linken Quellen wurden befragt, aber alles blieb ruhig und es gab keine Erkenntnisse darüber, dass sich Gruppen egal welcher Couleur für geplante oder spontane Aktionen sammeln würden. Die Bürger gingen offensichtlich ihrer Arbeit oder ihren gewohnten Tätigkeiten nach, der Straßenverkehr und der ÖPNV liefen wie immer und es erweckte den Anschein, als sei es heute ein völlig normaler Tag.

Dieser aktuelle Stand versetzte die Akteure in überaus großes Erstaunen und man fragte sich, ob dies die natürliche, deutsche Lethargie war oder nur die Ruhe vor dem Sturm.

Stefanie startete einen Erklärungsversuch und fragte in die Runde: „Erinnert ihr euch, als wir ein halbes Jahr keine Regierung hatten oder als vor einem halben Jahr die Regierungskoalition jeden Tag hätte auseinanderbrechen können?"
Die Anwesenden nickten. „Hat uns, hat dem Bürger damals etwas gefehlt? In beiden Fällen hatten wir keine handlungsfähigen Politiker, denn die hatten sich ja damals nur mit sich selbst beschäftigt. Hat uns oder dem Land etwas gefehlt?"

Die anderen begriffen worauf Stefanie hinaus wollte und Jörg antwortete: „Nein, nur ein paar Behörden hatten Probleme, weil es aufgrund einer nicht vorhandenen Regierung zu einer Haushaltssperre gekommen war, aber nein, Du hast völlig recht, die sind alle überflüssig gewesen."

„Genau, denn da sie nicht regiert haben, konnten sich auch keinen weiteren Mist machen. Kann es sein, dass dies der Otto-Normal-Bürger vielleicht sogar zu schätzen weiß, dass diese Selbstdarsteller, Narzissten und Brüllaffen …", Stefanie feixte Martin Kosik belustigt an, „hör jetzt bitte auf, an den gewissen Herrn mit seinem hochroten Kopf zu denken", alle konnten aufgrund der Situationskomik ihr Lachen nicht verbergen, „einfach nicht mehr da sind? Kann es sein, dass man bewusst sogar auf so etwas gewartet hat?"

Das Schmunzeln hatte sich inzwischen gelegt als Gundula meinte: „Ich könnte mir dies sehr gut vorstellen. Was ist denn hier in den letzten Jahren oder sogar Jahrzehnten geschehen? Kleine, unbedeutende Gruppen, welche sich zuvor am Rande der Gesellschaft aufgehalten haben, hatte man eine immer größer werdende Lobby gegeben. Über die Jahre hinweg haben die sich immer breiter gemacht und selbst Pädophilie wurde dann schon nicht mehr als schlimm erachtet. Und warum? Nicht weil dem so war, sondern weil sich die breite Masse diesen Irrglauben nicht entgegengestellt hat. Es sind immer mehr geworden, bis dann sogar recht obskure Gruppen wie ein Vampir, der Blut gerochen hat, aus ihren Särgen gestiegen sind. Solche Gruppen, welche augenscheinlich primär ihre Eigeninteressen verfolgen und einen Schaden für die Volkswirtschaft verursacht haben, sind dann noch protegiert worden.

Schaut euch an, was bei der Dieselkrise geschehen ist. Dies, was hier geschieht, ist eine Art Enteignung. Wieder mal sind die Deutschen wieder die Dummen, während sich das Ausland über billige Dieselfahrzeuge freut. Es gibt eine Deutsche Umwelthilfe welche gegen den Staat klagt und Altmeier unterstütz sie auch noch, indem er Ihnen 800.000 Euro Fördermittel für 2019 zugeschustert hat (**90**)."

„Wir haben doch schon in vielen Bereichen festgestellt, dass die Menschen eine Führung benötigen", schloss Stefanie. „Es geht doch schon im Kleinen los. Auf einer breiten Straße ohne Fahrbahnmarkierung fahren die Leute mitten auf der Straße, obwohl zwei Fahrzeuge nebeneinander passen würden. Sobald die Fahrbahnmarkierung da ist, funktioniert es wieder und so ist es in vielen anderen Bereichen auch. Die Menschen benötigen eine vernünftige Führung, aber was hat man gemacht? Man hat Verwalter zu Führern gemacht und die letzten Aufrechten, welche noch einen Bezug zur Praxis haben, hat man versucht auszuschalten. Wir wissen ja alle, was man mit Romann und Maaßen veranstaltet hat. Auch wenn der Begriff „Führung" negativ belastet ist, so ist diese dennoch notwendig. Was haben wir stattdessen überall in den Ministerien herumsitzen? Juristen. Was befähigt einen Juristen ein Land zu führen? Gar nichts, denn es sind nur Theoretiker und Praktiker, welche mit ganz anderen Lösungsvorschlägen an Problemfälle herangehen, haben überhaupt keine Chance mehr nach oben zu gelangen."

„Du hast nicht ganz recht, zumindest was die Politik anbelangt", unterbrach Martin: „In der Politik gibt es genügend skurrile Existenzen, welche sonst nur dauerhaft von Hartz IV leben würden, würden sie nicht mit ihrer großen Klappe dafür sorgen, dass sie von noch dümmeren als sie selber gewählt werden würden."

✳

Inzwischen war es 16:00 Uhr geworden und die bundesweit in den Fußgängerzonen oder sonstigen Bereitstellungsräumen stationierten Polizeibeamten vertrieben sich die Zeit mit Kartenspielen, Lesen oder Musikhören. Auch sie wunderten sich darüber, dass nichts passierte. Gerade im Innenstadtbereich kam es dann natürlich wiederholt zum Bürgerdialog und mancher der Passanten fragte sie, wie sie die Situation sehen würden. Diese Gespräche verliefen fast überall gleich. Man teilte die Besorgnis, war aber froh darüber, dass sich endlich etwas tat und man wollte denjenigen, welche nun gerade in Berlin und anderenorts Geschichte schrieben Zeit geben, um sich zu bewähren.

✳

In der LOS ging es weiterhin verblüffend ruhig zu. Alle Polizeieinheiten waren von vornherein zweigeteilt worden. Die eine
Hälfte stand dafür bereit die Sicherheit in den Stadtgebieten zu
gewährleisten, für den Fall, dass es zu Ausschreitungen kommen sollte und die zweite Hälfte war für einen Sondereinsatz
vorgesehen, welcher um 18:00 Uhr beginnen würde.

Zu den Sicherheitsdienststellen, welche in die Operation einbezogen worden waren, gehörte auch die Luftsicherung. Sowohl
die zentrale Landesübersicht, wie auch die regionalen Abschnitte waren darüber informiert worden, was sich gegen 17:00
Uhr ereignen würde. Es war eine organisatorische Meisterleis-
tung den zivilen Luftverkehr unbehelligt abzuwickeln, während
man für andere Maschinen breite Luftkorridore angelegt und geöffnet hatte.

Kurz vor 17:00 Uhr waren die ersten Leuchtpunkte auf den Ra-
darschirmen zu erkennen, welche sich aus östlicher, wie auch
aus westlicher Richtung der Bundesrepublik näherten. Ein unbedarfter Beobachter hätte vermeinen können, dass es gleich zu
der größten Luftschlacht kommen würde, welche je stattgefunden hat, aber so war es nicht, im Gegenteil. Dies alles waren
befreundete Maschinen, welche zu ihren zugewiesenen Ziel-
flughäfen steuerten. Die Luftsicherheit war informiert und leitete die Anflüge.

Die Bestätigung über die eintreffenden Flugzeuge ging im LOS
ein. Man hatte eine strategische Verteilung organisiert, wodurch
die Flieger bundesweit aufgeteilt wurden. Die Dunkelheit des
Januars kam den Planern dabei zugute, denn so waren die Maschinen am Himmel nicht zu erkennen. Darüber hinaus war vereinbart worden, dass sowohl bei An- und Abflug die Positions-
lichter der Flugzeuge ausgeschaltet waren. Dem zivilen Luftverkehr würden sie nicht in die Quere kommen; notfalls würde man

diesen stoppen. Und so wusste nur wenige Eingeweihte, sowie die Crews der zivilen Passagiermaschinen, welche in der Nähe der militärischen Flugkorridore unterwegs waren, was sich gerade am Firmament abspielte. Bei den Flugzeugen, welche schwarmmäßig den Luftraum über Deutschland durchflogen, handelte es sich überwiegend um Transportmaschinen.

Über linksgerichtete Netzwerke hatte man zu Demonstrationen in Berlin, Hamburg, Hannover, Köln, Dortmund, Stuttgart, Chemnitz und München aufgerufen. Diese Aktionen waren erwartet gewesen genauso, dass die Absprachen zu solchen Aktivitäten über die unterschiedlichen Messenger erfolgen würden. Man verabredete sich in den Städten zeitgleich um 18:00 Uhr loszumarschieren und man konnte aus vielen der Posts herauslesen, dass Zusammenstöße mit der Polizei provoziert bzw. gesucht werden würden.

Im LOS war man jedoch froh darüber, dass diese Demos erst so spät einsetzten und so die Polizeibeamten nur noch eine lange Nacht bevorstehen würde, während sie tagsüber nicht durch gewalttätige Ausschreitungen gefordert gewesen waren. Interessant für die LOS war die angesetzte Uhrzeit.

17:59 Uhr. In den angekündigten Städten hatten sich Demonstrationszüge gebildet, welchen überall ein maskierter, schwarzer Block vorgestellt war. Die Leitstellen hatten die letzte halbe Stunde wiederholt Hinweise darauf erhalten, dass von den Demonstrationsteilnehmern in Baustellen Steine aufgenommen oder von Holzzäunen Latten abgebrochen waren. Die Polizei unternahm jedoch nichts, vorerst nicht, denn der Einsatzbefehl lautete: „Wir fangen nicht als Erste an."

18:00 Uhr. Wie immer bei Großdemonstrationen setzt sich der Zug nicht pünktlich in Bewegung. Es musste noch etwas organisiert werden, dann wurde hier noch eine Nachricht geschrieben oder dort noch telefoniert. So war es auch bei allen Demonstrationszügen, welche sich gebildet hatten, von denen nicht ein einziger bei den Behörden angemeldet gewesen war.

Ungläubig starrten einige der Teilnehmer auf ihre Handys. Laufende Telefonate brachen ab und Nachrichten konnten nicht mehr versendet werden, da überall die Anzeige auf den Bildschirmen leuchtete, dass kein Netz gefunden werden konnte.

Gespannt wartete die Führungscrew um Martin Kosik auf die Nachricht, welche jetzt den zweiten Teil ihrer heutigen Operation einläuten sollte. Die Digitalanzeige in der Leitstelle sprang auf 18:00 Uhr um. Auf einem der Monitore hatten sie eine digitale Deutschlandkarte vor sich, welche im Ist-Zustand die Frequenzabdeckung der Funknetze anzeigte. Während bis eben die Karten in einem hellen Grün pulsiert hatte, waren alle Flächen zwischen den Ländergrenzen jetzt in ein dunkles, fast blutfarbiges Rot transponiert. Nicht ein einziges ziviles Funk- oder Datennetz war ab diesem Zeitpunkt online; auch kein Festnetz.

Ein zufriedenes Gemurmel erfüllte den Raum. Nun konnte der schwierige Teil beginnen. Die schriftlichen Einsatzbefehle waren, so war es angewiesen, um 17:50 Uhr von den Einsatzführern geöffnet und bekannt gegeben worden. Die Kräfte waren nun alle informiert und sie wussten, was ihre Aufgaben in der heutigen Nacht waren und wo sie sich hinzuwenden hatten.

✳

Auf allen Fernsehsendern lief ab diesem Zeitpunkt ein Laufband mit folgendem Inhalt: „Liebe Bürgerinnen und Bürger, zum

Schutz unserer Polizeibeamten wurden, bis morgen früh um 08:00 Uhr, alle Handy- und Datennetze abgeschaltet. Es sollen Übergriffe auf die Polizei verhindert werden, welche von unterschiedlichen Personen oder Gruppen vorbereitet und abgesprochen werden. Wir bitten um Ihr Verständnis."

Die Verunsicherung bei den Demos war nur von kurzer Dauer und so setzten sich die Züge langsam in Bewegung. Da man sich selbst innerhalb der Züge nicht digital austauschen konnte, schien das Schwarmverhalten doch ein wenig gestört zu sein, da es keine Absprachen gab und man sich, wie früher vor dem Handyzeitalter, an den Vorder- und Nebenleuten orientieren musste. Die ersten Feuerwerkskörper wurden gezündet und die Schreie aus der Spitze der Züge wurden immer lauter und aggressiver.

Den Plan, welchen sie für heute Nacht verfolgten, konnte sie nur aus der Ferne betreuen. Aber, und so waren sie sich sicher, würden die Einsatzkräfte ihren Teil erledigen. Der Plan sah im Einzelnen wie folgt aus:

Die Russen hatten, von Osten kommend, 427 Transportflugzeuge und Transporthubschrauber, darunter auch mehrere Großraummaschinen der Typen Illjuschin, Tulolew, Antonow, nach Deutschland geschickt. Aus Westen kommend schickten die Amerikaner 342 Flugzeuge und Hubschrauber der Air Force und der Army. Alles war so organisiert, dass alle Maschinen um 18:15 Uhr auf den ihnen zugewiesenen Flugplätzen oder in abgelegenen Landezonen bereitstanden.

Mit Abschaltung der Handy- und Datennetze waren Polizisten in allen großen und kleinen Städten sowie auf dem Land unterwegs. Ihnen lagen Listen mit Erstaufnahmeeinrichtungen, mit Sammelunterkünften und von Wohngemeinschaften oder Einzelwohnungen vor, wo sich Migranten aufhalten sollten, deren Passstatus auf „Heimat" geändert werden sollte.

Die Aufgabenzuweisung gemäß dem Einsatzbefehl, bezogen auf die jeweiligen Adressen, beinhaltete unter anderem:

1. Festnahme von illegalen Personen mit / ohne Identitätsnachweis.
2. Festnahme von Straftätern mit / ohne Identitätsnachweis.
3. Festnahme aller Personen ohne Identitätsnachweis.
4. Festnahme aller übrigen Personen mit Ausnahme von Familien
5. Zuführung der Personen 1-4 zu den definierten Abflugplätzen.
6. Zuführung von Familien zu den definierten Sammelorten.

Nach dem Transport zu den Abflugplätzen sollten die Migranten flugfähig gemacht werden. Dies bedeutete, dass überall Ärzteteams bereitstanden um die Personen sedieren zu können. Aufgrund der vorhandenen Einsatzkräfte würden alle möglichen Widerstandshandlungen sofort unterbunden werden.

Die Flugzeuge waren so präpariert, dass sie für einen Personenmassentransport ausgelegt waren. Aufgrund des Einbaus von Zwischenwänden und Säulen war es möglich, sedierte Personen einfach dort abzulegen und fest zu gurten ohne dass ihnen bei Start oder Landung großartig etwas geschehen würde.

Bei dem Aufgriff der Migranten würde zwischen Einzelpersonen und Familien unterschieden werden. Familien wurden als vorübergehend schutzwürdig eingestuft, dennoch wollte man sie zentral sammeln und dafür boten sich die bereits eingerichteten ANKER-Zentren an. Hier würde man in den nächsten Tagen eine individuelle Prüfung durchführen.

Darüber hinaus gab es spezielle Bleibelisten. Sicherlich gab es einige Migranten, welche sich inzwischen integriert hatten oder welche tatsächlich verfolgt waren und eines Schutzstatus bedurften. Da man bei dem Aufgriff jedoch nicht die Zeit hatte vor Ort einen Abgleich zu machen, sollte diese Kontrolle vor dem Abflug erfolgen. Die Listen waren, soweit man es überhaupt bereitstellen konnte, auf dem aktuellen Stand. Es bestand die klare Anweisung das niemand, dessen Name auf der Liste stand und als integriert oder schutzwürdig galt, ausgeflogen werden durfte. Um dies sicherzustellen waren an jedem Flugplatz Beamte abgestellt worden, welche genau dies überprüfen sollten.

Auf der anderen Seite sollten die Personen jedoch auch dorthin geflogen werden, wo sie angegeben hatten, angeblich herzustammen. Dies würde bedeuten, dass sich viele Migranten bei ihrer Ankunft in einem Land wiederfinden würden, dessen Sprache sie weder sprechen noch verstehen konnten. Wer mit falschen Personalien oder gefälschten Ausweisen einreist, muss halt irgendwann einmal die Konsequenzen tragen und demzufolge würde ein libyscher Pass-Syrer auch nach Syrien verbracht werden und müsste anschließend zusehen, wie er selber nach Libyen kommen würde.

Die Flüge und die Entgegennahme der Migranten waren sowohl mit den Russen und Syrien, wie auch mit den Amerikanern abgesprochen worden. Da abzusehen war, dass insbesondere Libyen Probleme bei der Zurücknahme der eigenen Staatsangehörigen machen könnte, sollten die Transportmaschinen durch Kampfflugzeuge der US Navy begleitet werden. Bereits seit September 2018 hatte, neben vielen Begleitschiffen, der Flugzeugträger „USS Harry S. Truman" Station im Mittelmeer bezogen und man konnte somit auf Ressourcen zurückgreifen, welche sich bereits im Einsatzraum befanden.

Einige Maschinen würden in dieser Nacht zweimal, manche bei kurzen Strecken sogar dreimal Abzuschiebende aus Deutschland in ihre Heimatländer transportieren. Ergänzt wurden diese Transportflugzeuge durch Passagiermaschinen von Lufthansa, Condor und Eurowings, sowie eigene und gecharterte Transportmaschinen der Luftwaffe. Nach vorsichtigen Schätzungen sollte es auf diesem Wege gelingen, bis zu 750.000 Migranten über Nacht ausfliegen zu können.

Die Berliner Demonstration schien die Eskalationsstufe überschritten zu haben, denn es wurden nun nicht nur Silvesterböller, sondern ganze Brandsätze gegen die Polizei geschleudert. Steine flogen und ab und an hörte man ein brachial wirkendes Zischen, als Stahlkugeln mit Zwillen auf die Einsatzkräfte abgefeuert wurden. Die Einsatzleitung hatte dies an das LOS weitergemeldet und von hier aus kam dann der Zugriffsbefehl.

Der Demonstrationszug, vor allem der vordere Teil, von dem die massivste Gewalt ausging, hatte sich auf einem kleinen Platz angestaut und Polizeiketten hatten den Weitergang unterbunden. An der Seite waren Wasserwerfer aufgefahren und innerhalb der Polizeiketten, aber auch dahinter, machten sich zwei Einheiten bereit, welche einen Sonderauftrag umsetzen sollten.

Der Einsatzleiter erteilte den Befehl. Die vordere Polizeikette gliederte sich auf, ließ augenblicklich zwischen jedem Beamten Platz für einen, welcher von hinten nachrückte. Die nachrückenden Kräfte waren alle mit Waffen ausgestattet worden, welche Gummigeschosse verschießen konnten. Als für die zweite, bewaffnete Reihe der Polizisten der Weg durch die vordere Polizeikette freigegeben war, eröffneten sie befehlsgemäß sofort das Feuer.

Im seichten Licht der gelben Straßenbeleuchtung konnte man erkennen, wie etliche Gewalttäter des Demozuges in sich zusammensackten. Die Schützen mit den Gummigeschossen zogen sich, nachdem sie ihre Magazine entleert hatten, zurück. Dies war das Signal für die SEK- und BFE+ Einheiten. Die vordere Polizeikette öffnete sich und die Spezialkräfte rannten auf den Platz, hatten wenig Probleme damit die, sich zum Teil auf dem Boden wälzenden Störer in Gewahrsam zu nehmen und brachten sie, mit Einweghandfesseln oder Kabelbindern auf dem Rücken zusammengebundenen Armen, hinter die Polizeiabsperrung. Aufgrund der Wirkung der Gummigeschosse, aber auch infolge des Überraschungsmoments, kam es zu keinen Widerstandshandlungen und so konnte dokumentiert werden, dass es zu der Festnahme von 119 gewaltbereiten oder gewalttätigen Demonstrationsteilnehmern gekommen war, ohne dass auch nur ein einziger Polizist verletzt wurde.

Wiederholt besahen sich die Anwesenden im LOS die immer aktuell gehaltenen Daten und Aufzeichnungen an. Es lief. Es lief besser, als sie es sich überhaupt vorgestellt hatten. Was gewalttätige Ausschreitungen anbelangte, so hatte es nicht nur in Berlin begonnen, sondern auch in den anderen Städten kam es zu Übergriffen. Die Aktion mit dem Einsatz von Gummigeschossen und der anschließenden Festnahme hatte sich in Berlin bewährt und man hatte die Erfahrungswerte zu den Einsatzleitern in den anderen Städten übermittelt. Dort wurde inzwischen genauso verfahren, mit demselben durchschlagenden Erfolg.

Die bundesweiten Aufgriffe und Festnahmen von Illegalen oder anderen Migranten verliefen ebenfalls erfolgreich. Hier war im Vorfeld zu berücksichtigen, dass man es mit einem hohen Gewaltpotential zu tun haben könnte und dementsprechend niedrig war auch das Einschreitverhalten angesetzt worden. Es gab zwar

Widerstandshandlungen, es gab auch verletzte Polizisten, aber bisher waren nur leichte Verletzungen gemeldet worden. Ansonsten lief der Abtransport, der Abgleich nach den Bleibelisten, die Sortierung nach Zielländern, die Sedierungen und der Abflug optimal. Die amerikanischen und russischen Soldaten, welche die Flüge begleiten, wären im Notfall kompromisslos gegen die Abzuschiebenden vorgegangen, aber die Sedierung war so angesetzt worden, dass die Betroffenen erst ein oder zwei Stunden nach Eintreffen in ihrem Zielland wieder vollständig handlungsfähig waren.

Die Zeit verrann in einem rasenden Tempo. Es war inzwischen 03:30 Uhr. Manche Flugzeuge oder Hubschrauber waren bereits mit dem zweiten Flug unterwegs, manche kamen gerade wieder zu ihren Standorten, um sich für den dritten Flug vorzubereiten.

Wenn es nicht so gut gelaufen wäre, dann hätten sie als Notfallplan noch einige Tausend Migranten in den ANKER-Zentren zurückhalten müssen und hätten sie erst in den nächsten Tagen ausfliegen können, denn sie wollten Punkt 08:00 Uhr nicht nur die Handy- und Datennetze wieder einschalten, sondern zu diesem Zeitpunkt sollte der Einsatz auch beendet sein.

Die JVA waren inzwischen von inhaftierten Migranten geräumt worden, denn diese Straftäter waren die Gruppe gewesen, welche man zuerst auf die Flugzeuge verteilt hatte.

So wie sich die Sache gestaltete würde kein einziger „Einzel-Migrant" mehr in den ANKER-Zentren verweilen müssen, sondern sie würde alle noch ihre Maschinen erreichen. Nur, wie angedacht, sollten Familien in diesen Unterkünften gesammelt werden, um dann im Nachgang deren Status klären zu können.

Mit einer Tasse heißen Kaffee stand Martin auf einem Außen-
balkon und beobachtete den Nachthimmel, als Gundula, Jörg
und Stefanie zu ihm stießen. Sie hatten ihn schon gesucht, aber
ihnen war auch klar, dass die ganze zukünftige Last auf seinen
Schultern lag und er ab und an auch mal einen Freiraum benötigen würde. Sie konnten und würden ihn zwar unterstützen, aber
er war das Aushängeschild, er war derjenige, mit dem man diese
Operation immer an erster Stelle verbinden würde und er wäre
es auch, der immer zuerst im Rampenlicht stehen würde.

Er sah sie nicht, aber er hörte ihre Schritte und mutmaßte, wer
sich gerade von hinten näherte. Ohne sich umzublicken sagte er:
„Was für eine schöne, sternenklare Nacht. Es sieht alles so ruhig
und friedlich aus."
„So ist es doch auch", antworte Gundula Breitscher. „Die Demos sind aufgelöst, die Migranten sind unterwegs in ihre unterschiedlichen Heimatländer und es gab bisher keine Toten oder
Schwerverletzten."

Martin drehte sich um und sah seine Vertrauten der Reihe nach
an. „Wir haben das Richtige getan und werden dies auch weiterhin tun. Noch nie, auch bei den ganzen Vorbereitungen, war
ich so felsenfest davon überzeugt wie in dieser Minute, hier unter dem Sternenzelt und zusammen mit euch. Lasst uns die Stille
des Augenblicks genießen, denn heute wird es noch einmal ein
langer Tag werden. Spätestens um 10:00 Uhr, zur PK, müssen
wir alle wieder fit sein."

„Irrtum", spottete Stefanie, „Du musst fit sein, wir sind da noch
am Schlafen."

✳

In dieser Nacht hatte keiner mehr geschlafen. Gegen 04:00 Uhr hatte sich Donald Trump per Videotelefonie gemeldet und nachgefragt, wie sich der Einsatz entwickelte. Im fernen Washington D.C. war es noch 23:00 Uhr des Vortages und, bevor Trump zu Bett gehen konnte, hatte Martin ihm nochmals für dessen Unterstützung gedankt und mitgeteilt, dass sich der Einsatz im abschließenden Stadium befinden würde und bisher alles besser gelaufen sei, als sie es geplant hatten.

Als die Ziffern in der LOS 06:05 Uhr anzeigten, kam ein Videoanruf von der anderen Seite der Welt, aus Moskau, wo es zu dieser Zeit schon zwei Stunden später war. Auch Vladimir Putin wurde über den aktuellen Stand informiert und, dass die für den absoluten WorstCase bereitgestellten Soldaten, jeweils 10.000 Mann auf Seiten der USA und Russlands, nach bisheriger Einschätzung nicht benötigt werden würden. Man hatte diese stille Reserve für den Notfall zusammengestellt und bereitgehalten.

Bereits einige Minuten vor 10:00 Uhr flackerte das Live-Bild aus dem Raum im Bundeskanzleramt, wo gleich die angekündigte Pressekonferenz stattfinden sollte, in die Wohnzimmer und Arbeitsstätten. Neben Martin würde an dieser PK nur Gundula teilnehmen. Es sollte kein Frage-Antwort-Spiel werden, sondern die Abgabe eines Statements mit der Zusammenfassung der letzten Stunden und der Erwartungen für die nächsten Tage.

Frisch geduscht, mit neuem Anzug, fühlte sich Martin nicht mehr ganz so müde, wie es noch bei dem Telefonat mit Vladimir Putin der Fall gewesen war. „Bist Du bereit?", fragte ihn Gundula. Er nickte nur. „Dann lass uns raus in die Höhle der zahmen Löwen gehen. Nach gestern sind die garantiert nicht mehr ganz so bissig."

Martin konnte sich ein gequältes Lächeln abringen und ging durch die Tür, hinter der er sich zu allererst einem Blitzlichtgewitter gegenüberstellen musste.

✳

„Wie gehen wir mit der Presse um?", war eine der Fragen gewesen, welche sie sich die ganze Zeit über gestellt hatten. Sie waren jedoch übereingekommen, dieselben Personen einzuladen bzw. denen Einlass zu gewähren, die sonst auch immer mit dabei waren. Auch wenn deren Sender oder Redaktionen zurzeit auf Sparflamme, wenn überhaupt, arbeiteten, so wollte man von vorn herein klarstellen, dass man nichts, aber auch wirklich nichts zu verbergen hatte. Im Gegenteil. Man erhoffte sich, dass man mit Fakten und Argumenten auch die kritischsten Zweifler überzeugen konnte.

✳

Nachdem die anwesenden Reporter zu ihren Bildern gekommen waren, hatten Martin und Gundula ihnen gegenüber Platz genommen. Gundula machte die übliche Einführung und übergab dann das Wort an Martin:

„Liebe Bürgerinnen und Bürger,
liebe Menschen in unserem im Land,
meine Damen und Herren von der Presse,

vor genau 24 Stunden hat sich für viele von uns das Leben rapide verändert. Und nun sitze ich vor Ihnen, um Sie darüber zu informieren, was in den letzten Stunden geschehen ist.

Erst einmal möchte ich mich dafür entschuldigen, dass von gestern 18:00 Uhr bis heute früh 08:00 Uhr, weder Handy- noch

Datennetze funktioniert haben. Bitte lassen Sie es mich erklären, denn es hatte zwei sehr wichtige Gründe.

Zum einen wollten wir verhindern, dass sich gewaltbereite Personen absprechen und zu gemeinsamen Aktionen organisieren konnten. Während es am Nachmittag ruhig geblieben ist, kam es dann in den Nachtstunden zu Aufmärschen und Gewaltaktionen gegenüber unseren Polizisten.

Unsere Polizei", Martin benutze absichtlich die Formulierungen unsere Polizisten oder unsere Polizei um einen Solidarisierungseffekt zu erzielen, „ist jedoch im Gegensatz zu dem Einschreitverhalten der letzten Jahre ganz anders mit der Situation umgegangen. Erstmals wurden in Deutschland Gummigeschosse eingesetzt, um gewalttätige Straftäter kampfunfähig zu machen. Im Rahmen unserer Vorbereitungen hatten wir entsprechende Einsatzmittel an die Bereitschaftspolizeien ausgegeben.

Anschließend wurden die gewalttätigen Demonstrationszüge aufgelöst, Straftäter isoliert und festgenommen. Bundesweit haben wir in der letzten Nach somit 438 Personen, vorwiegend aus dem linken Spektrum, festgesetzt und inhaftiert. Wenn ich sage „inhaftiert", dann meine ich es auch. Diesen Personen wird bis auf weiteres die Freiheit entzogen und sie sitzen in unterschiedlichen Justizvollzugsanstalten ein. Wann wir sie wieder entlassen werden, können wir noch nicht abschätzen. Wir müssen jedoch sicherstellen, dass sie vorerst von der Straße fernbleiben und nicht in den nächsten Nächten wieder randalieren werden.

Bitte denken Sie daran: wir bauen einen neuen Rechtsstaat auf, der handlungs- und widerstandsfähig sein soll. Wie häufig war es in den letzten Jahren der Fall, dass Straftäter gleich nach der Personalienfeststellung wieder entlassen worden sind und dann die nächsten Delikte begangen haben? Das kann man doch niemanden plausibel erklären und wir werden es auch nicht tun, denn wir lassen sie, wie gesagt, vorerst nicht heraus und zukünftig werden Angriffe und Gewaltakte gegen Polizisten sofort zu einer Haftstrafe führen. Sollte also jemand einen Familienangehörigen oder Kollegen vermissen, so sollte man vielleicht bei der nächsten JVA nachfragen."

Im Zusammenspiel mit seiner Mimik erzielte Martin bei dem letzten Satz genau den Effekt, welchen er erreichen wollte. Die Journalisten lachten.

„Kommen wir nun zu einem Thema, welches Ihnen zu erklären ein wenig schwieriger ist. Wir sind uns alle darüber einig, dass geltendes Recht, ja sogar Völkerrecht außer Kraft gesetzt worden ist und wir hier massenweise Illegale und Migranten aufgenommen haben, denen kein Schutzstatus zusteht. Es sind nur wenige wirkliche Flüchtlinge dabei. Überwiegend sind es Migranten, welche sich allein aus wirtschaftlichen Interessen bei uns aufhalten. Und das wirklich Schlimme daran ist, dass viele von denjenigen, die wirklich verfolgt sind, hier ihre Peiniger aus der Vergangenheit getroffen haben.

Diese Personen haben ihr Verständnis vom Umgang mit anderen Menschen, insbesondere mit Frauen, sowie ihre Kultur mitgebracht, welche vielfach auf Gewalt und Brutalität oder auf das Recht des Stärkeren ausgerichtet ist. Unsere Kultur, unsere Gesetze lehnen sie ab und haben, da sie ja ein Rundum-sorglos-Paket geschnürt bekommen, überhaupt kein Interesse daran, sich wirklich zu integrieren. Deutschland ist zum Magneten für Straftäter aller Herren Länder geworden.

Das gegen all diejenigen, welche diese und noch viele andere Missstände angesprochen haben massiv gehetzt worden ist, brauche ich hier eigentlich nicht zu erwähnen.

Wir haben in der letzten Nacht Abhilfe geschaffen. Ich habe gestern noch ein Telefonat, sowohl mit Vladimir Putin, als auch Donald Trump geführt, während schon lange im Vorfeld Abstimmungen bezüglich gemeinsamer Aktivitäten, mit den Vertretern der jeweiligen Regierungen besprochen worden waren. Unsere amerikanischen und russischen Freunde haben uns Hilfe zugesagt und dies in der letzten Nacht auch getan.

Von 18:00 Uhr bis heute früh um 08:00 Uhr haben wir insgesamt gut 812.000 Migranten, mehr als wir zuvor selber kalkuliert haben, abgeschoben."

Diese Aussage saß. Die Pressevertreter zeigten sich überrascht bis schockiert und es war anzunehmen, dass es auf der anderen Seite, vor den Bildschirmen, zu ähnlichen Reaktionen kam.

„Russen und Amerikaner haben uns über 700 Transportflugzeuge und Hubschrauber zur Verfügung gestellt, dazu haben wir auf Bundeswehr-, aber auch auf zivile Passagiermaschinen zurückgegriffen und in zwei, teilweise sogar in drei Flügen die Personen außer Landes gebracht.

Zuvor wurden sie von Einsatzkräften der Polizei in Unterkünften oder Wohnungen festgenommen und zur den Abflugstellen verbracht. Darüber hinaus waren alle Migranten, welche wegen unterschiedlichen Straftaten in den Gefängnissen eingesessen haben die ersten, welche unser Land verlassen haben.

Es wurden keine Frauen mit Kindern oder Familien abgeschoben!

Diese wurden zwar in die ANKER-Zentren zentral verlegt, um in den nächsten Tagen deren Status abschließend klären zu können, aber sie befinden sich weiterhin in unserem Land. Ebenso wurden die Personen, welche eines wirklichen Schutzstatus bedürfen oder die sich schon länger hier befinden und sich gut integriert haben, nicht abgeschoben. Auch deren Status wird jetzt noch einmal abschließend geklärt werden.

Unterm Strich bedeutet es, dass wir alle Straftäter und viele der Wirtschaftsmigranten, von denen so gut wie keiner in naher oder ferner Zukunft etwas für unser Land beitragen wird, über Nacht losgeworden sind. Ich gebe zu bedenken, dass immer noch viele Illegale unterwegs sind, welche untergetaucht sind.

Es ist mir durchaus bewusst, dass jetzt ein Aufschrei insbesondere bei den Hilfsorganisationen erfolgen wird. Ich bin mir jedoch sicher, dass dies aus unterschiedlichen und oft auch zweifelhaft motivierten Gründen geschehen wird. Während man in den unteren Ebenen durch Ehrenamtliche wirklich geholfen hat, so erkennen die Leitungen einiger dieser Institutionen jetzt plötzlich nur, dass ihre Geldquellen vertrocknet sind.

Bitte glauben Sie nicht, dass für alle gemeinnützigen Organisationen immer nur die Hilfe für andere im Vordergrund steht oder gestanden hat. Das war weder während der Flüchtlingskrise so, noch davor. Nur ein Beispiel: ist Ihnen bewusst, wie das Rote Kreuz an ihren Blutspenden verdient? Die Uni-Klinik Göttingen hat früher für Blutspendern noch 50,- DM bezahlt, aber was bekommen Sie beim Roten Kreuz? Ein wenig Verpflegung und Getränke. Richtig? Richtig! Im Gegenzug verdient das Rote Kreuz an einem Liter Blut rund 270,- Euro (**91**). Viele der Hilfsorganisationen sehen jetzt ihre Felle wegschwimmen und werden entsprechend auftreten und die getroffenen Maßnahmen aufs schärfste kritisieren und zurückweisen."

Anhand der Reaktionen vor sich erkannte Martin, dass diese Information für die meisten auch neu war.

„Nochmal, wir haben niemanden abgeschoben, bei dem wir uns unsicher gewesen sind. Wir waren jedoch, und zwar nur in der vergangenen Nacht in der Situation, dass wir dies so umsetzen konnten. An anderen Tagen hätte es nicht mehr funktioniert und, ganz böse gesagt, wir haben durch diese Abschiebungen Deutschland ein ganzes Stück sicherer gemacht. Oder was meinen Sie?
Apropos sicherer. Sie fragen sich sicherlich, wo sich diejenigen befinden, welche Deutschland unsicher gemacht haben? Wir hatten alle Politiker der Bundesregierung, sowie die des Bundes- und der Landtage, zuerst in Sammelunterkünften untergebracht. Da wir aufgrund der Abschiebungen wieder recht viel Platz in den JVA haben, wurden beziehungsweise werden die Politiker jetzt in Einzelzellen überführt. Sie werden dort keinerlei Kontakt nach draußen haben, denn wir wollen nicht, dass von dieser Seite aus Unruhe gestiftet wird. Wir müssen unser Land, unsere Verwaltung, unser Rechtssystem erst einmal wieder stabilisieren und dann können wir uns Gedanken darüber machen, wie wir mit denen umgehen, die für die ganze Misere verantwortlich sind.

Ich weiß, Sie alle haben viele Fragen welche momentan unbeantwortet bleiben werden. Dies wird sich alles in der nächsten Zeit einspielen. Deshalb möchte ich Sie bitten, nehmen sie am Leben so teil, wie Sie es bisher getan haben. Gehen Sie ganz normal zur Arbeit, machen Sie Ihre gewohnten Freizeitaktivierten. Sprechen Sie über die Situation, von mir aus verteufeln Sie uns oder mich, aber glauben Sie mir, wir tun dies alles nur, damit wir alle wieder abends ohne Angst vor die Tür gehen können, damit wir die Probleme der letzten Jahre in den Griff bekommen können und damit es uns allen besser gehen wird. Messen Sie mich an meinen Worten. „Niemandem soll es schlechter gehen", kann ich immer nur wiederholen und deshalb lassen Sie uns unsere Arbeit machen, geben Sie uns ein wenig Zeit und beurteilen Sie uns fair, denn dann kann uns hier etwas gelingen, was bisher schier unmöglich schien:

Die Umwandlung einer Niederlage in einen Sieg!

Was ich damit meine möchte ich Ihnen gerne in einer Woche erzählen. Die nächsten Tage werden sicherlich noch unruhig werden, aber kommenden Freitag möchte ich mich im Rahmen einer Pressekonferenz zu der aktuellen Entwicklung äußern aber auch dazu, was wir zukünftig vorhaben, was wir, für unser Land, für uns alle planen und umsetzen möchten. Die Eckpunkte stehen schon fest und diese möchte ich Ihnen dann gerne in der kommenden Woche vorstellen.

Weitere Informationen und Hintergründe zu den Abläufen der letzten 24 Stunden haben wir als Zusammenfassung auf unserer Webseite hinterlegt. Da können Sie sich gerne weiter informieren. Wir werden diese Daten auch fortlaufend aktualisieren.

Vielen Dank."

✳

„Puh, das mit der Webseite hätte ich fast vergessen", sprach Martin, als sie den Raum der PK verlassen hatten. „Das hat doch super geklappt", antwortete Stefanie, „vor allem hast Du eine hervorragende Gestik und Mimik und alles, was Du so untermauerst, wirkt echt und glaubwürdig".

„Es ist ja auch echt von mir gemeint. Gespannt bin ich auf die Umfrageergebnisse und ob die Bürger dies vielleicht ähnlich sehen", griente Martin. „Hauptsache ich bekomme bessere Zahlen als die Kanzlerin, sonst gehe ich freiwillig in einen russischen Gulag."

„Ach ja, die Kanzlerin. Es gibt einige Gesprächswünsche unserer ehemaligen Regierungspolitiker", warf Gundula Martin zu. Martin sah sie an: „Ich habe aber keinerlei Interesse an einem Gespräch mit irgendjemanden von denen. Wenn jemand Fehler macht und diese zugibt, ist dies relativ akzeptabel. Wenn jemand, auch wenn ihn andere darauf aufmerksam machen, die eigenen Fehler nicht erkennen mag, so ist dies kein Gesprächspartner. Jede Straftat, welche in den letzten dreieinhalb Jahren durch Migranten ausgeführt wurde, jedes Opfer eines Gewaltdeliktes, geht auf deren Rechnung und sie haben es noch nicht einmal begriffen."

Martin ging weiter, drehte sich aber noch einmal um. „Zu anderen Zeiten hätte man sie für das, wofür sie verantwortlich sind, auf einen Hinterhof geführt und an die Wand gestellt. Man müsste … ach, egal", schloss er verbittert und weder Stefanie noch Gundula wussten in diesem Moment, ob er dies nur situationsbedingt so gesagt hatte.

✳

Jeder der Führungscrew hatte sich jetzt endlich den Luxus gönnen können, ein paar Stunden zu schlafen und so fanden sie sich alle wieder um 20:00 Uhr in der LOS ein. Der Abend des zweiten Tages, Freitag, der 18.01.2019, verlief relativ ruhig. Es kam zwar wieder in einigen Städten zu Spontandemonstrationen, aber man hatte Handy- und Datennetze aktiviert gelassen, auch als es erneut, aber nicht so heftig wie in der Nacht zuvor, zu

Ausschreitungen gekommen war. Die Beamten der Polizei hatten sich inzwischen an die neue Einsatztaktik gewöhnt und so wurden auch in der zweiten Nacht Gummigeschosse eingesetzt, erneut die sich am Boden Krümmenden von den Einsatzkräften eingesammelt und diese dann in die nächsten JVA gebracht.

✳

Am Samstag, dem 19.01.2019, konnte man auf den Straßen nicht erkennen, dass sich irgendetwas verändert hatte. Die Wochenendeinkäufe wurden genauso gemacht wie zuvor auch und die Innenstädte waren von Fahrzeugen ebenso verstopft, wie vor der Adventszeit. Die Polizei hatte überall ihre Kräfte reduziert, war zwar präsent, aber sie fiel nicht besonders auf.

Alles schien wie zuvor zu sein, bis auf die Gesprächsthemen, welche den aktuellen Geschehnissen folgten. Interessanterweise war das Feedback, welches auch die Polizei auf der Straße spürte, überaus positiv und so überraschte es auch in der Führungscrew niemanden, als die ersten Zahlen von den Meinungsforschungsinstituten eingingen. Zu 78 Prozent billigte man ihnen zu, die Probleme der Menschen und des Landes in den Griff zu bekommen. Dies war ein Wert, von dessen Höhe sie zuvor innerhalb dieser kurzen Zeitspanne nicht zu träumen gewagt hatten. Viel erstaunlicher hingegen war jedoch noch eine andere Befragung: 83 Prozent gaben an, dass man Martin Kosik und seinem Team Zeit geben sollte. Sollten sie sich bewähren und tatsächlich positives zustande bekommen, dann würden eben diese 83 Prozent sie sogar wählen.

✳

Am Nachmittag ergab sich die Gelegenheit zum ersten Gespräch mit dem österreichischen Kanzler Sebastian Kurz und dem Vizekanzler H.C. Strache. Beide waren extra nach Berlin angereist und es folgte ein sehr offenes Gespräch zwischen ihnen und Martin Kosik sowie Gundula Breitscher.

Österreich und Deutschland verbindet schon seit vielen Generationen mehr als nur die Nachbarschaft und dies wurde in diesem Dialog nicht nur einmal hervorgehoben. Die zukünftigen Planungen Deutschlands wurden erläutert und weitere Abläufe diskutiert. Man trennte sich in der Gewissheit, dass hier nicht nur eine neue Form der Freundschaft begründet worden war, sondern dass man endlich wieder an der Verwirklichung gemeinsamer Ziele arbeiten würde.

✳

Die Dienste des GTAZ führten ihre Aufgaben weiter aus und anstandslos hatten sie sich der Führungscrew, sowie der LOS untergeordnet. Der Vorteil lag darin, dass sowohl Gundula, wie auch Jörg, bisher schon zu dem GTAZ mit dazu gehörten. Überdies waren jedoch die anderen Mitglieder in der Summe auch der Auffassung, dass schon lange eine politische Neuausrichtung notwendig gewesen war. Folgerichtig adaptierten sie die neue Ausrichtung und erklärten ihre Loyalität.

Im Nachgang zu den Anschlägen in Hannover und Hildesheim hatte der israelische Mossad mitgeteilt, dass sie eine Spur zu den Hintermännern aufgetan hatten. Eine Auswertung führte zu der Erkenntnis, dass ein Araber, welcher inzwischen Deutschland verlassen hatte, maßgeblich in die Vorbereitungen und Finanzierung, zumindest des Anschlages in Hildesheim, involviert gewesen war. Die Beweise, welche sich auf Tonaufnahmen von persönlichen Gesprächen, sowie diversen Telefonmitschnitten stützten, waren erdrückend. Die Kontaktperson, mit welcher er

sich unterhielt, hatte parallel den Terror in Hannover organisiert. Es gab sogar ein Video, welches beide Personen dabei
zeigte, wie sie darüber feixten, was sie unabhängig voneinander,
aber doch gemeinsam, verursacht hatten.

Kapitel 11 – Aufräumen und Bereinigen

So ruhig wie der dritte Tag verlaufen war, und es standen bisher
keine Demos, Aufzüge oder Aufmärsche an, so unruhiger würde
der Abend verlaufen. Sie hatten sich alle um 16:00 Uhr in der
LOS eingefunden.

Im Vorfeld war darüber debattiert worden, ob in dieser Nacht
erneut die Handy- und Datennetze abgeschaltet werden sollten
und ob man dann parallel, und später im Nachgang, die Bevölkerung über diesen weiteren Einsatz informieren sollte.
Diese Idee hatte man als Komplettlösung verworfen, sondern
man wollte diese Aktion kleiner und dezenter handhaben. Aus
diesem Grunde sollten nur die Handynetze der betroffenen Personen, sowie kurzfristig, für die Dauer der Aktion, deren erste
Phase für ca. 2 Stunden angesetzt worden war, nur die betroffenen Stadtteile ohne Mobilfunkversorgung sein.

Die zentrale Einsatzplanung erfolgte wieder über die LOS. Gegen 19:50 Uhr hatten inzwischen alle Polizeiführer die Einsatz-
bereitschaft ihrer Kräfte gemeldet was bedeutete, dass sich alle
in den zugewiesenen Bereitstellungsräumen aufhielten und auf
den Beginn um 20:00 Uhr warteten.

In vorangegangenen Absprachen war festgelegt worden, dass
die Einsatzkräfte selbstständig um 20:00 Uhr mit den angeord-

neten Maßnahmen beginnen sollten und so geschah es, dass insbesondere in den Großstädten, schlagartig an vielen Stellen personalstarke Truppen der Polizei erschienen und in Wohnungen, Häuser und andere Objekte eindrangen.

Alles Weitere lief fast nach dem bisher bekannten Muster ab. Personen wurden angetroffen, festgenommen, in Fahrzeuge verfrachtet und zu Plätzen verbracht, wo sie sediert und anschließend mittels Flieger außer Landes gebracht wurden.

Dieses Mal war es jedoch anders als bei den Maßnahmen, welche sich gegen die Migranten gerichtet hatten. Die erste Änderung im Einsatzverhalten der Polizei war es, dass heute mit massiver Gewalt und Gegenwehr zu rechnen war. Infolge dieser Lageeinschätzung waren überall die Beamten von SEK, MEK und BFE+ diejenigen, welche die Maßnahmen direkt umsetzten. Polizisten der Bereitschaftspolizei wurden nur für die Sicherung der Ausführung und für weiträumige Absperrungen eingesetzt. Der zweite Unterschied zu dem vorangegangenen Einsatz war, dass dieses Mal auch Frauen und Kinder in Gewahrsam genommen, und dann auch ins Ausland geflogen wurden.

05:28 Uhr. In der LOS traf die Meldung ein, dass jetzt auch das letzte Flugzeug abgehoben hatte. „Perfekt", kommentierte dies Martin. „Wir befinden uns eine halbe Stunde vor unserem Zeitplan und können somit den Einsatz für beendet erklären. Die Jungs und Mädels der Bereitschaftspolizei fahren jetzt noch eine Nachaufsicht und wir können uns dann auch schlafen legen."

Auch diese Angelegenheit konnten sie auf ihrer To-Do-Liste abhaken. Das Ergebnis der letzten Stunden las sich recht gut:

- Rund 172.000 Personen außer Landes gebracht.
- 14 Mal Schusswaffengebrauch seitens des SEK/MEK.
- Infolge des Zugriffs: 8 Straftäter tot, 16 schwer verletzt.
- Verletzten Polizisten: 47, aber nur leichte Verletzungen.
- Alle bekannten Clan-Strukturen zerschlagen.

Die Führungscrew und ihr Beraterteam hatten sich dazu entschlossen, in unmittelbar zeitlichen Zusammenhang mit dem Migrantentransport, gegen die kriminellen Clans und die Organisierte Kriminalität, welche von diesen Personen immer mehr ausgeübt wurde, vorzugehen. Wichtig war, dass man keinen Nährboden mehr für weitere Aktivitäten dieser Familien und Gruppen bestehen lassen durfte, demzufolge wurden auch die Familienangehörigen in Sippenhaft genommen und abgeschoben, Gelder eingezogen, materielle Güter und Wohneigentum beschlagnahmt und Konten gesperrt.

Angesichts dessen, dass die bisherige Politik in diesem Punkt der Organisierten Kriminalität fast vollständig versagt hatte und sich Clans gebildet hatten, denen man sogar Zugehörigkeiten von bis zu 200.000 Personen unterstellte, war hier ein sofortiges und konsequentes Handeln unumgänglich gewesen (**92**).

✱

In der folgenden Woche standen einige nicht aufschiebbare Termine für Martin an. Darunter gab es eine Besprechung mit Vertretern von Wirtschaft, Industrie und Handel, welche für deren Vertreter zumindest in einem Punkt zu einem doch heftigen Schock führte. Weitere Kleinigkeiten mussten in diesen Tagen auch noch geregelt werden und so freute sich Martin besonders auf eine Unterredung, welche für Donnerstagvormittag angesetzt worden war.

In den letzten Monaten hatten beide große Kirchen gegen viele Positionen Stellung bezogen, welche noch Jahre zuvor von den Altparteien propagiert worden waren. Wer sich gegen Flüchtlinge aussprach, wer nicht helfen wollte, wer sich der AfD zugehörig fühlte, und-so-weiter-und-so-weiter, wurde als unchristlich angegangen und vielerorts versuchte man, diesen Personen den Zugang zu verwehren.

Eigentlich wollte Martin das Thema „Kirche" noch nicht aufgreifen, aber infolge der Operation Stauffenberg setzte seitens mancher Kirchenvertreter eine wahrhaftige Hetze und Verunglimpfung, auch gegen ihn persönlich ein. Man forderte die Verantwortlichen der Operation Stauffenberg und ihre „Mitläufer" auf, aus der Kirche auszutreten, man versuchte noch mehr Personen, welche sich immer noch illegal im Land aufhielten, in ein Kirchenasyl zu übernehmen, man sprach bei Martin sogar von dem Teufel in Menschengestalt, von dem Antichristen.

Da sich dieses Gebaren nicht legte, waren sowohl Reinhard Marx, der Präsidenten der Deutschen Bischofskonferenz, wie auch Heinrich Bedford-Strohm, der Vorsitzende des Rates der EKD, zu einem Termin ins Kanzleramt einbestellt worden.

Als Martin und Stefanie den Besprechungsraum betraten, hatten beide Kirchenvertreter schon Platz genommen. Nach einer eher frostigen Begrüßung griffen Marx und Bedford-Strohm abwechseln einige, bekannte Vorwürfe auf und wollten Martin damit konfrontieren. Martin hörte gemächlich zu, lächelte dabei in sich hinein und unterbrach sie dann schließlich.

„Meine Herren, sind Sie nun fertig?

Ich finde Sie beide faszinierend. Gerade Sie beide sollten sich in Grund und Boden schämen, denn Sie sind es gewesen, die 2016 in Jerusalem auf dem Tempelberg Ihr Kreuz, Ihren Glauben und Jesus Christus verleugnet haben (**93**).

Wenn es Ihnen in den Kram passt, dann sprechen Sie sich für eine Trennung von Staat und Kirche aus, aber ansonsten können Sie beide wunderbar davon profitieren. Wie viel haben Sie mit Ihren Hilfsorganisationen durch die Flüchtlinge verdient? Wenn Sie eine Non-Profit-Organisation wären, dann könnte man Ihrem Engagement durchaus etwas Nobles oder Christliches abgewinnen, aber Ihnen geht es doch nicht um die Menschen. Ich habe bereits eine Untersuchung eingeleitet, welche als Ergebnis erbringen wird, was Sie daran verdient haben und welche Gelder Ihnen zugeflossen sind.

Haben Sie immer noch nicht genug Reichtum angehäuft? Herr Marx, allein Ihr Bistum München-Freising verfügt nach Stand 2017 über ein Vermögen von fast 3,3 Milliarden Euro (**94**)."

Marx und Bedford-Strohm setzten zu einer Erwiderung an. Martin unterbrach sie wirsch: „Wir können zwar alle gemeinsam singen, aber es kann immer nur einer reden und momentan rede ich.". Beide Kirchenvertreter zuckten sichtbar zusammen. Sie waren es nicht gewohnt, dass man so mit ihnen redete, da sie beide ja die größte Machtposition innerhalb Ihrer Kirchen repräsentierten.

„Sie glauben, dass Sie sich alles herausnehmen können und dabei leben Sie fern ab jeglicher Realität. Sie betreiben nichts anderes als eine Wirklichkeitsverleugnung. Können Sie mir erklären, wieso Kirchenfürsten, welche von anderen Genügsamkeit, Spendenbereitschaft ja im Sinne der Kirche sogar Armut einfordern, dann gut 12.500 Euro im Monat verdienen wie Sie Herr

Marx (**95**). Ich gehe davon aus, dass es sich bei Ihnen Herr Bedford-Strohm ähnlich verhält, nur konnte ich bisher kein Gehalt herausfinden.

Was mich gewundert hat ist, wenn man bei Ihnen beiden bei Google eingibt: „Was verdient Herr Max oder Herr Bedford-Strohm", dass dann nicht als Antwort: „Das Fegefeuer" ausgeworfen wird."

Diesen Zynismus konnte sich Martin in diesem Augenblick nicht verkneifen und er wusste, dass Stefanie, welche rechts neben ihm saß, aufgrund dieses Spruches arge Probleme hatte ihre Mimik unter Kontrolle zu behalten um nicht schallend loszulachen.

„Ich werde Sie Bescheidenheit lehren", setzte Martin fort. „Ab sofort gibt es neue Regelungen im Zusammenwirken zwischen Staat und Kirche und die sehen wie folgt aus ...".

Nachdem Marx und Bedford-Strohm gegangen waren sagte Stefanie augenzwinkernd zu Martin: „Das war aber nicht nett", worauf er, mit einer kleinen Lachträne im Auge antwortete: „Ich bin nicht nett. Wäre ich nett, wäre ich bei der Caritas."

Kapitel 12 – Die letzte Ansprache

Die erste Woche, welche mit vielen Erlebnissen, Veränderungen, Gesprächen und Planungen gespickt gewesen war, näherte sich nun langsam dem Ende entgegen. Es stand nur noch die angekündigte Pressekonferenz am Freitag aus und hierfür, wie auch in völlig neu definierten oder veränderten Tätigkeitsfeldern, hatten viele fleißige Helfer Unmengen an Arbeit, Leidenschaft und Herzblut einfließen lassen.

Es machte Martin und die Führungscrew stolz zu sehen, was sie in dieser kurzen Zeit hatten bewegen können. Ihrem angestrebten Ziel, das Land wieder sicherer zu machen und dafür Sorge zu tragen, dass es allen besser und niemanden schlechter gehen sollte, waren sie einen großen Schritt nähergekommen.

Die Vorbereitungen für die PK waren abgeschlossen. Ausdrucke für die Journalisten lagen bereit und auch die Veröffentlichungen auf der Internetseite, damit jeder nachlesen konnte, was hier gleich gesagt werden würde, waren vorbereitet.

Den Text war Martin mit Stefanie dreimal durchgegangen und beide wussten, dass Martin sicherlich an der einen oder der anderen Stelle von dem Manuskript abweichen würde. „Das wäre dann die menschliche, die persönliche Note", hatten beide festgestellt und dies schien in der Öffentlichkeit auch gut anzukommen. Wer wollte schon diese ganzen Politikschauspieler, die wie Autohändler oder Immobilienmakler alles so hindrehten, wie es ihren Interessen entsprach? Nein, mit Aufrichtigkeit und Ehrlichkeit konnte man die Leute erreichen, denn das waren Tugenden, welche inzwischen am Aussterben waren.

✳

Freitag, 25.01.2019.

Kurz vor 10:00 Uhr hatten Martin, rechts von ihm Gundula und links von ihm Stefanie, ihre Plätze eingenommen. Der Saal war überfüllt und man konnte fast mehr Objektive und Fotolinsen als Köpfe wahrnehmen.

Nachdem sie gewartet hatten bis die Uhr umgesprungen war, ergriff Martin das Wort und begann, mit seiner schon gewohnten Anrede:

„Liebe Bürgerinnen und Bürger,
liebe Menschen in unserem im Land,
meine Damen und Herren von der Presse,

schön, dass Sie sich alle hier eingefunden haben. Gibt es heute etwas Besonderes?"

Gelächter. Interessant stellte Jörg, welcher angelehnt an einer Wand und den ganzen Raum im Blick hatte fest, dass die Stimmung so locker und gelöst war, wie er dies selten zuvor erlebt hatte. „Haben sie begriffen, dass das, was wir unternehmen richtig ist oder kommt zum Tragen, dass sie wieder Journalisten sein, und über das berichten dürfen, was sich tatsächlich abspielt, ohne redaktionellen Druck?"

Zuerst möchte ich Sie über die Entwicklungen der letzten Tage informieren. Ihnen ist sicherlich nicht entgangen, dass am vergangenen Samstag noch ein größerer Polizeieinsatz stattgefunden hat, richtig?

O.k., es gab einen personell sehr umfangreichen Einsatz, welcher primär von Beamten der SEK und MEK, sowie anderer Spezialeinheiten ausgeführt wurde. Dieser Einsatz hat zur

Folge, dass es zu einer Kräfteverschiebung innerhalb der Organisierten Kriminalität in Deutschland gekommen ist.

Ja, ich weiß, das klingt allzu theoretisch. Kommen wir zur Praxis. Wir haben, soweit dies möglich gewesen ist, die kriminellen Clans, vor allem von Arabern, Albanern, Jugoslawen und Türken in dieser Nacht nachhaltig ausgeschaltet. Wir haben die betroffenen Personen, aber auch deren Familien, und dabei auch Frauen und Kinder, in Gewahrsam genommen und außer Landes gebracht."

Ein ungläubiges Raunen erfüllte den Saal.

„Wir haben in dieser Nacht über 172.000 Person abgeschoben. Es gab, aufgrund von Widerstandshandlungen mit Waffeneinsatz, 8 erschossene Clanmitglieder und einige Schwerverletzte. Aufseiten der Polizei gab es nur leicht verletzte Beamte. Unsere Beamten haben absolute Profiarbeit geleistet.

Stefanie sprach in die Runde: „Wie vor der PK besprochen, bitte keine Zwischenfragen. Ihnen steht hier und auch im Internet ausführliches Infomaterial zur Verfügung, welches gezielt sowohl diese Abläufe, wie aber auch die anderen Punkte, welche Herr Kosik gleich noch ansprechen wird, behandelt."

„Ich sehe, wir sind uns alle einig", ergänzte Martin die Kommentierung von Stefanie.

„Neben einigen Terminen, von welchen ich gleich zwei herausheben möchte, gab es noch Gespräche mit Vladimir Putin, Donald Trump, Sebastian Kurz und H.C. Strache. Gerade mit unseren österreichischen Nachbarn haben wir uns länger ausgetauscht und jetzt schon die weitere und vor allem gemeinsame Zusammenarbeit in mehreren Punkten besprochen.

Die anderen europäischen Regierungen haben wir informiert, aber dort ist es noch zu keinen weiteren Gesprächen gekommen.

Nun zu den beiden Terminen, auf welche ich gesondert eingehen möchte.

Der erste Termin war mit Vertretern von Wirtschaft, Handel und Industrie. Wir haben ihnen signalisiert, dass wir alle Institutionen natürlich weiter unterstützen werden und das wir erwarten, dass sich das Verhalten der Bürger nicht verändern wird. Insbesondere im Handel darf es zu keinen Einschränkungen kommen. Es wurde uns mitgeteilt, dass man zwar von der neuen Situation ein wenig überfordert sei, aber dass man keinerlei Bestrebungen hätte, hier irgendetwas verändern zu wollen. Aufgrund einiger Maßnahmen, welche wir angekündigt haben und auf welche ich später noch eingehen werde, gehen die Wirtschaftsvertreter von einer positiven Entwicklung in allen Bereichen aus.

Wir haben jedoch Wirtschaft, Handel und Industrie einige Zugeständnisse abgerungen. Es wird zwar kein Limit bei Managergehältern geben, aber es wird ein neuer Spitzensteuersatz eingeführt werden, welcher mit 65 Prozent bei Gehältern über 1 Million Jahreseinkommen zu Buche schlagen wird, aber ... und das haben wir zugesichert, von diesen 65 Prozent verpflichten wir uns dazu, dass die Hälfte davon in nachweisbare Sozialprojekte einfließen wird – zusätzlich zu den Vorhaben, welche wir eh anstreben. Unter diesen Voraussetzungen haben Wirtschaft, Handel und Industrie zugestimmt.

So unbedeutend dies klingen mag, aber es wird in Deutschland auch ein neues Patentrecht geben. Warum?

Viele große Unternehmen horten Patente, welche sich sinnvoll und ergebnisorientiert umsetzen ließen, aber aus persönlichen oder wirtschaftlichen Gründen nicht genutzt werden. Das wird sich ändern, denn wir vermuten, dass in der staubigen Aktenhaltung des Deutschen Patent- und Markenamtes Ideen verrotten, welche zu vielen neue Innovationen führen könnten. Demzufolge werden die Patentinhaber aufgefordert, diese auch zu gebrauchen. Sollten zukünftig Patente über 5 Jahre ungenutzt bleiben, dann dürfen sie von Dritten verwendet werden. Es muss zwar ein prozentualer Anteil von möglichen Gewinnen an den Patenteigner abgeführt werden, aber die Patente können dann umgesetzt werden.

Diese Regelung führte zwar bei einigen Anwesenden zu einem kleinen Schock, aber wir können es uns einfach nicht mehr leisten, mögliche Entwicklungen bewusst zu boykottieren, da man sie rechtlich nicht entwickeln darf. Ich bin gespannt, was sich da so in manchen dunklen Archiven versteckt. Deutschland war immer der Innovationsmotor und diesen beabsichtigen wir wieder zum Laufen zu bringen.

Der zweite Termin fand mit den Vertretern der katholischen und der evangelischen Kirche, Herrn Marx und Herrn Bedford-Strohm, statt. Die Herren haben im Laufe des Gesprächs mehrfach ihre Gesichtsfarbe gewechselt und haben, ich würde mal sagen leicht erzürnt, unsere Besprechung verlassen.
In Bezug auf die Kirchen gibt es keine Kompromisslösungen, sondern eine klare Anweisung:

1.   Der Staatsvertrag zwischen Staat und Kirche wurde zu sofort gekündigt. Es gibt eine Übergangsfrist bis zum 30.06.2019.

2.   Ab sofort zahlt der Staat keinerlei Gehälter mehr von Bischöfen, Kardinälen, Würdenträgern oder sonstigen Kirchen-

mitarbeitern. Nur mal so zur Kenntnis. Herr Marx verdient monatlich 12.500 Euro, welche nicht aus Kirchensteuermitteln, sondern aus normalen Steuereinkünften bezahlt werden.

3.   Ab dem 01.07.2019, deshalb die Übergangsfrist, werden die Finanzämter keine Kirchensteuern mehr einziehen. Wenn die Kirche ihre eigenen Steuern eintreiben möchte, dann haben sie bis zu diesem Datum Zeit, sich Gedanken darum zu machen, wie sie es tun können.

Die Kopplung zwischen der Mitgliedschaft in einer der Kirchen und die Zahlung von Kirchensteuern hat schon einmal ein päpstliches Gremium als nicht zulässig erachtet. In dem Moment, wo man getauft ist, kann dies durch eine Willenserklärung, nämlich dem Austritt aus der Kirche um Kirchensteuern einsparen zu wollen, nicht aufgehoben werden. Nun, wir werden die Kirche, bei welcher manche Bistümer Vermögen im Milliardenbereich angehäuft haben, wieder Bescheidenheit lehren."

Auch diese Entscheidung sorgte für Aufsehen unter den Reportern und alle waren sich sicher, dass gerade draußen, an den Bildschirmen, so einige Diskussionen entbrannten.

✱

Martin machte eine kleine Pause, nahm einen Schluck Wasser aus dem bereitgestellten Glas und lies das Gesagte erst einmal im Raum wirken. „Heftig, oder?", sagte er und richtete den Blick in die Runde.

„Die Kirche ist selber schuld. Höhere Positionen in der Kirche, ich meine nicht die Bischöfe, verdienen teils so viel, dass sich die Priester privat versichern müssen und Küster, Pfarrsekretärinnen und andere wissen nicht, wie sie finanziell über die Runden kommen sollen. Übrigens, die Grenze, ab welcher man sich privat versichern muss lag letztes Jahr bei einem Jahreseinkommen von 59.400 Euro. Selbst bei 13 Monatsgehältern sind das immer noch mehr als 4.500 Euro im Monat. Kann mir jemand erklären, warum ein Priester so viel Geld verdienen soll?"

Nach dieser kleinen Ausschmückung der vorangegangenen Information, welche nicht Bestandteil des Protokolls war, kam Martin Kosik dann zu den weiteren Themen.

„So, nun möchte ich etwas zu den Punkten sagen, welche wir zukünftig anstreben umzusetzen. Der Bereich Kirche und Religion ist mit dem eben gesagten abgehandelt. Nur noch ergänzend hierzu. Es wird keinen Islamunterricht an deutschen Schulen geben und wer als Erzieherin oder Lehrerin nicht dazu bereit ist das Kopftuch abzulegen oder versucht Kinder zu indoktrinieren, wird aus dem Dienst entfernt. Im letzteren Fall, sollten nachweislich Kinder beeinflusst werden, wird es sogar ein Berufsverbot geben.

Kommen wir zum Thema **Sicherheit**.
Nach den Vorfällen des letzten Jahres denke ich, dass das Sicherheitsempfinden der Bürger nachhaltig beeinträchtigt worden ist. Diesem Empfinden, wie auch der Gesamtsituation müssen wir uns stellen. Wer kennt nicht die Sprüche, dass es den Menschen egal ist, ob Sicherheitsvorkehrungen erhöht oder zum Beispiel eine Kameraüberwachung installiert wird und dann gesagt wird: „Mir egal, denn ich habe nichts zu verbergen."

Richtig? Viele Menschen in unserem Land sehen es so und wir werden die personellen, wie auch die technischen Möglichkeiten zukünftig ausbauen. Wir wollen keinen Überwachungsstaat.

Wenn Sie so denken, dann sind Sie weit von unseren Gedankengängen entfernt. Wir möchten aber ein ausgewogenes System, welches uns innerhalb kürzester Zeit ermöglicht, beispielsweise einen Fahndungsdruck zu erhöhen, um Täter dingfest zu machen. Sie möchten ein Beispiel?

Seitdem es Videoüberwachungen in Bussen, Straßenbahnen und Zügen gibt, wurde das subjektive Sicherheitsgefühl der Bürger nicht nur gestärkt, sondern es wurden schon diverse Täter ermittelt. Dabei hatten die Aufzeichnungen teils auch mit anderen Straftaten außerhalb des öffentlichen Personennah- oder Fernverkehrs zu tun, denn wenn draußen Straftaten begangen wurden, dann flohen oft Täter mit Bussen oder Bahnen, aber aufgrund der Zeiten und Örtlichkeiten standen dann relativ schnell fahndungsunterstützende Aufnahmen zur Verfügung. Und hier sind wir wieder bei der bisherigen Problematik: der normale Bürger, die Verkehrsbetriebe und die Ermittlungsbehörden begrüßen den Einsatz solcher Technik. Datenschutzbeauftragte und all diejenigen, welche etwas zu verbergen haben oder nicht ausschließen können, zukünftig zu dieser Gruppierung dazu zu gehören, haben etwas dagegen. Und wer hat sich leider viel zu oft durchgesetzt? Datenschützer und linksorientierte Politiker.

Damit ist dann zukünftig Schluss und wir werden auch in anderen Feldern repressiv gegenüber Straftätern vorgehen.

Wer Polizeibeamte angreift, wird zukünftig noch am selben Tag in eine JVA gebracht werden und beim ersten Mal für drei, und im Wiederholungsfall für sechs Monate inhaftiert.

Wer vorsätzliche oder grob fahrlässige Rohheitsdelikte gegenüber anderen ausführt, bei denen es zu schweren körperlichen oder auch seelischen Folgen beim Opfer kommt oder kommen kann, ich denke hier unter anderem an Sexualdelikte, der wird zukünftig keine Bewährungsstrafe mehr erhalten.

Die Strafmündigkeit wird von 14 auf 12 Jahre heruntergesetzt, da selbst 12- oder 13-jährige inzwischen Straftaten mit massiver Gewaltanwendung begehen und bisher straffrei geblieben sind.

Der Status eines Heranwachsenden nach dem Jugendstrafrecht, also das Alter zwischen 18 und 21 Jahren, wird nur noch in absoluten Ausnahmefällen angewandt werden. Viel zu häufig werden schwere Straftaten durch diese Altersgruppen begangen, welche dann Richter dazu animiert haben, gegen diese Personen strafmildernde Urteile zu verhängen.

Es kann nicht sein, dass Leute mit 16 wählen sollen, mit 16 oder 17 begleitet Autofahren dürfen, aber wenn sie Blödsinn bauen erst mit 21 wirklich zur Rechenschaft gezogen werden, wenn überhaupt. Was ist denn das für eine Schizophrenie?

Ansonsten werden wir, nach den Vorfällen bei der Polizei in Berlin, keine neuen Polizeibeamten einstellen, welche strafrechtlich in Erscheinung getreten sind, aber auch keine Muslime mehr. Wir müssen davon ausgehen das Personen, auch wenn sie hier aufgewachsen sind, sich traditionell oder familiär einem anderen Kulturkreis zugehörig fühlen und im schlimmsten Fall die Polizei unterwandern. Dieses Risiko bin ich nicht mehr bereit mitzutragen.

Thema **Rente**
Es kann auch nicht sein, dass Menschen ihr Leben lang gearbeitet haben und dann nicht wissen, wie sie ihre Existenz nach dem Arbeitsleben bestreiten sollen. Ich möchte, dass Menschen im Alter arbeiten gehen können, wenn sie es wollen, aber nicht, weil sie es müssen.

Aus diesem Grunde wird es eine Rentenreform geben, welche wie folgt aussehen wird:

1. Es wird weniger Beamte geben, da wir nur noch hoheitlich tätige oder Sonderfälle verbeamten werden. Somit wird die Anzahl der Angestellten im öffentlichen Dienst steigern.

2. Auch Beamte werden zukünftig in die Rentenkasse einbezahlen. Pensions- und Rentenkassen werden zusammengelegt, aber es wird noch zwischen Pension für Beamte und Rente für Angestellte unterschieden werden, auch von der Höhe her. Aber die Beamten werden mit in diese gemeinsame Kasse einbezahlen. Das wir diesbezüglich auch das Besoldungsrecht einer Bearbeitung unterziehen müssen, sollte jedem klar sein.

3. Selbstständige werden ebenfalls in die Rentenkasse einzahlen, aber mit gehaltsangepassten Beiträgen, sodass sich auch kleine Selbstständige diese Zahlungen leisten können. Somit können wir einer möglichen Altersarmut bei Selbstständigen entgegenwirken.

4. Mütter- und Erziehungszeiten werden zu 100 Prozent anerkannt.

5. Wir werden eine Mindestrente einführen, welche für jeden ausreichen sollte, um sich eine Existenz im Alter zu sichern.

6. Wer im Alter oder schon früher pflegebedürftig wird, dem wird die Pflege zugesprochen, welche er oder sie benötigen. Es ist eine Schande wie in unserem Land mit Pflegebedürftigen umgegangen wird. In diesem Zusammenhang: wir werden alle Berufsgruppen fördern und finanziell neu aufstellen, welche „Dienst am Menschen" versehen.

7. So ein Schwachsinn, welcher die Irrationalität der bisherigen Politik belegt, dass laut dem ehemaligen Gesundheitsminister Spahn Hebammen ein duales Studium und einen Bachelorabschluss machen sollen, ist genau das Gegenteil von dem, was wir erreichen möchten (**96**). Wir möchten, dass Menschen mit Berufs- und Lebenserfahrung gefördert werden und nicht Theoretiker die mit Schul- oder Uniwissen auflaufen und über keinerlei Erfahrungen verfügen.

8. Dann müssen wir uns natürlich auch der Situation stellen, dass es in unserer Gesellschaft Menschen gibt, welche nicht bereit sind zu arbeiten und ihr Leben lang auf Kosten anderer leben. Für diese Menschen wird es zentrale Einrichtungen geben, die vielleicht wie Schullandheime aussehen werden. Dort bekommen sie ein Zimmer mit Minimalausstattung und es gibt eine Kantine. Sie werden also vernünftig untergebracht und versorgt werden, mehr können sie aber auch nicht erwarten. Noch einmal zum Verständnis: das ist nur für diejenigen gedacht, die nicht arbeiten wollen und es sind nicht diejenigen gemeint, die arbeiten wollen, aber nicht können.

Passend dazu der nächste Punkt, die **Arbeitslosigkeit**.

Hartz IV ist eine Schande. Menschen, die ihr Leben lang gearbeitet haben, egal ob Angestellte oder Selbstständige, und die dann unverschuldet ihren Arbeitsplatz verlieren, müssen sich bis aufs letzte Hemd vor den Behörden nackig machen und Wohneigentum, wie heißt es so schön im Amtsdeutsch, aufbrauchen, bevor sie Leistungen beziehen können. Es ist nichts anderes als eine staatlich angeordnete Entreicherung beziehungsweise Enteignung. Nicht mit mir.

Es wird wieder Arbeitslosengeld I und II, sowie Sozialhilfe geben, aber doch ein wenig anders, als es früher gewesen ist.

Arbeitslosengeld I wird prinzipiell für einen unbegrenzten Zeitraum gezahlt werden. Die Menschen, die arbeitslos geworden sind und sich bemühen, aber nichts Vergleichbares finden, dürfen wir auch nicht noch sanktionieren oder schikanieren. Arbeitslosengeld II kann dann von den Sachbearbeitern im Einzelfall erlassen werden, wenn die betroffenen Personen keine Motivation zeigen, dass sie weiterarbeiten möchten. Dies wären dann aber Einzelfallprüfungen. Den Sachbearbeitern werden auch keine Quoten mehr auferlegt, sondern sie sollen sich wirklich um die Leute kümmern.

Es wird ein Programm für Weiterbildungen oder Zusatzqualifikationen aufgelegt werden, welches nicht nur Arbeitslosen, sondern auch denen offenstehen wird, welche sich berufsbegleitend fortbilden möchten. Dieses Programm wird für jeden kostenlos sein. Wir möchten jeden, welcher sich Autodidakt weiter qualifizieren möchte, dabei auch unterstützen. Die Vermittlung von Bildung und Wissen ist für uns eine der Grundlagen, für eine offene und intelligente Gesellschaft.

Kommen wir zum Thema Steuern. Wollt ihr eigentlich **Steuern** zahlen?
Aus der Nummer kommen wir alle nicht raus, dennoch muss sich auch hier etwas tun.

1. Wie vorhin schon erwähnt wird es einen neuen Spitzensteuersatz geben.

2. Die persönliche Besteuerung wird niedriger angesetzt werden, aber wir wissen noch nicht, wie wir dies umsetzen werden.

3. Kleinen Selbstständigen, mit einem noch zu definierenden Jahreseinkommen, werden Körperschafts- und Gewerbesteuer

erlassen, um die Existenz zu unterstützen. Darüber hinaus wird ihnen auch noch ein Teil der Umsatzsteuer rückvergütet werden.

4.   Die Entfernungspauschale für Pendler liegt seit Jahren bei 0,30 Euro pro Kilometer, bei einmaliger Wegstrecke. Die Kraftstoffkosten sind aber inzwischen massiv gestiegen und viele müssen lange Anfahrtswege in Kauf nehmen. Aus diesem Grunde werden wir die Pauschale auf 0,50 Euro anheben. Darüber hinaus gilt für größere Firmen und Behörden, dass bei Fahrzeiten von dem Wohnort bis zur Arbeitsstelle, sollte die einfache tägliche Fahrt über 30 Minuten betragen, jede weitere Minute als Arbeitszeit abgerechnet werden kann.

5.   Jeder Steuerpflichtige erhält ein Onlinekonto über das jeweilige Finanzamt. Die monatlichen Arbeitgeberdaten werden dort automatisch registriert, auch die Daten der Krankenkassen, sprich die Sozialversicherungsdaten. Ferner kann der Steuerpflichtige besondere Aufwendungen oder sonstige Rechnungen direkt dort eingeben und hochladen, damit im Idealfall dort immer der aktuelle Stand der Steuerübersicht aufgeführt ist. Natürlich gilt dies auch, wenn man wie bei Ehepartnern gemeinsam veranlagt wird. Im Frühjahr des Folgejahres erfolgt dann eine Benachrichtigung, man loggt sich ein, ergänzt eventuell fehlende Daten oder legt neue Datensätze an für etwas, was noch berücksichtigt werden sollte und klickt dann auf einen Knopf. Dann die Steuererklärung ist fertig. Kein langes Suchen von Zetteln, kein Steuerberater, alles übersichtlich und abrufbar.

6.   Und zu guter Letzt zum Thema Steuern. Die Verschwendung von Steuergeldern wird zukünftig ein Straftatbestand werden. Es kann nicht sein, dass Gelder, welche von den Menschen in diesem Land erwirtschaftet werden und theoretisch treuhänderisch der Regierung übertragen wurden, für Projekte ver-

schleudert werden, welche entweder total sinnlos oder aber völlig überteuert sind. In diesem Zusammenhang weise ich darauf hin, dass wir uns dem Schandmal von Berlin, dem BER-Flughafen, auch noch annehmen und eine Untersuchung einleiten werden. Wir werden ganz genau aufschlüsseln, wer für was verantwortlich ist und wir werden diese Damen und Herren in persönlichen Regress nehmen.

Nach einer weiteren, kurzen Unterbrechung setzte Martin fort:

„Wir müssen auch unser **Schulsystem** völlig überarbeiten. Die Zielrichtung ist es gebildete, intelligente und motivierte junge Menschen aus den Schulen heraus zu bekommen, die bereits dort für das Berufsleben vorbereitet wurden. Dabei dürfen die Herkunft bzw. der soziale Stand keine Rolle spielen.

Es wird drei weiterführenden Schulformen geben aber, zur Schule wird dann auch eine Ausbildung mit dazugehören.

Die Hauptschule geht bis zur 8. Klasse und es schließt sich eine 2,5-jährige Ausbildung an.
Die Realschule geht bis zur 9. Klasse und es schließt ebenfalls sich eine 2,5-jährige Ausbildung an.
Das Gymnasium geht bis zur 11. Klasse mit, raten Sie mal, anschließender 2,5-jähriger Ausbildung.

Je nach Eignung, Fähigkeiten und Leistungen können in allen Schulzweigen nach Interessenlage Fächer ausgewählt werden, welche die eigene Persönlichkeit fördern. Jeder ist anders begabt und das möchten wir dabei recht früh berücksichtigen. Anschließend kommt eine frei wählbare Ausbildung, welche die jungen Menschen auf ihre Zukunft vorbereitet und diese ist Bestandteil dieses neuen Schulwesens.

Bei jeder Schulform können anschließend die Schüler direkt in den Beruf einsteigen, so sie es wollen. Ein Wechsel zwischen den Schulformen ist möglich und vielleicht auch sinnvoll, da sich im Laufe der Zeit nicht nur die Persönlichkeit, sondern auch die Interessen und die Motivation ändern.

Realschüler erwerben grundsätzlich die Berechtigung, später zum Meister fortgebildet zu werden. Gymnasiasten können anschließend auf der Uni studieren gehen. Jeder kann für sich die Entscheidung treffen, ob er weiterführend lernen oder direkt ins Berufsleben einsteigen möchte. Auf diese Weise erhalten wir eine ganz andere Qualität von Schulabgängern als bisher.

Inklusion wird da erfolgen, wo es möglich ist, soll aber nicht mehr zulasten der Schüler umgesetzt werden.

Lehrer werden keine Beamten mehr werden, sondern eine Verbeamtung wird zukünftig nur noch denen ermöglicht, welche auch tatsächlich hoheitliche Aufgaben wahrnehmen.

Na, könnt ihr noch?" fragte Martin Kosik mit Blick auf die Journalisten, welche sich augenscheinlich schon fast die Finger wundgeschriebenen hatten. „Ihr bekommt alles noch schriftlich ausgehändigt und da ist es wesentlich detaillierter beschrieben, als ich es euch hier schildern kann. Wir sind aber gleich durch, ich habe nur noch ein paar kurze Punkte.

Fangen wir mit **Europa** an.
Deutschland ist einer der größten Nettosteuerzahler in Europa. Was hat es uns eingebracht? Dass wir von allen gemolken, und dann noch wie von den Griechen beschimpft werden - damit ist jetzt Schluss. Das Deutschland von heute lässt sich nicht mehr von anderen wie ein Ochse am Nasenring durch das Dorf ziehen.

Von mir aus schreibt, dass wir als Losung „Germany First" ausgegeben haben. Zuerst muss es uns gut gehen, bevor wir anderen helfen, wobei man es sich zweimal überlegen sollte, ob man Ländern helfen sollte, die selber für ihre Misere schuld sind.

Darüber hinaus muss Europa stabilisiert werden. Dies beinhaltet, dass zukünftig keine neuen Migranten mehr nach Europa kommen sollen und solange dies nicht funktioniert, wird die Bundeswehr unsere Grenzen sichern. Davon ungeachtet sind wir natürlich für eine Einwanderung von qualifizierten Personen, jedoch gehen da die Meinungen, was qualifiziert bedeutet, doch weit auseinander. Dies werden wir jedoch in Angriff nehmen und eine brauchbare und vertretbare Lösung schaffen.

Ansonsten bin ich der Auffassung, dass das politische Europa in dieser Form nicht weiter existieren sollte. Dieser Wasserkopf in Brüssel und Den Haag ist unerträglich, die Entscheidungen von dort sind noch viel schlimmer. Es ist ein überflüssiger Debattierclub. Wir sollten zu einer Wirtschaftsunion zurückkehren, wie es früher einmal die EWG gewesen ist, welche dann mit externen Partnern zusammenarbeitet.

Auch ja, fast vergessen. Wir werden die Maut für ausländische Lkw erhöhen und für deutsche Speditionen abschaffen. Seit Jahrzehnten zahlen wir in Italien, Spanien und Frankreich für die Nutzung deren Straßen im Urlaub, aber wenn wir bei uns eine Maut einführen, dann sind wir die Bösen. Nein, Deutschland hat den meisten Lkw-Verkehr in ganz Europa, da wir zentral liegen und alles abbekommen, was vier Räder hat. Sollte sich Europa und Junker deshalb aufregen möchte ich zwei Dinge dazu sagen. Erstens an Europa: verklagt uns doch, aber dann spielt ihr mit einem möglichen Grexit und zweitens an Herrn Junker: bevor sie uns belehren wollen, bekommen Sie erst einmal ihre eigenen Probleme in den Griff."

Ein Schmunzeln war unter den Journalisten überdeutlich zu erkennen, worauf Martin hinzufügte: „Hey Leute, ich habe nicht gesagt, er soll sich in eine Therapie begeben."

Der Seitenhieb, den er daraufhin durch den Ellenbogen von Stefanie in seine Rippen bekommen hatte, würde sicherlich noch ein paar Tage nachschmerzen, aber der ganze Raum war am Lachen. Es war eine völlig gelöste Stimmung und auch das Verhalten von Stefanie, wie auch die Reaktion von Martin darauf, hatte man sehr wohl beobachtet und dabei stellten immer mehr Beobachter fest, dass sie es hier mit anderen, offenen und wirklichkeitsnäheren Personen zu tun hatten, als sie es je in dieser oder einer anderen Behörde vorgefunden hatten. Das alles brachte Martin und seinem Team sehr viel Sympathiepunkte ein und das wussten sie. Dies war so zwar nicht beabsichtigt, aber es spiegelte eine neue Zuversicht und Aufbruchstimmung wieder, welche jeder innerlich für sich selbst aufgebaut hatte.

„Drei Punkte habe ich noch. Zum einen geht es um die direkte Demokratie. Wir möchten zukünftig in vielen Bereichen Bürgerentscheidungen zulassen. Dies wird nicht den Bereich der Sicherheit betreffen und ich gehe davon aus, dass Sie dafür Verständnis haben. Aber woanders, in anderen Teilen, wo Zukunftsentscheidungen zu treffen sind, würde ich mich sehr darüber freuen, wenn wir hier langfristig die Bürger dazu bewegen könnten, aktiv bei diesen Entscheidungen mitzuwirken."

Dieser Punkt wurde mit anerkennendem Kopfnicken quittiert.
„Sie werden vielleicht bemerkt haben, dass ich mich mit Formulierungen wie „Bürgerinnen und Bürger" oder „Polizistinnen und Polizisten" äußerst schwertue. Durch diese völlig sinnbefreite Genderisierung wird unsere eigene Sprache permanent vergewaltigt und in ein Neusprech a la George Orwells „1984" verwandelt. Nur weil ein paar linksorientierte Hohlköpfe nicht

damit klarkommen, dass jeder Normaldenkende mit einem Überbegriff wie zum Beispiel „Bürger" die Männer wie Frauen in gleichem Maße respektiert, haben sich hier, wie auch in anderen Gebieten, nach und nach Minderheiten und Randgruppen durchgesetzt, was letztendlich zu diesem Genderchaos geführt hat. Gender wird abgeschafft und wer dafür verantwortlich war, und das Schöne ist, dass weder die deutsche Verwaltung noch das Internet irgendetwas vergisst, wird zur Rechenschaft gezogen werden. Gerade die hier anwesenden Journalisten mögen sich gleich daran gewöhnen wieder in einer Form zu schreiben und zu berichten, wie es einer vernünftigen Norm entspricht."

Martin hielt kurz inne und sorgte dann für den nächsten Lacher.

„Ich sehe schon", er reckte den Kopf leicht nach vorne, „einige von Ihnen fangen schon an ihre Aufzeichnungen zu überarbeiten.
Kommen wir nun zu dem letzten Punkt und dieser ist mir persönlich sehr wichtig. Es geht mir um das Tierwohl. Wir werden uns langfristig von der Massentierhaltung verabschieden. Tiere, eingepfercht in kleinen Stallungen oder Käfigen wird es nicht mehr geben. Wie gesagt, das können wir nur langfristig umsetzen, aber wir sollten uns klar machen, dass wir es hier mit empfindungsfähigen Lebewesen zu tun haben. Für die Landwirtschaft bedeutet dies, dass die Betriebe jetzt schon von sich aus anfangen sollten, mittelfristig ihre Bestände so anzupassen, dass nur noch eine Weidehaltung möglich ist. Darüber hinaus wird es auch keine Hochleistungstiere mehr geben, welche in widerlichster Weise für die Nahrungsproduktion gezüchtet werden.

Während bisher Tiere rechtlich nur als Sache verstanden werden, erhalten diese zukünftig einen besonderen Schutzstatus. Tierquälerei, egal ob in der Landwirtschaft oder im privaten Bereich, wird zukünftig mit Freiheitsstrafen geahndet werden, bei

welchen nur in minderschweren Fällen, wenn es so etwas überhaupt geben sollte, eine Bewährung verhängt werden wird.

So, meine Damen und Herren, das sind die vorläufigen Pläne,
welche wir angehen werden. Wie eingangs erwähnt möchten
wir, dass die Bürger unseres Landes in ein oder spätestens zwei
Jahren zurückblicken und dabei feststellen können, dass es
wirklich für jeden Einzelnen ein Stück besser geworden ist. Sei
es aus finanziellen Gründen, sei es in Bezug die Ausbildung und
Förderung unserer Kinder und Jugendlichen, sei es aufgrund einer besseren Lebens- und Rentenabsicherung, weil sich neue
Perspektiven ergeben haben welche wir gemeinsam erarbeiten
konnten oder einfach nur, weil wir eine neue und positive
Grundstimmung aufbauen konnten, welche sich in viele Lebens-
bereiche übertragen hat.

Natürlich gibt es auch Menschen, welche nicht mitwirken wollen. Aber im Gegensatz zu jetzt, wo diese sich selbst überlassen
werden, werden auch diese, so weit möglich, gefordert werden
und vielleicht gelingt es uns den einen oder anderen mitzuneh-
men und dazu zu bewegen, das eigene Lebensbild zu überden-
ken und neu zu gestalten.

Sie sehen, wir haben sehr viel zu tun und ich konnte hier die
Themen nur anreißen. Auch die Ausarbeitungen, welche Ihnen
hier und auf unserer Webseite zugänglich gemacht werden, können die ganze Komplexität der einzelnen Themenbereiche nicht
wiedergeben. Aber das ist die interessante Aufgabe für uns alle,
aktiv unsere Zukunft selber zu gestalten und ich rufe alle dazu
auf mitzuwirken. Wir werden, insbesondere im Öffentlichen
Dienst, Seiteneinsteigerpositionen für Praktiker schaffen, welche Erfahrungen aus dem wirklichen Leben mitbringen und die
uns helfen sollen, diese neuen Prozesse in Gang zu bringen.

Während heutzutage motivierte Leute mit ihren Ideen oft scheitern oder sogar abgewürgt werden, möchten wir genau diese Menschen dazu bewegen, an unserer Neugestaltung mitzuwirken. Wird das nicht richtig spannend werden?

Wir dürfen, nein wir müssen endlich wieder stolz auf das sein, was wir geleistet haben und was wir permanent leisten. Es ist gut was wir tun und deshalb kann ich Sie alle", und Martin blickte direkt in die Übertragungskamera," nur bitten, mir und uns allen dabei zu helfen und uns dabei zu unterstützen, neue Wege zu beschreiten, sicherlich auch Rückschläge dabei zu erfahren, aber nicht aufzugeben und mit der Zielrichtung weiter zu machen, das Beste für uns, für die Menschen hier und für unser Land zu verwirklichen."

Nach einem kurzen, abschließenden Smalltalk verließen Martin, Gundula und Stefanie die Pressekonferenz und begaben sich in die Leitstelle Operation Stauffenberg. Die eben noch fröhliche und gelöste Stimmung wandelte sich mit Betreten des Raumes.

Es war eine Videokonferenz geschaltet, welcher einige Gespräche mit Vertretern des Mossad und der CIA vorangegangen waren. Auf einem der Großbildschirme waren zwei Bilder zu erkennen. Einmal wurde eine Übersichtsaufnahme von einer kleinen Stadt in einem Wüstengebiet gezeigt, wobei ein Gebäudekomplex optisch, durch eine spezielle Einfärbung, gesondert markiert dargestellt wurde. Zum anderen gab es ein Detailbild aus diesem Gebäudekomplex, welches im Livestream mehrere Personen zeigte.

Auf einem separaten Bildschirm bestand die Videoschaltung zum amerikanischen Kommandeur, welcher von der Ramstein

Air Base einen Teil der weltweit agierenden Drohneneinsätze des US-Militärs befehligte.

Martin begrüßte den Kommandeur, welcher bestätigte, dass beide Zielpersonen anwesend waren. Bei dem Livebild, welches die Detailaufnahme zeigte und von getarnten Navy Seals aus dem Einsatzraum per Satellit übermittelt wurde, konnte man Al-Samahi und dessen Kampfgefährten erkennen, welche beide zusammen für die Anschläge in Hannover und Hildesheim verantwortlich waren. Die Beweise, welche der Mossad geliefert hatte, waren unwiderlegbar und eindeutig. Zwischen den beiden Terrorfürsten spielten ein paar Kinder, während am Rande eines Pools ein paar Frauen auf Sonnenliegen saßen.

Martin blickte auf das zweite Bild, welches von einer Drohne, die in großer Entfernung, weder sicht- noch hörbar, im dortigen Luftraum schwebte, übertragen wurde. Der markierte Gebäudekomplex betraf nicht nur das Haus, wo sich die beiden Terroristen mit ihren Familien aufhielten, sondern auch die Häuser, welche in unmittelbarer Nachbarschaft dazu lagen. Eine detailliertere und feinere Einstellung war wohl nicht möglich.

Beide Bilder betrachtend, insbesondere dabei die spielenden Kinder an Pool beobachtend, dachte Martin an die Szenen, welche er aus Hannover vom Weihnachtsmarkt und aus Hildesheim aus den Kirchen an Heilig Abend kannte.

Ohne den Blick von den Monitoren zu nehmen sprach er den Befehl aus, wozu ihn der amerikanische Präsident zuvor gegenüber dem Kommandeur in der Ramstein Air Base autorisiert hatte: „**FEUER!**““

Epilog

Liebe Leserinnen und Leser,

das erste Flugblatt der Weißen Rose beginnt mit den Worten:

*„Nichts ist eines Kulturvolkes unwürdiger, als sich ohne Wider-
stand von einer verantwortungslosen und dunklen Trieben ergebe-
nen Herrscherclique "regieren" zu lassen. Ist es nicht so, dass sich
jeder ehrliche Deutsche heute seiner Regierung schämt, und wer
von uns ahnt das Ausmaß der Schmach, die über uns und unsere
Kinder kommen wird, wenn einst der Schleier von unseren Augen
gefallen ist und die grauenvollsten und jegliches Maß unendlich
überschreitenden Verbrechen ans Tageslicht treten?"*

und selbst ein Ernst Thälmann äußerste sich mit den Worten:

*„Mein Volk, dem ich angehöre und das ich liebe, ist das deutsche
Volk. Und meine Nation, die ich mit großem Stolz verehre ist die
deutsche Nation. Eine ritterliche, stolze und harte Nation!"*

Niemals zuvor sind deutsche Politiker mit so einem „nach außen
getragenen Hass" gegenüber dem eigenen Volk aufgetreten, wie
es in den letzten Jahren der Fall gewesen ist. Manche nahmen
an Demonstrationen teils wo auf Plakaten oder verbal skandiert
wurde: „Deutschland, Du mieses Stück Scheiße", oder „Nie,
nie, nie wieder Deutschland". Andere, wie auch Gewerkschaften, förderten und unterstützten linke Chaoten, welche wie bei
dem G20-Gipfel in Hamburg mit massivster Gewalt gegenüber
Polizisten vorgegangen sind. Wieder andere verlagerten sich darauf alles infrage, ja sogar in Abrede zu stellen, was deutsche
Werte und Normen und was unsere Kultur ausmacht.

Begriffe wie Stolz, Ehre, Patriotismus werden versucht aus unserem Wortschatz zu tilgen und wenn dies nicht gelingt, werden diese Begriffe ins Negative verdreht, sodass sich niemand mehr traut, diese zu verwenden. Wer nicht der Genderlehre folgt, wird öffentlich denunziert und an den medialen Pranger gestellt.

Es ist inzwischen sogar so weit gekommen, dass der Arbeiter-Samariter-Bund es abgelehnt hat, einen Erste-Hilfe-Kurs für die AfD zu veranstalten (**97**). Man kann von der AfD halten was man mag, aber wenn man anfängt eine demokratisch legitimierte Partei bzw. deren Anhänger von Räumlichkeiten bis hin zu Mitgliedschaften auszuschließen, wenn Selbstständige ihren Beruf nicht mehr ausüben können, weil sie mit der AfD sympathisieren und sich Repressalien ausgesetzt sehen, dann ist der Schritt nicht mehr weit zu Schmierereien wie: „Deutsche! Wehrt Euch! Kauft nicht bei Juden.", nur im umgedrehten Sinne.

Empfehlenswert ist die Geschichte „Die Welle", welche exemplarisch veranschaulicht, wie man ein Meinungssystem aufbauen kann. Hier, genau wie bei Orwells „1984", wird man erschreckende Vergleiche zur aktuellen Situation in unserem Land feststellen können, nur mit politisch verdrehten Seiten.

＊

Sigmar Gabriel äußerste sich am 06.01.2018: „Deutschland hat viel davon profitiert, dass Menschen aus anderen Teilen der Welt, insbesondere der Türkei, nach dem Zweiten Weltkrieg zu uns gekommen sind und das Land aufgebaut haben." (**98**). Das die ersten Türken erst 1961, also 6 Jahre nach Kriegsende nach Deutschland gekommen sind, scheint Gabriel nicht zu wissen oder aber bewusst zu unterschlagen.

Dass die Vorsitzende der bayrischen Grünen, Katharina Schulze, dann auch das Denkmal für den Dank und die Anerkennung der Trümmerfrauen entehrt hat, ist ein weiteres Indiz für eine völlige Fehlentwicklung in der politischen Kaste (**99**).

Es ist zwar nicht richtig das die Kanzlerin die Grenzen geöffnet hat, denn sie waren schon offen, aber sie hat es untersagt, trotz massiver Intervention von BKA-Chef Dieter Romann, diese zu schließen (**100**). Laut BKA (Bundeslagebild Kriminalität im Kontext von Zuwanderung 2017) wurden nur im Jahr 2017 im Bereich der Allgemeinkriminalität (ohne ausländerrechtliche Verstöße) 289.753 Straftaten registriert, bei denen mindestens ein Zuwanderer als Tatverdächtiger bekannt wurde.

289.753 Straftaten, wobei die Dunkelziffer unbekannt ist, da hier nur die Fälle in der polizeilichen Kriminalstatistik erfasst werden, wo auch wirklich ein Täter ermittelt werden konnte.

289.753 Straftaten und somit 289.753 Geschädigte oder Opfer. Wie viele von diesen Opfern sind jetzt traumatisiert und kommen mit ihrem Leben oder mit dem Alltag nicht mehr klar?

289.753 Straftaten, welche niemals stattgefunden hätten, hätte die Kanzlerin auf diejenigen gehört, welche sich berufsbedingt mit dieser Materie beschäftigten und als Experten gelten.

Wie soll das Opfer von Freiburg, welches Ende Oktober 2018 von bis zu 15 Personen vergewaltigt worden ist, je wieder ein normales Leben führen können (**101**)? Wie erklärt man den Eltern des Opfers, was dieses erduldet haben mag und dass nun das eigene Kind vermutlich schwerste psychische Störungen aufweisen wird? Und wie kann erklärt man uns allen, dass dann gleich wieder von Seiten der Politik darauf hingewiesen wurde, dass man diesen Fall nicht verallgemeinern soll?

Man hat seit Jahrzehnten Verwalter zu Führern gemacht und Führer, sprich die letzten Praktiker, versucht mundtot zu bekommen. Die Beispiele Romann und Maaßen stehen exemplarisch für die Spitze eines Eisberges. Ein solches Vorgehen funktioniert aber nur solange, bis nicht wirkliche Probleme auftreten, bei welchen es des Einsatzes von Praktikern bedarf. Diese Praktiker gibt es jedoch nicht mehr, denn Führungsbeamte wurden auf recht seltsame Weise ausgewählt, wie beispielsweise die inzwischen ehemalige Präsidentin des Verfassungsschutzes in Niedersachsen.

Ob die Situation, welche wir zurzeit in Deutschland vorfinden, jemals wieder politisch in den Griff zu bekommen ist, ist fraglich. Ob man es auf dem Wege nach Artikel 20 Absatz IV lösen könnte, wäre früher eine mögliche Option gewesen, aber inzwischen gibt es so viele politische Beamte, welche nicht mehr über eine notwendige Charakterstärke verfügen oder sich mit allem was hier geschieht abgefunden haben, dass ein solches Unterfangen unmöglich erscheinen mag.

✱

Sie werden sich sicherlich bei den hier geschilderten Terroranschlägen nicht nur einmal gefragt haben, ob so etwas denn tatsächlich in dieser Form möglich wäre. Nun, der Terrorismus ist darauf ausgelegt möglichst publikumswirksam, effektiv und diabolisch so viele Menschen bei einer Aktion zu töten, dass es niemals in Vergessenheit geraten soll. Man rühmt sich mit den Toten oder posiert mit abgeschlagenen Köpfen.

Wir haben es in Berlin gesehen, was alleine eine einzige Person ausrichten kann oder in Paris, wie viele Menschenleben eine kleine Gruppe von Terroristen innerhalb kürzester Zeit beenden konnte. Was meinen Sie was passiert, wenn eine Person mit

Dauerfeuer in eine Menschenmenge hält und anschließend immer und immer wieder nachlädt? Wenn sich dann zwei oder drei Personen zusammentun und dies gemeinschaftlich ausführen, wenn dies womöglich zeitgleich in mehreren Städten geschieht, dann sind Szenarien wie hier beschrieben realitätsnaher als die Versicherung von Politikern oder Polizeiführern, dass wir uns keine Sorgen zu machen brauchen. So etwas kann jederzeit und überall in unserem Land geschehen und das ist sicherlich eine der Sorgen der Sicherheitsbehörden, welche in dieser Form niemals an die Öffentlichkeit gelangen wird.

Die FAZ titelte 2016: „Jeder kommt an eine Kalaschnikow" (**102**) und bis heute kommen diejenigen, welche über die entsprechende Motivation verfügen, weiterhin an alle Waffen heran, egal welche sie haben wollen.

Glauben Sie denn allen Ernstes noch den Versprechungen und Beteuerungen, in welchen uns immer wieder versichert worden ist, dass nur Fachkräfte kommen würden und sich natürlich keine Terroristen unter die Flüchtlingsströme mischen würden?

Die meisten Menschen, welche aus den afrikanischen oder arabischen Fluchtgebieten kommen, können nicht integriert werden. Sie bringen weder entsprechende Voraussetzungen, noch die kognitiven Fähigkeiten dazu mit, sich in eine andere, als die ihr bekannte Gesellschaftsform einzubringen. Warum sollten sie es auch tun, wo sie doch sehen, dass sie ohne arbeiten zu müssen besser untergebracht und verpflegt werden, als sie es aus ihrer Heimat her kennen. Erschwerend kommt hinzu, dass sie durch ihre Kultur im Umgang mit Frauen, Kindern und Tieren falsch geprägt worden sind, was die vielen Gewaltakte erklären mag, welche man den Medien und den Statistiken entnehmen kann.

Leider wird sich in Zukunft nicht viel ändern, denn die politischen Strukturen sind bis auf die untersten kommunalen Ebenen so manifestiert, dass man diese nicht mehr „aufbrechen" kann.

Die Politiker treffen Entscheidungen nicht mehr zum Wohle des Volkes, sondern zielgerichtet dazu, um die größtmöglichsten Wählergruppen für sich vereinnahmen und die eigenen Machtpositionen festigen oder ausbauen zu können.

Die Entscheidung und die damit verbundene Anordnung eines Fahrverbotes für die Umweltzone in Köln, ab September 2019 auch für Fahrzeuge der Euro5 Norm, seitens des Kölner Verwaltungsgerichtes vom 08.11.2018, spricht für sich (**103**).

Viele werden erst begreifen was sie angerichtet haben, wenn es zu spät ist und wenn sie selber von Abläufen betroffen sein werden, welche sie nicht mehr unter Kontrolle halten können.

Andere verzweifeln jetzt schon an der schieren Dummheit der Menschen, die nicht begreifen wollen, in welchen Bahnen die zukünftigen Entwicklungen laufen werden.

Linkverzeichnis / Quellenangaben

Die hier aufgeführten Verlinkungen zu Internetseiten waren zum Zeitpunkt der Buchfertigstellung, im November 2018, alle aktiv.

Link 1: 50.000 unregistrierte SIM-Karten
https://www.teltarif.de/yourfone-sim-karten-aktion-fluechtlinge/news/61421.html

Link 2: Arvato – Facebookpolizei
http://www.sueddeutsche.de/digital/exklusive-sz-magazin-recherche-inside-facebook-1.3297138

Link 3: Förderung der ANTIFA
https://jungefreiheit.de/politik/deutschland/2014/finanzspritze-fuer-die-antifa/

Link 4: Gelöste Radmuttern bei Polizisten
https://www.welt.de/regionales/hamburg/article165965988/Wer-loeste-die-Radmuttern-an-den-Privatautos-von-Polizisten.html

Link 5: Saudi-Arabien finanziert Terrorgruppen
http://www.zeit.de/politik/ausland/2014-07/islamischer-staat-gotteskrieger-finanzierung-syrien-irak

Link 6: Anschläge 9/11 – Dementi vom Verfassungsschutz
http://www.spiegel.de/politik/deutschland/terror-ermittlungen-9-11-anschlaege-nicht-in-hamburg-geplant-a-271156.html

Link 7: Unterwanderung der Berliner Polizei durch arabische Clans
http://faktenfinder.tagesschau.de/inland/polizei-berlin-clans-101.html

Link 8: Hildesheimer Moschee – Abu Walaa
https://www.focus.de/regional/hildesheim/extremismus-polizisten-durchsuchen-hildesheimer-moschee-und-wohnungen_id_5769230.html

Link 9: Gefangenenbefreiung Ellwangen
https://www.focus.de/politik/deutschland/fluechtlingsunterkunft-in-ellwangen-60-stunden-schweigen-wie-skandaloes-polizei-mit-verhinderter-abschiebung-umging_id_8865391.html

Link 10: PKS – nur jede 14 Straftat wird überhaupt angezeigt
https://www.bdk.de/lv/mecklenburg-vorpommern/was-wir-tun-../kriminalstatistik/pks-2017-ist-das-die-wahrheit

Link 11: BKA – Bundeslagebild Kriminalität Zuwanderung
https://www.bka.de/SharedDocs/Downloads/DE/Publikationen/JahresberichteUndLagebilder/KriminalitaetImKontextVonZuwanderung/KriminalitaetImKontextVonZuwanderung_2017.pdf?__blob=publicationFile&v=3

Link 12: Finanzierung der Antifa
http://www.taz.de/!5020381/

Link 13: Drohung gegen Antifa-Tagung – DGB Unterstützung
http://www.sueddeutsche.de/muenchen/extremismus-drohungen-gegen-antifa-tagung-1.3732903

Link 14: Gewalt gegenüber Polizeibeamten in Niedersachsen
https://www.gdp.de/gdp/gdp.nsf/id/DE_GdP-Niedersachsen-Erneute-Zunahme-von-Gewalt-gegen-Polizeibeamt-innen-besorgniserregend?open&ccm=300050100

Link 15: Falsche Visiere für die MP in Niedersachsen
https://www.ndr.de/nachrichten/niedersachsen/hannover_weser-leinegebiet/Probleme-mit-Maschinenpistolen-bei-der-Polizei,maschinenpistole100.html

Link 16: BAMF – Skandal
https://www.focus.de/politik/deutschland/zwei-verdaechtige-kanzleien-identifiziert-40-prozent-der-entscheidungen-im-bremer-bamf-muessen-wiederholt-werden_id_8953991.html

Link 17: 40 Prozent der Entscheidungen im Bremer Bamf müssen wiederholt werden
https://www.focus.de/politik/deutschland/zwei-verdaechtige-kanzleien-identifiziert-40-prozent-der-entscheidungen-im-bremer-bamf-muessen-wiederholt-werden_id_8953991.html

Link 18: 60 Vermummte bedrohen Familie eines Polizisten
http://www.haz.de/Nachrichten/Der-Norden/Uebersicht/60-Vermummte-bedrohen-in-Gorleben-Familie-eines-Polizisten

Link 19: Übergriffe in Darmstadt
http://www.fr.de/rhein-main/alle-gemeinden/darmstadt/uebergriffe-in-darmstadt-100-festgenommene-nach-schlossgrabenfest-wieder-frei-a-1517946

Link 20: Darmstadt: unter Angreifern auch Polizeischüler
https://www.hessenschau.de/panorama/polizeianwaerter-unter-mutmasslichen-randalierern-von-darmstadt,randale-darmstadt-100.html

Link 21: Migranten importieren keinen Antisemismus
https://www.focus.de/politik/deutschland/kein-anstieg-von-straftaten-neue-studie-zeigt-immigranten-importieren-keinen-antisemitismus-nach-deutschland_id_9012324.html

Link 22: AfD verärgert mit Schweigeminute
https://www.welt.de/politik/deutschland/article177181802/Mordfall-Susanna-F-AfD-veraergert-Bundestag-mit-unangekuendigter-Schweigeminute.html

Link 23: die Kanzlerin: das Verbrechen würde sie berühren
https://www.bild.de/politik/ausland/angela-merkel/merkel-susanna-55957614.bild.html

Link 24: Anzeige gegen Chef der Bundespolizei
https://www.handelsblatt.com/politik/deutschland/dieter-romann-bundespolizei-chef-steht-nach-alleingang-bei-rueckholung-von-ali-b-in-der-kritik/22680238.html?ticket=ST-187466-WsQQTO3a6x5HsEshoGTb-ap1

Link 25: Terrorgefahr Köln – Rizin Nervengift
https://www.focus.de/politik/deutschland/tunesier-festgenommen-terrorverdacht-nach-giftfund-in-koeln-doch-50-rizin-samen-sind-verschwunden_id_9093826.html

Link 26: 130.000 Flüchtlinge nicht mehr auffindbar
https://www.focus.de/politik/deutschland/mehr-als-130-000-menschen-mehr-als-je-der-zehnte-registrierte-fluechtling-ist-nicht-mehr-aufzufinden_id_5315178.html

Link 27: gefälschte syrische Pässe für 500 Euro
https://www.focus.de/politik/deutschland/zdf-reportage-deckt-auf-so-einfach-kommt-man-in-deutschland-mit-falschem-pass-durch_id_7509610.html

Link 28: Rizin für 250 bis 1.000 toxische Dosen
https://www.welt.de/politik/deutschland/article177596860/Verfassungsschutzpraesi-dent-Sehr-wahrscheinlich-Anschlag-durch-Festnahme-in-Koeln-verhindert.html

Link 29: Trump wirft falsche PKS-Zahlen vor.
https://www.tagesschau.de/ausland/trump-deutschland-twitter-105.html

Link 30: PKS fünfmal höher
https://jungefreiheit.de/debatte/kommentar/2018/das-dunkelfeld-expandiert/

Link 31: PKS regierungsfreundlich. 71-89 Mal mehr KV Delikte – 02.03.2013
https://www.welt.de/regionales/duesseldorf/article114003255/Wie-die-Polizei-Statis-tik-Verbrechen-verheimlicht.html

Link 32: Wiedereinreisewahnsinn – Terroristen durften ganz legal zu uns kommen
https://www.bild.de/politik/inland/asylrecht/islamisten-durften-ganz-legal-nach-deutschland-kommen-56060690.bild.html?wtmc=fb.shr

Link 33: Vita von Maren Brandenburger
https://de.wikipedia.org/wiki/Maren_Brandenburger

Link 34: TheSun – Pistole bei Messerangriff in Lübeck
https://www.thesun.co.uk/news/6828248/germany-knife-attack-lubeck-people-injured/

Link 35: Abschiebung des Leibwächters von Bin-Laden
https://www.handelsblatt.com/politik/deutschland/ex-leibwaechter-bin-laden-hitzige-diskussionen-um-abschiebung-von-islamist-sami-a-/22810572.html?ticket=ST-3601618-ma3M2FkyUTrDvHDqrMkA-ap1

Link 36: Abschiebeverbot eines somalischen Piraten
https://www.bild.de/regional/hannover/abschiebung/prozess-gegen-pirat-56378970.bild.html?wtmc=fb.shr

Link 37: GEZ – Verfassungsrichter und Urheber sind Brüder
https://www.journalistenwatch.com/2018/07/19/gez-urteil-verfassungsrichter/

Link 38: Sexuelle Übergriffe in Frankreich
https://www.welt.de/vermischtes/article179570044/Nach-WM-Sieg-Frauen-berichten-von-sexuellen-Uebergriffen-auf-Champs-Elysees.html

Link 39: Angriff auf McDonalds und Geiselnahme in Köln
https://www.express.de/koeln/terror-verdacht-in-koeln-bundesanwaltschaft-macht-das-tat-video-nicht-oeffentlich-31449926

Link 40: Anschlagsziel Deutschland, IS Planungen über einen Hildesheimer
https://www.tagesschau.de/ausland/anschlagsplanung-is-101.html

Link 41: Dominik Brunner
https://de.wikipedia.org/wiki/Dominik_Brunner

Link 42: Kennzeichnungspflicht für Polizeibeamte in Hamburg
https://www.mopo.de/hamburg/polizei/nach-g20-gipfel-hamburg-fuehrt-kennzeich-nungspflicht-fuer-polizisten-ein-30665590#

Link 43: Schulden von Olaf Scholz in Hamburg
https://www.handelsblatt.com/politik/deutschland/faktencheck-so-viele-schulden-hat-olaf-scholz-als-hamburgs-buergermeister-wirklich-gemacht/21128072.html?ti-cket=ST-2948487-R2oyS0kMSjrafl1XAtRe-ap1

Link 44: Geld für linke Demonstrationen
http://www.fr.de/politik/rechtsextremismus/mythen-der-rechten/mythos-demogeld-der-staat-und-die-antifa-a-1313290

Link 45: Förderung der ANTIFA durch den DGB
https://www.hessenschau.de/politik/minister-und-polizisten-empoert-ueber-antifa-workshop-in-dgb-raeumen,gdp-antifa-frankfurt-100.html

Link 46: Bundeswehrtraining gegen Unruhen im eigenen Land
https://www.focus.de/politik/deutschland/innere-sicherheit-bundeswehr-und-polizei-ueben-erstmals-gemeinsam-abwehr-von-terrorangriff_id_6748082.html

Link 47: 1. Flugblatt der Weißen Rose
https://www.weisse-rose-stiftung.de/widerstandsgruppe-weisse-rose/flugblaetter/i-flugblatt-der-weissen-rose/

Link 48: Ernst Thälmann
https://beruhmte-zitate.de/zitate/125404-ernst-thalmann-mein-volk-dem-ich-angehore-und-das-ich-liebe-ist/

Link 49: Nie wieder Deutschland
https://www.huffingtonpost.de/gunter-weissgerber/nie-wieder-deutsch-land_b_8746812.html

Link 50: Stalingrad
http://www.sueddeutsche.de/politik/historie-eine-welt-in-truemmern-1.3858285-2

Link 51: Degeto Film GmbH
https://de.wikipedia.org/wiki/Degeto_Film

Link 52: ZDF und Bundesverfassungsgericht
http://www.spiegel.de/kultur/tv/verfassungsgericht-klage-gegen-zdf-staatsvertrag-a-960571.html

Link 53: arvato Löschteam
https://www.sueddeutsche.de/digital/exklusive-sz-magazin-recherche-inside-face-book-1.3297138

Link 54: Ehemann der Kanzlerin erhält jährl. 10.000 Euro von der Friede-Springer-Stiftung
http://www.spiegel.de/politik/deutschland/angela-merkel-ehemann-joachim-sauer-kassiert-jaehrlich-10-000-euro-von-springer-a-1086226.html

Link 55: Tagesschau erklärt Unterschied zwischen Flüchtlingen und Migranten
https://www.tagesschau.de/inland/fluechtlinge-531.html

Link 56: Roman, einer der letzten Aufrechten
https://www.focus.de/politik/deutschland/politik-seehofers-kante_id_9322510.html

Link 57: Präsident BfV Maaßen wird gejagt, da er die Politik der Kanzlerin kritisiert hat
http://www.spiegel.de/politik/deutschland/verfassungsschutz-die-treibjagd-auf-hans-georg-maassen-kolumne-a-1227923.html

Link 58: Herbst 2015 – Bundespolizei an Grenze, De Maiziere widerruft Einsatz
https://www.welt.de/politik/deutschland/article162582074/Fast-haette-Merkel-die-Grenze-geschlossen.html

Link 59: Hofreiter: Maaßen Berater der AfD
https://www.morgenpost.de/politik/article215400941/AfD-Berater-in-Regierung-Reaktionen-zur-Maassen-Loesung.html

Link 60: WELT: CO2-Theorie nur Propaganda
https://www.welt.de/debatte/kommentare/article13466483/Die-CO2-Theorie-ist-nur-geniale-Propaganda.html?wtmc=socialmedia.facebook.shared.web&fbclid=IwAR17I_kK23QJlsmf1ExzwnlyR6G2f_-aIvDnCCl8e15nbiootB7Gv7011os

Link 61: Bild: Nicht einmal Piraten schieben wir ab.
https://www.bild.de/news/inland/piraterie/nicht-mal-piraten-schieben-wir-ab-56565452.bild.html

Link 62: Bulgarischer Stadtteil heißt Dortmund
https://www.focus.de/politik/deutschland/streit-um-staatliche-unterstuetzung-bulgarischer-stadtteil-wird-dortmund-genannt-welche-auslaender-wie-viel-kindergeld-beziehen_id_9410329.html

Link 63: Aussage Kanzlerin – Dublin nicht mehr funktionsfähig
https://www.n-tv.de/politik/Merkel-verspricht-Spanien-Hilfe-article20568499.html

Link 64: Warnung nach Vergewaltigung vor Stimmungsmache
https://jungefreiheit.de/politik/deutschland/2018/gruene-warnen-nach-vergewalti-gung-vor-stimmungsmache/

Link 65: Sinti und Roma fordern, dass sich SPD von Bürgermeister distanzieren sollen
https://jungefreiheit.de/politik/deutschland/2018/sinti-und-roma-spd-soll-sich-von-duisburger-buergermeister-distanzieren/

Link 66: Linksjugend verharmlost Mauertote
https://jungefreiheit.de/politik/deutschland/2018/holm-linksjugend-solid-verharm-lost-mauertote/

Link 67: Aquarius legt in Malta an
https://jungefreiheit.de/politik/ausland/2018/aquarius-darf-in-malta-anlegen-auch-deutschland-nimmt-einwanderer1/

Link 68: Jugendliche zünden in Schweden knapp 100 Autos an
https://www.tagesspiegel.de/weltspiegel/vermummte-greifen-polizei-an-jugendliche-zuenden-in-schweden-rund-100-autos-an/22913110.html

Link 69: Kanzlerin tanzend mit Politbüro
https://www.youtube.com/watch?v=hKRWJ3eog04

Link 70: Weil lässt sich Rede von VW schönschreiben
https://www.sueddeutsche.de/wirtschaft/vw-affaere-vw-lobbyisten-sollen-rede-von-weil-umgeschrieben-haben-1.3617824

Link 71: Weißhelme
https://deutsch.rt.com/meinung/73580-weisshelme-israel-und-terroristen/

Link 72: Kriegswaffenlager in Deutschland – Dementi
https://sek-einsatz.de/nachrichten-sek-einsaetze/nordrheinwestfalen/bei-sek-einsatz-waffenlager-mit-schweren-kriegswaffen-ausgehoben/16489

Link 73: 67 Millionen illegale Schusswaffen in der EU
http://www.spiegel.de/politik/deutschland/terrorismus-woher-bekommen-terroris-ten-die-waffen-a-1063360.html
Link 74: Bischöfe legen Kreuze ab
https://www.welt.de/kultur/article159343863/Die-absurde-Wut-der-deutschen-Garde-robenwaechter.html

Link 75: die Kanzlerin macht uns stolz
https://www.welt.de/politik/deutschland/article181625596/Repraesentative-Umfrage-Die-Deutschen-sind-stolz-auf-ihre-Politiker.html

Link 76: die Kanzlerin und die Deutschlandfahne
https://www.youtube.com/watch?v=uZEcT6OsJg4

Link 77: Maas – keine Verbindung zwischen Flüchtlingen und Terroristen
https://www.evangelisch.de/inhalte/128438/16-11-2015/maas-keine-verbindung-zwischen-terror-und-fluechtlingen

Link 78: Terroristen unter Flüchtlingen 1
http://www.spiegel.de/politik/deutschland/terrorverdaechtige-unter-fluechtlingen-wie-gross-ist-das-risiko-a-1115967.html

Link 79: Terroristen unter Flüchtlingen 2
http://www.faz.net/aktuell/politik/kampf-gegen-den-terror/terrorismus-islamischer-staat-tarnt-kaempfer-als-fluechtlinge-14525445.html

Link 80: Göhring-Eckardt
https://de.wikipedia.org/wiki/Katrin_G%C3%B6ring-Eckardt

Link 81: Claudia Roth
https://de.wikipedia.org/wiki/Claudia_Roth

Link 82: Anton Hofreiter
https://de.wikipedia.org/wiki/Anton_Hofreiter

Link 83: Cem Özdemir
https://de.wikipedia.org/wiki/Cem_%C3%96zdemir

Link 84: Grüne und Pädophilie
https://de.wikipedia.org/wiki/P%C3%A4dophilie-Debatte_(B%C3%BCndnis_90/Die_Gr%C3%BCnen)

Link 85: Ein bisschen Klartext, viel Traurigkeit und Angst
https://www.tichyseinblick.de/meinungen/ein-bisschen-klartext-viel-traurigkeit-und-angst/

Link 86: Loriot über die Medien
https://www.youtube.com/watch?v=XDgsMOQNdSU

Link 87: Moby & The Void Pacific Choir - Are You Lost In The World Like Me?
https://www.youtube.com/watch?v=XDgsMOQNdSU

Link 88: 450.000 Ausländer untergetaucht
https://www.afdbundestag.de/braun-polizei-fahndet-nach-450-000-auslaendern-bundesregierung-bestaetigt-afd-anfrage/

Link 89: Besucher bei Trumps Amtseinführung
https://www.welt.de/politik/ausland/article161379528/Die-bittere-Leere-bei-Trumps-Amtseinfuehrung.html

Link 90: 800.000 Euro Fördermittel für Deutsche Umwelthilfe
https://rp-online.de/wirtschaft/deutsche-umwelthilfe-klagt-fuer-fahrverbote-und-die-bundesregierung-gibt-ihr-neues-geld_aid-33534029

Link 91: Rotes Kreuz bekommt fast 270 Euro für einen Liter Blut
https://www.focus.de/gesundheit/videos/rund-270-euro-pro-liter-blutspenden-sind-ein-milliardengeschaeft-fuer-das-rote-kreuz_id_4700385.html

Link 92: 200.000 Mitglieder in illegalen Clans
https://www.zeit.de/2018/33/clans-deutschland-kriminalitaet-mitglieder

Link 93: Bischöfe legen ihre Kreuze ab
https://www.welt.de/kultur/article159343863/Die-absurde-Wut-der-deutschen-Garderobenwaechter.html

Link 94: Vermögen der Bistümer
https://www.finanzen100.de/finanznachrichten/wirtschaft/21-milliarden-euro-reicher-als-fast-alle-deutschen-dieses-vermoegen-horten-die-katholischen-bistuemer_H666995321_367968/

Link 95: Gehalt Kardinal Marx – 12.526 Euro
http://www.kath.net/news/61517

Link 96: Hebammen sollen Bachelor machen
http://www.spiegel.de/karriere/jens-spahn-will-duales-studium-fuer-hebammen-a-1233671.html

Link 97: Arbeiter-Samariter-Bund lehnt Erste-Hilfe-Kurs für AfD ab
https://www.focus.de/politik/deutschland/partei-macht-ablehnung-oeffentlich-hilfs-organisation-asb-lehnt-erste-hilfe-kurs-fuer-afd-mitarbeiter-ab_id_9798429.html

Link 98: Sigmar Gabriel – Türken haben Deutschland mit aufgebaut
https://www.welt.de/politik/ausland/article172225701/Sigmar-Gabriel-und-Mevluet-Cavusoglu-beenden-in-Goslar-diplomatische-Eiszeit.html

Link 99: Denkmal von Trümmerfrauen verhüllt
https://www.merkur.de/lokales/muenchen/stadt-muenchen/truemmerfrauen-denkmal-verhuellt-3257780.html

Link 100: Grenzschließung jederzeit möglich
https://www.tagesspiegel.de/politik/sicherheitsbehoerden-unmut-ueber-merkels-fluechtlingspolitik/23050902.html

Link 101: Vergewaltigung durch bis zu 15 Täter in Freiburg
https://www.bild.de/news/inland/news-inland/massenvergewaltigung-in-freiburg-fielen-bis-zu-15-taeter-ueber-opfer-her-58070666.bild.html

Link 102: 20 Millionen illegale Schusswaffen in Deutschland
http://www.faz.net/aktuell/politik/inland/in-deutschland-gibt-es-bis-zu-zwanzig-millionen-illegale-waffen-14030574.html

Link 103: Kölner Verwaltungsgericht erläßt Dieselfahrverbot auch für Euro 5 Fahrzeuge
https://www.waz.de/wirtschaft/klage-der-umwelthilfe-koeln-droht-ein-diesel-fahrverbot-id215746715.html